DROEMER

HOLLY SMALE

# Mein schrecklich schönes Leben

ROMAN

Aus dem Englischen
von Jana Wahrendorff

DROEMER

Die englische Originalausgabe erschien 2023 unter dem Titel
»The Cassandra Complex« bei Century,
einem Imprint von Penguin Random House, London.

**Besuchen Sie uns im Internet:**
**www.droemer.de**

Aus Verantwortung für die Umwelt hat sich die Verlagsgruppe
Droemer Knaur zu einer nachhaltigen Buchproduktion verpflichtet.
Der bewusste Umgang mit unseren Ressourcen, der Schutz unseres
Klimas und der Natur gehören zu unseren obersten Unternehmenszielen.
Gemeinsam mit unseren Partnern und Lieferanten setzen wir uns
für eine klimaneutrale Buchproduktion ein, die den Erwerb von
Klimazertifikaten zur Kompensation des $CO_2$-Ausstoßes einschließt.
Weitere Informationen finden Sie unter: www.klimaneutralerverlag.de

FSC
www.fsc.org
MIX
Papier aus verantwortungsvollen Quellen
FSC® C014496

Deutsche Erstausgabe August 2023
Droemer HC

Die Arbeit der Übersetzerin am vorliegenden Text
wurde vom Deutschen Übersetzerfonds gefördert.
Redaktion: Dr. Carina Heer
Das Mottozitat von Aischylos stammt aus
»Die Orestie: Agamemnon / Die Grabspenderinnen / Die Eumeniden
(Band 154, Klassiker in neuer Rechtschreibung)«. In der Übersetzung
von Johann Gustav Droysen. Herausgegeben von Klara Neuhaus-Richter. Deutschland: BoD – Book on Demand, 2021. S. 44
Das Zitat von Aischylos in Kapitel 5 stammt aus
»Der gefesselte Prometheus«. In der Übersetzung
von Johann Gustav Droysen.
Deutschland, Hofenberg Verlag, 2016. S. 36
Covergestaltung: FAVORIT BÜRO, München
Coverabbildung: Frau: Bipsun/Shutterstock.com
Satz: Adobe InDesign im Verlag
Druck und Bindung: GGP Media GmbH, Pößneck
ISBN 978-3-426-28399-8

2 4 5 3 1

*Für meine Schwester Tara.*
*Wir zwei gegen den Rest der Welt.*

O dieses Menschenleben! –
Wenn es glücklich ist, ein Schatten stört es;
ist es kummervoll, so tilgt ein feuchter Schwamm dies Bild.

*– Aischylos*

# 1

Wo fängt eine Geschichte an?

Sie ist eine Lüge, die erste Seite eines Buches, denn sie gibt sich bloß als Anfang aus. Sie tut, als wäre sie tatsächlich der Moment, in dem etwas losgeht, dabei bekommt man bloß eine willkürliche Zeile aus einem Meer an Wörtern. *Diese Geschichte beginnt hier.* Wählt eine zufällige Situation aus. Vergesst, was vorher passiert ist oder danach kommt. Tut so, als würde die Welt aufhören, zu existieren, wenn ihr das Buch zuklappt. Als wäre eine Entscheidung nicht bloß ein weiterer beliebiger Punkt auf einer festgelegten Zeitlinie.

Aber so funktioniert das Leben nicht, also belügen Bücher uns wohl.

Vielleicht lieben wir sie deshalb so sehr.

Genau solche bescheuerten Aussagen führen dazu, dass ich beim Buchclub auf der Fentiman Road vor die Tür gesetzt werde.

Hier eine Liste, wo man mich überall gebeten hat, nicht mehr aufzutauchen:

- bei der Lesegruppe auf der Blenheim Road
- in der großen WG in Walthamstow, in der ich kurz gewohnt habe
- in meiner letzten Beziehung
- in meinem aktuellen Job

Das mit den letzten beiden Punkten ist ziemlich schnell hintereinander passiert. Heute Morgen hat Will – mit dem ich seit vier Monaten zusammen bin – mich geküsst, völlig unvermittelt meine Vorzüge aufgezählt und die Motivationsrede damit beendet, mit mir Schluss zu machen.

Das mit dem Job war vor etwa achtzig Sekunden.

Dem angespannten Kiefer und den bebenden Nasenflügeln meines Chefs nach zu urteilen steht meine Reaktion auf diese

Information noch aus. Irgendwie sieht er verschwommen aus und klingt gedämpft, so als befände er sich hinter einer dicken Scheibe aus Milchglas. Außerdem hat er getrockneten Haferbrei am Kragen, aber jetzt scheint mir nicht der richtige Zeitpunkt, ihn darauf hinzuweisen. Er ist verheiratet. Soll seine Frau das später machen.

»Cassie«, wiederholt er lauter. »Hast du mich verstanden?«

Natürlich habe ich ihn verstanden, ansonsten würde ich wohl immer noch detailliert vom Kundenmeeting berichten. Denn genau damit war ich beschäftigt, als er mich eben gefeuert hat.

»Es geht gar nicht so sehr um deine Leistung«, fährt er fort. »Wobei jemand, der so ungern telefoniert wie du, wohl Gott weiß besser nicht im PR-Bereich arbeiten sollte.«

Ich nicke. Damit hat er nicht ganz unrecht.

»Aber dein *grundsätzliches Auftreten* passt einfach nicht zu uns. Du bist unhöflich. Aufmüpfig. Und ehrlich gesagt ziemlich arrogant. Du bist kein Teamplayer. Dabei weißt du eigentlich, was wir hier im Büro brauchen, oder?«

»Eine bessere Kaffeemaschine.«

»Genau so eine Scheiße meine ich.«

Ich würde euch ja verraten, wie mein Chef heißt und aussieht, aber es scheint so, als würde er in dieser Geschichte nicht länger eine tragende Rolle spielen.

»Wir haben schon oft darüber gesprochen. Cassandra, sieh mich an, wenn ich mit dir rede. Unser bester Kunde ist uns gerade wegen deines – Zitat – ›sturen, nervtötenden Verhaltens‹ abgesprungen. Du bist unsympathisch. Das war genau das Wort, das sie benutzt haben. *Unsympathisch.* PR-Arbeit ist ein Job für Menschen, die gut mit Menschen können.«

Moment mal.

»Das stimmt nicht«, werfe ich ein und versuche, ihm direkt in die Pupillen zu gucken. »Soweit ich weiß, heißt es in meiner Jobbeschreibung nicht, dass *sympathisch sein* Voraussetzung ist. In meinem Arbeitsvertrag steht es auf keinen Fall, das hab ich überprüft.«

Jetzt blähen sich seine Nasenflügel zu regelrechten Nüstern auf.

Ich kann nur selten nachvollziehen, was andere Leute denken, aber manchmal fühle ich es: Dann strömt eine Welle an Emotionen aus ihnen heraus und in mich hinein, als würde man Tee aus einer Kanne in eine Tasse gießen. Während ich volllaufe, muss ich herausfinden, was zur Hölle das bedeuten soll. Wo das alles herkommt, und was ich tun muss, damit die Gefühle nicht überall verschüttet werden.

Jetzt pulsiert mir eine Wut durch die Adern, die sich nicht nach meiner eigenen anfühlt. Sie ist dunkellila und rot.

Seine Farben überfallen mich, und das gefällt mir gar nicht.

»Sieh mal«, sagt mein Chef und stößt ein vermeintlich geduldiges Seufzen aus, das so gar nicht zu der Emotion passt, die aus ihm herausfließt. »Das funktioniert einfach nicht. Auf irgendeiner Ebene musst du das doch auch spüren. Vielleicht suchst du dir was, das besser zu deinen … besonderen Fähigkeiten passt.«

Im Prinzip hat genau das Gleiche auch Will heute Morgen zu mir gesagt. Keine Ahnung, warum die beiden meinen, ich hätte das Ende kommen sehen müssen. Das habe ich absolut nicht.

»Bei uns geht es um das Zwischenmenschliche«, erklärt mein Chef erneut. »Ich schlage vor, du suchst dir einen Job, bei dem das nicht so relevant ist?«

Mit einem Räuspern stehe ich auf und sehe auf die Uhr. Zeit, Bilanz zu ziehen. Es ist Mittwoch, aber noch nicht mal Mittag.

Beziehung: aus.

Job: vorbei.

»Tja«, sage ich ruhig. »Scheiße.«

Meine Geschichte fängt also hier an.

Sie hätte aber auch zu jedem anderen Zeitpunkt losgehen können. Ich musste bloß einen wählen. Es hätte heute Morgen sein können, als ich vom Geschrei meiner Mitbewohner*innen aufgewacht bin. Oder als ich mein Frühstück gegessen habe (Porridge mit Banane – wie immer). Oder als ich ein schönes Geschenk für Will zu unserem Jahrestag ausgesucht habe (ein wenig verfrüht, wie sich gezeigt hat).

Es hätte auch der Moment sein können, kurz bevor ich ihn das erste Mal getroffen habe, ein durchaus positiverer Start. Oder der Tag, an dem meine Eltern bei einem Autounfall gestorben sind, das wäre deutlich negativer gewesen.

Entschieden habe ich mich aber für irgendwas in der Mitte.

Der Anfang meiner ganz persönlichen Geschichte liegt damit schon etwa einunddreißig Jahre zurück, das dramatische Ende der Geschichte meiner Eltern nicht ganz so lange. Da bin ich also und packe meine Sachen in einen Karton. Wie es aussieht, ist der einzige Gegenstand auf meinem Schreibtisch, der nicht der Firma gehört, eine Tasse mit einem Cartoon-Hirsch darauf, die ich mal geschenkt bekommen habe. Sie landet im Karton. Man kann zwar nie wirklich wissen, was als Nächstes passiert, aber ich schätze, Koffein wird es weiterhin geben.

»O nein!« Meine Kollegin Sophie beugt sich über den Schreibtisch, als ich mir gerade eine welke Pflanze unter den Arm klemme, nur damit es nicht so aussieht, als würde ich ein weiteres Jahr meines Lebens hinter mir lassen, ohne etwas daraus mitzunehmen. »Die haben dich doch nicht *gefeuert*, oder? Das ist ja *furchtbar!* Wir werden dich alle ganz *schrecklich* vermissen.«

Ich habe nicht die geringste Ahnung, ob sie das ernst meint. Wenn ja, kommt das unerwartet. Wir sitzen uns zwar gegenüber, seit ich hier angefangen habe, trotzdem weiß ich praktisch nichts über sie. Bloß dass sie zweiundzwanzig ist und Thunfischsandwiches mag, dass sie sehr aggressiv in die Tasten haut und in der Nase popelt, als würde niemand von uns über die Fähigkeit zum peripheren Sehen verfügen.

»Wirklich?«, frage ich ehrlich neugierig. »Wieso?«

Sophie öffnet den Mund, schließt ihn aber wieder und widmet sich erneut ihrer Tastatur, als wollte sie mit den Fingern *Hau den Maulwurf* spielen.

»Cassandra!« Gerade als ich meine eigene Tastatur mit einem kleinen Desinfektionstuch abwischen will, taucht mein Chef im Türrahmen auf. »Was zum Geier machst du da? Du sollst nicht *jetzt sofort* verschwinden. Ich glaub, es hakt, was stimmt denn nicht mit dir? Würdest du wohl noch weiterarbeiten, bis die Kündigungsfrist abgelaufen ist?«

»Oh.« Ich schaue auf meinen Karton und die Pflanze hinab. Jetzt habe ich ja schon gepackt. »Nein, danke.«

Der Schreibtisch ist sauber, ich hänge mir meine Tasche über die Schulter und den Mantel über den Arm, drücke mir den Karton vor den Bauch und klemme mir noch irgendwie die Pflanze zwischen Ellbogen und Karton. Dann versuche ich, die Agenturtür zu öffnen. Mit dem Knie halte ich sie auf und werfe einen Blick zurück, obwohl ich – genau wie Orpheus an der Schwelle zwischen Unter- und Oberwelt – weiß, dass ich das nicht tun sollte.

In der Agentur ist es noch nie so still gewesen.

Alle haben die Köpfe abgewandt, als würde mein Anblick sie plötzlich blenden. Das leise Klappern der Tastaturen ist zu hören – fast wie Taubengetrappel auf dem Dach – und wird nur von Sophies brutalen Todesstößen unterbrochen. Der Heizkörper am Fenster gurgelt, der goldene Empfangstisch blendet mich, und der Wasserspender tropft. Wenn ich aus dem heutigen Tag etwas Gutes mitnehmen soll – und ich denke, das sollte ich –, dann wohl, dass ich *das* nicht mehr jede Sekunde meines restlichen Arbeitslebens ertragen muss.

Sie sollten öfter Leute wegen grundlegender Persönlichkeitsschwächen feuern. Das steigert die Produktivität.

Als die Tür hinter mir zufällt, zucke ich zusammen, obwohl ich sie selbst habe zufallen lassen. Dann piept mein Handy, und ich balanciere vorsichtig all meine Sachen auf einem Knie, während ich es herausziehe. Ich versuche immer, alle Nachrichten sofort zu lesen. Sonst liegt das Handy so schwer in der Tasche.

Dankworth, bitte räum deinen Scheiß auf.

Ich runzele die Stirn und antworte:

Welchen Scheiß genau?

Wieder piept es.

Sehr lustig. Räum die Küche auf, das ist ein GEMEINSCHAFTSRAUM.

Vor ein paar Wochen hatte ich nicht den Eindruck, dass die Küche für die Allgemeinheit gedacht ist, als ich mitten in der Nacht ein Glas Wasser holen wollte und Sal und Derek gegen den Kühlschrank gelehnt Sex hatten.

Aber vielleicht kommt es auf die *Definition* von Gemeinschaft an.

Immer noch verwirrt drücke ich auf den Knopf vom Aufzug und laufe in Gedanken durch die Wohnung, um herauszufinden, was ich dieses Mal falsch gemacht habe. Ich habe vergessen, meine Porridgeschüssel und den Löffel abzuwaschen. Außerdem liegt mein gelber Lieblingsschal auf dem Boden, und ein violetter Pullover hängt über der Sofalehne. Das ist meine sechste WG in zehn Jahren, und langsam fühle ich mich wie eine Schnecke: Immer muss ich all mein Hab und Gut zusammenhalten, um bloß keine Spuren zu hinterlassen.

Ich antworte:

O. k.

Meine Eingeweide verflüssigen sich, meine Wangen fangen an zu brennen, und ich spüre, wie ein grellpinker Ausschlag sich über meiner Brust ausbreitet. Ein dumpfer Schmerz legt sich mir um den Hals, als würde jemand einen Schal zuziehen.

Faszinierend, wie Emotionen sich durch das Leben ziehen.

In der einen Minute bist du zwölf, stehst auf dem Spielplatz und hörst zu, wie die anderen sich darum streiten, wer dich in sein Team aufnehmen muss. Und in der nächsten Minute bist du in den Dreißigern, Single und wartest auf den Aufzug vor der Agentur, aus der du gerade geworfen wurdest, weil niemand mit dir zusammenarbeiten will. Gleiches Gefühl, anderer Körper. Das meine ich wörtlich: Meine Zellen haben sich in der Zwischenzeit mindestens zweimal selbst erneuert.

Die Agenturtür schwingt auf. »Cassandra?«

Seit Ronald vor ein paar Monaten hier angefangen hat, hatte er jeden Tag dasselbe an – einen marineblauen Kaschmirpullover. Da er immer angenehm riecht, vermute ich, dass er mehrere von der Sorte besitzt.

Er kommt auf mich zu, und ich breche augenblicklich in Panik aus. Ab und zu habe ich ihn erwischt, wie er mich vom Nachbarschreibtisch aus mit einem seltsamen Ausdruck im Gesicht beobachtet hat, und ich habe keine Ahnung, was dieser Ausdruck bedeuten sollte. Anziehung? Abneigung? Traut er sich nicht, mich zu fragen, wo der nächste gute Waschsalon ist? Für den ersten Fall habe ich mir schon vor einem Monat eine Antwort zurechtgelegt. Nur zur Sicherheit.

*Dein romantisches und/oder sexuelles Interesse schmeichelt mir, vor allem da wir uns bisher nur flüchtig kennen, doch ich habe seit Langem einen Freund, in den ich mich gerade langsam, aber sicher verliebe.*

Tja, das stimmt jetzt wohl nicht mehr, was?

Ronald räuspert sich und fährt sich mit seiner riesigen Hand über das raspelkurze Haar. »Die gehört mir.«

»Wer?« Diese ungewöhnliche Wortwahl irritiert mich. »Ich?«

»Die Pflanze.« Er deutet auf den Topf, der unter meiner verschwitzten Achselhöhle klemmt. »Die gehört mir, und ich möchte sie gerne behalten.«

Ah, jetzt erreicht der schwindelerregende Rausch der Demütigung endlich seinen Höhepunkt.

»Klar«, erwidere ich steif. »Tut mir leid.«

Ronald blinzelt und streckt die Hand aus. Ich löse hastig die Finger vom Topf, damit er mich nicht berührt, und lasse ihn dabei beinahe fallen. Den gleichen lustigen Tanz führe ich auch an der Kasse im Supermarkt auf, wenn ich bar bezahlen muss.

Ich steige in den Aufzug und drücke auf den Knopf nach unten. Ronald mustert mich so prüfend, wie man eine halb reife Avocado begutachtet, und ich starre zu Boden, bis er zu einem Entschluss kommt.

»Tschüss«, meint er schließlich.

»Tschüss.« Die Aufzugtüren gleiten zu.

Und so fängt meine Geschichte an.

Mit einer Spruchtasse in einem Karton, der Auslöschung eines kompletten Charakters und der Erkenntnis, dass ich in diesem Gebäude wohl weniger vermisst werde als eine halb tote Zimmerpflanze.

# 2

Es ist nicht alles schlecht.

Wenigstens muss ich morgen nicht in einer Agentur mit einem Empfangstisch sitzen, der aussieht, als hätte König Midas daran geleckt. Ich muss nicht Leuten beim Kauen zuhören, die mich nicht mögen, während ich hoffe, dass niemand ein Kreativgewitter einberuft. Ich muss nicht mehr so tun, als würde ich mir nicht am liebsten mit den Fingernägeln die Haut vom Körper schälen, während ich dafür bezahlt werde, einen Haufen Lügen zu erzählen.

Morgen wird ein *guter* Tag.

Klar, übermorgen sitze ich dann im Büro meines Bankberaters, atme in eine Papiertüte und flehe ihn an, meinen Dispo zu erhöhen. Ich sollte also wohl das Beste draus machen.

»Miss Dankworth?«

Mit einem Pling gleiten die Aufzugtüren auf, und ich stürme Richtung Ausgang. Den Karton presse ich mir wie eine Art trojanischen Schild schützend vor die Brust.

»Miss Cassandra Dankworth?« Das muss man der Rezeptionistin lassen, sie ist nur schwer zu ignorieren. »Einen Moment bitte. Ich habe hier Mr Caplan in der Leitung. Er sagt, Sie müssen Ihre Karte abgeben, bevor Sie gehen.«

Cassandra Penelope Dankworth, so heiße ich. Dank meiner (toten) Eltern trage ich den Namen einer tragischen Seherin aus der griechischen Antike, der niemand glauben wollte, und den der treuen Ehefrau, die zwanzig einsame Jahre auf ihren Mann Odysseus gewartet hat.

»Kann nicht«, presse ich hervor. »Autopilot ist an.«

Mein Herz rast, Adern und Pupillen weiten sich, die Lungen dehnen sich aus, und Sauerstoff wird in mein Hirn gepumpt, um mich auf das vorzubereiten, was mein Körper als drohende Gefahr einstuft. Superpraktisch, wenn man vor einem wütenden Wollhaarmammut flüchten muss. Nicht so praktisch, wenn man nur versucht, ein Bürogebäude mitten in London zu verlassen, ohne sich auf die Schuhe zu kotzen.

Panisch werfe ich mich immer wieder gegen die Tür, bis die Rezeptionistin Mitleid hat und den Knopf drückt, um mich rauszulassen.

Frische Luft schlägt mir entgegen wie eine kräftige Ohrfeige.

Mit geschlossenen Augen bleibe ich einen Moment lang auf dem Gehweg stehen und versuche, mich neu zu kalibrieren. Hinter meinen Lidern flackert es – kleine Notsignale unzähliger sinkender Schiffe –, und wenn ich mich nicht bald beruhige, wird *es* passieren. Dabei will das nun wirklich niemand. Nicht hier, nicht auf dem Bürgersteig, mitten in Soho, umgeben von Menschen, die Flusskrebsbaguettes in sich hineinstopfen.

Will meint, ich soll es mal mit Yoga versuchen. Allerdings fühle ich mich unwohl, wenn so viele Hintern gleichzeitig in die Luft gestreckt werden.

»Entschuldigung.« Eine Frau in einer verboten orange leuchtenden Bomberjacke tippt mir sanft auf die Schulter, und ich zucke zusammen, als hätte sie mir einen Stromschlag verpasst. »Irgendwie blockieren Sie den Ei… Alles in Ordnung?«

Ich blinzele. »Bananenmuffin.«

»Wie bitte?«

Eine Welle der Erleichterung überrollt mich. »Ich brauche einen Bananenmuffin.«

Schnell klemme ich mir den Karton unter den Arm und haste auf das kleine Café an der Ecke zu. Bananenmuffins sind tröstlich. Bananenmuffins sind beruhigend und vertraut. Bananenmuffins wachen nicht morgens auf und sagen, dass du ihnen zwar viel bedeutest, sie aber keine Zukunft mehr mit dir sehen.

Die kleine blaue Türglocke vom Café bimmelt über meinem

Kopf, und kurz muss ich an das Läuten des Weihnachtsglöckchens in *Ist das Leben nicht schön?* denken, einem wunderschönen Film über einen beliebten Mann, der einen positiven Einfluss auf die Welt hat und mit dem ich mich daher nicht sonderlich gut identifizieren kann.

»Hallo, junge Frau! Herrje, ist es etwa schon ein Uhr? Oder sind Sie heute früher dran?«

Ich starre auf die Stelle, an der die Bananenmuffins stehen sollten.

»Oh.« Der Cafébesitzer lächelt, als würde nicht gerade die ganze Welt unter meinen Füßen zerbrechen. »Es gab heute Morgen leider ein Missverständnis mit den Lieferanten, und sie hatten die mit Banane nicht, die Sie so mögen. Dafür haben wir aber diese köstlichen Schokomuffins und welche mit Salzkaramell, die ich persönlich sehr empfehlen kann. Sie sind wirk...«

»Banane«, beharre ich in plötzlicher Verzweiflung.

»Heute leider nicht«, erklärt er geduldig. »Kommen Sie doch morgen zu Ihrer gewohnten Zeit wieder, dann stelle ich ein paar zur Seite, in Ordnung?«

»Aber ...« Die Verzweiflung droht, mich zu überwältigen. »Morgen komme ich nicht.«

»Warum setzen Sie sich dann nicht für einen Moment, und ich schaue mal, ob ich nicht was anderes für Sie finde?«

Der alte Herr zeigt besorgt auf die grünen Samtsessel, und sofort blitzt eine Erinnerung in mir auf: Will, wie er Cappuccino trinkt und mich mit einem Milchschaumschnurrbart verschmitzt angrinst.

»Nicht weinen, Schätzchen«, ruft der Cafébesitzer leicht panisch. »Wie wäre es, wenn ich morgen ein paar Extra-Bananenmuffins zur Seite lege, damit Sie sie abholen und einfrieren können?«

Ich werde Will nie wiedersehen, nicht wahr?

So sind doch die Regeln, oder? Sie sagen, dass ihr in Kontakt bleibt, immer Teil des Lebens sein werdet, bloß ist das nur leeres

Gerede. Eine wohlwollende Lüge, die ihr durchschauen sollt, aber ihr glaubt sie, bis ihr irgendwann keine Antworten mehr auf eure Nachrichten und Katzen-GIFs bekommt, und dann seht ihr sie mit einer anderen Frau bei Pizza Hut. Und sie tun so, als ob sie euch nicht bemerken, obwohl ihr wie wild winkt.

Ich hätte bloß nie gedacht, dass das auch mit Will passiert. Alles ist so gut gelaufen. Ich hatte noch nicht mal die Chance, eine gute Ausstiegsstrategie zu entwickeln, mir eine vernünftige Reaktion auf sein Schlussmachen zurechtzulegen oder mal im Kopf durchzuspielen, wie sich dieser Liebeskummer wohl anfühlen wird.

Ich war nicht *vorbereitet.*

»Hey«, ruft eine Frau mit einem großen grauen Hut, als ich wieder durch die Tür aus dem Café stolpere. »Warte ku…«

Alles ist viel zu weit weg und gleichzeitig viel zu nah, zu laut und zu leise. Eine gelbe Tür, eine orangefarbene Blechdose, ein blauer Streifen am Himmel, ein einzelner blauer Handschuh auf dem Boden, der rote Kreis auf dem Verkehrsschild. Wie ein sich drehendes Kaleidoskop.

Eine Taube flattert hektisch an mir vorbei, ich presse mir die Hände vor das Gesicht.

Es kommt.

Es kommt, und ohne meinen Bananenmuffin kann ich nichts tun, um es aufzuhalten.

Ich muss nach Hause, *jetzt sofort.*

Völlig außer Atem taumle ich um die Ecke und gegen eine Wand aus Lärm, so rau und schmerzhaft, dass ich einen Moment brauche, ehe ich verstehe, dass der Lärm nicht aus mir selbst kommt.

»Pelz ist Folter! Nerz bringt Schmerz! Pelz ist Folter! Nerz bringt Schmerz!«

»Mode geht auch ohne Tode!« Eine Frau mit lilafarbenem Topfschnitt hält mir eine Broschüre entgegen. »Jedes Jahr werden wegen ihres Pelzes hundert Millionen Tiere gezüchtet und getötet! Sie fristen ihr Leben in winzigen Käfigen, bis sie irgendwann grausam abgeschlachtet werden, damit Menschen ihre Häute tragen können!«

Bläuliches Violett, Zwiebel-Käse-Atem. Eine Woge heißen Ekels rauscht mir durch den Kopf. Ich zucke zusammen, als ich gegen die klebrige, nackte Haut eines Mannes ohne Oberteil gepresst werde.

»Nerze sind semiaquatische Tiere!«, schreit er, während ich auf seine Nippel starre. »Sie halten instinktiv die Luft an, deshalb leiden sie bei der Vergasung ganz fürchterlich!«

»Ich …«, stammle ich und stolpere über ein Banner. Jetzt werde ich die Regent Street entlanggeschwemmt wie ein gelähmter Delfin in einem Schwarm bunter, kreischender Fische mit Megafonen und Trillerpfeifen.

»PELZ IST MORD!«

»Pelz ist Mord!«

»PELZ IST MORD!«

Trommelschläge, Wolken aus lilafarbenem Rauch, schrilles Hupen, Kindergeschrei, Hundegebell. Der Schwall an Geräuschen überwältigt mich, und alle Zellen meines Körpers scheinen zu vibrieren, so wie Glas kurz vor dem Springen.

»Tod durch Elektroschocks!« Eine ältere Frau taucht genau vor meinem Gesicht auf, mit orangeroten Poren und neongelben Emotionen. »Füchse bekommen die Elektroden in den Arsch gesteckt. Klingt das für dich nach Spaß?«

Ich folge ihrem Blick zu dem Fuchsschwanzanhänger, der an meiner Tasche baumelt. Will hat mich oft damit aufgezogen, wie »kindisch« er den findet. Aber ich klammere mich gerne daran fest, wenn ich in einem vollen Zug stehe oder mir jemand in der Postschlange zu nah kommt. Außerdem ist es offensichtlich Kunstfell: Der Anhänger ist *knallgrün*, verdammt.

Was ich ihr gerade höflich erklären will, als mich eine klebrige Flüssigkeit im Gesicht trifft. Sie riecht sauer, schmeckt nach Tinte und verfaulten Gummibärchen.

Ich greife mir mit der Hand an die Wange. Meine Finger werden ganz rot.

Irgendjemand fängt an, ohrenbetäubend zu schreien.

Erst als ich mir mit den Ellbogen verzweifelt einen Weg aus der Menschenmasse kämpfe, stelle ich fest, dass dieses grausige, schrille Geräusch aus mir selbst kommt.

Es ist hier.

Es ist hier, und ich bin voller (Blut? Farbe? Maissirup?), und hinter meinen Augenlidern explodieren Feuerwerkskörper, und ich bin »unsympathisch« und »stur« und »nervtötend« und schon wieder arbeitslos, und eine Sirene geht los, und eine Alarmanlage heult mir durch den Kopf, und Will liebt mich nicht, konnte mich nicht lieben, vielleicht gibt es da nichts zu lieben, und nirgendwo gibt es *Scheiß-Bananenmuffins.*

Jetzt schluchze ich hemmungslos und tue das Einzige, was mir noch einfällt. Ich suche mir den nächsten leeren Hauseingang und rolle mich auf dem Boden zu einem kleinen Ball zusammen, die Arme fest um den Kopf geschlungen.

(»Cassandra muss sich abgewöhnen, auf Stress zu reagieren wie ein Igel.«)

Und ich warte auf die Dunkelheit.

# 3

Komische Reaktion, ich weiß.

Meine Mitmenschen unterstellen mir schon mein Leben lang, dass ich seltsam bin. Und immer hat sie meine Seltsamkeit verärgert oder irritiert. Über die Jahre hinweg habe ich für meine »kleinen Anfälle« schon viele Diagnosen erhalten:

- viktorianische Hysterie (»Holt das Riechsalz!«)
- ein dramatisches Naturell
- die verzweifelte Gier nach Aufmerksamkeit
- ein pathologischer Drang, Partys zu ruinieren

Ich weiß nur eins: Wenn ich mir einen dunkeln, ruhigen Ort suche, sobald sich einer ankündigt, verflüchtigen sich meine »Ausbrüche« meistens kurz vor dem Höhepunkt, wie Nieser oder Orgasmen.

Und wenn nicht …

Sagen wir mal so, ich verbringe den Großteil meines Lebens in ständiger Angst davor, dass der nächste Anfall mitten in einem Kundenmeeting kommt, oder samstagnachmittags bei Zara oder auf der Hochzeit von irgendwem. (»Cassandra muss aufhören, so zu tun, als würde sich alles immer nur um sie drehen.«) In meiner Theorie arbeitet mein Hirn wie eine faule IT-Abteilung, und jedes Mal, wenn es irgendein Problem gibt, zieht es erst mal den Hauptstecker.

Einmal aus- und wieder anschalten, vielleicht hilft das ja.

Das hier muss ein besonders schlimmer Aussetzer gewesen sein. Als ich endlich wieder auftauche, sind meine Glieder übersät mit Kratzern, mein ganzer Körper fühlt sich irgendwie aufgedunsen an – wie ein Ballon voller Wasser. Die Straße ist dunkel und wieder ruhig. Die Demo ist verschwunden.

Genau wie meine Uhr, wie ich feststelle, als ich bibbernd auf mein Handgelenk schaue.

Ich blicke mich weiter um. Und der Karton mit der Tasse ist auch weg.

Ganz toll. Danke, London.

Unter Schmerzen versuche ich taumelnd, mich zu erheben wie Aphrodite, nur dass ich im Gegensatz zu der griechischen Göttin der Liebe und Schönheit eine schleimverschmierte, arbeitslose Frau Anfang dreißig bin. Und statt voller Anmut aus einer Muschel emporzusteigen, hänge ich schwitzend am Türknauf einer Bar mit dem seltsamen Namen Humbug, und versuche, dem verurteilenden Blick eines Müllmannes zu entkommen.

Das Gute ist, dass ich jetzt unendlich viel ruhiger bin.

Man kann über mein Hirn sagen, was man will – und sehr viele Leute hatten dazu schon eine Meinung –, aber es weiß definitiv, wie es die Werkseinstellungen wiederherstellt.

»HALLO? WER IST DA?«

Ich wünschte wirklich, meine Mitbewohner*innen würden aufhören, das jedes Mal zu brüllen, wenn ich durch die Tür komme. So viele Menschen wohnen jetzt auch wieder nicht bei uns.

»Cassandra«, melde ich mich und schließe die Tür hinter mir.

Nach reichlicher Überlegung habe ich mir ein Uber nach Hause gegönnt, statt mich wie üblich mit den öffentlichen Verkehrsmitteln herumzuschlagen. Vermutlich ist jetzt nicht der richtige Moment, Geld aus dem Fenster zu werfen, aber es ist definitiv der falsche Moment, um ewig lange mit einem Hirn in der U-Bahn zu hocken, das sich anfühlt wie zu flüssig geratener Kartoffelbrei.

»Oh.« Sal taucht in der Küchentür auf. Sie trägt sehr kurze knallpinke Shorts und stützt lässig einen Fuß gegen ihr anderes gebräuntes Bein, als wäre sie ein lächerlich schöner Flamingo. »Du bist's.«

»WER?«, schreit Derek schon wieder aus dem Wohnzimmer.

»Cassandra«, ruft Sal offensichtlich enttäuscht zurück, während sie mich mustert, als wäre ich ein Einbrecher. »Wir warten auf den Lieferdienst.«

»Hat der denn jetzt auch schon einen Schlüssel?« Ich lege meine Tasche ab und ziehe mir die Schuhe aus.

»Ha. Witzig wie immer.«

Salini Malhotra ist einen Ticken kleiner als ich – »Ganz schön groß für eine Frau« (was gewöhnlich nur kleine Männer feststellen) –, hat strahlende Haut, volle Lippen und die Art Wangenknochen, die wohl niemand anders als Zeus höchstpersönlich gemeißelt haben kann. Derek Miller ist ihr Freund und ähnlich attraktiv, wenn man Männer mag, die ihre benutzten Bleachingstreifen und Bartstoppeln überall im Bad rumliegen lassen, was ich nicht tue.

Ich wohne seit ungefähr einem halben Jahr hier, und Sal sieht mich immer noch so eindringlich an, als fürchte sie, mein Gesicht irgendwann einem Phantombildzeichner beschreiben zu müssen.

»Oh!« Plötzlich fällt mir das Fake-Blut von der Demo wieder ein. Ich muss aussehen, als wäre ich in einen Fleischwolf geraten. »Mir geht's gut, mach dir keine Sorgen.«

»Mach ich nicht.« Sal seufzt erschöpft und dreht sich weg, um in den Küchenschränken nach einem Glas zu suchen. »Du wirkst, als könntest du dich sehr gut um dich selbst kümmern.«

Ein paar Sekunden lang beobachtete ich sie. Die Farbe, die aus ihr herausströmt, sieht nicht wirklich aus wie Ärger, aber sie gehört ganz sicher in dieselbe Familie: ein bläuliches Rot, wie dieser teure Designerlippenstift, den ich angeblich nicht tragen kann, weil er sich mit meinen Haaren beißt. Ihre intensiven Gefühle kribbeln mir auf der Haut, suchen einen Weg hinein. Nicht wirklich Ärger, mehr als Unmut, zu hell für Abscheu …

»Derek«, ruft sie ins Wohnzimmer. »Deine *andere* Freundin ist da. Willst du nicht Hallo sagen?«

Was immer es ist, Sal hat mir ganz offensichtlich noch nicht vergeben. Da kommen auch ein paar Funken Kotzgelb aus ihr heraus, bloß ergibt das keinen Sinn. Aber ich bin müde, vielleicht deute ich es auch falsch.

»Sei nett, Babe.« Derek kommt mit einem Zahnpastalächeln in die Küche geschlendert und starrt ihr auf den Hintern. »Sie hat Mist gebaut. Das passiert uns allen mal. Versuch doch, drüber hinwegzusehen, solange wir hier noch zusammenwohnen, okay?«

Langsam schlingt er seinen langen Arm um sie und zieht sie für einen Kuss an sich. Die Geste erinnert mich an einen Elefanten, der sich Erdnüsse in den Mund schaufelt.

»Na gut«, schnaubt Sal und starrt mich über die Schulter hinweg an, als wäre ich eine Gasflasche, die neben einem offenen Feuer steht und keine Sekunde aus den Augen gelassen werden darf, weil sonst das ganze Haus in die Luft geht. »Tut mir leid. Ich denke einfach, es wäre leichter für uns alle, wenn wir beide die Wohnung wieder für uns hätten. Eigentlich ist sie eh nicht groß genug für drei. Außerdem ist sie schon über dreißig. Da sollte man doch nicht mehr in WGs wohnen, oder?«

Es ist ja nicht so, als würde eine wunderschöne Wohnung in Primrose Hill auf mich warten, und ich hätte mich trotzdem für die winzige Abstellkammer in Brixton entschieden, weil ich den beiden so gerne beim Fummeln zugucke.

»Ihr seid beide neunundzwanzig«, bemerke ich knapp.

»Jeder weiß, dass dreißig die magische Grenze ist, ab der es nur noch armselig ist, mit jemandem zusammenzuwohnen, mit dem man nichts hat.« Sal löst sich von Derek und schielt mit zusammengekniffenen Augen in meine Richtung, als müsste sie überlegen, in welche seltsam geformte Tupperdose ich passe. »Warum ziehst du nicht zu dem Anwalt, den du datest? Das hilft dir vielleicht aus dem Loch, in dem du dich offensichtlich gerade befindest.«

Mein Magen verkrampft sich, als hätte mir jemand einen Basketball hineingepfeffert. Das Gefühl hatte ich schon lange nicht mehr, aber es hat sich in mein Muskelgedächtnis eingebrannt.

Gerade kann mir gar nichts helfen.

»Will ist kein Anwalt«, sage ich. »Er ist Tierfilmer.«

Fast hätte ich noch stolz erzählt, dass wir gar nicht mehr zusammen sind. Aber das ist wohl nicht der clevere Konter, nach dem ich suche.

»Lass gut sein«, sagt Derek mit Nachdruck und schnippt Sal liebevoll gegen die Nase. »Ich mein's ernst. Wir wollten Cassie so viel Zeit wie nötig geben, um eine neue Bleibe zu finden. Und das machen wir auch. Wir sind keine Arschlöcher.«

»Ich suche schon. Ehrlich.«

Und damit meine ich, dass ich zweimal im Internet nach Wohnungen geguckt habe, die ich mir leisten kann, um dann einzusehen, dass es in meiner vertrauten Hölle wenigstens heißes Wasser gibt und die Duschkabine nicht direkt neben dem Bett steht. Da habe ich den Laptop schnell wieder zugeklappt. Wenn ich mich lang genug in meinem Zimmer verstecke, vergessen sie das Drama von vor ein paar Monaten vielleicht, und alles kann wieder normal werden.

»Normal« bedeutet in unserem Fall, dass wir uns gegenseitig ignorieren und ich mir hin und wieder ein paar passiv-aggressive Kommentare über meine Kleiderwahl anhören muss.

Immer noch besser, als was auch immer *das* hier ist.

»Ich werde noch intensiver suchen«, murmele ich und sehe mich stirnrunzelnd um. Irgendwas fühlt sich falsch an. Es riecht ... anders. Gestern gab es bei den beiden Fish and Chips, und normalerweise verpestet der Geruch von Tod im Bierteig noch tagelang die Luft. Doch er ist schon fast verflogen. Der gelbe Schal hängt wieder an der Garderobe, und als ich mich zum Sofa drehe, ist auch der violette Pullover verschwunden.

Mist. Bei all dem Spaß heute habe ich die Nachrichten vergessen, die Sal mir geschickt hat.

»Tut mir leid, dass ich meine Porridgeschüssel heute Morgen vergessen habe«, sage ich förmlich und drehe mich zum Waschbecken. »Ich spüle sie schnell.«

Aber auch sie ist verschwunden.

»Haben wir jetzt eine Spülmaschine?« Meine Igelschüssel steht wieder ordentlich verstaut in meinem winzigen Schränkchen (dem einzigen Platz, den die beiden mir zugestanden haben, und den ich täglich wie bei Tetris neu sortieren muss, damit nichts rausfällt). »Ich glaube nämlich nicht, dass ich da im Moment was zu beisteuern kann.«

»Was?« Sal stellt den laut dröhnenden Fernseher an.

»Nichts«, seufze ich. Ich würde euch ja erzählen, was ich getan habe, um wieder mal eine Wohnsituation gegen die Wand zu fahren, aber die Demütigung war schon beim ersten Durchleben schlimm genug. Es reicht, wenn ihr wisst, dass es ein Missverständnis war. Keiner meiner herausragenden Momente, und ich mache Sal keinen Vorwurf daraus, dass sie mich behandelt wie eine neue Tapete, die auf den ersten Blick gut zu passen schien, jetzt aber ungewöhnlich schwer wieder zu entfernen ist.

»Ach!«, ruft sie, als ich gerade die Treppe zu meinem winzigen Zimmer hochlaufe. »Du hast schon wieder einen blöden Brief bekommen! Ich hab ihn dir vor die Tür gelegt. Wäre schön, wenn du auch mal den Briefkasten leeren könntest. Ich bin nämlich nicht deine verdammte Sekretärin.«

Blinzelnd greife ich nach dem Umschlag, der an meiner Tür lehnt wie ein betrunkener Mann mittleren Alters an einer Bar. Da steht mein Name – *Cass* – in einer sehr vertrauten Handschrift, und ein mulmiges Gefühl breitet sich in mir aus. Schnell kneife ich die Augen zu, bis es wieder vorbei ist.

Gestern habe ich auch einen Brief bekommen. Das gerät langsam außer Kontrolle.

Ich reiße diesen hier in der Mitte durch, öffne die Tür und werfe ihn in den Papierkorb. Ich will ihn weder lesen noch beantworten. Leise schließe ich die Zimmertür, lasse mich nach hinten auf mein Bett fallen und starre ausdruckslos an die Decke. Ich mag mein kleines Zimmer wirklich und will noch nicht wieder ausziehen, wenn es sich vermeiden lässt. Okay, es war mal ein Badezimmer und ist so winzig, dass ich all meine Sachen in offenen Regalen und auf Kleiderstangen neben dem lädierten Waschbecken lagern muss. Selbst wenn ich sie nach Farbe und Textur sortiere (was ich selbstverständlich tue), stresst mich der Anblick.

Aber das Zimmer ist sauber, günstig und absolut symmetrisch, ein seltener Fund in London. Hier gibt es keine sichtbaren Schimmel- oder Blutflecken, dafür ein richtiges Fenster, was es besser macht als fünf der acht Alternativen, die ich mir angeguckt habe. Die Sonne scheint morgens vor der Arbeit hinein, und wenn man in einem bestimmten Winkel einschläft, wird man von einem warmen, glücklichen gelben Streifen über den Augen geweckt.

Gelegentlich fällt dieser Winkel genau auf Wills Brust. Wenn ich mich also richtig positioniere, kann ich mit der Sonne und Wills Herzschlag aufwachen.

Konnte, Vergangenheitsform, nicht länger zutreffend.

*Mist.*

Schnell schnappe ich mir mein Handy und verfasse eine Nachricht, bevor Stolz und Selbstachtung mich davon abhalten können:

Sind wir uns absolut sicher, dass das die richtige Entscheidung war?

Mir gefällt mein Gebrauch vom »wir«, als hätten wir beide denselben Beitrag zu dieser Situation geleistet, obwohl wir das definitiv nicht haben.

Ich drücke auf SENDEN und halte die Luft an, versuche, nicht mitzuzählen.

Achtundvierzig Sekunden später:

Klar! Das wird super. Wirst schon sehen!

Irritiert starre ich auf das Display.

Ähm.

»Super« ist nicht das Wort, das ich dafür benutzen würde, Will.

Es piept erneut.

Du und dein Thesaurus-Hirn ;-)
Sensationell. Bombastisch. Lebensverändernd.
Beste Entscheidung ever. Besser?

Eigentlich nicht, nein. Immer wollen die Leute wissen, was mit mir nicht stimmt, aber manchmal frage ich mich, ob wirklich ich das Problem bin. Das ist der unpassendste Zwinkersmiley, den ich je gesehen habe.

Zähneknirschend antworte ich:

Schön, dass du dich so freust.

Ich pfeffere das Handy ans Fußende meines Bettes.

Vier Monate.

Ich habe vier Monate meines Lebens mit einem Mann verbracht, der jetzt offenbar das Ende unserer Beziehung feiert wie das WM-Finale. Und ich hätte es kommen sehen müssen, das ist ja gerade das Peinliche daran. Will ist ein gut aussehender vierunddreißigjähriger Mann, der schon eine Beziehung hinter sich hat, die fast in einer Ehe geendet hätte. Ich dagegen sammle immer noch unsere Kinokarten und zähle unsere Dates. Das gestern war Nummer sechsundzwanzig, und das verdient doch ein bisschen mehr Respekt als »Beste Entscheidung ever«, vielen Dank auch.

Um das klarzustellen: Ich bin nicht *immer* diejenige, die verlassen wird. Auch wenn ihr das vielleicht denkt, aber ich hatte bisher etwa dreiundzwanzig Lebensabschnittsgefährten, und bei ungefähr fünfundfünfzig bis sechzig Prozent war ich diejenige, die es beendet hat. Dates und Beziehungen sind total anstrengend, auch wenn die andere Person es wirklich will. Was auf Will - wie er mir gerade unmissverständlich klargemacht hat – offenbar nicht zutrifft.

Plötzlich bin ich furchtbar erschöpft, also schlüpfe ich schnell unter die Decke und ziehe sie mir über den Kopf wie eine kleine Festung. Meine blonden Haare knistern vor statischer Ladung, bauschen sich auf wie eine Pusteblume und kleben mir sofort im Gesicht. Mit einem Gähnen streiche ich sie beiseite und schließe die Augen. Das geht mir immer so. Zu viele Gefühle auf einmal treiben mein Hirn in eine Leistungsspitze. Dann schickt es mich schlafen, um Energie zu sparen. Etwas unpraktisch, wenn man zum Beispiel auf der Beerdigung der eigenen Eltern ist. Aber wenn man schon im Bett liegt und es nicht mehr viel gibt, für das es sich wach zu bleiben lohnt …

Ich bin fast völlig weggedriftet, als es an der Wohnungstür klingelt.

Hinter meinen Augenlidern blitzt ein helles Neonblau auf.

»Endlich. Das wurde ja … CASSANDRA! FÜR DICH. Wo zum Teufel bleibt das Essen? Müssen die das erst noch fangen? Ich kollaboriere gleich, verdammt.«

Verwirrt quäle ich mich aus dem Bett (noch zu verschlafen, um zu begreifen, ob Sal meint, dass sie vor Hunger gleich zusammenklappt oder sich mit Derek zusammentut, um mich zur Tür zu schleifen) und werfe mir meinen alten gelben Bademantel über die Arbeitsklamotten. Es war ein langer Tag, und mir tut alles weh. Ich kann jedes bisschen Extraflausch gebrauchen, das ich kriegen kann.

Als ich mir die Kapuze auf den Kopf ziehe, knistern meine Haare wieder. Ich gehe in den Flur.

»Hey, Küken.« Will grinst mich an.

# 4

Okay, damit habe ich nicht gerechnet.

»Kapiert?«, fragt Will, nachdem ich ihn sechs Sekunden lang schweigend angestarrt habe. »Weil du so flauschig aussiehst wie ein Küken. Außerdem bist du eine Frau, und es sollte ein Scherz sein, weil ich so einen altmodischen und frauenfeindlichen Kosenamen niemals ernsthaft benutzen würde.«

Ich öffne den Mund.

Zugegeben, ich hatte bisher noch nie eine Langzeitbeziehung – mit vier Monaten ist Will meine persönliche Bestleistung –, aber ist es üblich, dass man am Abend der Trennung bei der Ex auftaucht und sich über ihr Outfit lustig macht?

»Hat es bei der Arbeit länger gedauert?« Will holt sein Handy heraus und schielt auf die Uhrzeit. »Bist du da drunter angezogen? Wir müssen nämlich los, wenn wir pünktlich sein wollen.«

Wie unter Schock schäle ich mich aus meinem Bademantel und präsentiere einen marineblauen Jumpsuit, als wäre ich die unattraktivste Geflügelstripperin der Welt. Noch mehr Verwirrung durchzuckt mich: Mittwochs trage ich eigentlich den schwarzen Jumpsuit. Die Trennung heute Morgen hat mich wohl so aufgewühlt, dass ich den falschen angezogen habe.

»Du siehst umwerfend aus.« Will grinst mich an. »Hol deine Schuhe.«

Ich weiß, an diesem Punkt sollte ich wohl ein paar zweckdienliche Fragen stellen – oder überhaupt Fragen –, aber Will hat gerade gesagt, dass ich umwerfend aussehe, und das tat gut. Also nicke ich nur und ziehe artig meine Schuhe an.

Vielleicht ist er für eine Nachbesprechung hier.

Statt die Beziehung eines Morgens einfach mit einem Kuss zu beenden und dann nie wieder miteinander zu reden, kommt man nachher noch mal zu einem Abschlussmeeting vorbei. Um alles ausführlich zu besprechen und eine Übersicht zu erstellen, auf der haarklein steht, was so schiefgelaufen ist. Denn wenn ich ehrlich bin: Ich habe mir den ganzen Tag den Kopf darüber zerbrochen und trotzdem absolut keine Ahnung.

»Hi.« Will lächelt mich an, als ich die Eingangstür hinter uns zuziehe, und lehnt sich vor, um mich sanft auf die Wange zu küssen.

Ich starre ihn bloß an. »Hi.«

Auch das fühlt sich unpassend an. Hat er nicht heute Morgen das Recht verwirkt, beiläufig seine Lippen auf meine Haut zu drücken? Eine Duftwolke von starkem schwarzem Kaffee hüllt mich ein – ich vermisse ihn schon, dabei berührt er mich gerade –, und Will läuft die Straße entlang. Ich folge ihm, lasse ihn nicht aus den Augen. Sein Gang war eins der ersten Dinge, die mir an ihm aufgefallen sind, als wir uns kennengelernt haben. Er ist gleichzeitig kühn und schwungvoll. So stelle ich mir Odysseus auf seinem Schiff vor. Will hat generell etwas Robustes, Unerschrockenes an sich – er ist ein Mann wie ein Baum –, und das wirkt *sehr* anziehend auf Frauen wie mich, die sich neunzig Prozent der Zeit über schwach und eingeschüchtert fühlen.

Was zum Teufel ist hier los? Na ja, ich habe heute den ganzen Tag noch nicht meine Mails gecheckt. Vielleicht hängt die fehlende, kontextuelle Information noch in meinem Posteingang.

Außerdem versuche ich verzweifelt, irgendwelche Farben oder Emotionen zu identifizieren, aber da sind keine. Was auch immer Will fühlt, entweder es ist nicht sonderlich stark, oder er verbirgt es hervorragend. Das kann er wirklich, wirklich gut. Deshalb kam die Trennung für mich ja auch aus dem Nichts. Erst in letzter Minute habe ich etwas wahrgenommen.

»Wohin gehen wir noch mal?«, frage ich.

Ein kleiner Hoffnungsschimmer: Vielleicht ist er doch nicht für das Beziehungsabschlussgespräch hier. Vielleicht geht es um konstruktive Kritik, und wir werden gemeinsam analysieren, aufarbeiten und überlegen, wie wir die Situation verbessern können. Vielleicht kann ich mich ihm, trotz seiner Zweifel, doch noch mal aufdrängen, wie ein hartnäckiger Mobilfunkhändler.

Will zieht die Augenbrauen hoch. »Ins *Barock Me Darling.*«

»Was?« Abrupt bleibe ich stehen. »*Wieso*?«

»Weil es ein ausgezeichneter Wortwitz ist. Und ein einzigartiges kulinarisches Erlebnis. Es sind zu Fuß nur drei Minuten von hier, und ich verhungere. Außerdem habe ich den Tisch schon vor Wochen reserviert. Steht im Kalender.«

Will reist wegen seines Jobs oft durch die ganze Welt. Deshalb versuchen wir, was uns an Work-Life-Balance fehlt, durch einen sehr klar strukturierten Wochenplan und detaillierte Veranstaltungsprogramme auszugleichen, die ich ihm jeden Sonntagabend schicke.

»Okay, aber …« Ich verziehe das Gesicht. »Ach, egal.«

Das alles kommt mir ein wenig grausam vor. Normalerweise ist Will so rücksichtsvoll und sensibel … Oder ist das Teil eines Plans? Eine romantische Geste, um den Bruch wieder zu kitten, damit wir nahtlos mit Date siebenundzwanzig weitermachen können?

Ehrlich gesagt brauche ich sofort eine Antwort.

Ich setze mich nicht in ein Pop-up-Restaurant zum Thema 18. Jahrhundert, gebe vor, eine Karte zu studieren, die ich bereits auswendig kenne, und setze ein falsches Lächeln für die Kellnerin mit Lippenstiftfleck am Kragen auf, nur um herauszufinden, ob ich Single bin oder nicht.

»Will«, setze ich an, greife unbeholfen nach seiner Hand, erwische aber nur die Fingerspitzen. »Wegen heute Morgen …«

»Ach, Mist.« Eine Farbe flackert auf, aber zu blass und zu kurz, um sie zu deuten. »Das hab ich total vergessen. Ich war nur angespannt, weil ich auf die Freigabe für den nächsten Auftrag warte. In letzter Zeit waren die Jobs ein bisschen rar.

Tut mir leid, Cassie. Manchmal bin ich echt ein mürrischer Arsch.«

Da ist es: alles, was ich seit etwa zehn nach acht heute Morgen hören wollte.

Meine Freude bricht durch die Oberfläche, wie ein Küken aus einem Ei.

Es war gar keine Trennung, bloß ein Missverständnis – unterschiedliche Meinungen, völlig normal in einer gesunden Beziehung! –, und ich habe maßlos überreagiert. (»Cassandra hat die unschöne Angewohnheit, immer direkt den Teufel an die Wand zu malen.«) Die Tatsache, dass ich immer noch nicht verstehe, was passiert ist, kommt mir auf einmal absolut irrelevant vor, solange alles wieder gut ist.

»Du musst dich nicht entschuldigen«, trällere ich und drücke seine Hand. »Ich hab bestimmt auch dazu beigetragen. Vergeben und vergessen. Lass uns nicht mehr drüber reden.«

Ich quelle so über vor Glück, dass ich nicht weiß, was ich als Nächstes tun soll. Einerseits ist das hier eine epische romantische Wiedervereinigung, die sicherlich hemmungsloser und leidenschaftlicher Zuneigungsbekundungen bedarf. Andererseits stehen wir mitten auf der Straße, und ein weißer Van hupt uns an. Ich lehne mich vor, um Will auf den Mund zu küssen. Er stößt mit dem Kopf auf mich zu wie ein Truthahn, zieht mich dann aber von der Straße.

»Am besten lassen wir uns heute nicht überfahren.« Er klingt heiter und steif zugleich, wie ein schwimmender Holzstamm. »Ich möchte wirklich unbedingt das Hühnerfrikassee mit Stachelbeeren und Innereien probieren. Deshalb bin ich auch froh, dass du den gelben Flauschmantel ausgezogen hast. Sonst hätte ich dich noch mit einer der Zutaten verwechselt.«

Abends ist es in Brixton laut und voll, aber es herrscht eine ansprechend dionysische Atmosphäre. Die Farben sind kräftig, die Luft dick. Wie rohes Fleisch und Weihrauch und Chiffon und feuchter Müll und Lila und Zimt und Lamm und Zigaretten. Meistens erstickt mich das, doch heute Abend – so voller Glück und mit Wills Hand in meiner – hüllt es mich in wohlige Wärme, als hätte man mich in köstliche Marinade eingelegt.

»Schon wieder?« Ganz behutsam drehe ich unsere verwobenen Finger, sodass meine Hand oben liegt. »War es beim ersten Mal nicht eklig genug? Warum will man überhaupt Innereien essen?«

Wir reihen uns hinter einem anderen Pärchen vor einem Frachtcontainer aus Metall ein. Eine Frau in einem langen roten Samtrock und einer Brokatschürze hakt Namen auf einem Klemmbrett ab. (Den Rock haben vor drei Jahren alle zur Weihnachtszeit getragen.)

»Keine Ahnung«, antwortet Will. »Ich hab sie noch nie probiert.«

»Willkommen im *Barock Me Darling!*« Die Frau lächelt uns mit knallroten Lippen entgegen und trägt dieselbe Bluse wie gestern: Da ist der kleine Lippenstiftfleck am Kragen. Was sie wohl sonst noch nicht sauber macht? »Hoffentlich können wir Ihnen heute Abend ein unvergessliches Esslebnis bereiten. Name?«

»Cassandra Dankworth.«

»Baker«, antwortet Will im selben Moment.

»Oh.« Ich stoße ein leises Schnauben aus. »Sie meinen für die Reservierung. Ich dachte, Sie wollten einfach wissen, wie ich heiße.«

Zum Glück hört mir niemand zu. Will starrt auf sein Handy, und die Kellnerin in dem historisch inkorrekten Kostüm führt uns schon durch die sechs Meter lange Kiste zu unseren runden Mahagonihockern an der langen Theke, die es hier statt Tischen gibt. Wellblech und Samttapete, falsche Entenköpfe an den Wänden und geschnitzte Goldsessel sind eine mutige – manche würden sogar sagen, unglückliche – Kombination.

Aber Will gefällt es, also bin ich zufrieden.

Außerdem hört man nicht oft an zwei Abenden in Folge den Begriff »Esslebnis«.

»Hattest du das Frikassee nicht gestern schon?« Wie die Hühner auf der Stange sitzen wir vor der Wand und werfen einen Blick in die Karte. »Weißt du nicht mehr? Wir haben doch auch über Nüsse gesprochen. Weil sie einerseits Früchte sind, aber auch ein Stück aus der Keule von Rindern, Kälbern oder Schweinen sein können. Außerdem heißt bei Armbrüsten die Halterung von Pfeil und Sehne Nuss, und Steckschlüsselaufsätze sind auch Nüsse. Und wir haben festgestellt, dass man die letzten beiden Varianten lieber nicht auf seinem Teller finden möchte.«

Zugegeben, den Großteil dieser Unterhaltung habe ich allein gestemmt.

Will nickt abwesend und starrt weiter auf sein Handy, also lasse ich den Blick durch das Restaurant schweifen, bis seine Aufmerksamkeit wieder bei uns ist. Was hier in dem Container wohl ursprünglich verschifft wurde? Getreide? Seife? Bücher? Wenn es Bücher waren, dann war die Umwandlung in das Restaurant definitiv eine Verschlechterung.

»Was meinst du damit?« Endlich sieht mein Freund mich an. »Wir waren gestern nicht hier.«

»Ähm.« Verwirrt blinzle ich. »Doch, waren wir.«

»Nein, waren wir nicht.« Er schüttet mir netterweise Wasser aus dem Krug in mein Glas, bevor ich ihn wie gestern wieder umwerfen kann. »Gestern war ich den ganzen Abend im Studio und habe panisch einen Film geschnitten.«

»Falsch.« Ich sehe mich um und strecke den Finger aus. »Wir haben genau da gesessen. Du hast das Frikassee mit Stachelbeeren bestellt und ich die Rote Bete Pfann Kuchen – vier Wörter –, und später habe ich mich aufgeregt, weil du deinen Löffel in meinen Pudding gesteckt hast.«

»Nope.« Will lacht. »Obwohl das sehr nach etwas klingt, das du machen würdest.«

»Du hast ihn angeleckt! Du hast meinen Pudding mit deinem Speichel kontaminiert!«

»Cassie, wir schlafen miteinander.« Er grinst und schaut in die Karte. »Ich stecke regelmäßig meinen Löffel in deinen Pu…«

»Will«, unterbreche ich ihn hastig, bevor die Kellnerin uns hört und schlussfolgert, dass das zwischen uns was Lockeres und Nicht-auf-Dauer-Angelegtes ist. Denn das ist es nicht. »Das sind zwei vollkommen verschiedene Situationen. Wir küssen uns auch, aber das heißt doch nicht, dass ich dir im Schlaf in den Mund spucken darf.«

Wieder lacht er. »Spuckst du mir denn im Schlaf in den Mund?«

»Nein«, erwidere ich hitzig. »Dabei geht es nämlich um *Konsens.*«

Tatsächlich habe ich im Vorfeld die Karte intensiv studiert *und* mir alle Fotos auf Google eingeprägt *und* im Restaurant angerufen, um nach den vegetarischen Optionen zu fragen, *und* bin auf dem Weg zur Arbeit hier vorbeigelaufen *und* habe durch die Fenster gespäht. Es besteht also durchaus die Möglichkeit, dass ich mir ein paar falsche Erinnerungen anrecherchiert habe.

Außerdem streiten wir uns oft wegen Wills abstoßender Tischmanieren: Beim Essen kann er einfach keine Grenzen akzeptieren.

»Na gut«, lenke ich ein und greife mir ein Stück »Waisbrot«, auch wenn ich sicher bin, dass das selbst im 18. Jahrhundert nicht so geschrieben wurde. »Hast ja recht. Wahrscheinlich bin ich einfach nur müde. Heute war wirklich ein … verwirrender Tag.«

Unter der Theke legt Will mir sanft die Hand auf den Oberschenkel. Nicht aus den sexy Gründen, die ihr jetzt vielleicht vermutet. Ich trete mit dem rechten Fuß immer wieder so fest gegen das Wellblech, als wäre es eine Blechtrommel, und unsere Sitznachbar*innen werfen uns schon genervte Blicke zu.

Angestrengt knete ich mir die Hände und konzentriere mich auf den Druck von Wills Berührung.

In seinem Blick liegt etwas Sanftes. Etwas zu Sanftes. »Was ist passiert?«

Hitze steigt mir ins Gesicht, und ich wende mich schnell ab. »Na ja …«

»Hallo, geliebte Gäste!« Die Lippenstiftfleckfrau ist wieder da. »Bereit für ein bisschen Barock 'n' Roll? Was wollt ihr trinken? Ich empfehle den Puss & Mew.«

»Einfach normalen Rotwein, bitte«, erwidert Will mit einer Autorität, die einem aus der tiefsten Seele emporsteigt, wie Zwiebeln aus der hausgemachten Suppe. »Für mich das Frikassee, und … du wolltest die Rote-Bete-Pfannkuchen, oder?«

»Ich hab nicht gesagt, dass ich sie will«, murmle ich und stopfe mir weiter Brot in den Mund. Auf einmal fällt mir ein, dass ich den ganzen Tag noch nichts gegessen habe. »Es ist nur das einzige Gericht auf der Karte ohne Innereien.«

»Du bist witzig!« Die Kellnerin kritzelt etwas auf ihren Block. Hat sie sich das notiert wie eine Therapeutin? »Hattet ihr bisher einen schönen Tag?«

Und weg sind die beiden: Sie plaudern über das Wetter. Das führt offenbar unausweichlich zu der Frage, wie lang das Restaurant geöffnet hat, wie viel Umsatz man hier macht und ob sie darüber nachdenken, sich irgendwo dauerhaft niederzulassen. Währenddessen studiere ich die Karte, als wäre sie die *Ilias*. Wie machen Leute das? Wie können zwei völlig Fremde sich so in eine Unterhaltung verstricken, ohne sich darin zu verheddern? Woher wissen sie, was sie als Nächstes sagen sollen? Und, vor allem, warum? Es ist wie bei Musicals, bei denen plötzlich alle denselben Tanz aufführen, ohne vorher zu proben: absolut unerklärlich.

Endlich verlässt die Kellnerin uns mit unserer Bestellung im Schlepptau, und ich spüre, dass Will mich mustert.

»Cassie«, sagt er leise.

Ich sehe zu ihm auf. »Ja?«

»Du weißt, dass wir uns nur unterhalten haben, oder?«

Jetzt bin ich wirklich verwirrt. »Ja.«

»Was ist das dann für ein Gesicht?«

»Wieso, was ist mit meinem Gesicht?« Hastig schnappe ich mir ein Messer und halte es hoch, doch es ist zu angelaufen, um etwas in der Klinge zu erkennen. O nein! Das Fake-Blut von der Demo. Hektisch beginne ich, mir über die Wangen zu rubbeln. »*Will*, warum hast du denn nichts gesagt?«

»Wozu denn?« Wieder legt er mir die Hand auf das wippende Bein. »Was ist los? Sprich mit mir. Du wirkst heute total durcheinander.«

Langsam atme ich aus. Oh, es ist nicht viel los. Ich habe mir bloß unsere Trennung eingeredet, die Trauerphase eingeläutet, bin gefeuert worden, habe eine Pflanze gestohlen, sie mir wieder wegnehmen lassen, wegen eines Muffins geheult, wurde mit Blut besudelt und bin dann im Hauseingang einer Bar zusammengebrochen. Klingt alles nicht nach einer Frau, mit der man viel Zeit verbringen will, oder? Dabei habe ich dich doch gerade erst wieder.

»Alles gut.« Ich lächle ihn breit an. »Danke, dass du fragst. Wie geht es dir denn?«

»Super.« Er blickt auf, als unser Essen gebracht wird, das – um meine Verwirrung auf die Spitze zu treiben – *exakt* so aussieht, wie ich es erwartet habe. Und das ohne Beweisfotos in der Karte. »Sogar blendend. Ich hab tolle Neuigkeiten.«

Will schaut auf sein Essen, dann zu mir und wieder aufs Essen. Und mit einem Mal spüre ich eine regelrechte Sturzflut an Farben, eine seltsame Mischung, die ich nicht entwirren kann, wie ein Knäuel verschiedenfarbiger Wollfäden. In seinen Augen blitzt irgendetwas Neues auf, aus dem ich allerdings auch nicht schlau werde.

Dann spricht Will weiter: »Mir wurde ein Auftrag in Indien angeboten.« Er greift nach seinem Weinglas und nimmt einen übertrieben großen Schluck. »Ich soll eine Dokumentation über Schuppentiere filmen. Samstag fliege ich und bleibe einen Monat.«

Was zum kontinuierlichen Erzählfluss noch mal ist hier los?

»Ja.« Mit gerunzelter Stirn lege ich meine Gabel beiseite. »Ich weiß.«

# 5

Wissenschaftler können sich das Phänomen des Déjà-vus nicht genau erklären.

Ist es eine Erinnerung, die sich so schnell formt, dass wir uns an den Augenblick erinnern, noch während wir ihn erleben? Eine Fehlfunktion, bei der der Gegenwarts- und der Vergangenheitsteil des Gehirns gleichzeitig beansprucht werden? Eine Nervenbahn, die übersprungen wird? Ein Wurmloch, eine religiöse Erfahrung, ein Fehler in der Matrix? Es ist unklar, doch als Will zu einem Vortrag ansetzt, den ich schon gehört habe, ein Gericht isst, das er schon gegessen hat, Wein trinkt, den er schon getrunken hat, und das alles in einem Restaurant, in dem wir – da bin ich mir inzwischen ganz sicher – schon gestern waren, stellen sich mir die Nackenhaare auf.

»Cassie.«

Hinter der kleinen Bar zerspringt eine Flasche auf dem Boden. Ein Handy klingelt mit der vertrauten Melodie eines Filmsoundtracks.

»Cassie.«

Die Eingangstür knallt zu, und der Wasserkrug …

»Cassandra, kannst du nicht mal für eine Minute dein Handy weglegen? Ich versuche, mit dir zu reden.«

Verwirrt blicke ich vom Wikipedia-Eintrag über Déjà-vus auf.

»Guck mich an.« Will nimmt mir sanft das Handy aus der Hand und legt es auf den Tisch. »Ich weiß, das kommt jetzt etwas überraschend, aber es ist wirklich ein tolles Projekt. Und ich war ja schon öfter wegen der Arbeit weg, das heißt also nicht, dass wir nicht …«

»Wann hast davon erfahren? Seit wann weißt du das?«

Will runzelt die Stirn. »Gegen fünf, wieso?«

Ich fixiere meine unberührten Pfannkuchen. Wir haben

nicht mehr miteinander gesprochen, seit ich heute Morgen zur Arbeit gegangen bin. Es gibt also nur zwei Möglichkeiten: Entweder ich werde hier gerade zum Opfer in einem Musterfall von Gaslighting, oder die Synapsen in meinem Hirn haben einen Kurzschluss. Schnell schaue ich auf und mustere Wills Gesicht. Es sieht nicht aus und fühlt sich auch nicht so an, als würde er lügen, aber ich bin zu durcheinander, um einzuschätzen, ob die Emotionen, die ich spüre, meine oder seine sind.

Einer von uns beiden ist verrückt geworden. Angesichts meines heutigen Tages wohl ich.

»Mir geht es nicht so gut.« Abrupt springe ich von meinem Hocker auf und stoße den verdammten Wasserkrug um. »Ich glaube, ich möchte jetzt nach Hause, bitte.«

Das Wasser tropft mir vom Schoß, und ich torkele von unserem Platz weg. Egal was hier los ist, ich kann nicht noch einen Zusammenbruch riskieren. Nicht hier, nicht jetzt, nicht in Gegenwart des tollsten Mannes, mit dem ich je zusammen war. Zwei an einem Tag hat es bisher noch nie gegeben, aber vielleicht habe ich mir ja den Kopf gestoßen. Vielleicht habe ich eine Art zeitverzögerte Gehirnerschütterung. Vielleicht sind all meine sorgfältig sortierten Neuronen durcheinandergeraten, wie die Steine in einem Scrabblebeutel.

»Wirklich?« Will nimmt sich ein paar triefend nasse Servietten, guckt sehnsüchtig auf seinen Teller und dann zu mir, offensichtlich hin- und hergerissen. »Jetzt sofort? Können wir das nicht beim Essen besprechen?«

Die rothaarige Frau hinter mir stößt ein schrilles Lachen aus. Ich erinnere mich an dieses Lachen. Wirklich. Zumindest fühlt es sich so an.

»Ich gehe«, wiederhole ich mit Nachdruck. »Jetzt.«

»Dann komme ich mit.« Er schnappt sich noch ein Stück Brot und steht auf. »Ich hab nicht damit gerechnet, dass du so reagierst. Sonst hätte ich dich besser darauf vorbereitet. Das ist eine tolle Chance, und ich dachte, du freust dich für mich.«

Ziemlich sicher habe ich das beim letzten Mal auch getan. Ich habe ihm auf meinem Handy eine interaktive Karte von Indien gezeigt und ganz aufgeregt und mit vollem Mund einen Vortrag über Schuppentiere gehalten. Ich habe nachgemacht, wie sie ganz unterwürfig ihre Pfötchen zusammenhalten wie unterbezahlte Butler, und Will hat so lange gelacht, bis ihm der Kaffee nach dem Dessert aus der Nase lief.

Nur dass das anscheinend nie passiert ist. Was bedeutet, dass irgendwas in meinem Gehirn zu schnell oder zu langsam läuft, und das ist ein Riesenproblem. Ganz plötzlich fühlt sich der Frachtcontainer überladen an. Ich halte die Luft an und schwanke durch die Tür nach draußen, bleibe mit geschlossenen Augen auf der belebten Straße stehen und klammere mich fest an meine Daumen, um nicht allzu sehr in Panik zu verfallen.

*Atme, Cassandra. Atme.*

Aber nicht zu schnell, sonst wirst du wieder ohnmächtig.

»Cassie?« Will kommt ein paar Minuten nach mir aus dem Container. »Ich hab noch bezahlt, aber sie wollten uns das Essen nicht einpacken. Anscheinend gab es im 18. Jahrhundert noch kein Essen to go. Was ist hier eigentlich los? Du benimmst dich ganz schön exzentrisch, selbst für deine Verhältnisse.«

Atmen, atmen, atmen …

Vorsichtig öffne ich ein Auge nach dem anderen.

Es ist weg. So schnell, wie das Déjà-vu aufgetaucht ist, ist es wieder verschwunden. Alles ist wieder normal, meine Synapsen haben die Arbeit wieder aufgenommen, die Realität ist nicht länger verzerrt, und ich werde so tun, als hätte ich Wills letzten Satz nicht gehört.

»Allergische Reaktion?«, schlage ich vor.

»Du hast doch gar nichts gegessen.« Mein Freund klingt erschöpft, als wäre ein Essen mit mir so anstrengend wie das Erklimmen eines Berges ohne passendes Schuhwerk. »Aber lass uns einfach zurück zu dir gehen und dann drüber reden.«

Wir schweigen uns den ganzen Weg über an, und mit jedem Schritt fühlt sich der Fehler in der Matrix surrealer an, wie ein Traum, der einem langsam entgleitet, sobald man die Augen öffnet. Immer wieder schiele ich zu Will, doch er sieht mich nicht an. Sein Kiefer wirkt angespannt. Wir halten Händchen, doch seine Hand fühlt sich hölzern an. Unecht. Eine Fake-Hand. Als hätte ich ein Date mit Pinocchio.

Den ganzen Weg über trieft etwas Lindgrünes aus ihm heraus. Ich weiß, die meisten denken, Grün stünde für Eifersucht, aber das stimmt nicht. Zumindest nicht dieses Mal.

Es fühlt sich eher an, als würde Will eine Entscheidung treffen.

»Tut mir ehrlich leid«, sage ich zum fünften Mal, als wir endlich in meinem Zimmer sind, ziehe meinen marineblauen Jumpsuit aus und hänge ihn ordentlich weg, bevor mir einfällt, dass ich ihn genauso gut auf den Boden oder in einen Brennofen werfen könnte. Nächste Woche brauche ich ihn sowieso nicht mehr. »Keine Ahnung, warum ich mich so benommen hab.«

»Schon gut.« Will streift seine Jeans ab und steigt in mein Bett. »Wirklich.«

So was sagen Leute nur, wenn sie euch wissen lassen wollen, dass sie lügen. Sehr behutsam, als wäre Will ein Raubtier, klettere ich zu ihm unter die Decke und schaue ihn an. Haben wir heute Abend Sex? Schwer einzuschätzen. Einerseits würde es vermutlich die Anspannung lösen. Aber andererseits bin ich nicht sicher, ob die richtige Stimmung herrscht.

Nach ein paar Sekunden zieht Will ein Buch aus seiner Tasche – irgendeine Biografie über David Attenborough, was auch sonst –, also folge ich brav seinem Beispiel und schnappe mir mein eigenes Buch *(Die Penelopiade)*. Den BH kann ich nachher immer noch ausziehen, vielleicht hebt das die Stimmung ein wenig.

»Weißt du …« Nach ein paar Momenten Stille legt Will sein Buch weg. »Wenn dich irgendetwas ärgert, kannst du es mir sagen. Ich muss es wissen. Renn nicht einfach ohne Erklärung mitten im Essen weg. So funktionieren erwachsene Beziehungen nicht.«

Ich verziehe das Gesicht. »Okay.«

»Es geht hier um meinen Job. Ich nehme die Aufträge, die ich kriege. Ich kann mir nicht aussuchen, wann ich wohin muss.«

»Ich weiß.« Kurzes Zögern. »Aber es war der Anfang.«

»Was?«

»Es war am Anfang vom Essen. Wir haben die Teller gerade erst bekommen, das zählt also noch nicht als ›mitten im Essen‹. Wenn man die Wartezeit vorher dazuzählt, dann hatten wir vielleicht ein Sechstel geschafft, oder ein Fünftel. Hängt davon ab, ob wir noch Nachtisch genommen hätten.«

Eigentlich würde ich gern sagen: *Bitte verlass mich nicht schon wieder.*

»Klar.« Will schält sich langsam die Socken von den Füßen und wirft sie durch den Raum. Ich beobachte, wie sie durch die Luft fliegen. Das *fühlt* sich nicht an wie ein sexueller Annäherungsversuch, aber Will wird zunehmend nackter, ich könnte mich also irren. »Ich meine nur, dass du mal ein bisschen an deiner Kommunikation arbeiten musst. Öffne dich etwas mehr. Du kannst nicht jedes Mal dichtmachen und abhauen, wenn dich irgendwas aus der Bahn wirft.«

Die Alternative wäre, dass ich zur Salzsäule erstarre und die Augen aufreiße wie ein verschrecktes Reh. Erfahrungsgemäß kommt das noch schlechter an.

»Okay.«

»Okay?« Er dreht sich zu mir und stützt das Kinn auf seinem behaarten Arm ab. »Und ansonsten hast du nichts zu dieser Diskussion beizutragen? Nichts, was du mir sagen möchtest?«

Sein Gesicht ist so wunderschön wie eine malerische Landschaft. Seine Nase ist groß und leicht schief, an seinem linken Eckzahn fehlt ein Stück, auf der Wange hat er zwei Muttermale, und da ist eine Stelle, an der seine Bartstoppeln nicht so gleichmäßig wachsen. Das alles ist mir so vertraut, am liebsten würde ich all seine Besonderheiten wie Punkte auf einer Karte einzeichnen, damit ich immer wieder hierher zurückfinde.

»Ich mag dein Gesicht«, schlage ich in meiner Verzweiflung vor.

»Das meinte ich nicht.« Er seufzt schwer und küsst mich auf die Stirn. Dann schaltet er die Nachttischlampe aus, obwohl es noch nicht mal halb zehn ist.

Stocksteif liege ich auf dem Rücken, mit den Armen neben dem Oberkörper, und starre verständnislos an die dunkle Decke, von der mir Leuchtsterne entgegenstrahlen, die ich online gekauft und in tagelanger Kleinstarbeit da oben angeordnet habe. Was hat er denn gemeint? Was will er von mir hören? Was wäre die korrekte Antwort gewesen? Ich wünschte, die Leute würden mir einfach erklären, was ich sagen soll, damit sie glücklich sind, anstatt von mir zu erwarten, dass ich richtig rate.

»Also«, setze ich schließlich an. »Was meinst du, haben wir heute noch Sex?«

Offensichtlich nicht: Will schläft schon.

Ein Herzschlag, ein Streifen warmen Lichts. Das dumpfe Surren streitender Mitbewohner*innen, wie ein Nest wütender Wespen unter dem Dielenboden.

Orientierungslos öffne ich die Augen.

Irgendwann heute Nacht muss ich mich gedreht haben, denn jetzt liege ich auf Wills Brust, und er starrt zu mir herab. Schon wieder. Will er mich jetzt jeden Morgen anstarren? Ich bin nicht sicher, ob mir das gefällt. Einerseits fühle ich mich so wie ein Gemälde in der Tate Gallery, andererseits komme ich mir auch ein bisschen vor wie eine Assel, die unter einem Stein zerquetscht wird.

»Ich mag dein Gesicht auch«, sagt er und beugt sich vor, um mir einen Kuss auf den Kopf zu drücken, als wäre ich ein kleines Kind am ersten Schultag. »Das hätte ich gestern Abend schon sagen sollen. Du hast ein außergewöhnlich hübsches Gesicht, Cassandra Penelope Dankworth.«

Mit einem lauten Schmatzen ziehe ich die Lippen auseinander. »Was?«

»Und du bist aufmerksam.« Er lächelt. »Als ich meine Lieblingshandschuhe bei dem Dreh in der Antarktis verloren hab, hast du für mich genauso ein Paar noch mal gefunden und sogar eins auf Reserve besorgt, falls ich sie noch mal verliere. Weißt du noch?«

Natürlich weiß ich das noch. Das ist erst drei Wochen her. Verunsichert setze ich mich auf. Ich bin hübsch? Und aufmerksam? Eine gute Handschuhkäuferin?

Was zum Teufel ist hier …

»Und du bist süß«, spricht Will eilig weiter, packt meine Hand. »Ich weiß, dass viele Leute das nicht sehen, aber ich schon. Du bist brillant und so herrlich schräg. Ich verbringe wirklich gerne Zeit mit dir.«

Alarmiert lehne ich mich an die kalte Wand und starre Will in die Augen. Sie zeigen den abwesenden, liebevollen, einstudierten Blick eines Mannes, der gerade eine Trauerrede hält. Als hätten die Worte meines Freundes mich auf meiner eigenen Beerdigung geweckt.

»Das musst du wissen«, redet er weiter, die Stimme so rau wie ein Auto, das über einen Schotterweg fährt. »Du musst wissen, dass ich dich wirklich sehr schätze, Cassandra. Ich halte große Stücke auf dich.«

Nein.

Nein nein. Nein nein nein nein …

Als überzeugte Atheistin sage ich so was nicht leichtfertig, aber:

»Ach du heilige Scheiße.« Ich krieche an den Matratzenrand, schnappe mir mein Pegasus-Shirt und ziehe es über den Kopf, damit ich nicht ohne Oberteil dasitze, während ich abserviert werde. »Will, machst du es schon wieder?«

»Mache ich was schon wieder?«

»Schluss mit mir. Sagst du wieder nach dem Aufwachen nette Sachen über mich, die du offensichtlich nicht so meinst, um dann ganz beiläufig mit mir Schluss zu machen?«

Will verzieht das Gesicht. »Aber ich meine sie so.«

»Bitte konzentrier dich auf die wesentliche Frage.«

Schweigen, dann: »Ja.«

»Das kann nicht wahr sein.« Ohne jegliche Eleganz rolle ich mich vom Bett und streife mit nackten Beinen durch mein winziges Zimmer. »Was stimmt mit dir nicht? Das ist keine rhetorische Frage. Ich will ein klinisches Gutachten, das ich ausdrucken und all deinen zukünftigen Partnerinnen geben kann. Das hier ist nämlich unmöglich.«

»Cassandra …« Will fährt sich mit den Händen durch die ordentlichen Kein-Sex-Haare. »Ich bin mitten in der Nacht aufgewacht und konnte nicht mehr schlafen. Zweifel habe ich schon seit ein paar Wochen, aber ich dachte, wir können es angehen, wenn ich aus Indien zurück bin. Wir sind doch erst seit vier Monaten zusammen, und ich bin nicht sicher …«

Meine Organe fangen an zu pulsieren. Mir ist schlecht. Wenigstens trifft es mich nicht so unvorbereitet wie gestern. Gestern habe ich ihn während seines Vortrags verträumt angestrahlt und dann gesagt: »Was für eine tolle Idee, unseren Morgen jetzt mit so positiven Affirmationen zu starten! Wenn du fertig bist, bin ich dran, okay?«

Es sollte ein Wort geben, das Herzschmerz und Erniedrigung verbindet.

Herzniedrigung vielleicht.

»Komm mir nicht so«, falle ich ihm ins Wort. »Komm mir nicht mit ›erst seit vier Monaten‹. Vier Monate lang hat Persephone bei Hades in der Unterwelt gelebt. Das ist lang genug, um Winter über die gesamte Welt zu bringen. Vier Monate sind nicht nichts.«

»Waren das nicht sechs?«, fragt Will mit gerunzelter Stirn.

»Dein Ernst? Darüber willst du streiten? Kommt auf die verdammte Quelle an, Will. Es ist so oder so ein beträchtlicher Zeitraum.«

»Du hast recht. War dämlich von mir. Tut mir leid.«

Meine Augen sind feucht, meine Hände zittern, aber wenigstens kann ich mich dieses Mal bewegen und artikulieren. Letztes Mal war ich völlig im Erschrockenes-Reh-Modus und habe ihn ohne zu blinzeln angestarrt, bis er mich irgendwann zögerlich umarmt und mir gesagt hat, dass er mich immer in seinem Leben haben will, nur um dann abzuhauen und eine seiner schwarzen Socken in meinem Papierkorb zurückzulassen.

»Aber *warum?*«, bringe ich dieses Mal heraus.

»Ich weiß auch nicht.« Gerade fließen so viele Farben aus ihm heraus – er ist ein menschliches Prisma, das sich im Fenster dreht –, aber die Farbe, die sich in mein Gedächtnis einbrennt, ist das Blassblau der *Erleichterung.* »Ich kann es nicht genau erklären. Es ist nur, ich …«

»Du hast mich zwar gern, denkst aber nicht, dass du mich lieben kannst? Nicht so, wie du jemanden lieben willst? Nicht auf die Art, auf die du im Leben nicht verzichten willst?«

»Autsch.« Er kneift die Augen zusammen. »In meinem Kopf hat das viel besser geklungen.«

Trotzdem hat er das beim letzten Mal auch gesagt. Wieder schnürt sich mir die Kehle zu. Das ist so unfair. Ich werde nicht verlassen, weil ich etwas Falsches gesagt oder getan habe. Ich werde verlassen, weil ich falsch *bin.* Weil Will hofft, hinter der nächsten Ecke jemanden zu finden, der *weniger* falsch ist.

Inzwischen atme ich so schwer, dass ich wie ein Luftentfeuchter klinge.

Er kann nicht einfach gehen. Nicht schon wieder.

»Ich brauche dieses Mal einen besseren Grund.« Verbleibende Selbstachtung: keine. »Erklär es mir genauer, Will. Sag mir, welchen Weg ich einschlagen soll. Es ist nämlich alles andere als normal, mit einunddreißig niemanden zu haben. Es ist nicht normal, noch nie eine romantische Beziehung geführt zu haben, die länger als vier Monate gehalten hat. Was bedeutet, dass rational und statistisch gesehen ich das Problem bin. Also muss ich es wissen. Was an mir ist so wenig liebenswert? Gib mir was Konkretes, womit ich arbeiten kann. Bitte.«

Ich weiß, wie demütigend das ist. Ich weiß, dass man so tun soll, als ließe einen die Sache völlig kalt (mir bricht in solchen Momenten allenfalls der kalte Schweiß aus), aber das habe ich schon letztes Mal gemacht und nichts dabei gelernt. Und was habe ich noch zu verlieren? In den letzten vierundzwanzig Stunden habe ich doch schon alles verloren.

Will versucht unbeholfen, mir den Arm um die Schultern zu legen, aber seine Berührung ist jetzt unangenehm, also stoße ich ihn weg.

»An dir ist nichts falsch, Cassie«, lügt er höflich.

»Das ist offensichtlich nicht wahr.«

»Es liegt nicht an *dir,* sondern ...« Er sieht sich verzweifelt um. »Irgendetwas ... fehlt. Ich weiß nicht, was. Eine Verbindung? Irgendwas, das ich in einer Beziehung brauche, gibt es hier nicht.«

Eigentlich meint er: Irgendetwas fehlt *bei mir.*

Ich beobachte, wie Will sich schuldbewusst die Jeans anzieht, eine Socke aufhebt und händeringend die andere sucht (ich bringe es nicht über mich, ihm zu sagen, dass sie im Papierkorb liegt). Auf die eine oder andere Art scheitern meine Beziehungen immer daran: an der fehlenden »Verbindung«. Als wäre ich ein kaputter Legostein, auf den kein anderer Legostein mehr passt.

»Cassie.« Will zieht sich sein T-Shirt über den Kopf. »Ich möchte ehrlich ausführlicher darüber reden. Ich will, dass wir Freunde bleiben, wenn das möglich ist. Aber geht das auch später? Heute Abend vielleicht? Es ist schon spät, und ich treffe die Schuppentier-Leute um zehn in Clerkenwell.«

»Klar«, erwidere ich tonlos. Ich füge mich meinem Schicksal und sitze wie eine steife Puppe auf dem Bettrand. »Wir können später drüber reden. Lass uns ruhig so weitermachen. Du kannst jeden Morgen mit mir Schluss machen und dann jeden Abend wiederkommen und so tun, als wäre nichts passiert. Immer und immer und immer wieder …«

Dann erstarre ich.

Ich bin reglos, im Himmel festgesetzt, dann, ein plötzlicher Rausch, als würde ich fallen: wie Ikarus, der mit geschmolzenen Flügeln ins Meer stürzt, während Dädalus es mit ansehen muss. Wie in Zeitlupe laufe ich durch mein Zimmer und nehme meine Armbanduhr vom Nachttisch. Ein paar Sekunden lang starre ich sie bloß an. Das ausgeblichene blaue Armband, das uralte, ausgefranste Leder, den winzigen goldenen Sekundenzeiger, der sich gleichmäßig bewegt.

Wie betäubt drehe ich sie um:

*»Die Zeit, sie lernt und lehret alternd alles Ding!«*
*Mum und Dad ♥*

Eine Erinnerung steigt in mir auf: Ich ziehe das grüne Geschenkband von der Box, die Kerzen im Restaurant wärmen mir die Hände, die ganze Familie lacht, weil ich sage, dass es aussieht, als wäre das Zitat von meinen Eltern und nicht von Aischylos.

»Was ist los?«, fragt Will, als ich die Uhr behutsam anlege und im gewohnten Loch festmache. Auf einmal habe ich Tränen in den Augen. Ich dachte, sie wäre weg. Ich dachte, jemand hätte sie gestohlen, als ich mitten in London bewusstlos geworden bin. Ich dachte, ich würde das Geschenk meiner Eltern zu meinem sechzehnten Geburtstag nie wiedersehen. Der Druck am Handgelenk ist vertraut und beruhigend. Etwas Loses in meinem Inneren rückt wieder an seinen Platz.

»Ich hatte sie verloren«, flüstere ich und reibe mir die Augen, sehe mich im Zimmer um, das sich allmählich verzerrt. »Gestern. Aber jetzt … ist sie wieder da.«

Fast, als wäre sie nie weg gewesen.

Fast, als wäre gestern nie passiert.

»Hör auf, mich anzulügen!« Die Küchentür knallt gegen die Wand. »Ich hab die beschissene Nachricht doch auf deinem Handy aufploppen sehen!«

»Sal«, wimmert Derek vor meinem Zimmer. »Ich wollte doch nur …«

»Wenn du noch einmal ›freundlich sein‹ sagst, reiße ich dir den Schwanz ab und benutze ihn als Zahnseide«, flüstere ich, und winzige eiskalte Fingerspitzen tippeln mir den Rücken auf und ab.

»Wenn du noch einmal ›freundlich sein‹ sagst«, brüllt Sal den Bruchteil einer Sekunde später, »reiße ich dir den Schwanz ab und benutze ihn als Zahnseide!«

In meinem Zimmer riecht es nach Tod und Kartoffeln.

»Fish and Chips.«

»Ja.« Will nickt, er ist jetzt sichtlich verwirrt. »Die zwei kriegen echt nicht genug vom Lieferessen.«

Die Welt verschiebt sich, als wäre ich in einem Teleskop gefangen. Wieder starre ich auf meine Uhr hinab.

»Es ist wieder Mittwoch«, sage ich völlig ruhig. »Oder?«

Komisch, kleine Veränderungen regen mich fürchterlich auf, das war schon immer so. Ein Baum vor unserem Haus, der beschnitten wurde. Umgeräumte Regale im Supermarkt. Ein neuer Haarschnitt. Ein anderes App-Design. Ich habe stundenlang geweint, als sie das »neue und verbesserte« Rezept des Kartoffelpürees auf den Markt gebracht haben, das ich jeden Montagabend esse.

Aber die großen Dinge?

Die Tode, die Tragödien, die lebensverändernden Ereignisse, die jeden anderen von Grund auf erschüttern? Bei denen bleibe ich cool. Ruhig und gefasst. Darum musste ich auch auf der Beerdigung meiner eigenen Eltern drei Reden halten, und ich schätze, darum hat mein Großonkel Joseph mich auch als gefühlskalten Roboter bezeichnet, als ich mich wieder hingesetzt habe.

Keine Ahnung, warum, aber ein Teil von mir harrt einfach aus, wenn die Welt um mich herum zerbricht.

»Ja«, bestätigt Will. »Es ist Mittwoch. Was …«

»Und wir haben nichts von alldem hier schon mal gemacht.« Ich starre das Licht an, das in einer Linie durch die Vorhänge bricht. Dieselben Staubkörner wie gestern. »Wir haben gestern zum ersten Mal in diesem schrecklichen Pop-up-Restaurant gegessen. Du hast vorher noch nie einen Job mit Schuppentieren angenommen. Oder Schluss mit mir gemacht.«

»Natürlich nicht.« Zum ersten Mal, seit ich Will kenne, wirkt er erleichtert. »Warum sollte ich mit jemandem mehr als einmal Schluss machen? Das ist doch beim ersten Mal schon schwierig genug.«

Mit einer beinahe hypnotischen, Zen-artigen Ruhe gehe ich zum Papierkorb und schütte ihn aus. Es sollten zwei schwarze Socken drin sein, aber da ist nur eine. Es sollten auch zwei identische zerrissene, pinke Umschläge drin sein, sind es aber nicht. Da ist nur einer, auf dem in schwungvollen Buchstaben *Cass* steht, in zwei Hälften gerissen.

Ich bin gestern im schwarzen Jumpsuit zur Arbeit gegangen. Nach Hause gekommen bin ich im marineblauen.

Jetzt falle ich nicht mehr. Ich fange an zu begreifen.

Mein Telefon klingelt.

»Hallo?«, sage ich tonlos. »Cassandra hier.«

»Du hast Nerven, mir mit ›Hallo, Cassandra hier‹ zu kommen«, dröhnt die Stimme meines Chefs durch die Leitung. »Es ist fünf nach halb zehn – warum zum Geier bist du nicht im Büro?«

# 6

Das ist völlig unmöglich.

Aber anders kann ich es nicht erklären: Ich bin Psyche, die ihre Getreidekörner selbst in kleine Häufchen sortiert; ich bin Herakles, der den Nemeischen Löwen erlegt; Theseus, der durch ein Labyrinth navigiert, das erschaffen wurde, damit er sich darin verliert. Was ich tue, sollte eigentlich nicht möglich sein, aber anscheinend tue ich es trotzdem.

Will vertröste ich auf später.

Obwohl ich, als ich wieder in ein Uber klettere, nicht sicher bin, ob es ein *Später* geben wird.

»Da ist sie ja! Wie *geht* es dir, Sonnenschein?«

Mein Chef steht am Empfangstisch, und ich schätze, jetzt ist der richtige Zeitpunkt, ihn zu beschreiben: Barry Caplan ist ein stattlicher Mann in den Vierzigern und wirkt so angriffslustig und arschig wie eine Bulldogge (wobei jeder weiß, dass Bulldoggen freundlich sind, also ist das wohl kein netter Vergleich). Außerdem hat er mich noch nie – nicht einmal in den zehn Monaten und drei Tagen, die ich hier arbeite – Sonnenschein genannt. Ich schlussfolgere aus dieser radikalen Vokabularänderung, dass er ziemlich sauer ist.

»Wie es mir geht?«, frage ich verdutzt. »Ich hänge in einer Zeitschleife fest, Barry. Beuge die Gesetze von Raum und Zeit. Genaueres kann ich dazu im Augenblick allerdings nicht sagen.«

Mit einem unwirklichen Gefühl drehe ich mich zu unseren Kunden um.

Jack Burbank ist der CEO einer Männer-Hautpflegefirma. Er ist groß, gut gebaut, hat blonde Haare mit hellen Strähnchen wie Barbies Ken. Gareth Wilson (Marketingchef) ist einen Hauch kleiner, einen Hauch weniger gut gebaut und weniger blond, als hätten sie weiterproduziert, obwohl ihnen die Jack-Zutaten ausgegangen sind.

»Wie geht es Ihrer Mutter, Cassandra?« Jack beugt sich vor und reibt mir behutsam über den Oberarm, als wollte er eine Hähnchenbrust marinieren. »Barry hat uns gerade erzählt, dass sie krank ist und Sie deshalb trotz unseres wichtigen Meetings anderthalb Stunden zu spät sind. Er hat da einen nicht verschiebbaren Besuch im Krankenhaus erwähnt.«

Warum bringt Empathie immer so viel Berührungen mit sich?

»Meine Mutter ist tot, Jack.« Ich entferne mich aus seiner Reichweite. »Schon seit Jahren. Ich fürchte also, was auch immer Ihnen erzählt wurde, war eine geschmacklose Lüge.«

Gareth und Jack wechseln einen Blick.

»Nun ja.« Barry räuspert sich. Das leuchtende Lila ist wieder da. »Dann habe ich da wohl was durcheinandergebracht. War es deine Großmutter?«

»Auch verstorben«, informiere ich ihn. »Ich habe weder nahe Angehörige noch Freunde. Das solltest du eigentlich wissen, Barry. Immerhin ist mein Notfallkontakt meine Friseurin.«

Irgendwie scheine ich durchzudrehen. Exakt dieses Meeting hatte ich schon. Gareth und Jack hatten genau die Kleidung an, die sie jetzt tragen. Ich habe ihnen die fürchterlichen Kampagnenergebnisse vorgestellt. Sie haben »Wow« gesagt und sind in Barrys Büro verschwunden. Und ich sollte all das nicht wissen, weil Zeit oder Wissen oder Wochentage oder Meetings so nicht funktionieren. Ich bin zwar keine Expertin, aber das ist doch physikalisches Einsteiger-Grundwissen.

Andererseits kann eine Wiederholung nicht schaden. Vielleicht verstehe ich dann zum ersten Mal in meinem Leben tatsächlich, was um mich herum passiert. Sicherlich kein unangenehmes Gefühl. Vermutlich fühlen andere Menschen sich die ganze Zeit so. Aber ein paar von uns brauchen nun mal erst eine Generalprobe.

Während meine Kunden verarbeiten, was ich gesagt habe, sehe ich mich neugierig in der Agentur um. Der Wasserspender tropft noch immer, Hände mit Bageln hängen regungslos in der Luft, während alle Anwesenden das Spektakel beobachten, und der Heizkörper gurgelt wie gewohnt. Sophies Rotschopf taucht im Sekundentakt hinter ihrem Bildschirm auf, wie der Kopf eines Erdmännchens, und verschwindet dann schnell wieder.

»Okay.« Barry kratzt sich an der Wange, sodass sie dramatisch schwabbelt. »Das … Vielleicht sollten wir einfach mit dem Meeting loslegen?«

»Sagen Sie es ihm«, verlange ich und drehe mich ohne Vorwarnung zu Gareth und Jack um.

»Wie bitte?«

»Erzählen Sie ihm, dass Sie sich schon eine andere Agentur gesucht haben. Dass Sie uns heute kündigen wollen, und zwar unabhängig von meiner Verspätung.«

Wieder wechseln sie Blicke. »Wir wissen nicht, worauf Sie …«

»Sie mögen mich nicht.« Ich wende mich zu Barry um. »Ihnen gefällt nicht, was ich mir für die Produkteinführung überlegt habe. Aber hauptsächlich können sie mich als Mensch nicht leiden, und deshalb feuern sie uns. Ich bin ›stur‹ und ›nervtötend‹. ›Unsympathisch‹. Das war doch die Wortwahl, oder?«

Erfreulich rote Flecken breiten sich auf Jacks Gesicht aus. »Das habe ich nicht gesagt.«

»Werden Sie noch«, versichere ich ihm mit Blick auf meine Uhr. »In etwa zehn Minuten. Dann antworte ich, dass ich Sie auch nicht sonderlich gut leiden kann, Sie gehen, und ich werde gefeuert, weil Barry die ›Schnauze voll hat von meiner beschissenen Einstellung‹.«

Schon ironisch, dass ich nach Kassandra benannt bin, der trojanischen Priesterin, die von einem sexuell frustrierten Apollo dazu verflucht wurde, die Zukunft vorherzusagen, ohne dass ihr auch nur ein einziges Mal jemand glaubte. Für ein Baby eine seltsame Namenswahl, aber jetzt, einunddreißig Jahre später, scheine ich *zum ersten Mal* mehr zu wissen als alle anderen Anwesenden.

»Stimmt das?« Endlich lässt Barry das Schleimen sein. »Sie beenden unsere Zusammenarbeit?«

»Ähm.« Jack kratzt sich den gut gepflegten Hals und sieht sich in der Agentur um. Inzwischen versucht keiner mehr, das Starren zu verheimlichen. »Wir haben uns letztendlich dazu entschieden, dass SharkSkin eine … andere kreative Richtung einschlagen soll.«

»Eine Richtung, die Sie von dieser Agentur wegführt«, helfe ich nach. »Hin zu einer anderen.«

Jack seufzt. »Das auch, ja.«

Kurz entschlossen schnappe ich mir den leeren Karton, der hinter dem goldenen Empfangstisch steht. Letztes Mal waren Jack und Gareth weg, bevor Barry mich in sein Büro zitiert hat. Aber eigentlich will ich jetzt nicht darauf warten, dass er mich wieder beleidigt.

Andererseits …

»Bevor ich gehe«, sage ich, denn eigentlich sollte ich mir die Gelegenheit nicht entgehen lassen. »Können Sie mir erklären, warum Sie mich nicht mögen?«

Jack und Gareth schauen mich entgeistert an. »Was?«

»Es wäre hilfreich, wenn Sie es kurz zusammenfassen könnten.« Ich nehme mir einen Stift vom Empfangstisch und halte ihn bereit, um mir Notizen auf dem Karton zu machen. »Je detaillierter, desto besser.«

»Cassandra«, zischt Barry.

»Das ist kein Scherz«, entgegne ich ernst.

Natürlich *spüre* ich Jacks Unbehagen schon seit Monaten. Es ist ein klebriges, rostrotes Flattern, ein bisschen wie dieses Ziepen, das man verspürt, wenn man auf der Straße ein plattes Eichhörnchen entdeckt. Offen gesagt ist es schwierig, sich zu überlegen, wie man Feuchtigkeitscreme am besten verkauft bekommt, wenn man sich den ganzen Tag fühlt wie ein Wildunfall. Andererseits weiß ich nicht, wie es hiernach weitergeht: Werde ich den heutigen Tag wieder und wieder erleben, oder ist diese Wiederholung nur ein kleiner Sprung in meiner Zeitlinie, ein Kratzer in der Platte meines Lebens, ein Song, der zweimal abgespielt wird?

So oder so scheint es mir wichtig, diese Informationen zu sammeln.

»Na ja«, presst Jack durch seine strahlend weißen Zähne hervor. »Ich würde sagen, überwiegend wegen so einer abgedrehten Scheiße wie der hier.«

Ich lasse den Blick sinken. »Oh.«

»Cassandra.« Barrys Stimme klingt jetzt ruhig und angriffslustig. »Kann ich bitte in meinem Büro mit dir sprechen? Jetzt?«

»Nein, danke«, antworte ich entschlossen. »Dein konstruktives Feedback war schon überaus umfassend.«

Mit den Augen aller Anwesenden im Nacken trage ich den Karton zu meinem Schreibtisch.

»Wissen Sie«, sagt Jack nicht gerade leise zu Barry, »ich bin ja absolut für Chancengleichheit und Behindertenintegration und den ganzen Kram, aber ich finde, Sie hätten uns schon sagen müssen, dass Cassandra im Spektrum ist, *bevor* wir uns auf die Zusammenarbeit eingelassen haben.«

Kurz stelle ich mir vor, wie ich einen schillernden Regenbogen hinabrutsche.

Unwahrscheinlich, dass er das so meint.

»O nein.« Sophie beugt sich über den Schreibtisch und starrt mich mit ihren weit aufgerissenen blauen Augen an wie eine kleine sarkastische Puppe. »Die haben dich doch nicht *gefeuert*, oder? Das ist ja *furchtbar!* Wir werden dich alle ganz *schrecklich* vermissen.«

»Hör auf, das immer wieder zu sagen«, murmle ich erschöpft.

Beim Blick auf den Schreibtisch greife ich automatisch nach

meiner Tasse und packe sie in den Karton. Ich schalte den Computer aus und nehme dann die Tücher für die Tastatur, und auf unerklärliche Weise bringt genau das das Fass zum Überlaufen: Die antibakteriellen Feuchttücher lösen eine Existenzkrise aus, weil ich *gerade tatsächlich durch die Zeit reise?* Mein Atem wird hektisch, und ich taumle auf den Ausgang zu. Wisst ihr was? Das hier sollte mir nicht passieren. Ich bin dafür nicht ausgebildet. Ich bin weder Uhrmacherin noch Physikerin, sondern bloß eine durchschnittliche PR-Managerin, und musste mir schon oft genug anhören, dass mir der Bezug zur Realität fehlt, auch ohne *diesen* ganzen Mist.

Panisch drücke ich gegen die Tür, an der man eigentlich ziehen muss.

Denn eine Erkenntnis nistet sich ein: Wenn ich in einer Zeitschleife von diesem Tag festhänge, dann sieht so der Rest meines Lebens aus. Ich werde immer wieder Rote Bete Pfann Kuchen (vier Wörter) essen. Ich werde mir immer wieder einen Vortrag über Schuppentiere anhören müssen. Ich werde immer wieder aufwachen, von meinem Freund abgeschossen und von meinem Chef auseinandergenommen und gefeuert werden.

Immer und immer wieder werde ich mir sagen lassen müssen, wie unsympathisch und wenig liebenswert ich bin, und ich werde nichts dagegen tun können. Denn auch mit unendlich vielen Chancen kann ich trotzdem niemanden in vierundzwanzig Stunden dazu bringen, mich zu lieben. Es sieht tatsächlich so aus, als würde ich im drittschlimmsten Tag meines Lebens festsitzen, wie Prometheus: an einen Felsen gekettet und dazu verdammt, mir jeden Tag von Adlern die Leber herauspicken zu lassen, nur um dann darauf zu warten, dass sie über Nacht nachwächst, damit es wieder von vorne losgehen kann. Bloß dass es statt Adlern Menschen sind, und statt mit Schnäbeln verletzen sie mich mit Worten, und statt der Leber geht es hier um *meine ganze verdammte Persönlichkeit*.

Auch wenn ich grundsätzlich nichts gegen Wiederholungen

habe – eigentlich bereiten sie mir sogar große Freude und Trost –, hätte ich mir von allen möglichen Tagen sicher nicht *diesen* für eine Zeitschleife ausgesucht.

»Cassandra!« Barry taucht im Türrahmen auf. »Was zum Geier machst du da? Du sollst nicht *jetzt sofort* verschwinden. Ich glaub, es hakt, was stimmt denn nicht mit dir? Würdest du wohl noch weiterarbeiten, bis die Kündigungsfrist abgelaufen ist?«

Es sei denn …

Abrupt drehe ich mich wieder zu meinem Schreibtisch um. Denn wenn ich eins von der griechischen Mythologie gelernt habe – und ich habe sie bis ins letzte Detail studiert –, dann, dass unser Schicksal zwar gesponnen, bemessen und beschnitten wird, wir es aber trotzdem ändern können. In all den Geschichten wehren die Menschen und Halbgötter sich immer wieder gegen die Moiren und erkämpfen sich ihre Schicksale von den Göttern zurück.

Ich werde diese dämliche Pflanze stehlen.

Ronald ist auf seinen Bildschirm konzentriert. Er trägt seine Kopfhörer und ist der einzige Mensch im Büro, der mich nicht mit offenem Mund anstarrt. Also schnappe ich mir mit beiden Händen den Blumentopf und renne aus der Tür.

Los los los *los* …

Mein Handy piept:

Dankworth, bitte räum deinen Scheiß auf

Hastig drücke ich auf den Rufknopf vom Aufzug und zähe die Sekunden: fünf, vier, drei, zwei …

Hinter mir schwingt die Agenturtür auf.

»Cassandra?« Ronald hat wieder diesen unberechenbaren Gesichtsausdruck, und nein nein *nein*, das verheißt nichts Gutes für mich und meine herausgepickte Leber.

Er räuspert sich. »Die gehört mir.«

Ich kann das nicht.

Ich kann nicht.

Ich weigere mich.

Ich werde diesen *verflucht furchtbaren Tag* nicht noch einmal wiederholen, damit das klar ist.

»Die Pflanze.« Er deutet auf den Topf. »Die gehört mir, und ich möchte sie gerne behalten.«

»Klar«, erwidere ich steif. »Tut mir leid.«

Ronald streckt die Hand aus, und ich löse hastig die Finger vom Topf, damit er mich nicht berührt. Bloß dass ich dieses Mal nicht schnell genug bin: Seine Fingerspitzen streifen meine, Schmerz schießt mir durch den ganzen Körper, und ich zucke instinktiv zurück. Wir sehen dabei zu, wie die Pflanze sich in der Luft einmal um sich selbst dreht und auf dem Boden aufschlägt. Zerbrochener Topf. Abgeknickte Blätter. Überall Dreck.

»Gott sei Dank.« Ich lege mir eine Hand über die Augen.

»War das … Absicht?«, fragt Ronald. Er kauert auf dem Boden und betrachtet traurig das Massaker.

»Nein.« Vor Erleichterung wird mir ganz schwindelig.

Denn wenn Sachen kaputtgehen können, dann kann ich sie auch ändern. Und wenn ich Sachen ändern kann, ist die logische Schlussfolgerung, dass ich sie reparieren kann.

Mehr muss ich nicht wissen.

# 7

Die Aufzugtüren öffnen sich.

»Miss Dankworth? Miss Cassandra Dankworth? Einen Moment bitte. Ich habe hier Mr Caplan in der Leitung. Er sagt …«

»Kann nicht.« Ich rase an ihr vorbei. »Keine Zeit.«

Oder eher zu viel davon? Das ist zum jetzigen Augenblick schwer zu sagen. Sicher weiß ich nur, dass ich exakt wiederholen muss, was beim letzten Mal passiert ist. So funktionieren solche Experimente doch, oder? Man schafft so weit wie möglich dieselben Bedingungen. Hätte ich geahnt, dass ich diese ungewöhnlichen Fähigkeiten habe, hätte ich wohl in der Schule in Physik besser aufgepasst und mir das Planetenmodell ordentlich eingeprägt.

Panisch werfe ich mich wieder und wieder gegen die Tür, weil ich immer noch nicht weiß, wie die Türen hier funktionieren, bis die Rezeptionistin Mitleid hat und den Knopf drückt, um mich rauszulassen.

Dann stehe ich auf der Straße und atme bewusst langsam.

Was habe ich als Nächstes gemacht? Ich erinnere mich an so ziemlich alles, was mir je passiert ist, als würde es mir immer noch passieren. Meine Erinnerungen sind so präzise und deutlich wie ein Film, den ich jederzeit bei Bedarf abspielen kann, um darin wie eine Detektivin nach Hinweisen zu suchen. Unglücklicherweise war ich gestern so überfordert, dass das Bild verschwommen ist, als hätte jemand den Bildschirm mit Olivenöl eingerieben.

»Entschuldigung.« Die Frau in der orange leuchtenden Bomberjacke tippt mir sanft auf die Schulter, und wieder zucke ich zusammen. »Irgendwie blockieren Sie den Ei… Alles in Ordnung?«

Ich blinzele. »Bananenmuffin.«

»Wie bitte?«

Eine Welle der Erleichterung überrollt mich. »Ich brauche einen Bananenmuffin.«

Mit dem Karton unter dem Arm haste ich aufgeregt auf das kleine Café an der Ecke zu. Bananenmuffins sind tröstlich. Bananenmuffins sind beruhigend und vertraut. Bananenmuffins könnten ein Faktor des grundlegenden Fehlers in der Matrix sein, der mir erlaubt, durch Raum und Zeit zu reisen. So weit meine fadenscheinigen Berechnungen.

Die kleine blaue Türglocke vom Café bimmelt über meinem Kopf, und dieses Mal denke ich an Peter Pan und daran, dass Feen sterben, wenn man sagt, dass man nicht an sie glaubt. Vielleicht funktioniert Magie ja genau so: Vielleicht muss man wie eine melodramatische, nach Aufmerksamkeit heischende Tinkerbell wild in die Hände klatschen, weil ansonsten alles vorbei ist.

»Hallo, junge Frau! Herrje, ist es etwa schon ein Uhr? Oder sind Sie heute früher dran?«

Ich starre auf die Stelle, an der die Bananenmuffins stehen sollten.

»Oh.« Der Cafébesitzer lächelt. »Es gab heute Morgen leider ein Missverständnis mit den …«

»… Lieferanten«, spreche ich für ihn weiter. »Heute keine mit Banane. Dafür haben Sie aber diese köstlichen Schokomuffins und welche mit Salzkaramell, die Sie persönlich sehr empfehlen können. Sie wollten sie mit einem Adjektiv beschreiben, aber ich bin Ihnen ins Wort gefallen.«

Er starrt mich an. »Köstlich. Ich wollte ›köstlich‹ sagen.«

»Danke. Ich bin sicher, das sind sie.«

Ich drehe mich um und verlasse das Café wieder. Erst dann fällt mir auf, dass ich wohl einen Schritt übersprungen habe. Ich überprüfe meine Erinnerungen und sehe mich auf der Straße um. Die Frau mit dem großen grauen Hut ist nirgends zu sehen. Wahrscheinlich bin ich ein wenig zu früh dran, also warte ich, bis ich sie in der Ferne entdecke. Sie hält den Kopf gesenkt und ist mit ihrem Handy beschäftigt. Aber vermutlich ist sie nah genug. Prüfend schaue ich mich um. Da ist die gelbe Tür, die orangefarbene Blechdose, der blaue Streifen am Himmel, der einzelne blaue Handschuh auf dem Boden, der rote Kreis auf dem Verkehrsschild. Jetzt muss noch eine Taube hektisch an mir vorbeiflattern. Da ist sie auch schon.

Wieder schrecke ich zurück. Verdammte Tauben.

»Pelz ist Folter! Nerz bringt Schmerz! Pelz ist Folter! Nerz bringt Schmerz!«

Langsam kochen meine Gefühle wieder hoch, deshalb hole ich tief Luft und renne, so schnell ich kann, um die Ecke in die Regent Street: direkt in das Herz der Demo. Und obwohl ich weiß, was kommt, obwohl ich mit voller Absicht hier bin, fühlt es sich trotzdem so an, als wäre jede Zelle meines Körpers mit Benzin gefüllt und angezündet worden.

»Mode geht auch ohne Tode!« Die Frau mit dem lilafarbenen Topfschnitt hält mir wieder diese Broschüre entgegen. »Jedes Jahr werden wegen ihres Pelzes hundert Millionen Tier…«

Sie ist mir so nah, dass ich die Augen zusammenkneifen muss. Alles an mir faltet sich nach innen wie ein Papierflugzeug.

»Nerze sind semiaquatische Tiere! Sie …«

Atmen, Cassie. Atmen.

Doch ich kann nicht. Der Lärmpegel, die Menschenmassen, das Feuerwerk, die Farben, die Sirenen, das Pfeifen, alles auf einmal. Plötzlich scheinen mir Millionen Stimmen durch den Kopf zu dröhnen – keine davon hat etwas zu sagen, alle kreischen bloß ohrenbetäubend –, und ich werde wieder die Straße entlanggerissen, durch den Wahnsinn und das Chaos gespült wie ein Stock durch einen Fluss aus Menschen.

»PELZ IST MORD!«

»Pelz ist Mord!«

»PELZ IST MORD!«

Um meinen Hals zieht sich wieder der unsichtbare Schal zusammen.

»Tod durch Elektroschocks! Füchse bekommen die Elektroden in den Arsch gesteckt. Klingt das für dich nach Spaß?«

Die Lichter hinter meinen Augenlidern flackern.

Gerade noch rechtzeitig fällt mir ein, mir die Hände vors Gesicht zu halten, bevor die rote Flüssigkeit mich trifft. Trotzdem ist sie klebrig und stinkig und ekelhaft, und ich will sie nicht auf der Haut haben und fange an zu weinen, obwohl ich doch wusste, dass das passieren würde, obwohl ich zugelassen habe, dass es passiert, obwohl ich *wollte,* dass es passiert.

Verzweifelt schaue ich zu den Gebäuden hoch.

Ich bin fast da, das kann ich spüren.

Vor Erleichterung seufze ich und kämpfe mir mit den Ellbogen einen Weg aus der Menschenmasse zur Bar Humbug, rolle mich im Hauseingang zusammen und schlinge mir die Arme fest um den Kopf. Die Welt um mich herum fängt an zu flackern. Da sind die Wellen der Dunkelheit, die über mir einstürzen, bevor ich jeden Abend verschwinde. Es kommt wieder, und ich weiß nicht, was passieren wird, ich weiß nicht, ob es funktioniert, ich verstehe nicht, was es ist oder wie es geht, und ehrlich gesagt ist das vielleicht gar nicht mehr wichtig.

Ich weiß nur, dass ich diesen Tag nicht noch mal durchleben kann.

Dabei wäre es – so schrecklich dieser Tag auch ist – doch irgendwie verlockend, hierzubleiben, in diesem bedeutungslosen Mittwoch. Es mir in dieser bekannten Hölle bequem zu machen wie in meinem schmuddeligen Zimmerchen in Brixton. Es liegt ein Reiz in der Wiederholung, so fürchterlich sie auch sein mag. Ich könnte mir diesen Tag gemütlich machen und bleiben, mich in die Monotonie und die Beständigkeit kuscheln, in dem Wissen, dass nichts mich jemals wieder überraschen oder schocken könnte. Ich könnte mich darin verlieren, so wie ich mich darin verliere, denselben Song immer und immer wieder zu hören, bis ich ihn nicht mehr höre, bis ich nicht mal mehr merke, dass er noch läuft.

Bis ich nicht mal mehr merke, dass es nicht mehr weitergeht.

Aber das werde ich nicht tun.

Ich hatte einen Plan für mein Leben – einlaminiert und an die Wand in meinem Zimmer geheftet –, und so sah er nicht aus. Es war nie vorgesehen, als Einunddreißigjährige in einer Zeitschleife zu enden, ungeliebt, arbeitslos und allein, voller Fake-Blut und zu einer Schnecke zusammengerollt auf dem Boden. Irgendwo in meiner Vergangenheit ist etwas schiefgelaufen. Wenn ich also tatsächlich die Chance habe, es noch mal zu versuchen – dieses Leben wegzuwerfen wie den ersten Pfannkuchen und ein neues, besseres zu leben –, dann muss ich es doch wenigstens versuchen, oder?

Wenn man Aristoteles glaubt, geschieht jede Bewegung in einer Zeit und hat ein Ziel. Was, wenn das nicht stimmt? Was, wenn die Zeit nicht zufrieden ist mit dem Ziel, das ich anstrebe? Was, wenn sie mich zu dem Zeitpunkt zurückschickt, an dem alles schiefgelaufen ist, damit ich es besser mache?

Denn wenn erste Seiten in Büchern Lügen sind und wir bloß Linien in den Sand malen, dann ist die Zeit die Welle, die diese Linien wegwäscht.

Deshalb werde ich meine Geschichte neu schreiben.

# 8

Zuerst muss ich allerdings lernen, die Zeit zu kontrollieren. Sie kann nicht einfach ohne Vorwarnung auftauchen und mich durchs Universum zerren, wie es ihr gerade passt. Immerhin habe ich mein Leben lang daran gearbeitet, mein Umfeld und alles darin genauestens zu erfassen und so weit wie möglich zu kontrollieren. Temperatur. Licht. Geräusche. Essen. Texturen und Oberflächen. Routinen. Regeln. Gefühle. Menschen, vor allem wenn sie durch Schulflure rennen. Ich forme die Welt so, dass ich besser hineinpasse, und dann sorge ich dafür, dass niemand sie anfasst oder durcheinanderbringt.

Lasst mich jetzt mal vollkommen ehrlich sein:

Sicherzustellen, dass die Zeit sich angemessen verhält, fühlt sich nach einer Aufgabe an, die wie für mich gemacht ist.

Ganz vorsichtig öffne ich ein Auge.

Wann bin ich?

Das *Wo* ist ziemlich offensichtlich: Ich kauere immer noch im Hauseingang auf der Regent Street, die Arme um den Kopf geschlungen. Meine Uhr habe ich noch am Handgelenk, was vieles bedeuten kann. Dass ich nicht durch die Zeit gereist bin oder bestohlen wurde. Es bedeutet vor allem, dass ich weiß, dass es kurz nach eins ist. Praktisch.

Etwas zittrig befühle ich erst meine Haare – immer noch ein Bob, allerdings habe ich diese Frisur, seit ich acht bin, das beweist also nichts –, dann meine Hände. Es sind die einer Erwachsenen, und das ist eine Erleichterung. Eine Teenagerin zu sein ist keine Erfahrung, die ich gerne wiederholen möchte. Benommen sehe ich an mir herab: Arbeitsjumpsuit. Das ist etwas enttäuschend, auch wenn ich nicht genau sagen kann, warum ich ein Makeover erwartet hatte, als wäre ich eine Art Supermodel-Alien.

Blick auf die Straße: Die Demo ist verschwunden.

Nach Prüfung der Indizien scheint es, dass ich zwar durch die Zeit gereist sein könnte, aber nicht durch den Raum. Meine geografische Lage kann ich also offenbar nicht beeinflussen. Außerdem stellt sich die Frage, ob dieser spezielle Ort eine Art magisches Portal ist oder ob meine Kräfte ortsunabhängig sind. Das ist noch unklar, muss also später eingehender untersucht werden.

Ich erhebe mich aus der (Zigaretten-)Asche und sehe mich weiter um.

Ernüchtert stelle ich fest, dass all meine Hinweise genauso gut darauf hindeuten könnten, dass ich einfach fünfzig Minuten lang zu einer Kugel zusammengerollt auf dem Gehweg gelegen habe, ohne mich zu bewegen. Aus irgendeinem Grund schockt mich diese Möglichkeit. Ja, sie empört mich sogar. Innerhalb von ein paar Stunden habe ich mich nicht nur an meine Fähigkeit, den Gesetzen der Physik zu trotzen, gewöhnt, ich beanspruche sie auch schon für mich. Als wäre es eine Art Menschenrechtsverletzung, wenn ich nicht bei Bedarf durch die Zeit reisen kann.

Bestürzt klopfe ich mir den Staub vom Jumpsuit.

Okay – das hat offensichtlich nicht funktioniert.

Das Problem ist, dass ich ganz genau weiß, *wo* ich hinwill (oder, genauer gesagt, *wann*). Es gibt sicher eine Million Momente, zu denen ich reisen würde, um sie zu ändern: kleine Entscheidungen, die mein Leben still und heimlich in die falsche Richtung gelenkt haben, wie Wasser, das stetig einen Stein höhlt. Dinge, die ich nicht hätte sagen sollen. Dinge, die ich nicht hätte tun sollen. Passiv-aggressive Nachrichten, die ich nicht an die Tür des Gemeinschaftskühlschranks hätte hängen sollen.

Doch all die möglichen Abzweigungen führen zurück zu dem einen Ort, dem einen Moment, dem einen Ereignis.

Zu dem Moment, der mein Leben zerstört hat.

Der vielleicht auch mich zerstört hat.

Da ich also weiß, wo ich hinwill, muss ich nur noch die entsprechende Technik beherrschen lernen. Muss ich erst völlig zusammenbrechen, damit ich in den Zeitreisemodus schalten kann? Ist das Zusammenkauern notwendig? Das unkontrollierte Schluchzen? Das blutverschmierte Gesicht? Wenn es jedes Mal einen Anfall braucht, damit ich reisen kann, wird das hier ganz schön dramatisch und auch ein bisschen schmuddelig.

In Gedanken versunken komme ich auf die Füße und schlendere Richtung Oxford Street. Ich verfalle ganz automatisch in meinen Alltagstrott wie ein Plastikpferd auf einem Karussell. Käsesandwich auf der Bank, danach Bananenmuffin und Latte. Im Anschluss daran zwanzig Minuten benommen durch die Läden bummeln, gedankenverloren die Stoffe befühlen und entweder zusammenzucken oder sie mit geschlossenen Augen kneten wie eine ekstatische Katze. Mir jedes Teil einprägen, damit ich auch Jahre später noch Fremden davon erzählen kann (Rock, Mango, Frühling 2016). Das wäre vermutlich ein beeindruckender Partytrick, wenn ich denn auf Partys gehen würde.

Ich brauche einen vernünftigen Plan.

Schluss mit dem impulsiven Unsinn. Ich brauche die richtigen Bücher, ein paar Tage auf Google, muss dem ein oder anderen bedeutenden Wissenschaftler mailen. Einmal bin ich schon durch die Zeit gereist, dann wird es doch wohl auch wieder klappen, oder? Ich muss nur herausfinden, *wie*. Am besten mithilfe einer komplexen Tabelle.

Schon viel optimistischer durchschreite ich die automatischen Schiebetüren von Zara.

Jedes Mal vollführe ich diesen lustigen kleinen Tanz, bei dem ich darauf warte, dass die Glastüren entweder nicht richtig öffnen oder plötzlich zugehen, während ich noch dazwischenstehe. Wie immer hebe ich unsicher eine Hand in die Luft und winke langsam hin und her wie ein nervöses Chamäleon, das sich darauf vorbereitet, auf das nächste Blatt zu klettern. Mit einem Wusch gleiten die Türen auf, und ein Mann eilt an mir vorbei, Kopfhörer in den Ohren, Kopf gesenkt, Blick starr aufs Handy.

»Will?«

Verblüfft sehe ich ihm hinterher, während er unbeholfen eine braune Papiertüte in seinen Rucksack stopft. Es fühlt sich an, als wäre es schon eine Ewigkeit her. Will. Die Trennung. Heute Morgen. Moment. Hat er … mit mir Schluss gemacht und ist dann sofort zu Zara Man gelaufen, um seine Garderobe aufzustocken? Und hat er mir nicht vor ein paar Stunden erzählt, er hätte ein Meeting in Clerkenwell? Hat er mich etwa *angelogen?*

Hitze steigt mir in die Wangen. Natürlich hat er das, Cassandra. Die Vergangenheit hat mehr als ausreichend bewiesen, dass alles, was Männer direkt nach einer Trennung von sich geben, bloß dazu dient, möglichst schnell abhauen zu können.

Das mit dem Zeitreisen kläre ich später: Ein Ex-Freund wartet nicht.

»Will!« Kurz entschlossen laufe ich ihm nach. Das hier ist ziemlich sicher die letzte Gelegenheit, mit ihm über unsere Beziehung zu sprechen. Aus Erfahrung kann ich sagen: Je weiter zurück die Trennung liegt, desto weniger bereit sind Leute, sich intensiv darüber zu unterhalten, und desto größer ist die Wahrscheinlichkeit, dass sie das Ganze einfach hinter sich lassen und ihre Telefonnummer wechseln.

Will setzt seinen Rucksack auf und steuert die Treppe zur U-Bahn an. Ich muss mich beeilen. Ich will nicht, dass unser allerletztes Gespräch in einer Duftwolke aus unendlich vielen Körperflüssigkeiten stattfindet, von denen keine unsere eigenen sind.

»Will.« Sanft berühre ich ihn am Arm.

Er dreht sich um und zieht die Kopfhörer aus den Ohren. Sein Gesicht ist so herzerwärmend, dass in mir etwas zerspringt wie ein altes Bonbon.

»Können wir reden?« Statt auf sein Gesicht konzentriere ich mich auf den fusseligen grünen Kragen seines Pullovers. »Nur eine Sekunde.« Ich zögere, besser, er stellt sich auf die richtige Dauer ein: »Wahrscheinlich eher neunzig Sekunden. Sechzig, wenn ich schnell spreche.«

»Ähm.« Er zögert, nickt dann aber. »Klar.«

»Also los.« Ich stoße kontrolliert die Luft aus, wie beim Flötespielen. »Ich habe über das nachgedacht, was du über Kommunikation und das Öffnen gesagt hast, und du hast recht. Das kann ich nicht. Es fällt mir unheimlich schwer. Schmerzhaft schwer. Und wenn ich mich doch öffne, dann kommuniziere ich zu viel, weil ich nicht weiß, wo die Grenze ist. Du weißt schon, wann etwas von der Gesellschaft als zu viel Information betrachtet wird. Ich sehe sie einfach nicht. Da ist so viel Wahrheit, unendliche Massen. Aber wie viel davon wollen die Leute? Fünfzig Prozent? Neunzig? Nur einen Tropfen? Überhaupt nichts? Es gibt da keine feste Definition, deshalb mache ich es immer falsch.«

Will öffnet den Mund, doch es sprudelt weiter aus mir heraus.

»Also kommuniziere ich zu viel oder nicht genug, und die Leute werden wütend oder sind genervt, fühlen sich unwohl oder angegriffen oder langweilen sich. Das ist verwirrend und beunruhigt mich sehr. Aber du wolltest, dass ich mehr *kommuniziere* und mich *öffne*, also mache ich das jetzt.«

Ich hole so tief Luft, wie ich kann.

»Ich bin durch die Zeit gereist. Zumindest … denke ich das. Du hast mit mir Schluss gemacht, zweimal. Ich wurde gefeuert, zweimal. Es gab keine Bananenmuffins. Keine! Und als ich begriffen hab, was los ist, hab ich versucht, es zu kontrollieren. Ich dachte, vielleicht kann ich in die Vergangenheit reisen, zu dem

Tag, an dem meine Eltern gestorben sind, und sie retten. Albern, oder? Als wäre ich Herakles, der sich aufmacht, Alkestis vor der Unterwelt zu retten. Aber so was muss man doch machen, wenn man plötzlich Superkräfte hat, oder? Man muss etwas Außergewöhnliches für die Leute tun, die man liebt.«

Um zu sagen, wie Will reagiert, müsste ich ihn ansehen.

»Und das wäre gar nicht so furchtbar selbstlos«, plappere ich aber weiter. »Ich denke, vielleicht hat der plötzliche Tod meiner Eltern mein Leben in eine falsche Richtung gelenkt. Ich habe gehofft, ich könnte alles wieder in die richtige lenken. Es irgendwie noch mal versuchen. Aber hauptsächlich wollte ich nur Mum und Dad noch mal sehen, weil ich sie immer noch so sehr vermisse.«

Sein Pullover ist wirklich sehr fusselig. Er braucht mal einen von diesen kleinen Kleberollern.

»Wie auch immer.« Ich seufze. »Es hat nicht geklappt, offensichtlich. Wer zum Teufel glaubt auch, er könnte durch die Zeit reisen? Ich habe also offenbar den Verstand verloren – was sich schon eine ganze Weile lang abgezeichnet hat, da wirst du mir bestimmt nicht widersprechen. Und ich erwarte gar nicht, dass du mir glaubst oder dass es dich überhaupt interessiert – immerhin sind wir nicht mehr zusammen. Aber irgendwem musste ich es erzählen, und ehrlich gesagt bist du der Einzige, den ich habe.«

In dieser Aussage liegt so viel Wahrheit, dass ich abrupt verstumme.

Will ist tatsächlich alles, was ich habe. Mein Ex, mit dem ich knapp vier Monate zusammen war, ist *alles, was ich habe.* Genau deshalb sollte man Leuten nicht einfach ohne Skript auf der Straße nachrennen: Sonst läuft man Gefahr, dass man sich einfach so einer niederschmetternden Scheiße bewusst wird.

»Wie auch immer«, wiederhole ich tonlos. »Ich habe mich geöffnet. Jetzt bist du dran. Leg los.«

Schweigen. Es zieht sich immer mehr in die Länge, bis es

ganz klebrig wird, und auf einmal spüre ich Wills Farben. Sie sind ganz anders als alle Farben, die ich bisher bei ihm gespürt habe. Fremd und nicht zusammenpassend, wie bei einem Kuchen, bei dem die Zutaten nicht aufeinander abgestimmt sind. Verwirrung, das war zu erwarten. Ein kleines bisschen Trauer vielleicht. Mitleid, klar. Aber … da ist noch irgendwas, das aussieht und sich anfühlt wie … *Angst?*

Jetzt schaue doch hoch und …

»Tut mir echt leid.« Will lächelt. Er klingt, als hätte er einen verletzten Vogel von der Straße aufgelesen. »Aber ich weiß nicht, wer du bist.«

Die Welt schwankt.

»Das muss dir nicht peinlich sein«, spricht er sanft weiter. »Das passiert mir ganz oft. Ich sehe aus wie achtzig Prozent der Männer auf Tinder.«

Während mein Magen sich verkrampft, sehe ich mich noch mal auf der Straße um. Vor dreißig Minuten ist es mir nicht aufgefallen, doch eigentlich sieht es hier überhaupt nicht aus, wie es sollte. Niemand trägt eine Jacke. Die Luft flimmert golden. Die Schaufenster der Läden sind anders dekoriert. An den Bäumen hängen mehr Blätter. Wills Haare sind ein ganzes Stück kürzer, und der Bart ist frisch gestutzt. Selbst sein kakifarbener Rucksack ist … nicht abstoßend. Er war damit ganz offensichtlich noch nicht beim Dreh in der Antarktis, wo er ihn neben ein paar Pinguinen hat liegen lassen. Ich war so damit beschäftigt, über die Welt nachzudenken, dass ich vergessen habe, sie mir auch wirklich anzuschauen.

Ich wünschte, ich könnte behaupten, dass das gar nicht zu mir passt, doch das wäre leider eine Lüge.

»Also.« Will tritt höflich einen Schritt zurück. »Viel Glück. Das mit deinen Eltern tut mir leid. Hoffentlich findest du die Person, die du suchst.«

Er dreht mir den Rücken zu und ist sich nicht bewusst, dass ich offensichtlich doch durch die Zeit gereist bin. Das hier ist, wie es scheint, mein erstes Treffen mit Will, und ich habe ihm gerade erzählt, dass ich seine verrückte zeitreisende Ex-Freundin bin, die keine Freunde hat.

Definitiv nicht die romantische erste Begegnung, die es in einen Liebesfilm geschafft hätte. In einen Horrorstreifen vielleicht …

»Warte«, rufe ich und rausche ihm hinterher die Stufen zur U-Bahn hinab. »Welcher Tag ist heute?«

»Mittwoch«, antwortet er mir über die Schulter.

Mein Hirn klammert sich mit aller Kraft an die Informationen, während es im Sturzflug, fast wie Alice im Wunderland, an Büchern und willkürlichen Landkarten vorbeisegelt. Das ergibt Sinn: deshalb auch der schwarze Jumpsuit. Es muss immer noch dasselbe Jahr sein, sonst hätte es die Bar Humbug noch nicht gegeben, daher …

»Und welches Datum?«

»Sechster Juni.«

»Das ist doch unser Jahrestag!«, bricht es aus mir heraus, bevor ich es verhindern kann, und, ja, ich glaube, das bringt das Fass zum Überlaufen.

»Was für ein Scheiß«, murmelt Will, springt die letzten Stufen nach unten und pfeffert seine Fahrkarte auf die Schranke, als wäre das die einzige Möglichkeit, mir zu entkommen. Als wäre ich Zerberus, der dreiköpfige Hund. Ich halte mich für eine relativ intelligente Person, aber anscheinend mache ich mir da selbst etwas vor, denn erst *jetzt* kommt mir in den Sinn, dass ich all diese Informationen auch auf meinem Handy hätte nachgucken können.

Frustriert steige ich die Stufen zur Oxford Street wieder nach oben und lasse sacken, was gerade passiert ist. Die Schultern ziehe ich zusammen wie kleine Flügel, um ja nichts Klebriges zu berühren. Tja, ich muss wohl nicht erwähnen, dass das auch hätte besser laufen können. In der Geschichte der romantischen ersten Begegnungen fällt mir keine schlimmere ein. Die von Ödipus und seiner Mutter Schrägstrich Frau Iokaste vielleicht.

Aber … trotzdem hat es funktioniert.

Irgendwie bin ich wieder durch die Zeit gereist. Ich habe etwas verändert, etwas ungeschehen gemacht, eine neue Spur im Sand hinterlassen. Zugegeben, keine bessere, aber es war ein Anfang, oder? Obwohl – bedenkt man die fest etablierten Gesetze der Paralleluniversen und Alternativrealitäten, habe ich hier vermutlich völlig anderen Sand unter den Füßen.

Was mir nur eine Option lässt.

Ich wische mir die Haare aus dem Gesicht und laufe zurück zur Bar Humbug. Mit einem Räuspern rolle ich mich auf dem Boden zu einem kleinen Ball zusammen und schließe die Augen.

Ich muss es noch mal versuchen.

# 9

Entschuldigung.«

Ich kneife die Augen zusammen.

»Entschuldigen Sie bitte.«

Frustriert hebe ich den Kopf und schrecke zurück, als ich den Geschäftsführer der Bar Humbug über mir schweben sehe: mit zusammengekniffenen blauen Augen, glatt rasierten Wangen, minzig-warmem Atem und eindeutig viel zu nah.

»Geht es Ihnen gut?« Seine Poren sind riesig, und auf der Nasenspitze prangt ein überreifer Pickel, wie ein winziger Hut. »Soll ich jemanden für Sie anrufen? Sieht aus, als hätten Sie eine kleine Krise oder etwas in der Art. Sie hocken hier jetzt schon eine ganze Weile, und ich will wirklich nicht unhöflich sein, aber Sie verschrecken mir die Kundschaft.«

Direkt hinter ihm stehen drei niedergeschlagen wirkende Menschen mit furchtbar schlechter Haltung. Einer kaut ungerührt auf einem Sandwich herum und starrt mich an, als wäre ich einer von diesen schwebenden Yodas aus dem Covent Garden.

»Nicht dass ich Sie nicht verstehen könnte.« Der Geschäftsführer lächelt mich an. »Ist erst Mittwoch. Uff. Da leiden wir alle drunter. Aber wir haben gerade erst eröffnet, und der Panikattacke-auf-offener-Straße-Vibe ist nicht das, was wir hier anpeilen.«

Wieder schaue ich auf die Uhr. Vierzig Minuten.

Seit fast einer Dreiviertelstunde hocke ich wie eine Schnecke in diesem Hauseingang, und weiter zurück als zwei Minuten nach eins am Mittwoch, sechster Juni, komme ich einfach nicht. Das ist der Tag, an dem ich Will kennengelernt habe. Ich habe alles Erdenkliche versucht. Habe mir zwischendurch einen anderen Hauseingang gesucht, bin aber wieder zurückgekommen. Habe in allen Tonlagen gesungen. Habe versucht zu weinen (und bin gescheitert). Habe der Ohnmacht noch eine Chance gegeben. Mich zu einem Ball zusammengerollt, mich flach auf den Boden gelegt, bin aufgestanden. Habe mir die Beine aufgekratzt und mich vor- und zurückgewiegt. Ich habe sogar versucht, mich wieder überwältigen zu lassen. Dafür habe ich mich neben einen Bauarbeiter gestellt, der ein Loch in den Gehweg gebohrt hat. Nichts hat irgendwas bewirkt.

Anscheinend muss ich bloß die Augen schließen, mich stark auf die Zeit konzentrieren, zu der ich will, und die Augen wieder öffnen. Das ist alles. Zeitreisen: kann ich. Abgesehen von der Tatsache, dass ich es auch nach siebzehn Versuchen einfach nicht weiter zurückschaffe als zu diesem bestimmten Zeitpunkt. Ehrlich gesagt ist es wohl weniger Zeit*reisen* als Zeit*hopsen*. Keine großen Sprünge. Das horologische Äquivalent zu meinen sechswöchentlichen Friseurbesuchen.

Ich will doch nichts weiter, als mit meinen neuen Kräften ein Jahrzehnt zurückzureisen und meine Eltern davon abzuhalten, in dieses Auto zu steigen. Nur schnell vorbeihüpfen und sie bitten, den Zug zu nehmen. Verhindern, dass sie zu spät dran sind, weil Dad anhalten und mir Glückwunschrosen kaufen musste. Sie bitten, nicht die Landstraße zu nehmen, sondern auf der Autobahn zu bleiben. Scheiße, vielleicht würde ich einfach nicht meinen Abschluss machen. Dann würden sie nicht auf dem Weg zur Abschlussfeier verunglücken, und ich müsste nicht auf einer Bühne im Rampenlicht stehen und Menschen anlächeln, die ich kaum kenne, weil ich so selten in den Vorlesungen war. Die waren immer zu voll und zu laut.

Aber das Universum interessiert sich nicht mal ansatzweise für diese Geschichte. Stattdessen hält es mich hier fest, und ich muss in die Augen eines fremden Mannes starren, der mir sagt, dass ich hier nicht erwünscht bin und verschwinden soll.

Scheint ein wiederkehrendes Muster zu sein.

»Tut mir leid«, entschuldige ich mich mal wieder und rapple

mich hoch. Ich muss wirklich an meiner Oberschenkelmuskulatur arbeiten: Vom Boden aufzustehen sollte nicht so anstrengend sein.

»Kein Problem.« Der Geschäftsführer neigt zum siebzehnten Mal den Kopf. »Warum kommen Sie nicht auf einen Drink mit rein? Danach können Sie bestimmt viel entspannter zurück zur Arbeit gehen.«

Das Gute ist, dass ich vermutlich noch eine Arbeit habe.

»Nein, danke«, antworte ich höflich. »Ich denke nicht, dass mittägliche Trunkenheit das Reisen durch die Zeit weniger verwirrend macht.«

Oder weniger erschöpfend. Wie es aussieht, ist es physisch und mental ganz schön auslaugend, das eigene Leben zurückzuspulen. Fast so, als müsste man das Bett frisch beziehen.

Inzwischen habe ich zwei mögliche Schlüsse gezogen:

1. Ich kann nicht weiter zurück in die Vergangenheit als vier Monate.

Und/oder:

2. Dieses Datum ist so bedeutend, dass ich nicht darüber hinausreisen darf.

Es könnte aber auch genauso gut sein, dass ich einfach nicht stark genug bin.

Oder dass es sich um eine Art Zeitreise-Sicherheitsnetz handelt. Cassandra ist noch ganz neu im Geschäft und scheint kein Naturtalent zu sein: Lasst uns sichergehen, dass sie nicht versehentlich den ganzen Planeten und alle Lebewesen darauf zerstört. Das Universum sorgt dafür, dass ich nicht allzu viel Schaden anrichten kann. Du bekommst vier Monate, Cassie, das ist alles. Denn ehrlich gesagt trauen wir dir eine solche Verantwortung nicht zu. Deshalb darf Cassandra Dankworth nur mit Stützrädern durch die Zeit reisen. Deine Eltern zu retten ist also nicht drin.

Was natürlich ein vernichtendes Urteil ist, aber keins, das nicht schon bei vielen anderen meiner Jobs gefällt wurde: Oft vertraut man mir nicht mal den Schlüssel zur Büromaterialausgabe an.

Ich reibe mir über das Gesicht und versuche, mich von der überwältigenden Enttäuschung zu erholen. Ich kann die Zeit nicht in ihrer Gesamtheit kontrollieren, und diese Niederlage muss ich mit Würde tragen. Kein Grund, deshalb zu schmollen. Das Universum soll nicht denken, dass ich undankbar oder verwöhnt bin, oder mir meine Fähigkeiten wieder entziehen. Ich nehme, was ich kriegen kann. Ich kann mich durch ein kleines Zeitfenster bewegen, und das ist genug. *Heute* zählt – das will mir das Universum damit doch sagen –, und vier Monate reichen immer noch aus, um eine echte Veränderung in meinem Leben zu bewirken.

Wenn das tatsächlich stimmt …

Ich bin zwar nicht die Beste darin, zwischen den Zeilen zu lesen – manchmal ziehe ich schon nicht die richtigen Schlüsse, wenn man mir die Informationen direkt vor die Nase hält –, aber es ist ziemlich offensichtlich, worauf ich mich hier konzentrieren soll.

Oder, besser gesagt, *auf wen.*

An: Barry Caplan
Von: Cassandra Dankworth

Tut mir leid, aber ich fühle mich heute nicht gut. Nehme mir den Nachmittag frei.

Cassandra

Nach intensiver Handyrecherche scheint alles genauso zu sein wie vor vier Monaten: der Kalender, mein Tagebuch, meine Mails und Nachrichten oder deren Fehlen. Die Zeit wurde einfach zurückgesetzt. Was bedeutet – wenn meine Erinnerung mich nicht täuscht, und das tut sie nie –, dass ich eigentlich gerade auf dem Weg zu einem Kreativgewitter sein sollte, in dem jemand vorschlägt, dass wir Hunden Capes anziehen sollen, woraufhin alle begeistert klatschen.

Wenn ich mein neues prophetisches Können nicht nutzen kann, um solchen Situationen zu entgehen, dann wäre diese Gabe doch völlig nutzlos.

Zwei Sekunden später:

An: Cassandra Dankworth
Von: Barry Caplan

Wir haben schon oft über deine E-Mail-Etikette gesprochen, Cassandra. Achte auf deinen Ton. Nein, du kannst dir den Nachmittag nicht freinehmen, weil du ›dich nicht gut fühlst‹. Bist du krank oder nicht? Vor fünfzehn Minuten habe ich gesehen, wie du ein Käsesandwich gegessen hast.
Solange du nicht tatsächlich krank bist, komm nach deiner Mittagspause bitte wieder in die Agentur.

Barry

Ich könnte ihm antworten, aber das scheint mir die perfekte Gelegenheit, das Reisen innerhalb meiner offenbar gesetzten Grenzen ein bisschen zu üben. Also schließe ich die Augen und konzentriere mich auf den Moment, kurz bevor ich meine Mail geschrieben habe.

Dann mache ich sie wieder auf und checke meinen Postausgang: Die Mail ist weg.

Verschwunden, als hätte es sie nie gegeben. Gut.

Hoch konzentriert schreibe ich:

An: Barry Caplan
Von: Cassandra Dankworth

Lieber Barry,

hallo, wie geht es dir? Ich hoffe, gut. :-)

Ist das Wetter heute nicht toll? So sonnig! ;-)

Du hast nach der Mittagspause ein dreistündiges Brainstorming-Meeting angesetzt, an dem ich nicht teilnehmen werde. Es geht nicht um meinen Kunden, ich habe nichts Wertvolles beizutragen, und ehrlich gesagt würdest du mich fürs Nichtstun bezahlen. Damit fühle ich mich nicht wohl, deshalb habe ich entschieden, mir den Rest des Tages von meinem mir zustehenden Urlaub freizunehmen.

Ich hoffe, das Meeting wird toll! :-)

Cassandra

:-******

Anscheinend ist der Trick, einfach zu schreiben, was man sagen will, und es mit belanglosen Nettigkeiten und Smileys auszuschmücken, damit man es nicht auf den ersten Blick findet. So wie man Süßigkeiten in einem Haufen Mehl versteckt, damit Kinder auf ihren Geburtstagspartys mit den Gesichtern danach tauchen können.

Meinen Ton habe ich jedenfalls schön brav angepasst.

Zufrieden stelle ich das Handy aus und stecke es in die Tasche. Jetzt habe ich ein paar Stunden, um herauszufinden, zu welchem Ort ich muss und zu welcher Zeit ich da sein soll. Das scheint mir wichtig. Denn man weiß nie, was eine Minute für einen Unterschied machen kann. Was wäre mit Andromeda – an ihren Felsen gefesselt – passiert, wenn Perseus einen anderen Weg genommen hätte oder Pegasus zu langsam geflogen wäre? Was, wenn das Seeungeheuer Ketos nur einen Augenblick früher aufgetaucht oder Medusas Kopf im Beutel hängen geblieben wäre?

Zeit ist ein unsichtbarer Faden, der all unsere Geschichten zusammenwebt.

Und sechzig Sekunden können alles verändern.

Die Türglocke des Cafés bimmelt. Ich schaue gerade noch rechtzeitig hoch, um zu sehen, wie eine elegante alte Dame mit einer wunderschönen Schottenmütze hereinkommt, um die ich sie sofort beneide. Sie lässt den Blick durch den Raum schweifen und mustert gierig den grünen Samtsessel mir gegenüber.

Ich fühle mich wie eine Kriminelle, als ich meine Tasche auf die Sitzfläche fallen lasse.

Ich bin jetzt schon über eine Stunde hier und besetze meinen Sessel, als würde ich vor einem Apple Store campen, um das neueste iPhone zu ergattern, obwohl ich es auch einfach hätte online bestellen können. In meiner ursprünglichen Zeitlinie komme ich, völlig ausgelaugt vom Kreativgewitter, gerade erst ins Café, um nicht sofort zurück in meine Wohnung zu müssen. Aber das erschien mir zu riskant.

Ich will ja nicht übertreiben, aber irgendeine alte Dame hätte sich auf den falschen Sessel setzen und so mein ganzes Leben ruinieren können.

Erleichtert beobachte ich, wie sie sich einen Tisch am Fenster sucht.

»Noch einen Kaffee?« Die Kellnerin schwebt neben mir wie ein einfarbiger Kolibri, und ich spüre die blaue Ungeduld aus ihr herausströmen. Zu meiner Verteidigung, es ist nicht so viel los im Café. Zu ihrer Verteidigung, ich stochere seit fünfundsiebzig Minuten im selben Bananenmuffin herum und schlürfe am selben kalten Kaffee.

»Minztee, bitte.« Wieder lege ich die Finger auf die Uhr. »Danke.«

Wo bleibt Will? Habe ich mich in der Zeit geirrt? Ich habe einige Stunden mit Vorbereitungen für diesen Moment zugebracht, mir in ein paar Secondhandläden ein neues Vintage-Outfit zusammengestellt, mich in einer unbequemen öffentlichen Toilette umgezogen und mich dann heimlich mit den Testern aus einer Parfümerie geschminkt. Habe ich dadurch vielleicht schon alles versaut? Was, wenn ich alles auf den Kopf gestellt habe? Was, wenn ausgerechnet das tolle Tüllkleid, das ich jetzt trage, mein Schicksal aus der Bahn wirft? Was, wenn mein schwarzer Jumpsuit wirklich das Attraktivste an mir ist? Und noch viel wichtiger: Was, wenn ich, weil ich aus Hygienegründen nur die Tester genommen habe, die noch unbenutzt waren, jetzt aussehe wie ein betrunkener Schmetterling?

Gerade als ich nervös in meiner Tasche nach irgendetwas krame, das mir helfen könnte, diese Hypothese entweder zu bestätigen oder zu widerlegen, bimmelt wieder die Türglocke, und meine Haut fängt an, warm zu prickeln. Als würde ein dunkler Raum in helles Licht getaucht.

Durch die Wimpern beobachte ich, wie Will zum Tresen geht.

Ich beobachte ihn, während er einen Cappuccino mit extra Schokolade bestellt und zwanglos die Kellnerin anstrahlt. Er beugt sich vor und betrachtet die Backwaren, obwohl ich schon weiß, dass er sich für den Black-Forest-Cupcake entscheiden wird. Ich sehe zu, wie er auf den Kaffee wartet, die Hände lässig in den Taschen, und unnötigerweise die Speisekarte an der Wand liest, obwohl er doch schon bestellt hat. Ich bemerke, wie er die Schultern strafft und sich so die dunklen Locken in den Nacken drückt. Genau die Locken, die mich immer in der Nase kitzeln, wenn ich mich morgens im Bett an seinen Rücken schmiege.

Und plötzlich weiß ich ganz sicher: Genau so will ich meine Zeit verbringen.

Oder eher meine Zeiten.

Denn Will ist nicht nur irgendeiner meiner Freunde. Er ist nicht einer der dreiundzwanzig Männer, die ich in den letzten zehn Jahren kurz gedatet habe. Nicht bloß ein weiterer Name auf einer doppelseitigen Liste mit all den Simons und Patricks und Sams und Joes. Er ist nicht austauschbar, keine flache Figur, die ich wegwerfen und durch eine identische Version ersetzen kann, wenn wir fertig sind.

Und ich kann mir nicht wieder und wieder anhören, dass irgendwas an mir falsch ist, nicht zu anderen passt, dass ich keine »Verbindung« aufbauen kann. Als wäre ich ein Puzzleteil mit abgenutzten Ecken.

(»Cassandra spielt nicht gut mit den anderen.«)

Ich will doch nur genug Zeit, um es zu versuchen.

Mit angehaltenem Atem beobachte ich Will, wie er seinen Kaffee und seinen Cupcake nimmt und …

*Mist. Meine Tasche.*

In einer Geschwindigkeit, die ich von mir gar nicht kenne, reiße ich sie vom Sessel und lasse sie neben mir auf den Boden fallen. Dann puste ich sanft in meinen Tee, nehme mein Buch und warte so geduldig wie möglich, während Will nach einem Sitzplatz sucht. Er überlegt, wägt ab, entscheidet sich um. Unser erstes Treffen war perfekt – es muss nicht verbessert werden –, und plötzlich spüre ich, wie das Seeungeheuer auftaucht, das Wasser tost, das Pferd in die Luft steigt, das Schwert geschwungen wird: Unsere Geschichte beginnt von Neuem.

Nur dass ich dieses Mal einen Weg finden werde, mich ihm zu öffnen.

Will kommt auf mich zu.

»Hi.« Er lächelt, genau wie beim ersten Durchlauf. »Ist es okay, wenn ich mich zu dir setze?«

# 10

Klar.«

Mehr muss ich nicht sagen. Es ist kein Euripides – damit gewinne ich keine Wettbewerbe –, aber beim letzten Mal hat es funktioniert: Es hat dafür gesorgt, dass der richtige Mann sich zur richtigen Zeit in den richtigen Sessel setzt. Bloß bringe ich es nicht über die Lippen. Sie kleben zusammen, meine Zunge ist ganz schlaff. Die Muskeln in meiner Kehle zucken nutzlos, wie bei einem Motor, der nicht anspringen will. Ich komme mir vor wie der Minotaurus: Menschlicher Körper, aber mit einem Tierkopf, der nicht sprechen kann, und ich versuche verzweifelt zu kommunizieren.

Entsetzt starre ich Will an.

»Kein Problem«, sagt er lächelnd nach einer gefühlten Ewigkeit, die eigentlich nur acht Sekunden gedauert hat. »Wollte nicht stören. Ich setze mich woandershin.«

Das tut er, und unsere Liebesgeschichte ist abrupt vorbei.

Ende.

Also versuche ich es noch mal. Ich schließe die Augen und konzentriere mich mit aller Kraft auf den Moment, bevor ich es vermasselt habe. Ich öffne sie wieder, und da steht Will, mit einem Lächeln auf den Lippen.

Pure Freude durchströmt mich.

Diese Gabe ist mit Abstand das beste Geschenk, das ich je bekommen habe, ohne es mir zu wünschen.

»Nein«, sage ich endlich erleichtert.

»Kein Problem.« Will neigt den Kopf leicht zur Seite. »Wollte nicht stören. Ich setze mich woandershin.«

»Doch!«, rufe ich schnell, als er sich abwendet. »Ja! Ich meinte ja, es ist okay! Komm zurück! Bitte setz dich zu mir!«

Doch er geht – *schnell* –, und unsere Geschichte ist vorbei.
Was okay ist. Ich versuche es noch mal.

»Hi.« Will lächelt, während meine Antwort schon ungeduldig auf der Zunge wartet. »Ist es o…«

»Ja«, sage ich hastig, bevor ich bemerke, dass ich meinen Einsatz verpatzt habe.

Er setzt sich woandershin.

Noch mal.

Mein panisches Gesicht schreckt Will ab.

Noch mal.

Er zögert einen Moment zu lang, und eine Frau mit Bananenbrot huscht an ihm vorbei, schnappt sich den Sessel.

Noch mal.

Ich kann ihm nicht in die Augen gucken, also entschuldigt er sich und setzt sich woandershin.

Noch mal.

Meine Glieder hängen nicht am richtigen Platz. Ich bin ein Halloween-Skelett aus Plastik, das von einem kleinen Kind zusammengebaut wurde. Ich versuche, meinen Körper – Ellbogen, Knöchel, Oberschenkelknochen, Halswirbel – zu bewegen, aber stattdessen zucken meine Finger, jeder einzeln, als würde ich in die unsichtbaren Tasten eines winzigen Klaviers hauen. Klar klar klar, ich muss nur »Klar« sagen, *klar,* aber das Wort »klar« existiert nicht mehr, es ist bloß ausgedacht, und ich habe es ruiniert, ich habe wieder alles ruiniert, warum kann ich nie was richtig machen …

»Hi.« Will lächelt. »Ist es o… o, Gott. Alles in Ordnung?«

Ich breche in Tränen aus.

Fazit: Ich kann es nicht. Egal wie oft ich zurückreise oder wie einfach die Umsetzung auch sein sollte. Egal dass unsere ursprüngliche romantische erste Begegnung perfekt war und ich sie nur wiederholen oder nichts weiter tun muss, als *diesen Mann dazu zu bewegen, sich verdammt noch mal hinzusetzen.*

Je mehr ich mich anstrenge, desto weiter setzt Will sich weg.

Irgendwann sehe ich ihn durch das Café hindurch so intensiv an, so unabsichtlich feindselig, dass er seinen Kaffee to go bestellt und verschwindet. In meiner Naivität habe ich angenommen, dass dieses erste Treffen leicht wird. Werft zwei Menschen, die sich attraktiv finden, zur selben Zeit an denselben Ort im selben kontrollierten Umfeld, dann bekommt ihr auch dieselben Ergebnisse, richtig?

Offenbar funktioniert Zeit so nicht.

Sie schafft uns die perfekte Gelegenheit – wie ein DJ auf einer Collegeparty, der langsame Lieder auflegt –, doch dann tauche ich auf wie die mundfaule Direktorin und versaue es, bevor der Tanz überhaupt losgeht. Zeit ist so furchtbar zart und fragil. Sie ist wie ein Taschentuch, wie ein Spinnfaden, ein Spinnennetz in der Ecke vom Küchenschrank. Eine falsche Bewegung, ein bisschen zu viel Druck, ein Wisch mit dem Besen, und die Geschichte fällt in sich zusammen.

Eine Sache kristallisiert sich jedenfalls deutlich heraus: Es liegt an *mir*. Ich kann nicht länger tun, als wäre nicht ich das Problem hier. Ich kann mir nicht einreden, dass ich das unschuldige Opfer bin, das mit gewaltigem Pech in der Liebe gestraft ist, oder die arme Prinzessin, die gegen ihren Willen an einen Felsen gefesselt wurde.

Ich binde mich selbst immer wieder an diesen Felsen, mit meinen eigenen Fesseln.

Dank meiner neuen Gabe kann ich mir im Prinzip selbst dabei zusehen, wie ich meinen zukünftigen Freund jedes Mal aufs Neue verscheuche, und langsam frage ich mich, mit wie vielen Menschen in meinem Leben ich das wohl schon gemacht habe, ohne es zu merken. Wie viele Leute habe ich mit den falschen Worten, dem falschen Tonfall im falschen Moment verschreckt? Mit einer feindseligen oder leeren Miene oder der Unfähigkeit, Blickkontakt zu halten? Wie viele Leute waren eigentlich dazu bestimmt, Teil meines Lebens zu sein, bevor ich sie unabsichtlich in die Flucht geschlagen habe?

Und diese Erkenntnis – wenn ich das Problem bin, kann ich es auch lösen – gibt mir neuen Antrieb.

Ich bekomme mein erstes Date mit Will, und wenn es mich umbringt.

Was es – in Anbetracht meines Erschöpfungsgrades und der Masse an Bananenmuffins, die ich gegessen habe – tatsächlich tun könnte.

Dieses Mal reise ich ein Stück weiter zurück.

Ich gebe mir ein paar Minuten für eine vorbereitende Motivationsrede – du bist Hippolyte, Königin der Amazonen –, streiche mir das Haar hinter die Ohren, lege etwas Lipgloss auf und wische die Muffinkrümel weg, die in Reih und Glied in meinem Dekolleté gelegen haben, als würden sie drauf warten, dass die Post endlich aufmacht.

Dann springe ich auf und wechsle die Plätze, setze mich auf den gegenüberstehenden Sessel.

Eine tröstliche Ruhe legt sich über mich. So fühlt es sich auch an, wenn mein Bein endlich nicht mehr ständig wippt. Manchmal braucht es nur den Schock einer Veränderung, um mich aus einer Schleife zu bekommen, in die ich mich selbst katapultiert habe.

Ich mustere meine Finger. Das winzige unsichtbare Klavier ist verschwunden. Ich schaffe das. Ich habe es ja schon mal geschafft, also wird es auch noch mal klappen. Will steht von dem Augenblick an auf mich, als er mich das erste Mal sieht. Das weiß ich, weil er es mir erzählt hat. *Das hier wird funktionieren.* Fast hätte ich gesagt, es ist Schicksal, aber wenn ich aus den letzten vierzig Minuten eine Sache gelernt habe, dann, dass Schicksal etwas ist, das auf dem Mist von Menschen gewachsen ist. Wie Hochzeiten, Gender-Reveal- oder Geburtstagspartys.

Die Türglocke bimmelt. Will kommt herein, bestellt seinen Kaffee, sucht sich seinen Cupcake aus, starrt auf die Speisekarte an der Wand, dreht sich um, überlegt und …

»Hi.« Er deutet auf meinen alten Sessel. »Ist es okay, wenn ich mich zu dir setze?«

»Kein Problem.« Ich nicke gelassen, hebe kaum den Blick.

Will setzt sich und holt seinen verbeulten Uraltlaptop heraus. Ich muss dem plötzlichen, überwältigenden Drang widerstehen, ihn zu warnen, dass er in etwa drei Wochen einen ganzen Becher Kaffee darüber verschütten und sehr wichtige Dateien verlieren wird. Obwohl er dieses Dilemma auf seine Art so wundervoll und mit so viel Humor und Größe bewältigen wird, dass ich ihm nur noch mehr verfallen werde.

Gewissenhaft tue ich weiter so, als wäre ich in mein Buch vertieft.

Da ist wieder das Déjà-vu-Gefühl: Das vertraute Klappern von Tassen hinter dem Tresen, eine Tür, die zugeschlagen wird, mein Minztee, der gerade gebracht wird, ein schreiendes Baby. Genau so war es auch bei unserem ersten Treffen, als hätte die Zeit endlich den richtigen Weg eingeschlagen – wie von einem Navi mit sanfter, aber bestimmter Stimme geführt –, und unser Umweg ist endlich vorbei. Jetzt muss ich nur exakt das tun, was ich beim ersten Durchgang getan habe. Das heißt, in fünf, vier, drei, zwei, eins …

»Wow.« Will sieht von seinem Laptop auf. »Das ist ganz schön schwere Kost für einen Mittwochabend.«

Etwas verzögert, damit ich versunken wirke, schaue ich ihn an. »Ach ja?«

»Die *Ilias?*« Er grinst breit, und ich bemerke die süße Lücke zwischen seinen Schneidezähnen, wie beim ersten Mal. »Das ist auf jeden Fall eher was für einen Donnerstag oder Freitag.«

»Überhaupt nicht.« Ich erwidere sein Lächeln. »Den zweiten Teil der Woche hebe ich mir gerne für Bücher auf, die von anderen Familienmitgliedern der Simpsons geschrieben wurden.«

»Angeblich soll Barts Version von *König Lear* ganz großartig sein.«

»Kein Vergleich zu *Das verlorene Paradies* von Maggie.«

Wir lachen beide, und ich spüre es: etwas Warmes, Rosigpinkes, das wie Finger zwischen uns über den Tisch greift. Angeblich ist mein unanständig gutes Langzeitgedächtnis ja »irgendwie unheimlich« – im Gegensatz zu meinem sehr schwachen Kurzzeitgedächtnis, das »extrem nervig« ist –, aber in diesem Augenblick bin ich mehr als dankbar, dass ich mich an die gesamte Unterhaltung erinnern kann, Wort für Wort.

Das bedeutet nämlich, ich habe ein Skript, an das ich mich halten kann. Eins, von dem ich schon weiß, dass es funktioniert.

»Du reist viel«, stelle ich genau aufs Stichwort fest.

Überrascht sieht Will mich wieder an, deshalb deute ich auf die Sticker, die sich auf seinem todgeweihten Laptop verteilen. Thailand. Australien. Die Philippinen. Island. Beim letzten Mal habe ich dieselbe Schlussfolgerung gezogen, doch dieses Mal fühle ich mich viel sicherer, denn ich kenne die Hintergrundgeschichte zu jedem einzelnen Aufkleber.

»Eigentlich nicht.« Er strahlt und entfacht damit in meinem Inneren ein Glühen. »Ich will nur, dass hübsche und unheimlich stylishe Fremde in Cafés das von mir denken. Leider ist der *Ich bin superinteressant*-Sticker letzte Woche abgefallen.«

Entgeistert starre ich ihn an.

Ähm, eigentlich war sein Text: »Ja, stimmt, meistens wegen der Arbeit. Und was ist mit dir?« Und ich hätte geantwortet: »Nein, eher nicht. Ich hab England seit zehn Jahren nicht verlassen.« Dann er: »Wie schade, warum nicht?« Ich: »Ich hab niemanden, der mitkommt, außerdem bekomme ich von der

Sonne einen fiesen Ausschlag.« Diese Aussage würde ich allerdings sofort bereuen.

Unglaublich, dass Will Baker jetzt schon vom Skript abweicht.

»Ich …« Was für ein Sticker? Wovon spricht er? »Meinst du mich? Ich bin die hübsche Fremde?«

»Ja.« Er kratzt sich am Kopf. »Tut mir leid. Das war ein Witz. Und ein verzweifelter Versuch, mit dir zu flirten. Ich bin aber schon eine ganze Weile aus dem Datingspiel raus. Merkt man das?«

»Ja«, gebe ich zu. »Das war ganz schön furchtbar.«

Als Will in lautes Lachen ausbricht, entspannt sich mein gesamter Körper.

»Bekomme ich noch einen Versuch?« Er mustert mich mit einem etwas anderen Ausdruck, bloß habe ich keine Ahnung, was der bedeuten soll. »Meine offizielle Antwort ist: Ja, stimmt, meistens wegen der Arbeit. Und was ist mit dir?«

»Ähm.« Ich entscheide mich, diesen Zeitstrahl direkt zu korrigieren. »Nicht so sehr. Mein Job spielt sich überwiegend in London ab.«

»Was machst du denn? Irgendwas hier in der Nähe?«

»Ich arbeite in einer PR-Agentur gleich um die Ecke. Und du?«

Die Menschheit redet viel zu wenig darüber, wie schwierig Small Talk ist. Alle tun immer so, als würde es Spaß machen, aber das stimmt nicht. Es ist viel eher wie ein Tennismatch, man ist permanent in Habtachtstellung, muss aufpassen, von wo der nächste Ball kommt, wo er hinsoll. Ist das Gegenüber dran? Oder ich? Bin ich schnell genug? Hab ich den Ball ins Aus geschlagen? Die Annahme versaut? Den Ball zu rücksichtslos gespielt? Ist das ein gemütliches Hin und Her zum Zeitvertreib, oder wäre es besser, den Ball mit voller Wucht in eine Ecke zu schlagen?

Es ist anstrengend, selbst wenn ich schon im Vorfeld alle Antworten kenne.

»O nein.« Als Will in seinen Cupcake beißt, fällt die Kirsche auf den Boden. »Ach, so ein Mist. Das ist doch das Beste daran.« Er hebt sie auf und wirft sie sich in den Mund. Scheint, als wären seine Tischmanieren in diesem Universum auch nicht besser. »Einer meiner Kunden sitzt in Soho, aber mein Studio ist eigentlich in Clerkenwell. Ich muss immer auf dem Weg T-Shirts kaufen, weil ich keine Zeit habe, zu waschen.«

Er greift in seinen kakifarbenen Rucksack und zieht die Zara-Tasche von vorhin heraus.

Verflixt! Das hat er letztes Mal auch nicht gemacht.

»Warum zeige ich einer Fremden mit offensichtlich ausgezeichnetem Modegeschmack die lahmen Stofflappen, die ich eben gekauft habe?« Er verzieht das Gesicht. »Noch mal, tut mir leid. Ist 'ne lange Woche.«

»Zeig sie mir.« Irgendwie rührt mich die beiläufige Behaglichkeit seiner Geste. Diese unglaubliche Intimität, als wären wir schon ein Paar und ihm wäre ehrlich wichtig, was ich denke. »Ich sehe sie mir gerne an.«

Inzwischen ist klar, ich kann mich ans Skript halten, so viel ich möchte – Will tut das nicht. Er sagt und tut einfach, wonach er sich in dem Moment fühlt, und lässt dabei völlig außer Acht, was irgendeine seiner Parallelexistenzen vorgegeben hat.

Das hier wird um einiges schwieriger als erwartet.

»Du wirst den Tag noch bitterlich bereuen, an dem du mir erlaubt hast, mich zu dir zu setzen.« Er zieht blaue, rote und schwarze T-Shirts aus der Tüte. »Ganz schlichte Shirts, nur das eine hier hat ein kleines Logo, daher …«

Jetzt breche ich in Gelächter aus, denn wegen dieses T-Shirts ziehe ich ihn schon seit Monaten auf. Er zieht es an, wenn er meint, er würde seinen Pulli eh nicht ausziehen, und zieht den Pulli am Ende dann doch immer aus.

»Dreh es um.«

Will gehorcht und starrt entsetzt die Mickymaus an, die riesengroß auf der Rückseite prangt. »Ach du heilige … Warum druckt man so was denn auf ein T-Shirt für erwachsene Männer? Das kann ich doch niemals anziehen, oder?«

»Irgendwas sagt mir, dass du es trotzdem tun wirst.«

»Ja, vermutlich.« Er lacht trocken. »Da hast du mich durchschaut. Mist. Kein Wunder, dass ich noch Single bin.«

*Kein Wunder, dass ich noch Single bin.*

Und einfach so sind wir wieder beim Originalskript. Diese Info hat Will auch beim letzten Mal fallen lassen wie ein Kaugummi. Er wusste genau, dass sie kleben bleibt. Nur letztes Mal war ich nicht sicher, was er damit sagen wollte. Wollte er flirten? Mich auf seine Verfügbarkeit aufmerksam machen? Oder war es einfach ein Austausch von Belanglosigkeiten wie so oft beim Small Talk? Was, wenn er sich bloß bei mir über seinen Familienstand auslassen wollte, weil ich aussah wie jemand, der auch schon lange alleine war?

Letztes Mal hat dieser Satz mich in eine Spirale aus Angst und Verlegenheit und völliger Verwirrung katapultiert.

Dieses Mal spüre ich die Bedeutung bis hinab in meine Zehenspitzen.

»Tja.« Wie Herkules, der den Erymanthischen Eber über den Kopf hebt, wende ich all meine Kraft auf, um ihm endlich in die Augen zu sehen. »Wenn du jetzt den Grund dafür kennst, kannst du mir ja vielleicht sagen, warum ich auch noch Single bin.«

Will grinst mich breit an. Kaum zu glauben, wie viel einfacher Flirten ist, wenn man die Szene schon mal durchgespielt hat.

»Na ja, wir könnt…«

Im selben Moment klingelt sein Handy, hinter mir klimpert ein Löffel, eine Tasche landet auf dem Boden, und alles ist wieder genau wie beim ersten Mal. Wir sind zurück auf unserer ursprünglichen Zeitlinie. Vielleicht ist das Schicksal doch kein so dämliches Konzept.

»Merk dir, wo wir waren«, sagt Will mir zum zweiten Mal und geht ans Telefon.

Hinter dem Tresen zischt die Kaffeemaschine, und ein helles Gelb läuft durch mich hindurch wie ein Tropfen Farbe. Ich weiß, was als Nächstes passiert, weil es schon passiert ist. Zum ersten Mal seit vermutlich drei Jahrzehnten werde ich nicht vom Versuch erschlagen, die Gefühle und Gesichtsausdrücke und Gesten und Stimmlagen meines Gegenübers zu deuten, nebenbei auf Witze, Sarkasmus, Flirtversuche, versteckte Beleidigungen, aber auch Andeutungen und Ungesagtes zu achten und gleichzeitig irgendwie die anderen Gespräche um mich herum zu ignorieren, genau wie das Zischen des Milchaufschäumers und das Gefühl des Stuhls unter meinem Hintern und mein Fingerzucken, die Position meiner Füße, den leichten Luftzug im Gesicht und den Klang der Türglocke, das Pochen meines eigenen Herzens und das Zucken meiner Gesichtsmuskeln.

Für ein paar Augenblicke in meinem Leben kann ich einfach *da* sein, und das ist wirklich toll.

Will betrachtet mich stirnrunzelnd und formt ein lautloses *Alles klar?*.

Lächelnd nicke ich.

»Jetzt sofort?« Er verdreht die Augen in meine Richtung, was ich ihm brav nachmache. »Okay. Bloß in einem Café. Bin in fünf Minuten da.«

Er steckt das Handy weg, steht auf und packt seinen antiken Laptop in den Rucksack. Ich weiß, ich sollte diese Zeitlinie nicht verändern, nichts daran vermasseln, sie ist so empfindlich, so zerbrechlich, so leicht zu …

»Back-up«, platzt es aus mir heraus.

Will hält inne. »Wie bitte?«

»Back-up.« Ich deute auf den Laptop. »Deine Daten. Du solltest ein Back-up machen. Auf einer externen Festplatte oder in einer Cloud oder auf einem Stick oder so.« Er sieht mich irritiert an, also spreche ich hastig weiter: »Das ist so ein … Tick von mir. Ich muss die Leute immer dran erinnern, dass sie regelmäßig ihre Daten sichern. Also mach lieber ein Back-up. Keine große Sache, oder?«

Irgendwie killt das die romantische Stimmung, aber ich kann doch nicht hier sitzen und ihn all seine Daten verlieren lassen, obwohl ich es besser weiß. Das wäre unethisch.

»Ich mache nie Back-ups.« Er lächelt. »Danke für die Erinnerung.«

Ich nicke nur, während er seinen Rucksack zumacht, beobachte eindringlich sein Gesicht und warte ab, was jetzt passiert. Habe ich wieder alles aus der Bahn geworfen? Wir bewegen uns erneut auf unbekanntem Terrain, ich muss wieder die Leute lesen und verzweifelt raten, was sie meinen könnten. Ein Zustand anhaltender Verwirrung, bei dem jede soziale Interaktion ein verblüffendes Sammelsurium an Hinweisen ist, die sich nie zu einem Gesamtbild zusammenfügen. Offenbar muss ich meine Momente der vorhersehbaren, vertrauten Glückseligkeit nehmen, wie sie kommen.

*Also,* dränge ich ihn schweigend: *Wie fändest du es, wenn wir uns noch mal sehen? Wir könnten ja mal was zusammen trinken gehen?*

»Also …« Will schnallt sich den Rucksack auf den Rücken. »Wie fändest du es, wenn wir uns noch mal sehen? Wir könnten ja mal was zusammen trinken gehen?«

Wills Farben kann ich vielleicht nicht deuten, aber meine schon.

»Das fände ich toll«, sage ich so lässig wie möglich, während die Luft um mich herum golden und pinkfarben schimmert. »Ich bin übrigens Cassie.«

»Hi, Cassie«, sagt mein zukünftiger Freund. »Ich bin Will.«

# 11

Die Titanin Eos hat ihren schlechten Ruf nicht verdient. Die rosenfingrige Göttin der Morgenröte ist im Grunde die Bridget Jones der griechischen Mythologie und bekannt für zwei Dinge: dass sie ihrem Bruder Helios jeden Morgen die Tore öffnet, damit er mit dem Sonnenwagen über den Himmel fahren kann, und dass sie von Aphrodite in Sachen Liebe zu einer ewigen Pechsträhne verdammt wurde. Während also alle anderen im Olymp ihr heißes Liebesleben genießen und sich paaren wie die Tiere, scheitert jedes Date, auf das die unsterbliche Titanin sich einlässt. Sie ist die Mutter aller Romcom-Heldinnen: immer auf der Suche nach Liebe, in allen erdenklichen Pinktönen gekleidet und in den Augen der anderen Götter auf ewig die verzweifelte Versagerin.

Für mich ist sie allerdings von allen Göttinnen die mächtigste.

Der Liebe nachzueifern ist eine mutige Angelegenheit, und für mich repräsentiert Eos Hoffnung, Durchhaltevermögen und ein Licht in der völligen Dunkelheit. Sie steht für die Stärke, die es braucht, um es immer wieder zu versuchen, selbst wenn man weiß, dass man zum Scheitern verurteilt ist. Sie steht für Neuanfänge und dafür, dass man sich von Niederlagen nicht unterkriegen lassen darf. Außerdem hat sie uns gezeigt, dass man den Ehemann in eine Heuschrecke verwandeln kann, wenn er irgendwann zu alt und irgendwie nervig ist.

Was könnte inspirierender sein als das?

»Hallo?« Ich öffne die Wohnungstür. »Jemand zu Hause?«

Den gesamten Heimweg über habe ich vor Freude förmlich vibriert. Jetzt muss ich mich dringend hinlegen: Von all dieser Freude wird mir ein wenig übel.

»Hey, hey.« Sal kommt in den Flur geschlendert und mustert mich von oben bis unten, wischt sich etwas Mehl aus einer Augenbraue. »Wow, sieh dich an. Dieses Kleid haut einen echt von den Socken.«

Etwas im Blick meiner Mitbewohnerin fehlt, und ich brauche volle drei Sekunden, um zu begreifen, was. In all der Aufregung um meinen Neuanfang mit Will habe ich total vergessen, dass ich ja *alles* wieder auf Anfang gesetzt habe. Wir haben den Stand von vor vier Monaten, Nullpunkt. Die Zeit davor.

Eine Welle der Erleichterung überkommt mich so plötzlich, dass ich beinahe vom Fleck weg einschlafe.

»Von den Socken? Ist das gut oder schlecht?«, erkundige ich mich.

»Gut.« Sal lacht. »Mehr als gut.«

»Wenn das so ist: Willst du es haben?«

Meine Liebe zu dem blauen Kleid ist unterwegs abrupt verendet, als ich bemerkt habe, dass der Stoff sich anfühlt wie Schleifpapier, der Ausschnitt mir die Luft abschnürt, die Gummibänder am Ende der riesigen Ärmel meine Handgelenke im Klammergriff halten, und um die *Taille* … bah. Um die Taille muss ein Kleid entweder sehr eng sitzen, mit einem breiten Gürtel, der den Körper zusammenhält, oder sehr locker. Aber es kann nicht da herumschlackern und mich berühren, wenn ihm gerade danach ist. Auf der zwanzigminütigen U-Bahn-Fahrt hat meine Freude über den neuen Kleiderfund sich in den Wunsch verwandelt, es in Brand zu stecken und die Asche in Vauxhall zu verstreuen.

Und, nur fürs Protokoll, das ist genau der Grund, warum ich zur Arbeit ausschließlich diese Jumpsuits in genau festgelegter Farbabfolge trage. Ich habe keine Kapazitäten für solche taktilen und entscheidungsbasierten Achterbahnfahrten jeden Morgen, während ich auch noch dafür sorgen muss, meinen Job zu behalten.

»Was?« Sal blinzelt verwundert. »Du gibst mir dein nagelneues Kleid? Hier und jetzt.«

»Okay.« Etwas überrascht greife ich hinter mich und ziehe am Reißverschluss. »Soll ich es erst reinigen lassen?«

»Hier und jetzt, *Fragezeichen,* Cassie«, stellt Sal mit einem kleinen Lächeln klar. »Ich bitte dich nicht darum, mitten im Flur einen Striptease hinzulegen.«

Peinlich berührt lasse ich den Reißverschluss los. »Ach so, klar.«

»Willst du was essen?« Sie wischt sich die Hände an ihrer Schürze ab, und da fällt mir auf einmal wieder ein, dass wir uns gerade in der dreiwöchigen Phase befinden, in der sie Köchin werden wollte. Davor war es Masseurin, danach wird sie sich vom Schlafzimmer aus als Youtuberin versuchen. Es wird nicht gut laufen. Vielleicht sollte ich sie warnen. »Ich hab eine … Na ja, ich bin nicht ganz sicher, was es ist, ehrlich gesagt. Es sollte Lasagne werden, aber ich hab die Platten nicht richtig verteilt, deshalb ist es jetzt eher Matschepampe mit ein paar Nudeln dazwischen.«

»Hm, totes Tier«, erinnere ich. »Außerdem ist Mittwoch.«

»Du kannst auch einfach dankend ablehnen.« Sal seufzt leise. Sie hat noch Mehl an der Nasenspitze. »Ohne zu gucken, als müsstest du gleich kotzen.«

Auf nackten Füßen wandert sie zurück in die Küche, und ich schäme mich, während ich ihr folge. Ich hätte einfach Ja sagen sollen, oder zumindest etwas von dem Knoblauchbrot essen können, aber Mittwoch ist nun mal Veggie-Chili-Tag. Ich muss gerade schon genug Veränderung ertragen – immerhin schreibe ich das gesamte Universum um –, auch ohne meinen wöchentlichen Speiseplan über den Haufen zu werfen.

Schnell stelle ich meinen Teller in die Mikrowelle, doch als Derek in einer Weste mit kleinen gestanzten Löchern in die Küche kommt, erstarre ich. Mit dem verschmitzten Lächeln von Pan schnappt er sich ein bisschen Reibekäse vom Teller und kassiert dafür einen Klatscher von Sal, wirbelt aber sofort herum und startet einen neuen Angriff.

»Was geht, Cassandra?« Grinsend leckt er sich die Finger. »Das ist ein sehr dramatisches Outfit für einen Mittwoch. Ich dachte, bei dir gibt es nur diese Strampler. Übrigens kein Grund zur Sorge. Ich hab die Liefer-App schon auf. Mein Mädchen ist eine wahre Zauberin in der Küche. Und damit meine ich, dass sie auf magische Weise essbare Zutaten in ungenießbaren Müll verwandelt.«

»Halt doch die Klappe«, entgegnet Sal liebevoll. »Ich versuche, mein kulinarisches Repertoire zu erweitern. Cassie, hör nicht auf ihn. Das Kleid ist der Wahnsinn. Gib niemals was auf den modischen Rat eines Kerls, der regelmäßig Shirts mit tiefem V-Ausschnitt trägt.«

Derek schneidet mir hinter ihrem Rücken eine Grimasse, und ich weiß nicht, was das heißt oder warum er das macht oder mit was für einer Miene ich darauf reagieren soll oder was diese ganze Situation bedeutet, also gerate ich in Panik, laufe rot an und starre zu Boden. Es folgt ein langes Schweigen, während ich verzweifelt überlege, was ich Nettes und Mitbewohnertypisches sagen könnte, damit unsere ganze Beziehung nicht wieder von der Klippe stürzt wie letztes Mal.

»Hattet ihr … einen Tag?«, ringe ich mir ab. »Der schön war? In euren jeweiligen Arbeitsstellen?«

Beide drehen sich gleichzeitig um und starren mich an. Mein Kopf wird noch heißer.

*Hattet ihr einen schönen Tag?*

Was ist so schwer daran, einfach zu fragen, ob sie einen schönen Tag hatten, verdammt?

»Ob wir einen Tag hatten, der schön war, in unseren jeweiligen Arbeitsstellen?« Derek lacht. »Na, Sal? Hatten wir?« Er sieht mich an, und ich wappne mich für die Ausweidung. »Ist Englisch deine Muttersprache? Nicht schlimm, wenn nicht, wir können dir einen Nachhilfelehrer organisieren.«

»Ja«, antworte ich düster. »Englisch ist die einzige Sprache, die ich spreche, abgesehen von ein paar Fetzen Altgriechisch.«

Aber ich verstehe schon, woher die Zweifel an meinen Fähigkeiten kommen. Manchmal verstehe ich die einfachsten Wörter auf einmal nicht mehr oder habe vergessen, wie man sie verwendet, komme ohne Grund durcheinander. Erst letztens habe ich mein Handy als »Banane« bezeichnet, und Will musste so laut lachen, dass er drei Tauben verschreckt hat.

»Eigentlich ist mir gerade eingefallen ...« Ich gehe ein paar Schritte rückwärts und starre hoch auf die Oberschränke. »... dass ich da noch eine wichtige Sache machen muss. In meinem Zimmer. Alleine. Schönen Abend noch. Tschüss.«

»Cassie«, ruft Sal mir frustriert nach, als ich aus der Küche fliehe. »Bitte lass dich von ihm nicht ärgern, er ... *Hör auf, den Scheißkäse zu essen, Derek. Der kommt nachher auf das Scheißessen drauf. Nigella Lawson muss sich so eine respektlose Scheiße nicht gefallen lassen.*«

»Ich finde, du solltest nicht so oft ›Scheiße‹ sagen, wenn du über unser Essen sprichst«, stellt Derek fest, und Sal lacht laut auf.

»Guter Punkt«, höre ich sie hinter mir kichern, dann folgt ein lauter Kuss. Auf einmal tut mir der Bauch weh. Ist schon lustig – wenn man mit anderen Menschen zusammenlebt, fühlt man sich manchmal viel einsamer, als wenn man völlig allein wohnen würde.

Ich ziehe mir die Schuhe aus und verstaue sie ordentlich im Regal im Flur. Sie sind die einzigen dort, alle anderen fliegen auf dem Boden herum. Wofür haben wir dieses Regal überhaupt? Ich laufe die Treppen hoch und ziehe unterwegs wieder am Reißverschluss. Sobald die Tür zu meinem Zimmer zu ist, schäle ich mich aus dem blauen Kleid und pfeffere es mit aller Kraft durch den Raum. Als ich den gelben Bademantel anhabe, werde ich sofort ruhiger. Er riecht nach mir. Er fühlt sich nach mir an. Das flauschige Gefühl auf der Haut wirkt beruhigend, und ich habe auf einmal Mum vor Augen. Sehe, wie sie die Bettdecke immer und immer wieder über mir aufschüttelt, während ich steif auf der Matratze liege und mit geschlossenen Augen kichere. Das war so wundervoll und ich währenddessen so glücklich. Jeden Abend hat sie das gemacht. Erst jetzt wird mir klar, dass ihr davon bestimmt die Arme wehgetan haben.

Trotzdem vermisse ich es sehr. Ich habe schon versucht, die Decke selbst aufzuschütteln und im letzten Moment hinunterzuspringen, aber das ist einfach nicht das Gleiche.

Mit dem Anflug eines Lächelns sehe ich mich um. Nach und nach entfaltet sich jede Zelle meines Körpers, als wäre ich eine Pflanze, die man aus einem Topf endlich in die Erde gesetzt hat.

Mein Zimmer ist wieder im Normalzustand. Will ist nach beiden Trennungen – also heute und gestern Morgen, also vier Monate in der Zukunft – so überstürzt aus der Tür gerannt, und ich war viel zu durcheinander, um das Bett zu machen oder die Vorhänge aufzuziehen oder seine einzelne dreckige Socke aus dem Papierkorb zu entfernen.

Jetzt hat die Zeit das für mich erledigt, wie eine unsichtbare Mary Poppins.

Mein Bett ist flauschig, perfekt und mit dieser speziellen weichen, weißen Bettwäsche bezogen, von der ich mehrere identische Sets im Schrank lagere. Die Vorhänge bauschen sich leicht auf, und die Sonne lässt die blauen Augen meiner kleinen Spielzeugeule leuchten. Meine kuschelige grüne Decke ist akkurat gefaltet, die Bücher sind nach Größe geordnet, nach Farben und dann danach, wie sehr ich sie mag. Meine wunderschönen Klamotten – überwiegend Vintage – hängen farblich sortiert wie ein Regenbogen auf ihrer Kleiderstange, und in den Regalen stehen ordentlich angeordnet meine Schätze, die ich jeden Sonntag abstaube: eine Büste von Athene, eine winzige goldene Medusa-Figur, ein Aphrodite-Anhänger, ein kleiner goldener, mit Edelsteinen besetzter Pfau, das Lieblingstier von Göttermutter Hera.

Im Ernst, ich glaube, solange niemand mein Zimmer durcheinanderbringt, könnte ich wirklich das Universum verändern.

Meine Gedanken haben sich beruhigt, also stelle ich ein Klavierstück auf Repeat und spüre jede einzelne Note: Sie gleiten mir über die Schulterblätter, die Wirbelsäule hinab, über die Beine und in die Füße, eine Welle des Glücks. Die falschen Geräusche bereiten mir Schmerzen – sie zwicken, schlagen, kratzen mich –, doch die richtigen bewirken das Gegenteil. Sie sorgen dafür, dass meine Organe sich wohlfühlen. Nichts von beidem würde ich ändern wollen. Nicht dass mich irgendwer jemals vor die Wahl gestellt hätte.

Mit einem Grinsen zünde ich eine Kerze an – spüre das Knistern in den Ohren und das Glühen hinten im Rücken – und schlendere durch das Zimmer, berühre alles sanft mit den Fingern und denke auch an jene Dinge, die die Zeit mir genommen hat. Ein besonderes Buch über Medea, das ich irgendwo liegen gelassen habe. Ein seltenes Paar zarter Goldkreolen, die mir nicht so sehr an den Ohrläppchen reißen und die dasselbe Schicksal ereilt hat. Eine ausgefallene grüne Seidenjacke, die sich anfühlt wie eine Nektarine und mich an eine bestimmte Eiche aus dem Garten vom Haus meiner Eltern denken ließ – keine Ahnung, wo sie verloren gegangen ist.

Zufrieden fülle ich meine Gießkanne am Waschbecken mit Wasser und mache dann einen weiteren Rundgang, um zu prüfen, was die Zeit mit meinen Pflanzen angestellt hat. Sie sind alle ein bisschen kleiner (das war zu erwarten), doch sie wirken zufrieden. Glücklich. Da ist Melpomene, ein Philodendron, der auch ohne viel Licht erblüht wie die Muse der Tragik. Genau wie mein Paradiesvogelbaum, Urania (die Muse der Astronomie). Terpsichore (die Muse des Tanzes) ist ein Farn, der wunderbar raschelt, wenn das Fenster offen ist. Aphrodite ist eine Leuchterblume, die an meinem Bett hängt.

Meine Schlangenzunge heißt natürlich Medusa, die Efeutute Pothos (nach dem Sohn von Eros), und ich könnte noch weitermachen, aber an dieser Stelle bitten die Leute mich meistens, aufzuhören.

»Arachne?« Ich beuge mich über die Spinnenblume. »Was ist los? Du siehst traurig aus. Ist dir kalt? Zu warm? Kriegst du zu viel Sonne? Sag mir, was du brauchst. Durst hast du keinen, das kannst du mir nicht erzählen – du wirst jeden Dienstag gegossen.«

»Hey, Cassie?« Leise klopft es an der Tür. »Telefonierst du?«

»Ähm.« Ich will ungern zugeben, dass ich mich mit meinen Pflanzen unterhalte, also … »Ja, Moment. Ich verabschiede mich noch kurz. Jap. Jap. Mhm. Klar. Das ist echt spannend. Wir sprechen uns später. Tschüss.«

Mit rotem Kopf stelle ich die Gießkanne weg und hebe den blauen Tüllhaufen vom Boden auf.

Dann öffne ich die Tür und strecke meine Hand mit dem Kleid aus.

»Hier. Es stinkt nicht.«

»Cool.« Salini lacht und nimmt mir das Tüllknäuel ab. »Danke.«

»Vielleicht stinkt es doch.« Ich nehme es ihr wieder aus den Händen. »Könnte auch noch feucht sein. Tut mir echt leid. Ich lasse es lieber reinigen. Weißt du …« In der Bahn war es voll, und ein Mann hat mich berührt, und ich habe aufgejault wie ein Hund, dem man auf die Pfoten getreten ist, und ich habe tatsächlich *gespürt*, wie mir unter dem BH der Schweiß ausgebrochen ist. »Ich hab echt viel geschwitzt.«

»Wer kennt das nicht?« Sie grinst und nimmt mir das Kleid vorsichtig wieder ab. »Das ist toll, Cassie, und so lieb von dir. Kein Grund, sich zu entschuldigen. Du bist manchmal echt schräg.«

Ihr Tonfall klingt sanft – fast schon liebevoll –, aber es ist wirklich komisch, dass manche Leute solche Sachen feststellen, als wäre das neu für mich. Als wäre *Schrägsein* nicht eins der ersten Dinge, die ich über mich gelernt habe.

»Ach, und du hast dein Essen vergessen.« Sal reicht mir einen Teller mit dampfendem Chili. Sie hat es mit einem Stück Knoblauchbrot und etwas Reibekäse garniert. »Deshalb wollte ich es dir bringen. Guck, hier.«

Diese Geste rührt mich so sehr, dass ich nicht weiß, wie ich reagieren soll.

»Danke.« Ich nehme den Teller, und plötzlich kommen mir fast die Tränen. »Allerdings mag ich es nicht, wenn das Brot mein Chili berührt. Dann wird es matschig.«

Ich gebe ihr das Knoblauchbrot zurück, damit es nicht verkommt.

»Merk ich mir.« Sals Nasenflügel zucken, sie schiebt sich das Brot in den Mund und zieht dann einen Umschlag aus der Tasche ihrer Schürze. »Fast vergessen. Der hier ist heute Morgen für dich angekommen. Riecht nach …« Sie schnuppert daran. »Rosen?«

»Granatapfel«, sage ich tonlos und nehme ihr den Brief ab.

»Ich wusste nicht, dass Leute noch parfümiertes Briefpapier kaufen.« Sie lehnt sich an den Türrahmen. »Oder überhaupt Briefe schreiben. Total oldschool. Der hier sieht aus, als hätte sich jemand richtig viel Mühe gegeben. Eine lang verschollene Liebe?«

»Nicht lang genug.« Ich lasse mich auf mein Bett fallen. »Offensichtlich.«

Das handgeschriebene *Cass* scheint mich in Neonfarben anzublinken. Der Umschlag liegt ruhig und bedrohlich auf meiner Bettdecke wie eine uralte Bombe, die bei falscher Erschütterung immer noch das ganze Haus in die Luft sprengen könnte. Es ist der erste von insgesamt vier Briefen, die an diese Adresse verschickt werden, dabei ist es bloß eine Verschwendung von Briefmarken, Tinte und Papier. Entschuldigungen, die ich weder lese noch beantworte. Meine Reaktion auf diese

Briefe wird sich nicht ändern und ist auch sehr vorhersehbar. Man sollte meinen, irgendwann würde der Groschen fallen.

Als ich mich endlich wieder zu Sal umdrehe, steht sie noch immer in der Tür, als würde sie auf etwas warten. Ich weiß nur nicht, auf was.

»Kann ich dir noch mit irgendwas helfen, Salini?«

»Oh!« Sie blinzelt dreimal und schluckt den letzten Rest Knoblauchbrot hinunter. »Nein. Ich dachte nur, wir könnten … Egal. Ich muss noch Käse verstreuen. Lasagne verbrennen lassen. Meinen Freund in den Garten verbannen und so weiter.«

Sie vergräbt die Hände in den Schürzentaschen und nimmt auf dem Weg zurück in die Küche immer zwei Stufen auf einmal. Ziemlich gefährlich, so ohne Hände. Sehr eigenwillig. Vielleicht war die Betonung meiner Frage falsch.

»Kann *ich dir* noch mit irgendwas helfen?«, murmle ich wütend. »Verdammt, Cassandra.«

Nachdem ich die Tür geschlossen habe, hebe ich den Umschlag auf und schnuppere daran. Plötzlich wird mir schlecht, schwindelig, ich fühle mich benommen und überwältigt. Eine Million Erinnerungen versuchen gleichzeitig, sich in meinem Bewusstsein von ganz unten nach oben zu drängen. Ich presse mich steif und mit aller Kraft gegen die Tür, damit sie es nicht schaffen.

Die Briefe riechen immer nach Granatapfel, der Frucht des Todes.

Wie schon mal kurz erwähnt: Hades hat Persephone in die Unterwelt entführt und dann mit Granatapfelkernen dafür gesorgt, dass sie sechs Monate des Jahres dortbleiben muss (oder vier, je nachdem, wer die Geschichte erzählt. Danke, *Will!*). Der Geruch ist sehr speziell: schwer und säuerlich und sehr leicht zu erkennen. Ich verstehe ums Verrecken nicht, was er mir *sagen* soll, warum alle Briefe danach riechen. Vermutlich könnte ich den Umschlag einfach öffnen und es herausfinden, aber genau das wollen Leute, die Briefe schreiben, ja offensichtlich erreichen. So leicht lasse ich mich nicht manipulieren.

Sicher weiß ich nur, dass ich ihn nicht hier haben will. Die Gefühle, die er mit sich bringt, sind hier nicht erwünscht.

Mit zusammengebissenen Zähnen gehe ich zum Papierkorb und spähe hinein, nur zur Sicherheit. Er ist leer. Keine schwarze Socke, kein ungelesener Brief. Will ist nie hier gewesen, hat mich hier nie verlassen. Er ist nicht aufgewacht, hat mich nicht geküsst und sich dann nicht von mir getrennt. Dieser Teil meiner Geschichte muss noch geschrieben werden – oder eben nicht. Jetzt steht hier vor mir nur ein leerer Papierkorb mit unzähligen verschiedenen Zukunftsversionen, und vielleicht – wenn ich ganz vorsichtig bin und meine Karten richtig ausspiele – müssen ein paar dieser Versionen gar nicht Wirklichkeit werden.

Entschlossen reiße ich den Umschlag in der Mitte durch und werfe ihn in den Eimer.

Ein paar andere Versionen müssen es schon.

# 12

Am nächsten Morgen steht mein Plan.

»Einfach der Nase nach« ist eine völlig überbewertete Redewendung. Alle tun immer so, als wäre es spannend und erstrebenswert, ohne Plan und nur der eigenen Intuition folgend – wie so eine Art Spürhund – durchs Leben zu laufen, aber es hat schon seinen Grund, dass es Landkarten und Navis und Reisebüros gibt: damit man eben nicht aus Versehen in Dublin landet, obwohl man von Brooklyn nach London wollte.

Ich kann also seit Neuestem durch die Zeit reisen. Das bedeutet wohl, ich habe jetzt vier ganze Monate, um meine Beziehung, mein WG-Zimmer und meinen Job zu retten. Und ich werde tun, was immer dafür nötig ist. Sobald ich herausfinde, wo in etwa ich beim ersten Mal Mist gebaut habe, sollte ich da, wo ich am Ende lande, viel glücklicher sein.

Und zwar in London, nicht in Dublin.

»Cassandra!« Kurze Pause. »Wo steckt sie jetzt schon wieder?«

Ich verstecke mich auf der Agenturtoilette.

Was weniger zum Plan gehört, sondern eher der Erkenntnis geschuldet ist, dass ich den Plan womöglich schon versaut habe, und dabei ist es erst halb zehn Uhr morgens. Das Erste, was ich heute Morgen gesehen habe, als ich in die Agentur kam, war ein handbeschriebenes orangefarbenes Post-it an meinem Bildschirm. Von Barry, der mich sehen wollte. Und obwohl ich erwachsen bin, habe ich mich sofort gefühlt, als wäre ich zum Direktor zitiert worden, um mich zum Nachsitzen verdonnern zu lassen. Zumindest denke ich, dass es sich so anfühlen würde. Das ist mir nie passiert, ich war eine exzellente Schülerin.

Hastig wasche ich mir die Hände.

Dann verlasse ich die Toilette und wedele mit den Armen,

damit alle glauben, ich hätte tatsächlich die letzten fünfunddreißig Minuten uriniert und nicht mit leerem Blick die Affentapete angestarrt und mich gefragt, ob ich im Dschungel wohl weniger verwirrt wäre.

»Verflucht, Cassandra«, zischt Barry. »Benutz den Handtrockner.«

»Nein, danke«, erwidere ich höflich und wische mir die Hände an meinem pinkfarbenen Donnerstagsjumpsuit ab, was ich sofort bereue. »Die Harvard University hat zweihundertvierundfünfzig Bakterienkolonien in Handtrocknern gefunden, außerdem sind sie unnötig laut. Wie kann ich dir heute behilflich sein?«

Barry lächelt. »Hast du deinen freien Tag gestern genossen?«

»Ja, sehr«, antworte ich erleichtert. »Danke der Nachfrage.«

»Das war sarkastisch gemeint.« Das Lächeln verschwindet aus seinem Gesicht, und er läuft rot an wie eine Tomate. »Langsam reißt mir bei deiner Einstellung wirklich der Geduldsfaden. Deine Mail von gestern war inakzeptabel. Du kannst dir nicht einfach den Nachmittag freinehmen, wenn dir danach ist. Egal wie viele Urlaubstage du angesammelt hast. Und glaub nicht, mir wäre entgangen, vor wie vielen Kreativgewittern du dich inzwischen schon gedrückt hast, Cassandra. Das sind *Pflichttermine*. Die sind *nicht freiwillig*. Und mich schert es absolut nicht, was du persönlich davon hältst, sie sind Teil unseres Firmenethos. Eine Gelegenheit, in großer Runde aus dem sprudelnden Quell unserer Ideen zu schöpfen und Plakatwände mit den Träumen unserer Kunden zu füllen, und *du hast teilzunehmen*.«

Ich bin sicher, Barry hat ein Vokabelheft voll Marketingjargon in seiner Schreibtischschublade, aus dem er jeden Tag eine neue Seite auswendig lernt, denn so redet doch kein normaler Mensch.

»Aber …«

»Das steht auf unserer Webseite«, unterbricht er mich. »In

blinkenden Neonbuchstaben, für die ich ein Heidengeld hingeblättert habe. Da steht nicht *Wir alle zapfen unsere kreativen Quellen an – bis auf Cassandra Dankworth, die hält sich nämlich für was Besseres.*«

»Das hab ich doch gar nicht behauptet«, protestiere ich ehrlich überrascht. »Ich hab nur darauf hingewiesen, dass du mich fürs Nichtstun bezahlen würdest, und das fand ich unethisch. Als würde ich von der Firma stehlen.«

»Cassandra …«

»*Niemand* arbeitet dabei ernsthaft.« Verzweifelt reiße ich die Hände hoch, in der Hoffnung, dass er sich meiner bestechenden Logik nicht länger entziehen kann. »Das bin nicht nur ich. Die Kreativgewitter sind dreistündige Meetings, in denen ihr nur über Privates quatscht und Kekse esst. Und gestern wurde die Hälfte der Zeit dafür verschwendet, zu diskutieren, wer wen beim letzten Betriebsausflug abgeschleppt hat. Ich finde nicht, dass das eine effiziente Nutzung unserer Ressourcen ist, deshalb fühle ich mich dabei so unwohl.«

Erst jetzt bemerke ich, dass es in der ganzen Agentur totenstill geworden ist und alle sich in ihren Stühlen zu mir umgedreht haben.

Mein gesamter Körper faltet sich zusammen wie ein Origamipapier.

»Ich verstehe es nicht.« Verzweifelt versuche ich, so leise zu sprechen, dass die anderen mich nicht hören. »Ich bin doch nur ehrlich, Barry. Ich hab dir und deinen Kunden Geld gespart, und mir Zeit. Das ist doch gut, oder nicht?«

»Ich gebe auf.« Barry seufzt und wendet sich seinem kleinen Glaskasten in der Ecke zu. »Als würde man gegen eine Wand reden. Du nimmst an den Kreativgewittern teil. Keine spontanen freien Nachmittage mehr. Ansonsten war es das mit deiner PR-Karriere. Schluss und vorbei.«

»Aus«, sage ich ganz automatisch.

»Was?«

»Aus und vorbei. Du hast ›Schluss‹ gesagt.«

»Verflucht noch mal, Cassandra.« Wieder seufzt er und schließt die Glastür hinter sich.

Mit einem Räuspern gehe ich zu meinem Schreibtisch und sortiere unbeholfen so lange alles darauf der Größe nach, bis ich nicht mehr die ganzen Blicke meiner Kolleg*innen im Rücken spüre. Allerdings sehe ich die klebrige, orangefarbene Feindseligkeit, die aus ihnen hinaussprudelt wie ein Fanta-Wasserfall und durch das gesamte Büro sickert, auch wenn ich nicht genau verstehe, warum. Sie wissen doch, dass ich recht habe. Zu unserem letzten Brainstorming-Meeting haben sieben von ihnen Bier und Popcorn mitgebracht.

Auf einmal ist alles zu hell, zu laut, zu nah, die Luft schmerzt auf meiner Haut, also stülpe ich mir schnell die Noise-Cancelling-Kopfhörer über die Ohren, schnappe mir einen Stift und rufe mir alles in Gedächtnis, was mir von meinem ersten Einzelmeeting mit SharkSkin aus der ursprünglichen Zeitlinie noch einfällt. Wir haben den Auftrag gerade erst bekommen, und die Marke ist noch nicht gelauncht. Jack verachtet mich noch nicht. Er *mag* mich zwar auch nicht – das Unbehagen seinerseits ist mir nicht entgangen –, aber noch ist es nicht dieses vernichtende Gefühl, zu dem es sich entwickeln wird.

Während ich schreibe, beruhigt sich das unangenehme Kribbeln in der Brust langsam.

Mein Plan wird funktionieren. Ich schaffe das, das weiß ich. Ich kann meine Zukunft verändern. Mit allem, was ich in den letzten Monaten gelernt habe, muss ich doch in der Lage sein, die Karriere zu retten, die ich aus Versehen zerstört habe, als i…

Die obere Hälfte von Sophies Kopf bewegt sich, aber ich habe keine Ahnung, wie lange sie schon mit mir spricht. Minuten, vielleicht Stunden? Ich könnte seit sechs Jahren hier sitzen und mit dem Schreibtischstuhl verwachsen sein – wenn ich auf eine Sache konzentriert bin, bekomme ich so was nicht mit. Mit einem schmerzhaften Reißen, als würde jemand mich an den Haaren aus einem Brunnen zerren, nehme ich die Kopfhörer ab.

»Was?«

»...witter?« Sophie hämmert mit einem glücklichen Finger auf ihre Tastatur ein. »Ich finde sie ehrlich richtig hilfreich. Gestern hat Grace *Hunde in Capes* vorgeschlagen, das ist doch echt originell, oder? Keine Ahnung, ob sie die Idee nehmen, aber es hat echt Spaß gemacht. Teamwork ist in unserem Job *total* wichtig.«

Ich schaue sie leer an. Sarkasmus? »Hmmm.«

Erleichtert widme ich mich wieder meiner Arbeit, doch Sophie sieht erneut zu mir hinüber. Ich hebe die Kopfhörer an einer Seite an.

»...marke«, plappert sie unbekümmert weiter. »Das ist so cool. Ich würde echt gerne mit so einem herausfordernden Kunden arbeiten und mir Konzepte ausdenken, die sie vielleicht beeindrucken.«

»Klar.« Mit einer Muschel des Kopfhörers in der Luft warte ich, ob sie endlich fertig ist.

Nope. Sie redet immer noch.

»Aber ich hab diese Reisefirma bekommen, und denen gefällt einfach alles.« Sie seufzt. »Ich habe keine Lust mehr, in protzige Hotels in exotischen Ländern geschickt zu werden, weißt du, was ich meine? So nervig. Ich will doch nur in London bleiben. Hahaha.«

Irritiert sehe ich auf die Uhr. Jack und Gareth werden jeden Moment hier sein, und soweit ich mich an das Meeting erinnere, brauche ich jede Sekunde zur mentalen Vorbereitung, damit ich meine Karriere nicht wieder aus Versehen gegen die Wand fahre.

»Sophie«, sage ich deshalb so höflich wie möglich. »Wenn ich die Kopfhörer aufhabe, ist das ein sehr deutliches Signal, dass ich nicht durch belangloses Geplapper gestört werden will.«

»Oh.« Ihr Lächeln verschwindet. »Tut mir leid.«

»SharkSkin sind hier«, ruft die Rezeptionistin. Mein Mund ist plötzlich ganz trocken. Ich hänge die Kopfhörer zurück an ihren Haken und schnappe mir die Akte. Alles um mich herum wird intensiver, als würde jemand an einem Regler spielen: das Deckenlicht, der Kaffeegeruch, das leise Brummen meiner Kolleg*innen, die durcheinanderschnattern wie eine Gruppe Zehnjähriger.

Ich ziehe die Nase kraus und mache mich auf den Weg zur Tür.

Sei *sympathisch,* Cassandra. Sei *nicht nervtötend.* Denk an die soziale Hierarchie und sag Leuten, die im Gefüge über dir stehen, nicht, dass ihre Ideen totaler Mist sind. Gerade noch rechtzeitig zwinge ich mir ein breites Lächeln auf das Gesicht, auch wenn das so anstrengend ist wie ein Marathonlauf.

»Miss Cassandra Dankworth!« Jack umschlingt meine beiden Hände mit seinen. »Wie schön. Ich kann es kaum erwarten, mit dem Produktlaunch zu starten. Das wird den Markt völlig umkrempeln, ich hab es im Urin.«

Mit aufgesetztem Lächeln versuche ich, wie ein Geist meinen Körper zu verlassen und leise im Kopf bis zehn zu zählen, weil mir das einfacher erscheint, als *HÖR VERDAMMT NOCH MAL AUF, MEINE HAUT ANZUFASSEN, DU TUST MIR WEH* zu brüllen und dann die Konsequenzen zu tragen.

Eins, zwei, drei, vier – Gott sei Dank, endlich hört er auf.

»Hi, Cassandra.« Gareth grinst mich an und versucht, den riesigen Karton unter seinem Arm sicherer zu packen. »Freut mich, Sie kennenzulernen.«

»Mich auch«, lüge ich und schiele auf den Karton, als wäre ich Pandora und müsste gleich alle Übel der Welt auf die Menschheit loslassen. »Folgen Sie mir bitte in … den Meetingraum.«

Ich weigere mich, die Kreativbrauerei bei ihrem offiziellen Namen zu nennen. Denn sind wir mal ehrlich, das ist eine Beleidigung für die Kreativität und alle Brauereien der Welt. Barry hatte bei der Ausstattung ganz offensichtlich seine Finger im Spiel, und im Grunde sieht es aus wie eine von Kleinkindern eingerichtete Folterkammer. An den Wänden blinken Neonschilder, statt Stühlen gibt es Schaukeln und Gymnastikbälle, riesige Gläser voller Weingummis, goldene Leitern, die ins Nichts führen, einen seltsamen Kunstbrunnen, der in unregelmäßigen Abständen gurgelt, Kunstrasen statt Teppichen und eine neonfarbene Kletterwand, die noch niemand erklommen hat, seit ich hier arbeite, weil wir nun mal keine Geckos sind.

Außerdem ist der Raum strategisch so positioniert, dass Barry freien Blick hinein hat, ohne sich von seinem Schreibtisch bewegen zu müssen. Als wir die Höllentore durchschreiten, die selbst Hades stolz machen würden, versuche ich mit aller Kraft zu ignorieren, dass Barry mir mit Blicken eine Nachricht übermitteln will. Keine Ahnung, welche, aber wenn sie so wichtig wäre, hätte er mir wohl eine Mail geschrieben.

»Sehr cool.« Jack nickt anerkennend, während er sich umsieht und sich drei Weingummis in den Mund schiebt. »Ihr Chef weiß wirklich, wie man dafür sorgt, dass Arbeit sich wie Spaß anfühlt.«

»Stimmt«, murmle ich tonlos. »Sie würden nicht glauben, wie viele Leute hier in der Nase popeln und dann in die Süßigkeiten greifen. Ist echt eine Schande.«

Jack hört auf zu kauen und spuckt ein Weingummi auf den Tisch.

Das hätte ich wahrscheinlich nicht sagen sollen.

»Okay.« Gareth stellt den Karton ab. »Cassandra, wir bekommen doch ein größeres Team, oder? Nicht nur Sie?«

»Korrekt«, bestätige ich und setze mich vorsichtig auf einen roten Ball. Letztes Mal habe ich eine Schaukel gewählt und wäre fast mit dem Gesicht voran in einem Kaktus gelandet. »Ich stelle es diese Woche zusammen.«

Ich werde Anya mit dem Lippenpiercing und Miyuki mit

den hüftlangen pinken Haaren nehmen, sie werden die ganze Zeit in der Küche flirten, und es wird ein beispielloses Desaster geben und meine Zukunft als Kellnerin besiegeln.

»Das hier ist mein Herzensprojekt«, erklärt Jack stolz und wählt den blauen Ball mit dem Selbstvertrauen eines Kindes, das genau weiß, welches Spielzeug ihm am besten gefällt, und es unter keinen Umständen teilen will. »Ein bisschen was zu mir: Ich habe mir jahrelang ein Portfolio im Finanzbereich aufgebaut, habe ein bisschen Eigentum oben im Norden, klein und günstig, und bin jetzt bereit, etwas Kreatives auszuprobieren. Etwas mit dem gewissen Flair.«

Ich nicke. Sei *sympathisch,* Cassandra. Du kannst gut mit Menschen. Ignorier ihn nicht einfach, schlag nicht bloß die Akte auf wie beim letzten Mal.

»Das ist eine sehr interessante Herkunftsgeschichte«, sage ich höflich. »Danke, dass Sie sie mir erzählt haben.«

Aus dem Augenwinkel beobachte ich misstrauisch, wie Gareth den Karton öffnet. Funfact am Rande: Pandoras legendäre Büchse war eigentlich gar keine Büchse. Es war ein falsch übersetzter, riesiger Tonkrug, eine Strafe von Zeus, weil Prometheus den Menschen das Feuer geschenkt hatte, und im Prinzip ein ausgeklügelter Plan, um uns alle umzubringen.

Irgendetwas sagt mir, dass dieser Karton das Potenzial hat, dieses Schicksal wieder über uns zu bringen.

»SharkSkin hat das Potenzial, die ganze Branche umzukrempeln«, philosophiert Jack weiter und streckt die Hände hoch, als wollte er uns die Decke als Beweis präsentieren. »Ein völlig neuer Blick auf Hautpflege für Männer. Es geht um *Selbstliebe.* Ständig wird darüber geredet, dass Frauen sich selbst lieben sollen, aber wer sagt, dass Männer das nicht auch können? Verdienen echte Männer nicht auch Produkte, um ihre Haut zu pflegen?«

Ich spüre förmlich, wie mir die Gesichtszüge entgleisen, also ziehe ich bewusst die Mundwinkel wieder hoch und sehe zu, wie Gareth brav anfängt, Sachen aus dem Karton zu holen. Habgier. Neid. Krankheit. Schmerz. Leid. Elend. Tod.

Bloß ein Scherz. Es sind nur ein paar Töpfe mit Gesichtscreme.

»Sicher.« Mir schnürt sich die Kehle zu. »Wobei Männer nachweislich schon seit Tausenden von Jahren Hautpflege nutzen, in vielen historischen Kulturen auf der ganzen Welt.« Ich huste. *Unsympathisch. Nervtötend.* »Aber ich verstehe, worauf Sie hinauswollen. Eine faszinierende Frage, die wir mit der Zielgruppe weiter vertiefen sollten.«

»Das hier sind die Muster«, sagt Gareth und verteilt sie auf dem Tisch. »In ein paar Wochen können sie in den Verkauf. Wie Sie sehen, sind auf allen Haie abgebildet.« Er zieht eine Augenbraue hoch. »Sehr, sehr, *sehr* viele Haie.«

Entsetzt starre ich das Verpackungsdesign an. Aus unerfindlichen Gründen habe ich mich verzweifelt an die Hoffnung geklammert, dass ich durch meine Zeitreise in einem Universum gelandet bin, in dem die Produkte von SharkSkin nicht gelbblau gestreift sind und keinen orangefarbenen Deckel und einen auftauchenden Hai auf der Vorderseite haben, dem Blut aus dem aufgerissenen Maul tropft. Keine Ahnung, wer das entworfen hat, aber er war sicher in seinem Leben weder beim Optiker noch im Aquarium.

»Haie sind die ultimativ männlichen Tiere«, behauptet Jack und schiebt mir einen Topf entgegen. »Das hier ist die Tagescreme, unser Leitprodukt. Los, riechen Sie mal dran.«

»Nein, danke«, erwidere ich höflich.

»Kommen Sie schon.« Er schiebt es noch näher zu mir. »Riechen Sie dran.«

Ich drücke es weg. »Das ist wirklich nicht nötig.«

»Riechen Sie an der Creme, Cassandra«, sagt Jack jetzt viel harscher. »Ich will nicht mit einer PR-Firma arbeiten, die keinen *vollen Einsatz* zeigt. Sie ist auf Algenbasis. Viele Antioxidanzien. Ich denke, Sie werden beeindruckt sein.«

Es gibt kein Entkommen, also halte ich den Atem an und drehe langsam den Deckel vom Topf. Gerüche sind für mich schon seit meiner Kindheit schwierig. Alles, was zu kräftig, zu streng, zu fleischig riecht, löst bei mir sofort einen Würgereiz aus. (»Cassandra muss aufhören, beim Essen so ein Drama zu veranstalten.«) Jedes Mal wenn ich am Metzger vorbeilaufe, muss ich mir den Pulli über die Nase ziehen, sonst kotze ich direkt auf den Weg neben die Roastbeefsandwich-Schlange.

Aber das hier ist mein Job. Meine Zukunft. Mein Schicksal.

Los, Cassandra. Du schaffst das.

Dir wurde die Gabe der Prophezeiung und Hellsicht geschenkt. Im Gegenzug musst du nur nicht wieder das tun, was du die letzten vier Monate getan hast. Buchstäblich alles andere als das, was du die letzten vier Monate getan hast, wäre in Ordnung. Ich beuge mich vor und nehme zögernd eine Nase. Mir schlägt eine unnatürliche und trotzdem sehr starke Mischung aus Schimmel und Benzin und Minze und einem unerklärlichen Hauch von Fleischwurst entgegen – sofort fange ich an zu würgen.

Speichel sammelt sich in meinem Mund, die Kehle schnürt sich mir zu.

Nein nein nein nein nein …

»Scheiße.« Die Worte purzeln mir aus dem Mund wie eine göttliche Bestrafung. »Das ist so abartig.«

# 13

Ja, ich habe es wieder getan.

Ab und zu reproduziert die Zeit bestimmte Situationen gerne *exakt.*

»Entschuldigung?«, zischt Jack, als ich mir die Hand vor den Mund schlage, um die Worte wieder hineinzudrücken. »*Was* haben Sie gesagt?«

Ich spüre, wie mein Hirn in meinem Kopf unruhig scharrt wie eine eingesperrte Wühlmaus, die einen Ausweg sucht, nur ist da keiner. Das weiß ich, weil ich ihn schon seit vier Monaten suche.

»Tut mir leid.« Ich schließe die Augen.

Versuchen wir es noch mal.

»Haie sind die ultimativ männlichen Tiere«, behauptet Jack und schiebt mir einen Topf entgegen. »Das hier ist die Tagescreme, unser Leitprodukt. Los, riechen Sie mal dran.«

»Ich sagte Nein.« Ich reiße die Augen wieder auf.

»Entschul…«

»Und die Tatsache, dass Sie meinen, Maskulinität müsste durch kaltblütige Raubtiere verkörpert werden, sagt eine Menge über die moderne Gesellschaft aus, denken Sie nicht?«

Sorry, aber das musste mal gesagt werden.

*Rückgängig.*

»Los, riechen Sie mal dran.« Ich setze mein schönstes Fake-Lächeln auf und greife nach der Creme.

»Meine Güte!«, sage ich und halte den Atem an. »Beeindruckend.«

»Ja.« Jack nickt endlich zufrieden. »Ich wollte etwas, mit dem man sich sofort identifizieren kann. Die Leute sollen sagen: ›Das ist *SharkSkin.*‹«

Jack runzelt die Stirn. »Also können Sie jetzt in die Zukunft sehen?«

»Ja«, antworte ich barsch. »Und wir werden scheitern.«

Er starrt mich an. Ich hole tief Luft und hebe den Blick, um zurückzustarren, und fühle mich dabei wie Patroklos, der am Strand von Troja das Schwert gen Himmel streckt, vorgibt, Achill zu sein, und auf den tödlichen Speerstoß wartet.

»Ihr Job«, sagt Jack, und die Situation ist genau die gleiche wie beim letzten Mal, bis hin zu der Schärfe in seiner Stimme, »ist es, mich bei der Platzierung meines Produkts zu unterstützen, Miss Dankworth. Dafür bezahle ich Sie. Mit meinen privaten Geldanlagen. Ist das klar? Nicht dafür, dass Sie sich hier so negativ und arrogant aufspielen und alles miesmachen, weil Sie meinen, alles besser zu wissen.«

Tu es nicht, Cassandra. Bitte tu es nicht.

Sag Jack einfach, was für ein Visionär und Genie er ist – ein Dädalus der kreativen Raffinesse, eine Circe der chemischen Zusammensetzungen –, denn der einzig logische Weg, deine Karriere jetzt zu retten, ist, ihn irgendwie noch dazu zu bringen, dich zu mögen. Bloß kann ich das nicht. Vom Lügen wird mir schlecht. Und ich konnte noch nie gut Demut vorheucheln. (»Cassandra hat keinen Respekt vor Autoritäten.«) Genau wie beim ersten Mal spüre ich das vertraute elektrische Pulsieren der Wut: dieses Mal definitiv meine eigene, in Senfgelb. Denn warum soll ich so tun, als ob? Warum soll ich das Ego dieses Mannes streicheln, vor allem wenn ich *weiß*, dass ich recht habe?

»Mein Job«, sage ich und lächle mit all der Kraft, die ich noch aufbringen kann, »ist es, Ihre Marke erfolgreich an den Markt zu bringen. Wenn Sie viel verkaufen wollen, brauchen Sie eine breitere Zielgruppe als bloß Männer, die sich mit Meereslebewesen identifizieren.«

Jack reckt das Kinn, und da ist es wieder: dieses matschige verbitterte Gefühl, das mich von jetzt an bis zu meiner Kündigung verfolgen wird. Er kann mich nicht ausstehen, und das beginnt genau hier. Doch ich weigere mich, zurückzureisen und das zu ändern. Ich weigere mich, mich selbst weiter zu verausgaben, wo er mich doch sowieso ohne Diskussion schlagen kann.

»Hautpflege mit Biss«, wiederholt er. »Für echte Männer. Das ist die Kampagne, und es ist Ihr Job, dafür zu sorgen, dass sie *funktioniert.*«

Ich nicke mit zusammengepressten Lippen. »Verstanden.«

»Zehn Auftritte in den Mainstream-Medien«, sagt er mit Nachdruck. »Das hat Barry uns versprochen, als wir uns für Ihre Firma entschieden haben. Zehn Auftritte, auch im nationalen Radio. Regional reicht uns nicht.«

Wird nicht passieren. »In Ordnung.«

Wir werden einmal im lokalen Radiosender von Norfolk erwähnt werden, und der sechsundsiebzigjährige Moderator wird fälschlicherweise behaupten, in der Creme wäre tatsächlich Hai enthalten, was eine Tirade an Hassmails von Tieraktivist*innen und schockierten Kindern nach sich ziehen wird.

»Großartig.« Jack sieht an mir vorbei und strahlt meinen Chef an, der jetzt vor dem Raum herumlungert. Ich würde mich ja ebenfalls umdrehen, aber dann würde ich vom Ball fallen. »Ich freue mich schon auf die Updates. Täglich, bitte.« Manchmal auch minütlich, wenn ich mich richtig erinnere. »Danke, *Cassandra.*«

Er betont meinen Namen gerade so, dass er altmodisch klingt, und verlässt dann den Raum, während ich erst ein paar Mal auf und ab federe, um dann mit Schwung vom Ball aufzustehen. Ich kann es nicht glauben. Das Meeting ist fast exakt so abgelaufen wie bei der Uraufführung. Die Zeit steht auf meiner Seite – sie gewährt mir einen endlosen Quell an Neuversuchen –, und dennoch habe ich nichts zum Besseren gewendet.

»Es bedeutet ihm einfach viel«, murmelt Gareth unbeholfen und packt die Cremes wieder in den Karton. »Jack ist kein schlechter Kerl. Ich …«

»Kenne ihn schon seit der Schule«, sage ich müde. »Ja, ich weiß.«

»Ja.« Er runzelt die Stirn und beobachtet mich. »Hat er wahrscheinlich beim Pitch-Meeting erwähnt. Er steht …«

»Unter enormem Druck, das hier zum Erfolg zu bringen.« Ich lasse die Füße kreisen. »Ich stehe auch unter enormem Druck, wissen Sie. Meine ganze Karriere hängt davon ab.«

»Klar.« Ich spüre Gareths Blick auf mir, während ich meine Akte voller ungenutzter Ideen zusammenpacke. Genauso gut hätte ich einen Stapel Comics mitbringen können. »Und wie sicher sind Sie, dass unsere Strategie nicht funktionieren wird?«

»Hundert Prozent.«

Vielleicht sollte ich die Sache beenden und jetzt sofort kündigen, bevor ich mir für den Rest meiner Karriere Witze darüber anhören muss, dass ich wohl einen *zu großen Bissen genommen habe, um ihn schlucken zu können.* Nur … wenn ich diesen Teil der Geschichte versaue, wer weiß, wie sich das auf den Rest auswirkt? Was ist dann mit Will? Mit meinen Mitbewohner*innen? Mit dem Rest meines Plans? Plötzlich komme ich mir vor wie Theseus, der sich an seinen roten Faden klammert, um am Ende den Weg aus dem Labyrinth wiederzufinden.

Ich kann nicht riskieren, diesen Faden zu kappen und meinen Weg blind zu suchen.

»Wenn Sie eine Möglichkeit sehen, das alles zu vermeiden«, sagt Gareth, als wir den Meetingraum verlassen, »rufe …«

»… ich Sie direkt an.« Ich nicke und strecke die Hand aus, damit er mir seine Visitenkarte gibt. »Mach ich.«

Gareth starrt mich ein paar Sekunden lang an.

»Sie werden mir helfen, wo Sie können«, nehme ich ihm die Worte aus dem Mund. »Wenn mir eine Möglichkeit einfällt, das alles zu vermeiden, melde ich mich.«

Bloß werde ich das nicht tun, denn ich habe keine Ahnung, wie es weitergehen soll. Ich bin schon, wenn es gut läuft, keine besonders talentierte PR-Managerin, und jetzt sitze ich bis zum

Hals in der Tinte, und meine eigene Kreativität reicht nicht aus, um mich da wieder herauszubekommen. Beim letzten Versuch bin ich kläglich gescheitert und habe alles total vollgekleckst.

»Gaz, kommst du endlich?« Jacks Kopf taucht hinter der Bürotür auf. »Wir holen uns jetzt …«

»Sushi«, beende ich den Satz für ihn, obwohl ich glaube, dass ihm die Ironie daran entgeht.

Wieder sieht Gareth mich misstrauisch an – meine gruselige Allwissenheit verunsichert ihn –, dann gibt er mir seine Karte und verschwindet. Erschöpft suche ich nach Anya und Miyuki, aber die beiden kichern schon zusammen neben dem Kopierer. Offenbar haben sie eine nicht sehr geheime, aber extrem leidenschaftliche Affäre, von der alle in der Agentur wissen außer mir. Und es wird ein Running Gag unter den Kolleg*innen, den ich es erst in sieben Wochen begreife.

Mit der Akte unter dem Arm gehe ich zurück zu meinem Schreibtisch.

»War's lustig?« Sophie grinst.

»Nein«, meine ich schroff, setze die Kopfhörer auf und schaue mit einer plötzlichen Vorahnung zum leeren Schreibtisch neben mir. Kein Ronald. Keine Pflanze. Trotzdem suche ich danach, warte auf die beiden, und auf einmal wird mir klar, dass ich meinem Leben erlaube, wieder in die Form zurückzugleiten, die es im ersten Durchlauf hatte: Ich sehne mich nach vertrauten Mustern und Wiederholungen, wie immer. Ich erfreue mich an der Gleichheit, denn selbst wenn sie schrecklich ist, mag ich sie immer noch lieber als Veränderung. Also rutsche ich in der Zeit zurück, als wäre sie ein altes Paar eingelaufener Schuhe, von denen ich mich einfach nicht trennen kann, obwohl sie schon gar nicht mehr so bequem sind und meine Zehen vorne rausgucken und erfrieren.

Das war nicht der Plan, so sollte es nicht laufen.

Ich muss Risiken eingehen, die Dinge verändern, denn wenn ich das nicht tue – wenn ich mich in die tröstlichen Abläufe schmiege, die ich bereits kenne –, ende ich nur da, wo ich angefangen habe, und dann habe ich meine Zeit verschwendet.

Oder schlimmer: Dann habe ich alle Zeit verschwendet.

Entschlossen ziehe ich mein Handy aus der Tasche.

Hi, Will. Hier ist Cassie.
Hättest du mal Lust auf einen Drink mit mir?

In meiner Originalzeit hat Will mir zuerst geschrieben. Ich habe gewartet, fünfzehn Mal in der Stunde auf das Display geguckt, irgendwann angenommen, dass ich die Situation falsch interpretiert habe, und aufgegeben. Aber vielleicht war genau das der Grund, warum unsere Verbindung gescheitert ist: meine fehlende Initiative. Dass ich zu zurückhaltend, zu wenig spontan und impulsiv bin. Dass ich die Dinge falsch interpretiere und fünfzig Mal zu langsam verarbeite.

Vielleicht muss man Liebe warm genießen, wie Kekse frisch aus dem Ofen.

Mein Handy piept.

Das wäre toll! Hast du heute Abend Zeit?
:-**

Eigentlich ist meine Antwort: »Nein.« Denn ich habe niemals in meinem ganzen Leben »heute Abend« Zeit. Wenn ein Programm nicht Tage im Voraus geplant wird und ich keine Gelegenheit habe, mich den ganzen Tag mental auf soziale Interaktionen vorzubereiten, dann komme ich nicht.

Deine schlechte Planung ist nicht meine Schuld.

Allerdings waren beim letzten Mal all meine Dates mit Will in unserem gemeinsamen Kalender bis ins letzte Detail geplant, und ich frage mich, ob das nicht die Romantik in einer noch so jungen Beziehung abtötet. Aus Sicht des Mannes kann ich nachvollziehen, dass es womöglich schwierig ist, sich mit einer

Frau verbunden zu fühlen, die eine schriftliche Warnung braucht, bevor jegliche Form von Interaktion stattfinden kann. Als würde man am Rathaus einen Flügel anbauen wollen.

Ikarus hat zwar alle Warnungen ignoriert und ist zu nah an die Sonne geflogen – um sich dann in einen lichterloh brennenden Ball aus Federn zu verwandeln –, aber wenigstens hat er den Sprung gewagt. Ich sitze schon seit Ewigkeiten in dem Turm auf Kreta fest: plane Flugrouten, prüfe wieder und wieder die Wettervorhersage und laminiere die Pläne.

Losgeflogen bin ich nicht.

Vielleicht ist es an der Zeit, mutig zu sein. Also tippe ich:

Klar! Wo? :-**

# 14

Den Rest des Tages verbringe ich auf Google.

Mit einem geöffneten Arbeitsdokument, zu dem ich schnell wechseln kann, falls Barry vorbeikommt, suche ich so Antworten, wie ich es immer tue. Nicht mithilfe grundsätzlich voreingenommener Ratschläge von nahen Angehörigen – größtenteils, weil ich die nicht habe –, sondern in den beruhigend objektiven Meinungen von Milliarden Menschen, die ich noch nie im Leben getroffen habe und sicher auch niemals treffen will.

Aus dieser kollektiven Objektivität kann ich vertrauenswürdige Schlüsse ziehen.

Ich drehe meinen Bildschirm, damit niemand draufgucken kann, und gebe ein:

*Verbindung aufbauen*

Das liefert mir nur viele Tipps, wie ich das Handy mit dem Fernseher kopple, also, neuer Versuch:

*Verbindung zu Menschen aufbauen*

Jetzt klinge ich wie ein Alien, also noch mal:

*Verbindung zu anderen Leuten aufbauen*

Und … Jackpot.

Innerhalb von 0,66 Sekunden werden mir 11 560 000 000 Ergebnisse angezeigt. Beruhigend. Anscheinend bin ich nicht die Einzige, die damit so ihre Schwierigkeiten hat. Im Gegenteil, bei diesem Ergebnis ist doch das wahre Mysterium, wie Leute das überhaupt schaffen.

Bewaffnet mit Stift und Block verfasse ich eine ordentliche Liste, markiere die wichtigsten Punkte und verstaue sie dann in meiner Tasche. Sollte ich zwischendurch einen Anstoß brauchen, kann ich so tun, als würde ich nach meinem Lippenstift suchen. Um Punkt fünf fahre ich mir – etwas unsicher – vorne durch die Haare, öffne den obersten Knopf meines Jumpsuits und versuche, auszusehen wie eine heiße, begehrenswerte Frau, die nicht gerade den ganzen Tag damit verbracht hat, im Internet die Grundlagen einfacher Kommunikation zu recherchieren.

»Wer ist der Glückliche?«, fragt Sophie, als ich meinen Computer ausschalte.

Verwirrt hänge ich mir die Tasche über die Schulter und gehe, ohne zu antworten. Erst drei Stockwerke tiefer kapiere ich, worauf sie angespielt hat.

Laut Internet soll man das Date mit einem *aufrichtigen und herzlichen Lächeln* eröffnen, was sich schwierig gestalten könnte, wenn nicht sogar unmöglich. Mein Gesicht bewegt sich nicht sonderlich viel, egal wie ich mich fühle. Auf Cassandra Penelope Dankworths Miene sehen Glück und Trauer und Wut und Periodenschmerz im Prinzip gleich aus. Ich bin eine bemerkenswert beständige Kreatur und werde mich im Alter wahrscheinlich gut halten.

Trotzdem breitet sich in dem Moment, als ich Will auf mich zukommen sehe, ein aufrichtiges, herzliches Lächeln auf meinem Gesicht aus. Vielleicht weil er mich auch so anstrahlt.

»Hallo.« Er lehnt sich vor und gibt mir einen Kuss auf die Wange. »Haben die zu?«

Er riecht so ruhig, irgendwie holzig und kühl, und ich muss mich daran erinnern, dass das hier unser erstes Date ist. Wir sind nicht seit vier Monaten zusammen, wir hatten noch keinen Sex, und es steht mir definitiv nicht zu, Arme und Beine um ihn zu schlingen wie Skylla, um ihn mit auf den Meeresgrund zu ziehen.

»Nein.« Schnell stecke ich mein Taschentuch weg und trete einen Schritt von dem kleinen Guckloch weg, das ich in das Fenster des Pubs gewischt habe, damit ich hineingucken kann. »Ich wollte bloß wissen, wie es aussieht, bevor wir reingehen. Ich war noch nie hier.«

Dadurch, dass wir unser Date vorgezogen haben, hat sich auch der Treffpunkt geändert. Bei unserem ersten Date waren wir Samstag brunchen, heute ist Donnerstag, und Will hat diesen Pub vorgeschlagen. Ich fühle mich ein wenig verloren und wünsche mir fast, ich hätte weniger Zeit damit verbracht, herauszufinden, wie man eine Verbindung zu anderen aufbaut, und ein bisschen mehr damit, mich auf die Lokalität vorzubereiten.

»Ich auch nicht.« Will lächelt und wirft sich mit seinem ganzen Gewicht gegen die Tür. »Aber mein Kollege hat gesagt, es ist nett und ruhig. Also für uns beide ein unbekanntes Abenteuer!«

Wills positive Einstellung ist eine der Sachen, die ich an ihm am meisten mag. Ich liebe, dass er dafür sorgen kann, dass sich alles aufregend anfühlt. Egal ob es ein Ausflug in den Baumarkt ist, um einen Fugenstift zu besorgen, oder eine fünftägige Wanderung durch die Anden, um Brillenbären zu finden: Will geht alles mit einem Elan an, als wäre es der Beginn der Odyssee und als könnte er es kaum erwarten. Auf einmal bin ich stolz. Ich schätze, einen neuen Pub auszuprobieren, ohne mich im Vorfeld in Recherchen zu verlieren, ist der erste Schritt in die richtige Richtung. Ich gehe hier wirklich *Kompromisse* ein, genau wie die Fremden im Internet es mir geraten haben.

»Wo willst du sitzen?« Will gestikuliert anmutig durch den Raum. »Such was aus. Ich besorge uns Getränke. Was möchtest du?«

So schnell ich kann, scanne ich die möglichen Sitzplätze ab.

Ein Tisch ist zu nah am Eingang (unruhig), ein anderer zu nah an der Toilette (stinkt), noch einer ist zu nah an einer

Gruppe laut brüllender Männer in Anzügen (laut, stinkt, unruhig und auch sehr nervig). Ein Tisch steht vor einem Fenster (zu hell), und einer scheidet sofort wegen der Stuhlform aus (Gotik, echte Staubfänger). Ich verziehe das Gesicht. Alles wirkt ein bisschen … schäbig. Klebrig. In solchen Momenten verstehe ich, warum ich in der Schule oft »Prinzesschen« genannt wurde und warum das nicht als Kompliment gemeint war. (»Cassandra muss aufhören, immer an allem was zu nörgeln zu haben.«)

»Da.« Ich entscheide mich für eine feuchte Ecke.

»Dann besorge ich noch eine Kerze«, meint Will heiter. »Damit wir uns auch gegenseitig erkennen können. Also, was willst du trinken?«

»Warte.« Gerade als ich mich an den auserkorenen Tisch setze, bemerke ich die Lüftung, die von oben direkt auf mich hinabpustet. »Tut mir leid, ich muss einen anderen Platz aussuchen.«

Ich stehe wieder auf und schleiche ein paar Sekunden lang um jeden freien Tisch herum wie eine Raubkatze um ihre Beute. Einer macht einen guten Eindruck, doch bei genauerem Hinsehen steht er zu dicht neben einem Kühlschrank, und ich spüre das dumpfe Dröhnen im Nacken wie einen Finger, der mir über die Haut streicht. Hier könnte ich mich auf kein Wort von Will konzentrieren, dabei ist *Aufmerksam zuhören* Punkt eins auf der Liste in meiner Tasche.

»Cassandra?« Er beobachtet mich mit einem verhaltenen Lächeln. »Was du trinken willst.«

»Oh.« Ich wähle einen Tisch und setze mich. »Rotwein bitte.«

Diese Entscheidung habe ich zum Glück schon vor Jahren getroffen. Einerseits, weil so wenigstens ein Element bei sozialen Interaktionen zuverlässig gleich bleibt, andererseits vereinfacht es auch den gesamten Prozess. Will grinst und geht mit einem Nicken zur Bar. Ich nutze seine Abwesenheit, um meine Liste noch einmal durchzugehen. Das meiste davon erklärt sich mit logischem Menschenverstand von selbst. Lächeln. Zuhören. Fragen stellen. Nicht nur über sich selbst reden. Augenkontakt herstellen. Nicht so tun, als wüsste man alles besser. Das Gegenüber nicht mit zu offensichtlicher Selbstgefälligkeit korrigieren. Aufmerksam sein. Offen sein. Komplimente machen. Sich merken, was das Gegenüber erzählt.

Ein paar dieser Punkte fallen mir sehr leicht, andere ganz und gar nicht.

Und genau das erklärt wohl so einiges.

»Also.« Will kommt mit Bier für sich und Wein für mich zurück und stellt sie mit einem solchen Schwung ab, dass er den einzigen nicht klebrigen Tisch im ganzen Gebäude versaut. »Ich bin echt froh, dass du mir geschrieben hast, Cassie. Den ganzen Morgen hab ich an dich gedacht und mir überlegt, wie lang ich warten muss, bevor ich dich um ein Date bitten kann, ohne dabei weder zu begeistert noch zu cool zu wirken. Ich hatte mich für zwei Tage entschieden, da bist zu mir zuvorgekommen.«

Hitze steigt mir ins Gesicht, und ich bin so glücklich, dass ich die Tischplatte anstrahle. Das erste Glas Wein ist noch nicht leer, und ich habe die Lage schon verbessert.

»Dich wird auch freuen, zu hören, dass ich meine Daten gesichert habe.« Er nimmt einen triumphierenden Schluck aus seinem Pint. »Als ich gestern nach Hause gekommen bin, hab ich direkt das Back-up gemacht und mich danach unglaublich friedlich und ruhig gefühlt. Ich wusste nicht, dass das überhaupt möglich ist. Also, danke.«

Erfüllt von einem altruistischen Gefühl, lächle ich, als mir auffällt, dass ich den Wein anstarre.

Auf jeder einzelnen Liste im Internet stand *Augenkontakt herstellen*: Offenbar hat es umfangreiche Studien dazu gegeben, wie wichtig die Augapfel-zu-Augapfel-Verbindung ist. Sehr bedauerlich, denn bei dem Gefühl von Stricknadeln, die mir dabei durch die Pupillen bis in mein Hirn gestochen werden, stellt sich nur schwer eine romantische oder sexy Stimmung ein.

Mit aller Kraft hebe ich den Blick und sehe Will an.

Sobald unsere Blicke sich treffen, verspüre ich eine angenehme Wärme, eine Intimität, eine Verbindung – es funktioniert! –, doch je länger ich den Blick halte, desto intensiver und schmerzhafter wird es. Wie lange muss ich? Es ist ein bisschen so, als würde man mir ein Baby in die Arme drücken, obwohl ich nicht weiß, wann ich es zurückgeben kann, ohne unhöflich zu sein.

Acht Sekunden. Zehn Sekunden. Zwölf.

Will räuspert sich und sieht weg, und die Stimmung ist gerade innerhalb von fünfzehn Sekunden von *romantisch* zu *Serienkiller* gekippt.

Ich senke den Blick. Blödes Internet. »Was machst du eigentlich beruflich?«

»Ich filme Tiere.« Will grinst und lehnt sich mit beiden Ellbogen auf den Tisch. Sein ganzer Körper ist schlagartig von einem hellen Gelb umgeben, der Farbe von Post-its. Das passiert immer, wenn er über die Arbeit spricht. Die Begeisterung für seinen Job ist so umfassend, so ehrlich, dass sie sich als einzelne, reine Farbe zeigt. »Das wollte ich schon als kleines Kind machen. Ich hab drei Jahre lang all mein Weihnachtsgeld gespart, um mir mit neun die erste Kamera zu kaufen und einen verwackelten Film von dem Eichhörnchen in unserem Garten zu drehen. Ich warte immer noch auf meine Nominierung bei den BAFTAs.«

Ich lache, obwohl ich weiß, dass er den Film nicht wirklich eingereicht hat.

»Ganz schön beeindruckend, deine Hingabe.« Ich trinke einen Schluck Wein. »Mit neun wollte ich noch unbedingt Berufspilotin werden.«

»Ich vermute, das bist du heute nicht?«

»Nein. Mit zehn hab ich festgestellt, dass ich mir eine andere

Berufung suchen muss, weil ich so große Flugangst habe, dass ich förmlich zu Stein erstarre. Wusstest du, dass *petra* das griechische Wort für ›Stein‹ ist? Das hab ich auf einem Flug nach Griechenland rausgefunden. Wir wollten nach Petra, einem kleinen Dorf auf Lesbos. Da bin ich wortwörtlich zu Stein erstarrt. Mein Vater musste mich wirklich wie eine Marmorstatue zur Gepäckausgabe tragen.«

Ich kann noch immer das leicht kratzige Material des Pullis meines Vaters fühlen, seinen Duft nach Salbei und Salz riechen, die Bartstoppeln spüren, die mich beim Kuss auf die Stirn gekitzelt haben, und seine Liebe, die mich bis in die Zehenspitzen durchdrungen hat. Beinahe fühlt es sich an, als wäre ich wieder in der Vergangenheit, als würde er mich immer noch in seinen Armen durch den Flughafen tragen.

Tränen steigen mir in die Augen, und als ich aufsehe, bemerke ich Wills Blick. Er lächelt mich so voller Zuneigung an, dass ich es wie von selbst erwidere und die Erinnerung sicher in ihrer Dose verstaue.

Wisst ihr was? Das hier ist tatsächlich einfacher.

Bei unserem ursprünglichen ersten Date war ich viel zu nervös, um Will länger als eine halbe Sekunde lang anzusehen. Jetzt, da ich ihn besser kenne, schmerzt es weniger. Ich habe weniger Angst, weil ich das meiste schon über ihn weiß. Ich habe eine stabile Wissensgrundlage, auf die ich zurückgreifen und mich verlassen kann, was bedeutet, ich kann mich etwas entspannen.

Außerdem verschwende ich nicht neunzig Prozent meiner Energie darauf, entweder so auszusehen, als würde ich ihm zuhören, oder ihm tatsächlich zuzuhören.

Richtig, ich kann nur das eine oder das andere, nicht beides gleichzeitig. Ich bin ja keine Hexe.

»Dann war PR also nicht dein Kindheitstraum, hm?«

»Doch, klar.« Ich schneide eine Grimasse und klopfe mit dem Untersetzer immer wieder auf den Tisch. »Früher hab ich ständig Pressemeldungen zu Bildern von Einhörnern verfasst und mit leeren Joghurtbechern wichtige Journalistenkollegen angerufen. Nein, Scherz. Ich hab die Schule beendet und …« Ich hole besonders tief Luft und entscheide, mich zu öffnen. »Ich bin meiner Mutter sehr ähnlich – im Grunde sind wir mehr oder weniger dieselbe Person –, und ich schätze, alle sind einfach davon ausgegangen, dass ich in ihre akademischen Fußstapfen trete und Wissenschaftlerin werde. Sie war in ihrem Bereich sehr bekannt. Aber ich war achtzehn und wollte nicht auf ewig in ihrem Schatten stehen oder das Gefühl haben, dass ich nicht meinen eigenen Weg gehen, meine eigene Persönlichkeit leben kann. Damals war es gar nicht so wichtig, wofür genau ich mich entscheide, solange es nur etwas völlig anderes war. Also habe ich bei der Berufsberatung eine Broschüre genommen und mit geschlossenen Augen irgendeine Seite aufgeschlagen. So bin ich bei Medien und Kommunikation gelandet. Nicht eine meiner besten Ideen, wie sich rausgestellt hat.«

»Aber sehr mutig.« Will grinst.

»Das ist doch nur ein Wort, mit dem die Leute schlecht durchdachte Entscheidungen schönreden.« Ich grinse schief zurück. »Außerdem habe ich am Ende doch zu Hause gewohnt und bin gependelt. Also war es nur oberflächlich betrachtet ein Befreiungsschlag.«

Sagen wir mal so, die Uni war, genau wie die Schule – mit all den vielen Menschen, Geräuschen, sozialen Verpflichtungen, Gruppenfütterungen, den Fahrplänen, an die sich niemand wirklich gehalten hat –, kein Lebensraum, in dem ich mich von Natur aus wohlgefühlt habe.

»Ich hab das genaue Gegenteil gemacht.« Will lacht und trinkt noch einen Schluck Bier. »Ich habe einen Kurs in Kinematografie belegt, der so weit wie irgend möglich von da stattgefunden hat, wo ich aufgewachsen bin. Ich hab mir wirklich eine Karte genommen und eine Linie drauf eingezeichnet. Siebenhundertzwanzig Kilometer.«

»So weit ist Edinburgh von Bournemouth entfernt?«, frage ich, ohne nachzudenken.

Schweigen, dann: »Was?«

Seine Stimme klingt jetzt schroff, Verwirrung liegt in seinem Blick, und niemand hat mich darauf vorbereitet, wie es ist, als Prophetin Männer kennenzulernen: Plötzlich bin ich das schrägste Date der Welt. Eigentlich hatte ich mir fest vorgenommen, heute Abend nicht durch die Zeit zu reisen. Es sollte ein ganz gewöhnliches Date werden, ohne Herumpfuschen mit dem Universum. Aber diesen Fehler kann ich nicht so stehen lassen. Ich klinge absolut durchgeknallt.

Langsam schließe ich die Augen.

»Ich hab mir wirklich eine Karte genommen und eine Linie drauf eingezeichnet. Siebenhundertzwanzig Kilometer.«

»Von wo nach wo?«

»Von Edinburgh nach Bournemouth«, antwortet Will, während mich eine Welle des Glücks durchströmt: Geschafft. »Eine nette Acht-Stunden-Fahrt zwischen mir und meiner riesigen, lauten Familie, die ich über alles liebe, von der ich aber mit achtzehn dringend etwas Abstand brauchte.«

Da bin ich noch mal davongekommen, aber ab jetzt muss ich viel vorsichtiger sein. Auf keinen Fall darf ich durchblicken lassen, wie viel ich schon über Will weiß, auch wenn mir das extrem schwerfallen wird. Ich verkünde es gerne lautstark, wenn ich die Antworten auf Fragen kenne – eine meiner unsympathischsten Eigenschaften.

»Lebst du alleine?« Ich versuche, neugierig auszusehen. Als wüsste ich nicht, dass er in einer winzigen Wohnung in Finsbury Park wohnt. »Oder mit Freunden zusammen?«

»Alleine.« Er kratzt sich zögerlich an der Nase und lacht dann laut. »Eigentlich wollte ich mich gerade als einsamen Wolf bezeichnen, aber dann ist mir klar geworden, was für eine Lüge das wäre. Ich liebe es, Leute um mich zu haben. Nur klingt das eindeutig heißer, als zu erzählen, dass ich es mag, in Boxershorts durch meine Wohnung zu laufen, aus Müslischüsseln zu trinken und mithilfe einer Gabel Kaffee zu kochen.«

»Schon seltsam, dass es immer nur Raubtiere sind, die allein sein dürfen, ohne dafür verurteilt zu werden, oder?« Ich denke darüber nach. »Glaubst du, das ist so ein Ding der Männlichkeit? Adler, Wölfe. Ganz schön unfair. Als hätte eine einsame Rennmaus nicht denselben Anspruch darauf.«

»Stimmt eigentlich. Ich bin bloß ein einsiedlerischer Hamster.«

»Ein isolierter Hase.«

»Eine zurückgezogene Ziege.« Er lacht und kratzt sich hinter dem linken Ohr. »Ein sehr guter Punkt. Ehrlich gesagt hab ich mich vor über einem Jahr von meiner Ex getrennt, und als sie ausgezogen ist, war ich zu beschäftigt, mir eine neue Bleibe zu suchen.« Er schüttelt den Kopf. »Da, schon wieder. Ich war nicht zu beschäftigt, ich war zu *faul*.«

Ihr Name war Rosie, und Will ist in Wahrheit der am wenigsten faule Mensch, den ich kenne. Die Art Mensch, der auch die Zeit noch produktiv nutzt, in der er auf das Teewasser wartet. Im Gegensatz dazu bin ich ein Faultier.

»Und du?« Er beugt sich über den Tisch zu mir, und es kostet mich alles an Willenskraft, nicht ruckartig die Hand auf seine zu legen. *Beherrsch dich, Cassandra.* »Lebst du alleine?«

»Ich wünschte es«, seufze ich. »Aber ich wohne mit einem Pärchen zusammen, Sal und Derek. Wobei, vielleicht nicht mehr sehr lange.«

*Verdammt, ich muss wirklich aufpassen, was ich wann sage.*

»Das ist bestimmt nicht immer lustig.« Will verzieht mitfühlend das Gesicht. »Bist du schon lange Single? Mit einem Paar unter einem Dach zu leben kann einen dann ganz schön runterziehen.«

Ich nehme mir einen Augenblick Zeit, um zu überlegen, wie ich darauf ehrlich antworten kann.

*Nicht so lange. Eigentlich ist die Beziehung erst seit gestern vorbei – das Gestern in ungefähr vier Monaten –, und Spoileralarm: Du hast sie beendet!*

»Nicht so lange«, gebe ich zaghaft zu. »Es ist noch relativ frisch.«

»Das tut mir leid.« Will klingt, als würde er das ehrlich meinen, und das ist schön. »Geht es dir denn gut damit?«

Auch darüber denke ich einen Moment lang nach. Um eine Verbindung aufzubauen, muss man sich anscheinend verletzlich und offen geben, was mir, wie gesagt, rückblickend betrachtet eher schwerfällt. Ich gebe mich lieber verschlossen, wie ein Koffer: Reißverschluss zu, damit man sich jederzeit schnell verabschieden kann. Aber mit dieser Strategie bin ich bisher nicht sehr erfolgreich gewesen, also ist es vielleicht an der Zeit für eine andere Herangehensweise.

Deshalb nicke ich. »Ja, ich denke, ich musste ein paar wichtige Dinge lernen. Muss ich wahrscheinlich immer noch. Ich bin nämlich nicht sehr gut darin, Dinge … zu teilen. So gar nicht.«

Merkwürdig. Ich spüre, wie mein Hirn sich vorsichtig durch die letzten vier Monate gräbt, als wäre ich auf der Suche nach Gold, nach wichtigen Informationsklumpen. Ist es das? Habe ich das falsch gemacht? Wie oft hat Will mich gebeten, etwas mit ihm zu teilen? Mich ihm zu öffnen? Schnell gehe ich die Erinnerungen durch und zähle nach. Neunmal. Das letzte Mal etwa vier Sätze, bevor er mich verlassen hat. Zweimal an zwei aufeinanderfolgenden Tagen.

Vielleicht habe ich gerade das unglaubliche Rätsel um unsere Trennung gelöst.

»Teilen?« Er sieht mich verwirrt an. »Du meinst Essen?«

»O Gott, nein.« Aus Versehen mache ich mein Kotzgesicht. »Essen teile ich niemals. Das ist eklig. Unhygienisch. Wenn du was essen willst, bestell es selber. Komm ja nicht auf die Idee, deinen Löffel in meinen Pudding zu stecken.«

Will lacht laut auf, und dieses Mal hat es wirklich so geklungen, als hätte ich das sexuell gemeint.

»Kein Löffel in deinem Pudding.« Er nickt. »Ist notiert.«

Wir grinsen uns an, und etwas in mir macht klick.

»Dann leg mal los.« Will lehnt sich noch ein Stück vor. Seine Fingerspitzen berühren meine ganz leicht. Ein Kribbeln schießt mir von den Kuppen durch den gesamten Körper, wie ein Blitzschlag. »Teil etwas mit mir, das sonst niemand weiß. Irgendwas. Egal wie wichtig oder belanglos es ist. Beweis dem Idioten das Gegenteil.«

Was kann ich ihm gefahrlos anvertrauen?

Ich habe noch niemanden je geliebt.

Nicht wirklich. Nicht so richtig. Mit ihm bin ich dem am nächsten gekommen.

Und ich habe große Angst, dass ich zu diesem Gefühl gar nicht fähig bin, dass ich dafür nicht gemacht bin, dass es mir nicht vorherbestimmt ist. Ich habe Angst, nicht begreifen zu können, was wahre Liebe bedeutet oder wie sie sich anfühlt, und dass ich es niemals erfahren werde. Was bedeuten würde, dass ich im Grunde kaputt bin.

»Ich hab immer einen Farbfächer bei mir.« Ich ziehe meine Hand weg und hole ihn aus der Tasche, lege ihn auf den Tisch. »Einer liegt neben dem Bett, einer ist in meiner Tasche, einer in der Schublade auf der Arbeit, einer neben dem Klo. Dann hab ich noch ein paar auf Vorrat, falls mal einer kaputtgeht. Ich gehe wirklich nirgendwo ohne hin.«

Er nimmt ihn vom Tisch und untersucht ihn genauer. »Wie diese Farbmuster aus dem Baumarkt?«

»Genau. Mir fällt es schwer, Emotionen zu verstehen. Ich sehe sie als Farben. Ich *spüre* sie als Farben und Lichter, wie Feuerwerk. Das ist wirklich schwer zu erklären. Es ist, als könnte mein Gehirn nicht richtig greifen, was für Emotionen es wahrnimmt, und deshalb verarbeitet es sie in einer Farbe statt in einem Wort. Nicht nur meine eigenen. Die von allen.«

»Ist es denn jedes Mal dieselbe Farbe?« Will reißt die Augenbrauen hoch und zieht sie dann zusammen. Es sieht aus, als würde ein Vogel auf seiner Stirn landen. »Also, ist Wut immer rot, Trauer immer blau, Freude immer gelb und so weiter?«

»Das wäre toll.« Ich schüttle den Kopf. »Dann wäre alles viel leichter. Dann könnte ich es einfach übersetzen und Emotionen irgendwann wahrscheinlich sehr gut verstehen. Aber nein. Leider sind die Farben immer anders. Ich fange jedes Mal von vorne an.«

»Wow.« Will gibt mir den Farbfächer wieder. »Das ist ...«

»Schräg.« Ich seufze. »Ich weiß. Aber die Farbfächer helfen mir, mich zu beruhigen. So hab ich einen Bezugspunkt, und das macht mich glücklich. Und es funktioniert auch andersrum. Ich muss bloß auf eine Farbe der Karte gucken und spüre schon eine starke Emotion in mir. Im ganzen Körper. Selbst wenn ich sie nicht genau benennen kann. Diese Farbfächer bereiten mir so viel Freude. Sie sind wie ... ein kleines Gefühlslexikon.«

Ich stecke den Fächer wieder in meine Tasche und atme aus.

Das habe ich Will noch nie erzählt.

Eigentlich habe ich das noch keinem meiner Dates erzählt.

Normalerweise starte ich eine kleine Aufräumaktion, bevor jemand zu mir nach Hause kommt. Ich nehme die Farbfächer von den Wänden, stecke sie in Bücher und gehe sicher, dass sie nicht auf dem Lesestapel im Bad liegen. Nichts ist besser, als eine Stunde in der heißen Wanne zu liegen und dabei ein wunderschönes Rosmaringrün anzustarren. Trotzdem fühle ich mich nicht wohl dabei, das einem Mann zu erklären, wenn er darüber nachdenkt, ob er mit mir schlafen will.

»Sollte ich mir Sorgen machen?«, fragt Will nach einer Weile und trinkt sein Glas aus.

Das versetzt mir einen Stich.

»Über mich?« Ich nicke. »Wahrscheinlich. Du wärst auf jeden Fall nicht der Erste.«

»Nein.« Er grinst und steht auf. »Sollte ich mir wegen deinem Ex Sorgen machen? Ich finde dich nämlich großartig. Und ich will dich nicht mit der Zeit noch großartiger finden, nur um dann festzustellen, dass dieser Kerl, der offensichtlich nicht weiß, was er an dir hatte, hinter der nächsten Ecke wartet.«

In der griechischen Mythologie ist Iris die Göttin des Regenbogens. Sie ist die Personifikation des Spektrums und verbindet mithilfe des Regenbogens die Götter mit den Menschen, den Himmel mit der Erde. Und während ich in diesem schäbigen kleinen Pub sitze und in Wills schönes Gesicht sehe, fühle ich mich plötzlich genauso.

Als würde ich alle erdenklichen Farben in mir vereinen.

»Nein«, sage ich leise. »Er ist Vergangenheit.«

»Gut.« Will beugt sich zu mir herüber und küsst mich, und ich habe nicht damit gerechnet. Sein Kuss ist sanft und ruhig und kommt Stunden früher, als ich ihn erwartet habe, und schlingt sich um uns wie eine leuchtend orangefarbene Katze. »Für dich das Gleiche noch mal?«

Ich schließe die Augen.

»Gut.« Will beugt sich zu mir herunter und küsst mich, und ich strecke mich ihm entgegen, genieße den Kuss, versuche, die Erinnerung zu markieren, damit ich immer wieder zu ihr zurückkehren kann. »Für dich das Gleiche noch mal?«

Mit einem Lächeln nicke ich. »Ja, bitte.«

Denn Will *ist* meine Vergangenheit.

Aber er ist auch meine Gegenwart und vielleicht meine Zukunft.

# 15

Wo soll ich hin mit all der Freude?

Ich bin Psyche, die einen Blick auf ihren geflügelten Eros erhascht. Ich bin Hero, die endlich mit Leander vereint ist. Eurydike, die Orpheus vom Olivenbaum aus beobachtet. Okay, all diese Romanzen sind ziemlich schlimm ausgegangen, aber darauf will ich gar nicht hinaus.

Am Anfang haben sie sich bestimmt trotzdem fantastisch gefühlt.

»Cassandra! Das ist aber nicht Ihr üblicher Tag!«

Ich starre auf den Boden, strecke dem Wachmann meine offene Tasche zur Kontrolle hin und wünsche mir verzweifelt, ich hätte den losen Tampon darin entfernt, der jetzt im Inneren umherwirbelt wie ein Kleinkind auf einer Tanzfläche.

»Alles in Ordnung?« Meine Tasche wird durchsucht und mir zurückgegeben. »Normalerweise können wir die Zeit nach Ihnen stellen. Samstag, elf Uhr. Das ist Cassandra-Zeit. Jede Woche, ohne Ausnahme. Und jetzt sind Sie an einem Freitag hier?«

»Ich schätze, es muss Samstag sein.« Der zweite Wachmann grinst und fährt schnell mit dem Detektor über die grüne Jacke, die ich mir auf dem Weg hierher wieder gekauft habe und jetzt zu meinem weißen Freitagsjumpsuit trage. »Ich bin geneigt, eher Cassandra als dem British Museum zu glauben.«

»Wohl wahr.« Der andere lacht. »Verkünden wir es der Welt. Diese Woche hat Cassandra die Macht über die Zeit. Dann ist es wohl Samstag.«

Ich starre weiter zu Boden und strahle vor mich hin.

Sie haben keine Ahnung, dass ich fast vier Monate nicht mehr hier war. Ich hatte mich ganz in der neuen Aufregung darüber verloren, mit jemandem zusammen zu sein. Auf einmal gab es Sex, ausgedehntes Schlendern über den Borough Market, Pizza-Dates, gemeinsames Erkunden der Gänge im Supermarkt – ziemlich viel hatte mit Essen zu tun, stelle ich gerade fest –, und irgendwo musste ich Abstriche machen. Jeden Samstag zur selben Zeit aufzustehen, zum selben Museum zu fahren, sich dieselben Kunstwerke anzugucken und dieselben Schilder zu lesen, dasselbe Sandwich aus demselben Café zu essen schien den brandneuen Freund nicht so sehr zu reizen wie mich.

Doch das Internet war sehr deutlich: *Um eine Verbindung zu anderen aufzubauen, muss man erst die Verbindung zu sich selbst stärken.* Und das hier ist der Ort in London, an dem ich mich am meisten wie ich selbst fühle. Wobei ich ehrlich gesagt finde, dass ich schon eine recht beachtliche Verbindung zu meinem Selbst habe. Immerhin verbringen wir ziemlich viel Quality-Time miteinander.

»Sie sollten sich unbedingt die neue Peru-Ausstellung ansehen«, sagt der Wachmann, als ich mir meine Tasche wieder über die Schulter hänge. »Goldene Lamas und so was – das wird Sie umhauen!«

»Mach ich!«, lüge ich fröhlich, weil ich nicht hier bin, um mich umhauen zu lassen.

Ich bin hier, um meine Gedanken zu ordnen.

Ein Dutzend Schulkinder rast an mir vorbei. Sie schreien und krächzen wie kleine knallbunte Papageien, also hole ich meine grünen Ohrstöpsel aus der Tasche – passend zum Outfit – und stecke sie mir tief in die Ohrmuscheln. Mir ist klar, dass wir alle das Recht auf Zugang zu unserer Geschichte haben, aber ich wünschte wirklich, es gäbe bestimmte Zeiten, in denen ein paar von uns sie in Ruhe genießen könnten, genauso wie es im Schwimmbad Extrabahnen für Erwachsene gibt. Kleine Menschen sind so *laut.* Mit dem frisch isolierten Tosen meines eigenen Atems im Kopf erklimme ich die Steinstufen zu der Halle mit den Sternen an der Decke und gehe am schicken

Geschenkeladen (nur für Geburtstagseinkäufe) vorbei in den großen Innenhof.

So wie bei jedem Besuch hier stelle ich mich genau auf das in den Boden gravierte Tennyson-Zitat und lege den Kopf in den Nacken, damit ich in den grauen Himmel blicken kann, der von der riesigen Glaskuppel in perfekte Dreiecke zerteilt wird: akkurat, strukturiert, das ganze Universum wunderschön geordnet wie ein gut sortierter Kühlschrank. Intensive Freude erfüllt mich, Vertrautheit legt sich um mich wie eine geliebte schwere Decke.

Mein Handy piept.

An: Cassandra Dankworth
Von: Barry Caplan

Du willst mich wohl verarschen.
Wo bist du? Ich dachte, ich wäre gestern deutlich gewesen.
Hast du ernsthaft NOCH EIN Kreativgewitter verpasst?

Die Freude strauchelt etwas, als ich antworte:

An: Barry Caplan
Von: Cassandra Dankworth

Lieber Barry,
ich bin im British Museum. Es hat nur von zehn bis fünf geöffnet, meine Arbeitszeiten kollidieren also mit den Öffnungszeiten.
An diesem speziellen Kreativgewitter habe ich bereits teilgenommen, und so läuft es ab:

- Relevante Ideen werden geäußert und sofort abgeschmettert
- Alle diskutieren über den anstehenden Betriebsausflug

- Sie schwelgen in Erinnerungen an den letzten Betriebsausflug
- Eine große Box mit Donuts wird gegessen
- Anton ignoriert sämtliche konstruktiven Vorschläge und arbeitet mit genau der Kundenstrategie weiter, die er auch schon vor dem Meeting verfolgt hat

Es ist Zeitverschwendung, und das sage ich, obwohl ich sehr viel Zeit zur Verfügung habe.

Cassandra

Ein paar Sekunden später:

An: Cassandra Dankworth
Von: Barry Caplan

Komm Montagmorgen sofort in mein Büro.

Anscheinend bin ich wieder gefeuert.

Nur spielt es keine Rolle, oder? Heute Morgen nach dem Aufwachen ist mir plötzlich aufgegangen, dass ich nicht das volle Potenzial meiner neu errungenen Fähigkeiten ausschöpfe. Ich kann durch die Zeit reisen. Das bedeutet, ich kann den Tag mit Bleistift zeichnen und ihn am Ende einfach wieder ausradieren. Ich kann mir freinehmen, wann immer mir danach ist.

Eine ganz schön verrückte Vorstellung für jemanden, der seit elf Jahren keinen richtigen Urlaub mehr hatte oder weggefahren ist. Das letzte Mal habe ich das Land verlassen, als ich für eine Woche mit meiner Mutter auf Kreta war. Die schwarzen Oliven schmecke ich immer noch, ich rieche noch den Kokosnussgeruch ihrer Sonnencreme und spüre den Sonnenbrand auf den Ohren.

Ich schiebe die Erinnerung beiseite und eile durch Ägypten.

Was kann ich mit meiner neuen Gabe noch anstellen? Ich

könnte eins der antiken Artefakte stehlen. Eine der unbezahlbaren Statuen umstoßen. Mich mitten im Atrium nackt ausziehen und mit Socken auf den Ohren durch die Anthropologiebibliothek galoppieren, als wäre ich ein wild gewordener Spaniel. Ich könnte alles tun, überall hingehen, jeder sein, der ich will, eine Million verschiedener Leben austesten, die alle nicht so richtig passen, und sie dann abstreifen und auf dem Boden liegen lassen wie eine Jeans in der Umkleide.

Das Problem ist nur: Das will ich eigentlich gar nicht.

Zunächst mal klingt das alles sehr destruktiv und energieraubend. Außerdem *weiß* ich, wer ich bin: Ich habe die letzten einunddreißig Jahre lang probiert, wie alle anderen zu sein. Wenn es möglich wäre, wäre ich inzwischen jemand anders.

Und was viel wichtiger ist: Ich weiß nicht, wie das Zeitreisen funktioniert. Ich habe mir ein paar Bücher angesehen – fiktionale und wissenschaftliche –, aber sie sind sich nicht einig. Lösche ich die Zeit aus? Verschwindet sie einfach wie Kreide, die mit einem nassen Schwamm von der Tafel gewischt wird, oder kann man die Kreidelinien noch sehen, wenn die Tafel wieder trocken ist? Wie groß ist der Schmetterlingseffekt? Was passiert mit allen anderen, wenn ich eine neue Zeitlinie erschaffe? Werden sie ausgelöscht? Das ist ziemlich Furcht einflößend (kein Universum mit gesundem Menschenverstand würde mir eine solche Macht geben, oder?), aber bedeutet es, dass es dann *mehrere* Zeitlinien gibt? Erschaffe ich einfach parallele Existenzen, die weiterlaufen, wenn ich weg bin?

Lasse ich also andere Cassandras zurück, die das angerichtete Chaos beseitigen müssen?

Wie viele Versionen von mir streifen umher und hassen mich?

So oder so will ich lieber auf Nummer sicher gehen. Was vermutlich niemanden, der mich kennt, überrascht. Wenn das Universum wollte, dass jemand die äußersten Grenzen des Zeitreisens austestet, hätte es sicher nicht mich ausgewählt –

eine Frau, die, seit sie sechs ist, jeden Tag genau das Gleiche frühstückt. Ich kann bloß versuchen, niemanden zu verletzen, im Kopf behalten, dass meine Taten Konsequenzen haben, auch wenn sie vielleicht nicht mich selbst ereilen, und immer damit rechnen, dass diese Gabe mir jeden Moment wieder genommen wird, wie die Wasserpistole, die meine Eltern mir mit zehn gekauft und diesen Kauf sofort bereut haben.

Was bedeutet, ich lasse den Rosetta-Stein, wo er ist.

Wie jedes Mal laufe ich am Wachmann von Raum 23 vorbei.

Die *Kauernde Aphrodite* sieht noch so aus wie vor fast zweitausend Jahren: Nackt, gebückt; beim Baden unterbrochen, versucht sie verzweifelt, sich den Blicken von uns gruseligen Spanner*innen zu entziehen. Sie ist gleichzeitig wunderbar klassisch – verwebt Fiktion mit Realität, lässt das Publikum zum Teil der Kunst werden – und seltsam modern. Wie eine antike Version des Traums, in dem man plötzlich völlig nackt im Supermarkt steht. Wie jedes Mal möchte ich ihr am liebsten ein Handtuch reichen.

Mein Handy *piept*.

Hey! Wollte nur kurz hören, ob du morgen Zeit hast. Lust auf Brunch? :-)
Was mackste grade?
Will :-*

Die Welt kippt kurz zur Seite, findet dann aber wieder ins Gleichgewicht.

Genau dieselbe Nachricht hat Will mir im ersten Durchlauf auch am Freitag geschickt. Fast als hätte unser Date gestern gar nicht stattgefunden. Irgendwie sind wir wieder in die ursprüngliche Zeitlinie gerutscht. Als würde die Zeit, genau wie ich, nicht gut darauf reagieren, wenn man versucht, ihre Pläne ohne Vorwarnung durcheinanderzubringen. Ich darf mich wohl nicht darüber beschweren, wenn man bedenkt, wie ich mich bei einem Lieferengpass von Bananenmuffins aufführe.

Trotzdem ist es seltsam. Jetzt da ich Will kenne, liest die Nachricht sich wie eine völlig andere. Ich erkenne die Förmlichkeit, den bewusst platzierten Smiley, die gezielten Absätze. Da ist sogar ein beabsichtigter Tippfehler, um den lässigen Ton zu unterstreichen. Gleichzeitig offenbart er seine völlige Unfähigkeit, richtige Satzzeichen zu benutzen, noch nicht: Das passiert erst in etwa drei Wochen.

Plötzlich breitet sich Wärme in meiner Brust aus, als würde ich eine Wärmflasche umarmen.

Grinsend antworte ich:

Klar, ich hab Zeit! Brunch klingt toll!
Ich hab einen kleinen Kater, deshalb mache ich heute blau und gucke mir im British Museum nackte Menschen an. :-)
Cassie :-*

SENDEN.

Die perfekte Nachricht zu formulieren ist echt schwierig. Sie darf nicht zu lang sein, aber auch nicht zu kurz, nicht zu überschwänglich, aber auch nicht zu abweisend, oder unangemessen. (»Cassandra, was ist los mit dir? Ich bin auf einer Taufe.«) Außerdem fällt es mir schwer, Zwischentöne zu lesen, weshalb ich mir antrainiert habe, zur Sicherheit den Stil der Nachrichten zu kopieren, auf die ich antworte. Wenn sie einen Smiley und einen Kuss geschickt haben, sende ich auch einen Smiley und einen Kuss. Benutzen sie viele Ausrufezeichen? Dann mache ich das auch! Sie brauchen zehn Minuten zum Antworten? Ich auch, auf die Sekunde genau. Bauen sie Fehler in ihren Text ein? Das mache ich nicht, ich bin ja kein Monster, aber ich kürze hier und da ein paar Wörter und Sätze ab, um mich anzupassen.

Nur dass dieser Tag – genau wie die riesige Gold- und Elfenbeinstatue der Athene, die aus dem Parthenon verschwand – aus der Geschichte gestrichen wird, weshalb ich vermutlich schreiben kann, was immer ich will.

Das gibt mir ein befreiendes Gefühl.

Mein Handy *piept*.

Als ich das letzte Mal da war, musste ich meine Klamotten wieder anziehen.

Unfair :-(

Ich lache.

Weißt du, warum die Penisse an den griechischen Statuen so klein sind? Für die alten Griechen waren kleine Penisse das Schönheitsideal. Sie haben Männlichkeit mit Intelligenz und Kontrolle assoziiert, nicht mit Lust und Sex. Deshalb waren große Penisse eher ein Symbol für fehlende Männlichkeit, oder für die Verdorbenheit und Dummheit der Satyrn und Narren. Kleine, schlaffe Penisse an definierten Körpern waren dagegen das Ebenbild griechischer Götter. Spannend, oder?

Leider hieß das auch, dass viele ihn sich deshalb abgeschnitten haben. Autsch.

Normalerweise achte ich darauf, meine Monologe kurz zu halten – sie so weit zu kürzen, bis sie nicht mehr als »Ansprachen« durchgehen –, aber dieses Mal ist es mir egal, weil es mir egal sein kann, außerdem antwortet Will sofort.

Ich wurde im falschen Zeitalter geboren.

Aber zumindest meine Nase hätte es überlebt, oder? ;-)

»Entschuldigung«, sagt jemand, während ich in Kichern ausbreche, das einer Fünfjährigen gerecht wird, die gerade ihre erste Valentinstagskarte bekommen hat. »Wenn Sie hier nur auf Ihr Handy glotzen, können Sie dann bitte zur Seite gehen, damit ich mir die Statue ansehen kann?«

Überrascht schaue ich auf und in den bröckelnden Schritt von Apollo.

»Tut mir leid«, murmle ich und weiche zur Seite. Unzählige Male bin ich hier gewesen, aber noch nie hat sich alles so nackt angefühlt. Auf einmal ist es nicht mehr bloß ein Gebäude voll faszinierender antiker Geschichte. Es ist ein Raum voller Hintern, Brüste und Penisse, bloß verdeckt von einem Hauch Stoff oder einem geschickt platzierten Instrument. Eine gewaltige Orgie wunderschöner Menschen, zu der versehentlich auch die alles versteinernde Medusa eingeladen war.

Ehrlich gesagt hat metamorphes Gestein mich noch nie derart angemacht.

Eine der Büsten inspiziere ich genauer und mache dann grinsend ein Foto davon.

Dazu schreibe ich:

Hat dir schon mal jemand gesagt, dass du Ähnlichkeit mit dem Philosophen und Lehrer Epikur hast?

*Piep.*

Jeden Tag. Epikur hier. Epikur da.
Aber er ist heiß, also ist das okay. Muss mal an den Locken in meinem Bart arbeiten.

Strahlend antworte ich:

Und an dem gewellten Topfschnitt.

*Piep.*

Diese kleinen Wickler wollen aber einfach nicht halten.

Wieder muss ich kichern. So gut ist ein Flirt noch nie für mich gelaufen.

Allerdings weiß ich üblicherweise nicht, wann ich es gut sein lassen soll. In der Vergangenheit habe ich solche Situationen oft überreizt, weshalb ich jetzt lieber aufhöre, bevor ich es wieder übertreibe und Will irgendwann nur noch »Ha« antwortet.

Mit einem triumphierenden Lächeln packe ich das Handy weg und streife zufrieden weiter zu Raum 18, vorbei am (kopflosen) Löwen und den drei (kopflosen) Nereiden, den sogenannten *Elgin Marbles.* Dann folge ich in meiner gewohnten Route der Bildhauerei durch den Raum: von links nach rechts. Der Fries lief ursprünglich um den Parthenon und brach damals alle Regeln. Anstatt Götter und Göttinnen darzustellen, zeigte er gewöhnliche Athener*innen: Männer auf Pferden, schlendernde Frauen, ein paar sitzende Gestalten, die den Grund einer Prozession nicht zu verstehen scheinen.

Egal wie oft ich herkomme, ich verliebe mich jedes Mal ein kleines bisschen mehr ins antike Griechenland. Der Fries wirkt so lebendig. So seltsam und fantasievoll und sonderbar detailliert. Selbst da, wo wichtige Körperteile fehlen, scheint er immer noch eine echte Geschichte über echte Menschen nachzuzeichnen – Linien im Marmor gezogen statt in Sand.

Ich arbeite mich im Uhrzeigersinn am Fries entlang und harre, wie immer, ein paar Minuten vor den südlichen Metopen aus, auf denen der epische Kampf zwischen den Zentauren und den Lapithen zu sehen ist. Quadratische Steine, fast dreidimensional, die mich immer ein bisschen an Batman-Cartoons erinnern: hier ein Schlag, da ein Stoß, *peng, uff, bumm.*

Dann komme ich zum Ostgiebel, und mein Puls beschleunigt sich.

Ich vermute mal, so schwindelig und atemlos, wie ich mich beim Anblick dieser Statuen fühle, fühlen sich normale Menschen, wenn sie eine Gruppe A-Promis vor einem Starbucks entdecken. Da reitet Helios, der Sonnengott, auf seinen Pferden in den Tag, zusammen mit seiner Schwester Selene, der Mondgöttin. Herakles mit der Haut des Nemeischen Löwen unmittelbar neben Demeter, der Göttin der Fruchtbarkeit, und ihrer Tochter Persephone, Göttin des Frühlings und Königin der Unterwelt. Aphrodite und ihre Mutter, die Titanin Dione, liegen elegant auf einem Stuhl, direkt neben dem gut aussehenden Himmelsvater, König der Götter und Fuckboy der ersten Stunde, Zeus.

In der Mitte ist Athene, die Wächterin von Athen und das Geburtstagskind, um das sich alle scharen. Die Schönen, Unsterblichen und Göttlichen hängen zusammen ab, als befänden sie sich auf einer Jacht in Cannes. Keine Ahnung, warum es keine Hochglanzmagazine gibt, die den neuesten Klatsch und Tratsch über die griechischen Götter und ihre angesagtesten Outfits verbreiten. Die würde ich ganz sicher verschlingen.

Gerade inspiziere ich den eleganten Faltenwurf von Aphrodites Marmorkleid – sie ist zwar die schönste der Göttinnen, aber ich bin kein Fan; für mich ist sie am ganzen Troja-Debakel schuld –, da prickelt plötzlich meine Kopfhaut, als hätte ich irgendetwas statisch Geladenes berührt.

Verwirrt drehe ich mich um und lasse den Blick durch den Raum schweifen.

Ein alter Mann lehnt sich auf seinen Gehstock. Eine Frau trägt ihr Baby in einer Schlinge, als wäre es ein gebrochener Arm. Ein kleiner Junge schreit seinen erschöpften Vater an: »Schwein! Will Schwein sehen!« Eine Studentin kritzelt auf ihrem roten Notizblock, ein fülligerer Mann in einem engen grauen Anzug telefoniert offenbar geschäftlich, seine Stimme prallt an der Marmorwand ab wie ein Gummiball.

Plötzlich zieht mein Magen sich zusammen.

Eine neunundzwanzigjährige Frau starrt mit verschränkten Armen eine Metope an, auf der einer der Lapithen einem

Zentauren in die Eier tritt. Sie trägt eine lange graue Jacke, ihre Haare sind dunkel und kurz – die Ohren lugen ein bisschen darunter hervor. Ich sehe zwar ihr Gesicht nicht ganz, aber ich weiß, dass sie es ist. So sicher, wie ich weiß, dass ich ich bin. Etwas in mir bricht zusammen, als hätte man mir den roten Faden, an den ich mich so krampfhaft geklammert habe, auf einmal entrissen.

»Daddy, warum versteckt die Frau da sich?« Ein Junge deutet mit seinem dreckigen Finger auf mein Gesicht. Seine schrille kleine Stimme schneidet mir durch das Trommelfell wie eine Machete durch ein Marshmallow. »Spielt sie Verstecken? Du hast doch gesagt, das darf man hier nicht.«

Nervös spähe ich hinter dem riesigen Giebel hervor, hinter dem ich plötzlich kauere. Wie weit habe ich die Zeit diesmal zurückgedreht?

Im Raum herrscht Leere, in mir allerdings nicht.

Etwas in meinem Inneren ist explodiert, genau wie der Parthenon, der in den 1600ern aus Versehen von den Osmanen in die Luft gejagt wurde. All die winzigen Stücke, die ich mit hierhergebracht habe, um sie an diesem Ort zusammenzusetzen, wurden auseinandergesprengt, und ich habe keine Ahnung, wie ich sie wieder einsammeln soll. Dieses Museum ist mein Safe Space, der einzige Ort, an dem ich sie nicht erwartet habe. Wo soll ich denn jetzt noch hin? Das passiert, wenn man Schießpulver da lagert, wo es nicht hingehört: Ein falscher Schritt, und der Schaden ist angerichtet.

Ich kann nicht einfach mit meinem Tag weitermachen, als würde ich nicht in Trümmern liegen.

Die Lichter flackern, ich strecke mich wie eine Assel und schreite so würdevoll wie möglich auf den Ausgang zu. Ich höre meinen eigenen Atem in den Ohren. Die Farben um mich herum trennen sich wie Tinte von Öl. Wie hat sie mich hier gefunden? War es Zufall, oder hat sie mich verfolgt? Egal, dieser

Ort ist nicht mehr sicher. Hier kann ich mich nicht mehr entspannen. Zu viele Emotionen, die unter der Oberfläche brodeln. Es fühlt sich an, als könnte das Museum jeden Augenblick detonieren.

Draußen ziehe ich mir die Stöpsel aus den Ohren und lehne mich gegen die Außenwand.

Ich bin voller Staub und Lärm.

Ich ziehe das Handy aus der Tasche, gebe ihre Nummer aus dem Kopf ein und tippe:

Mir tut es auch leid.

Ein paar Sekunden lang starre ich die Worte an und spiele im Kopf durch, welche Folgen sie haben werden.

Keine. Diese Dose will ich nicht öffnen. Ich will nicht herausholen, was ich in ihr verstaut habe. Sie muss um jeden Preis verschlossen bleiben. Aber wenn es jemals einen Moment gibt, in dem man eine Nachricht verschickt, die man sofort bereut, dann ist das wahrscheinlich der Moment, bevor man das gesamte Universum auslöscht.

Mit einem Seufzer drücke ich auf SENDEN und schließe die Augen.

Als ich sie wieder öffne, ist die Nachricht verschwunden, der Himmel leuchtet pink, und der Tag hat von Neuem begonnen.

# 16

Die Geschichte von Sisyphos kennt ihr bestimmt.

Er war ein ausgesprochen gerissener Mann, und als Thanatos (der Tod) kam, um ihn zu holen, legte er stattdessen ihn in Fesseln. Da der Tod nun in Sisyphos' Haus gefangen war und seine Arbeit nicht erledigen konnte, starb auf der Erde niemand mehr. Damit verlor auch der Krieg seinen Sinn, und ein wütender Ares befreite Thanatos und schickte Sisyphos wegen schlechten Benehmens zu Zeus. Als Strafe dafür, dass er einen Gott überlistet hatte, musste Sisyphos einen gewaltigen Felsblock einen Berg hinaufrollen. Doch jedes Mal wenn er fast am Gipfel war, rollte der Fels wieder hinunter, und Sisyphos musste von vorn beginnen.

Immer und immer und immer wieder, bis in alle Ewigkeit.

Mich scheint ebenfalls jemand bestrafen zu wollen, denn genau das passiert gerade auch mit meinem Freitag.

Ich schlafe in der U-Bahn ein und wache erst in Walthamstow wieder auf. *Rückgängig.*

Ich schaffe es ins Büro, schicke aber eine Pressemitteilung an fünfzig Journalist*innen, in der ich die Webseite meines Kunden falsch geschrieben habe. *Rückgängig.*

Ich lasse eine Schüssel voll Porridge auf meine Tastatur fallen. *Rückgängig.*

Ich speichere morgens einen Budgetbericht in einem Ordner ab, kann ihn aber nachmittags beim besten Willen nirgends mehr finden. *Rückgängig.*

Ich lasse meine Tasche mit streng vertraulichen Kundeninformationen im Café stehen, während ich einen Bananenmuffin kaufe. *Rückgängig.*

Ich trete aus Frustration gegen einen Wasserspender und zerstöre ihn aus Versehen. *Rückgängig.*

Ich beleidige Barry, ohne es zu wollen. *Rückgängig.*

Um elf Uhr morgens bin ich bereits dreimal gefeuert worden, habe mindestens drei Möbelstücke in der Agentur zerstört, zwei Kollegen beleidigt, vier Bananenmuffins und fünf Sandwiches gegessen, zwölf Tassen Kaffee getrunken und kann schon längst nicht mehr nachvollziehen, was in meiner Realität passiert ist und was rückgängig gemacht wurde. Ich weiß nur, dass dieser Freitag ewig dauert. Klar, das sage ich jeden Freitag, aber heute meine ich es wörtlich.

»Cassandra!«, schreit Barry. »Wo zum Geier ist Cassandra Dankworth?«

Ausgelaugt starre ich an mir herunter, weil ich kurz fürchte, mich bei all meiner Einmischung in die Zeitlinien selbst ausgelöscht zu haben.

»Ich bin hier«, sage ich zu seinem Rücken.

»Oh. Okay, kein Grund, hier so rumzuschleichen.« Mein Chef dreht sich zu mir um und starrt mich mit dem roten Gesicht eines Marathonläufers an. »Ich will keine lächerlichen Ausreden mehr hören, warum du heute nicht am Kreativgewitter teilnehmen kannst.«

»Ich hab auch keine mehr«, gebe ich zu. »Alle aufgebraucht.«

An exakt diesem Kreativgewitter habe ich jetzt schon dreimal teilgenommen, und langsam habe ich den Eindruck, ich stecke in der Zeit fest wie in der Drehtür eines Kaufhauses. Etwas schwindelig schaue ich auf die Uhr. Jedes Mal schreit Barry: »Cassandra! Wo zum Geier ist Cassandra Dankworth?« Und dreißig Sekunden später ruft Anton: »Kreativgewitter!«

Auf die Sekunde genau steht er auf und klatscht in die Hände wie ein übermotivierter Sportlehrer. »In drei Minuten geht's los! Es gibt Donuts!«

Dann fragt Grace: »Die mit Zuckerguss?«

Und Amir sagt: »Ich mag ja diese Halb-Eclair-halb-Donut-Dinger. Wer besorgt die immer? Weiß das einer? Ich will meiner Freundin welche kaufen.«

Ich bin gefangen im langweiligsten Theaterstück des Universums, bloß lässt niemand mich ein Nickerchen machen, und alle Notausgänge sind blockiert.

»Cass…«

»Ja, ich schreibe mit.« Ohne nachzudenken, schiebe ich den Mülleimer ein kleines Stück nach links, kurz bevor ein zerknülltes Blatt von hinten durch die Luft geflogen kommt. Ich weigere mich, es ein weiteres Mal vom Boden aufzuheben. Mit einem befriedigenden Rascheln landet es im Eimer. Ich schnappe mir einen Stift und meinen Notizblock – auf dem mein Gekritzel verschwindet und wieder auftaucht wie auf so einer kosmischen Zaubertafel – und ziehe meinen Stuhl unter dem Schreibtisch hervor.

Ohne meine Kolleg*innen anzusehen, rolle ich ihn durch das Büro.

»Beachtet mich gar nicht.« Ich schiebe den Stuhl in den Meetingraum bis zur hintersten Ecke. Das ist das vierte Meeting für mich, und wer glaubt, ich würde mich wieder auf so einen Gymnastikball oder eine Schaukel setzen, hat ganz klar den Verstand verloren. Für so einen Unsinn fehlen mir die Bauchmuskeln.

Während sich der Raum langsam mit Menschen und Snacks füllt, setze ich mir eine Sonnenbrille auf. Das grelle Licht ist unerträglich. Dann lehne ich mich auf den Tisch, stütze mir das Kinn auf die Arme und versuche, mit offenen Augen zu schlafen. Als Sophie sich neben mich setzt, rutsche ich etwas zur Seite, damit sie mich nicht ständig mit der Schulter stößt. Wenn ich müde bin, fühlt sich schon die sanfteste Berührung an wie ein Schlag mit einem Backstein.

»Okay.« Anton zögert, bemerkt meine Sonnenbrille, entscheidet dann aber, dass sie keines Kommentars wert ist. »Danke, dass ihr alle hier seid! Bedient euch an den Snacks und macht es euch gemütlich. Es könnte länger dauern.«

Das kann er laut sagen: Ich habe das Konzept der Zeit zwar

immer noch nicht ganz durchdrungen, aber dieses Meeting wird auf jeden Fall mindestens die Hälfte davon schlucken.

*Bräune gut, alles gut,* kritzle ich träge auf meinem Block.

»Unser Kunde ist Suntorini«, erklärt Anton ausschweifend. Mit der Würde und dem Selbstvertrauen eines Mannes, der nackt noch nie einen Korb bekommen hat, lehnt er sich auf den Konferenztisch. »Was, wie ihr euch wahrscheinlich denken könnt, eine Luxus-Selbstbräunungsmarke ist. Wir suchen einen Slogan, der alles einfängt, was sie verkörpern wollen. Denkt luxuriös. Denkt kultiviert. Denkt an das Frisch-vom-Strand-Gefühl, an Sand zwischen den Zehen. Donnert die Ideen raus!«

Wir alle zucken gleichzeitig zusammen. Barry will, dass wir »Donnert die Ideen raus« vor jedem Brainstorming rufen – offensichtlich ein Firmen-Branding-Ding –, aber Anton ist so ziemlich der Einzige, der sich nicht lieber mit einem Klammerentferner die Zehennägel ausreißen würde. Und es funktioniert: In etwa neun Wochen wartet die Beförderung auf ihn.

»Wie wäre es mit ›Bräune gut, alles gut‹?«, schlägt Miyuki vor, die Zuckerwatte noch im Mund. Ich notiere: *Jeder ist seiner Bräune Schmied.* »Oder ›Jeder ist seiner Bräune Schmied‹?«

»Sonnen ist Silber, Cremen ist Gold«, murmle ich leise, weil einer der größten Vorteile daran, dass ich alles schon vorher weiß, ist, dass ich meistens richtigliege. Ein Typ am anderen Ende des Tisches ruft: »Sonnen ist Silber, Cremen ist Gold!«, und Sophie starrt mich mit eulengroßen Augen an.

Mein Handy vibriert. Ich halte es unter den Tisch.

Hey! Wollte nur kurz hören,
ob du morgen Zeit hast. Lust auf Brunch? :-)
Was mackste grade?
Will :-*

Ich versuche, mich so wenig wie möglich zu bewegen, während ich tippe:

»Handys weg, bitte!« Anton lächelt mich unerbittlich an, bis ich es wieder wegpacke. »Die Außenwelt ist in der Kreativbrauerei nicht erwünscht. Wir wollen hier ein allumfassendes kreatives Erlebnis schaffen.« Er hält inne, damit wir alle sein Marketing-Superhirn feiern. »Außerdem waren das schon tolle Ideen, danke. Aber ich glaube, wir sind da noch *nicht ganz* auf dem richtigen Weg. Wortspiele passen nicht zu einer so anspruchsvollen Luxusmarke. Wir suchen etwas Nuancierteres. Also lasst uns weiterdenken!«

*Suntorini* ist ganz offensichtlich auch ein Wortspiel, aber als ich das beim letzten Durchlauf angemerkt habe, hat Anton die Donuts aus meiner Reichweite gezogen. Stattdessen notiere ich mir *Will zurückschreiben* auf meinem Block. Unsere Unterhaltungen verschmelzen langsam.

»O mein *Gott*«, ruft Jessica rein, und ich weiß: Das war's. Das Brainstormen ist vorbei. »Leute, es sind nur noch – was? – drei Wochen bis zu unserem Betriebsausflug, und Barry hat wieder mir die Ehre der Organisation zuteilwerden lassen, und ich habe buchstäblich *die beste Idee überhaupt*.« Sie wirkt stolz auf ihre mit Übertreibungen gespickte Sprache. »Ich habe mir überlegt … wartet …«

»Bitte nicht Paintball«, sage ich, ohne nachzudenken.

»*Cass-an-der-a*.« Jessica dreht sich auf ihrem Ball zu mir um und stiert mich an. »Was stimmt mit dir nicht? Warum bist du immer so?«

Wisst ihr, eigentlich wollte ich ihr sagen, dass Amir einen Schuss in die Eier abbekommen wird, später ins Krankenhaus muss und die ganze Zeit kreischt wie ein Fuchs zur Paarungszeit, dass Grace so viele Shots trinkt, dass sie in ihre eigene Handtasche kotzt, und Anya und Miyuki vor McDonald's in einen Riesenstreit geraten, und Barry sich furchtbar über unser »unprofessionelles Verhalten« aufregt, und dass dieser Ausflug in die Geschichte unserer Firma eingehen wird als der am schlechtesten geplante Betriebsausflug aller Zeiten. Aber so, wie sie meinen Namen gerade mit einem zusätzlichen Vokal verunstaltet hat, verdient sie meine Warnung überhaupt nicht.

»War schon mal jemand in der neuen Bar hier um die Ecke?« Grace lässt ihre Schaukel von rechts nach links schwingen und sieht zur Decke hoch. »Ich hab gehört, da gibt es diesen Shot, der *Sex With An Alligator* heißt. Ist wohl mit Himbeer- und Melonenlikör, Sweet & Sour und Jägermeister, und wenn man ihn *dann* noch aufpeppen will, kann man einen Schuss Absinth dazubekommen.«

Das erklärt wenigstens, warum ihre Kotze knallgrün sein wird.

»Ich hatte da den *Beinspreizer*«, bringt Anya sich ein. »Keine Ahnung, was drin war, aber er hat gehalten, was er verspricht. Hahaha.«

Miyuki tritt ihr wieder unter dem Tisch gegen das Schienbein, und nope, nope, nope, ich kann nicht, ich werde nicht, ich weigere mich kategorisch, noch mehr meiner Zeit damit zu verschwenden, mir das anzuhören.

»Was ist mit dem Puss…«

»Hat jemand Ideen für eine Hautpflegemarke?« Abrupt setze ich mich gerade hin. »Sorry, dass ich das Meeting so an mich reiße, aber wir sollten eh nicht über Privates diskutieren. Ich finde, da können wir unsere Zeit effizienter nutzen.«

Alle hören auf zu quatschen und drehen sich langsam zu mir um.

Ich würde sie ja bei den Namen aufzählen, aber ich will absolut ehrlich zu euch sein: Für mich sind meine Kolleg*innen in diesem Moment im Grunde bloß ein griechischer Chor. Gesichtslos, laut und nur da, um mich an geeigneten Stellen zu unterbrechen.

»Ich habe diesen neuen Kunden«, erkläre ich mit verzweifeltem Blick auf die Uhr. Meinen Berechnungen zufolge habe ich noch etwa vier Minuten, bis Barry auftaucht, um »zu sehen, wie es läuft« und Anton dafür zu gratulieren, dass er »so ein guter Teamplayer« ist, also muss ich mich beeilen. »Und ich tue mich echt schwer. Sie heißen SharkSkin, das Produktdesign ist grässlich, und sie bestehen auf einer Kampagne ›für *echte* Männer‹. Das wird nicht funktionieren, sie werden mir dafür die Schuld geben, und langsam bekomme ich Panik. Könnt ihr mir irgendwie helfen?«

Die Gesichtsausdrücke um mich herum kann ich nicht deuten, aber eins weiß ich: Die Farben vermischen sich zu keinem sehr ansehnlichen Ton. Nicht dass ich ihnen das vorwerfen könnte. So ist das vermutlich, wenn man Individuen nur als Teil einer Gruppe behandelt. Mir ist völlig klar, dass ich das tue. Eine weitere Schwäche von mir.

»Bitte?«, fällt mir plötzlich ein. »Ich hab vergessen, Bitte zu sagen.«

»Hey, hey.« Antons Lächeln wirkt brandgefährlich. »Ich versteh das, Cassandra. So ging es uns allen schon. Schwierige Kunden sind ätzend. Aber – und korrigier mich, wenn ich falschliege – das hier ist nicht dein Meeting. Wenn du dein eigenes Kreativgewitter brauchst, musst du dich einen Tag vorher draußen an der Tafelwand eintragen.«

»Das weiß ich«, gebe ich zu. »Aber ich hab keine Zeit.«

Eigentlich habe ich alle Zeit der Welt, aber auf keinen Fall werde ich zurückreisen und mein großartiges erstes Date mit Will auslöschen, nur um mit Kreide *SharkSkin* an eine Wand zu schreiben. Ich brauche doch bloß eine ansatzweise akzeptable Idee. Sie muss nicht genial oder preisverdächtig sein. Sie muss mir nur bessere Ergebnisse bringen als *keine*.

»Wenigstens der Name ist klasse.« Jessica strahlt mich von ihrem Ball aus an, auf dem sie sich streckt wie eine riesige Katze. »Ich meine, SharkSkin? Der kann auf jeden Fall so bleiben.«

»Wirklich?« Ehrlich überrascht blinzle ich sie an. »Du findest ihn gut?«

»Nein.« Als sie lacht, begreife ich, dass das ihre Rache für meine Paintball-Einmischung ist. »Das war Sarkasmus. Gott, war das nicht offensichtlich?«

»Toll«, entgegne ich schroff und schaue wieder auf die Uhr. Drei Minuten. »Danke dafür, Jessica. Das war auch Sarkasmus, falls das nicht klar war. Den Namen oder das Design zu ändern geht nicht mehr. Hat also vielleicht jemand eine Idee, die nicht vor Hohn und Spott trieft?«

Schweigen. Dann ein leises Murmeln rechts von mir.

Ich drehe mich zu Sophie um. »Wie bitte?«

»Mein Freund.« Sie läuft rot an, spricht dann aber mutig weiter. »Er nimmt immer meine Hautpflegeprodukte. Ich gebe so viel Geld dafür aus, und er klaut sie einfach. Wir streiten uns so oft darüber, weil, klar, ich teile gerne, und ich liebe ihn, aber er macht es heimlich immer wieder, obwohl ich ihn gebeten habe, damit aufzuhören, und – wie gesagt – günstig ist das alles auch nicht gerade. Ich bin nur eine Nachwuchs-PR-Managerin. Er verdient viel mehr als ich, also sollte er sich sein Zeug eigentlich selber kaufen.«

Wahnsinnig langsam fängt es in meinem Kopf an zu rattern – mein PR-Hirn wird nie sonderlich schnell –, und ich drehe mich zu den restlichen Anwesenden um.

»Wer sonst hat schon mal heimlich Hautpflege geklaut?«

Ein paar Hände gehen hoch, dann noch ein paar, und einen Augenblick später sind fast alle Hände in der Luft. Anscheinend bestehlen alle meine Kolleg*innen ihre Partner*innen, ihre Geschwister, die Mitbewohner*innen, die Eltern, den Freundeskreis, die eigenen Kinder, sogar sich gegenseitig. Ich bin ehrlich geschockt. Das ist doch absolut unehrlich und unhygienisch. So benehmen andere Leute sich? Sie stolpern ohne jede Zurückhaltung in und aus den Leben und Pflegeprodukten der anderen? Wie gut, dass ich meine Kosmetik jeden Tag aufs Neue mit ins Bad und wieder zurückschleppe. In einem kleinen Netz, als wären es Orangen.

Ich räuspere mich. Auf einmal fühle ich mich unerträglich allein.

»Das treibt mich noch in den Wahnsinn.« Miyuki sieht Anya vorwurfsvoll an. »Im Ernst. Sie benutzt meine teuren Cremes, und ich bekomme Pickel.«

Anya zwinkert ihr subtil zu, und mich trifft ein weiteres Mal die Einsamkeit mit einem rechten Haken.

»Okay.« Schnell versuche ich, mich wieder auf das eigentliche Thema zu konzentrieren. Barry taucht gleich auf, mir rennt die Zeit davon, und noch mal will ich mir das nicht antun. »Das könnte klappen. Es gibt eine Menge Awareness-Tage, an denen wir drauf aufmerksam machen k…«

»Ihr könntet sie verstecken«, sagt Sophie an meiner rechten Schulter.

»Was?«

»Ihr könntet die Cremes verstecken. Wenn sie schon so hässlich sind, könnt ihr wenigstens Spaß damit haben, oder? Verteilt sie im ganzen Land, macht einen Wettkampf draus, wer sie zuerst findet. Lasst die Kunden eigene Verstecke finden. Dann könntet ihr die Presse mit Statistiken darüber versorgen, wie viele Menschen die Hautpflege von anderen benutzen. Und der Slogan wäre dann ›Hautpflege, zu gut, um sie nicht …«

»… zu verstecken‹«, beende ich ihren Satz aufgeregt, gerade als Barry durch die Tür kommt.

Sophie strahlt mich an – ohne jedes Anzeichen von Hohn –, und jetzt, da ich nicht nur die obere Hälfte ihres Gesichts sehe, fürchte ich auf einmal, dass ich ihren Tonfall seit meinem ersten Tag hier falsch gedeutet haben könnte.

»Ähm, Barry?« Antons hämisches Grinsen reißt sein Gesicht in zwei Hälften. »Ich will ja kein Spielverderber sein, aber ich finde, es ist meine Pflicht, dich wissen zu lassen, dass Cassandra mir mein Meeting gestohlen hat. Weißt du, ich hab den Raum schon vor Wochen reserviert. Das ist unfair. Sie lässt sich total selten hier blicken, bringt sich quasi nie ein, und dann taucht sie auf und entert mein Kreativgewitter. Finde ich ziemlich arrogant.«

»Als wäre sie die wichtigste Person im Raum«, springt Jessica ihm zur Seite. »Ich meine, sie trägt drinnen eine Sonnenbrille. Und immer diese bunten Jumpsuits. Als würde sie denken, sie wäre ein Promi. Total verrückt, sie ist ja nicht mal eine gute PR-Managerin, und außerdem doch schon Ende dreißig.«

»Ich bin einunddreißig«, antworte ich ihr ruhig. »Du bist Chefin der Personalabteilung, also solltest du das wissen.«

Barry verschränkt die Arme und sieht mich an, und ich glaube, gleich werde ich wieder gefeuert.

»Tut mir leid. Schon wieder.« Dann wende ich mich zu Sophie. »Danke.«

Sie öffnet den Mund, ich schließe die Augen.

*Rückgängig.*

»Hey«, spricht Anya mich an, als wir – danke, Zeus und dem gesamten Olymp – am Ende des fünften Meetings endlich aus dem Raum strömen. »Cassie, wolltest du mich und Miyuki nach der Mittagspause nicht zu SharkSkin briefen?«

Gähnend schiebe ich meinen Schreibtischstuhl wieder zurück an seinen Platz.

Wenn meine groben Berechnungen stimmen, bin ich jetzt seit achtunddreißig Stunden auf den Beinen, und es fühlt sich an, als hätte jemand alle Zellen meines Körpers mit Zahnseide zusammengenäht. Ich kann mich nicht erinnern, ob ich in diesem Durchgang etwas gegessen und getrunken habe oder ob ich auf der Toilette war. Außerdem habe ich Anya und Miyuki inzwischen dreimal intensiv gebrieft, aber offensichtlich wissen sie davon nichts mehr. Man sollte meinen, das ganze heftige Geflirte hätte Spuren in ihrem Unterbewusstsein hinterlassen, aber offenbar ist alles wieder verdampft.

»Nein«, antworte ich ruhig. »Danke.«

»Aber …«

»Nein, Anya. Ich habe mir schon ein anderes Team zusammengestellt.«

Mit dem leicht irritierenden Gefühl im Bauch, etwas vergessen zu haben, gehe ich zu meinem Schreibtisch und beobachte, wie Sophie sich zaghaft einen Finger in die Nase steckt. Mit zusammengekniffenen Augen sehe ich genauer hin. Da ist ein kleiner, glitzernder Stift in ihrem rechten Nasenflügel, der mir noch nie aufgefallen ist. Vielleicht isst sie gar nicht ihren Popel, sondern spielt bloß an dem Stift.

»Sophie.« Ich setze mich. »Würdest du gerne mit mir an SharkSkin arbeiten?«

»Wirklich?« Ihre Augen werden kugelrund. »O mein Gott, *ja, bitte.* Ich mache schon seit *Wochen* Andeutungen, aber ich hätte nicht gedacht, dass du sie verstehst. Ich dachte so: *Ich nerve sie bestimmt total.* Gestern hab ich sogar zu meinem Freund gesagt: ›Ich glaub, Cassandra kann mich nicht leiden.‹ Und er so: ›Sie klingt auch ein bisschen zickig, also scher dich nicht drum.‹ Aber ich meinte, das stimmt gar nicht. Du bist nur total clever und immer superkonzentriert, und ich hatte recht!«

Okay, das ist peinlich. Ich habe nicht den Hauch einer Andeutung bemerkt.

Ihr Freund scheint gar nicht so unrecht zu haben.

»Sophie.« Plötzlich kommt mir ein Gedanke. »Wenn ich, ganz hypothetisch, ohne Vorwarnung gefeuert werde, wie würdest du drauf reagieren?«

Sie denkt gründlich darüber nach, als wäre das für einen Freitagnachmittag eine völlig normale Frage. »Ich würde wahrscheinlich sagen: ›O nein! Die haben dich doch nicht *gefeuert*, oder? Das ist ja *furchtbar!* Wir werden dich alle ganz *schrecklich* vermissen.‹«

Jap: keine Ironie. Sie meint es todernst.

»Es tut mir leid.«

»Was denn?«

»Nichts.« Ich lächle sie an. »Schön, dass du mit an Bord bist.«

# 17

Ich warte immer mit vollem Körpereinsatz.
Warten ist eine allumfassende physische Erfahrung: Ich hänge in der Zeit, als würde ich am Bund meines Slips im Raum hängen. Alles wird verzerrt - lang gezogen, bis es durchsichtig ist wie Frischhaltefolie -, und irgendwann füllt die Zeit meine Organe.

Am Samstagmorgen warte ich auf mein zweites Date mit Will, sobald ich die Augen aufschlage. Ich warte, während ich die Füße aus dem Bett schwinge und mit den Zehen im flauschigen Teppich wackle. Ich warte, während ich in meinen Kükenbademantel schlüpfe und nachsehe, ob noch niemand sonst wach ist. Ich warte, während ich verschlafen in die ruhige Küche schlurfe. Ich warte, während ich mir Kaffee und Bananenporridge mache. Ich warte, während ich mein Geschirr wieder spüle, während ich dusche, mir die Haare wasche und föhne, und versuche, sie zu stylen. Ich warte, während ich sorgsam mein Wochenend-Make-up auflege. Ich warte, während ich mein Outfit zusammenstelle, ein geblümtes Seiden-T-Shirt und eine goldene High-Waist-Hose, denn genau das habe ich auch beim ersten Mal zum Brunch mit Will getragen. Er hat gesagt, ich sähe »phänomenal« aus, und ich hätte gerne, dass er das wieder sagt.

Ich warte, während ich in die Bahn steige, auf meinem Platz sitze und neugierig mein Spiegelbild in der Fensterscheibe betrachte. Und ich warte, während ich langsam auf das Café zugehe.

Ich warte, während ich mich auf denselben roten Stuhl setze.

Ich warte und warte und warte, bis die Zeit anhält und jede Zelle meines Körpers plötzlich leer und bleich ist, als hätte ich früher mal in kräftigen Farben geleuchtet, und das Warten hätte mich wie Sonnenlicht zu Pastelltönen ausbleichen lassen.

Zehn Minuten bevor Will kommt, fällt mir ein, das Menü an der Wand zu inspizieren. Was ich letztes Mal hatte, hat nicht geschmeckt – die Erdbeeren auf meinen Pfannkuchen waren matschig. Ich musste sie alle absammeln und in einer Serviette verstecken, während Will auf der Toilette war. Und wenn ich meine Zeitreisegabe schon zu meinem Vorteil nutze, dann kann ich ja wohl auch ein Frühstück wählen, das mir nicht in die Quere kommt.

Immer noch wartend, schiele ich an die Tafel und wäge meine Optionen ab.

Brunch ist eine recht gefährliche Mahlzeit für mich: eine falsche Entscheidung, und mein ganzer Morgen ist ruiniert. Mit Bananen bin ich normalerweise auf der sicheren Seite, aber ich habe auch schon mal unabsichtlich eine matschige auf den Cafétisch gespuckt. Ein Restrisiko besteht also. Bacon und Würste sind schlichtweg Leichen und deshalb von vorneherein raus. Eier sind schleimige Hühnerkeimzellen, daher nein. Ich mag nichts, was zu knusprig, zu schleimig, zu schaumig, zu saftig oder zu trocken ist. Und ich mag es nicht, wenn das eine Essen das andere berührt, weshalb ich oft überhastet versuche, die Speisen auf dem Teller zu trennen, wenn sie mir serviert werden. Manchmal sind Pfannkuchen mit Sirup für mich okay, solange der Sirup extra kommt. Aber Toast mit Avocado ist eine echte Zumutung. Wenn sie braun ist oder holzig oder matschig, oder wenn sie auch nur länger als zwei Minuten auf dem Toast gelegen hat, kann ich sie nicht anrühren.

Der Gedanke an das Geld, das ich für Essen ausgegeben habe, das ich dann nicht essen konnte, erdrückt mich fast. Es war definitiv mehr als das für meine Miete.

Gerade ziehe ich trockenen Toast mit separat gereichter Marmelade – drei Sorten, um die Glitschigkeit vorher zu vergleichen – in Erwägung, als mich plötzlich ein stechender

Schmerz in der rechten Körperhälfte durchzuckt. Verwirrt drehe ich mich zur Seite. Eine ältere Dame mit grauen Haaren in einem strengen Dutt steht direkt neben mir und sieht ebenfalls zur Speisekarte hoch. Und ich meine wirklich *direkt* neben mir. Zwar berührt sie mich nicht, aber sie ist mir so nah, dass ihr Gravitationsfeld meins mit heißen Nadeln zu attackieren scheint.

Höflich räuspere ich mich, trete einen Schritt zur Seite und konzentriere mich wieder auf die Essenswahl.

Sie folgt mir, um einen besseren Blick auf die Tafel zu erhaschen.

Wieder weiche ich zur Seite, diesmal etwas entschlossener.

Wieder folgt sie mir.

Dafür fängt sie sich einen wütenden Blick von mir ein, und ich mache erneut einen demonstrativen großen Schritt nach links, versuche, ruhig zu bleiben, während die Panik mir schon die Kehle hochsteigt. Ich *spüre* die Körperwärme der Frau. Der winzige Abstand zwischen uns scheint erneut zu bröckeln. Jetzt schmerzt mein gesamter Körper. Warum sind Menschen immer so? Was ist bloß los mit ihnen? Ich kann nicht mal ein Käsesandwich bei Sainsbury's kaufen, ohne dass sich ein fremder Mensch so nah zu mir stellt, dass ich riechen kann, mit welcher Seife er sich wäscht.

Als wäre sie mit einem unsichtbaren Band an mich gekettet, kommt die Frau mir schon wieder näher, und dieses Mal reißt mir der Geduldsfaden.

»Können Sie bitte Abstand halten?«

»Wie bitte?« Sie plustert sich auf wie ein bedrohtes Stachelschwein. »Was haben Sie gerade zu mir gesagt, junge Dame?«

»Ich habe Sie gebeten, Abstand zu halten und mir Platz zu lassen.« Die Luft zwischen uns knistert. »Ich war zuerst hier. Es gibt absolut keinen Grund, sich so dicht neben mich zu stellen. Warten Sie, bis Sie dran sind. Das hier ist wahnsinnig aufdringlich.«

Die Frau saugt durch die Nasenlöcher scharf Luft ein, und plötzlich strömen rote und schwarze Punkte aus ihr heraus wie kleine Fruchtgummis.

»Das ist sehr unhöflich von Ihnen«, faucht sie. »So ein *abscheuliches* Benehmen.«

Sie stampft zu ihrer kleinen Nische zurück, in der ein vornehm aussehender Mann auf sie wartet, bestimmt ihr Ehemann. Sie tragen die gleichen Socken. Er sagt mit leiser Stimme etwas zu ihr, und beide drehen sich um und gaffen mich an, als könnte die kombinierte Kraft ihrer Blicke mich durch das Fenster aus dem Café hinausbefördern. Mit einem Räuspern wende ich mich ab, spüre ihre Blicke aber wie Insekten auf der Haut. Wirklich erstaunlich. Sie verletzt mich, aber wenn ich sie bitte, das zu lassen, werde ich beleidigt? Wo ist das denn fair, frage ich euch.

Wenigstens ist die Wartezeit jetzt beinahe um, weshalb ich eine Entscheidung treffe – Pfannkuchen, ganz einfach, schön risikoarm, ohne Erdbeeren – und mich wieder setze, um zu Ende zu warten.

Noch dreißig Sekunden. Neunundzwanzig. Achtundzwanzig. Siebenundzwanzig …

Adrenalin rauscht mir durch die Adern.

Vierundzwanzig. Dreiundzwanzig. Zweiundzwanzig …

Ich bin ein Mensch, der, wenn eine Paketlieferung zwischen zwei und drei angekündigt ist, ab neun Uhr morgens neben der Tür wartet wie ein unruhiger Pudel, der bei jedem vorbeifahrenden Auto aufheult.

Achtzehn. Siebzehn, sechzehn …

Dann bin ich in einem Stand-by-Modus und kann nichts anderes tun, bis dieser Modus wieder abgeschaltet wird. Ein einziger Anruf kann also mein ganzes Wochenende lahmlegen.

Zwölf, elf, zehn, neun, acht, sieben, sechs, fünf, vier, drei, zwei …

Will ist nicht da.

Er ist nicht pünktlich, er verspätet sich, und in der Sekunde, in der er ganz offiziell nicht pünktlich ist, verzerrt die Zeit sich auf einmal wieder. Doch jetzt hänge ich nicht mehr bloß in der Zeit und in der Luft. Es fühlt sich an, als hätte mir jemand Millionen kleine Haken in die Haut gerammt und würde sie jetzt wortlos wieder herausreißen.

Eins, zwei, drei, vier, fünf, sechs …

Beim ersten Brunch war er nicht zu spät, oder? Nein, er war sogar sechs Minuten zu früh. Das weiß ich noch so genau, weil er erst nach dem sechsten Date immer später gekommen ist. Angefangen hat es hier und da mit einer oder zwei Minuten, irgendwann waren es dann verlässliche dreißig, inklusive einer pünktlichen Entschuldigung und ausführlichen Nachrichten mit detaillierten Infos über seinen Verbleib. Als würde das etwas daran ändern, dass ich bereits am verabredeten Ort sitze und durch die Zeit baumle wie ein Schwein am Fleischerhaken.

Nach fünf Minuten fange ich an, zu hyperventilieren.

Nach zehn breche ich in Tränen aus.

Nach zwanzig Minuten Verspätung fängt mein Hirn an zu pulsieren wie eine Qualle, und es baut sich ein unerträglicher Druck hinter meinen Augen auf, alles dreht sich, und ich denke ernsthaft darüber nach, zu platzen und das gesamte Café mit einer dünnen Schicht Cassandra Dankworth zu überziehen. Die Dame und ihr Mann starren wieder in meine Richtung. Ich folge ihren Blicken und stelle fest, dass ich in meinem Stuhl vor- und zurückwippe und mich mit den Nägeln in meine Unterarme kralle, um mich von der Zeit zu befreien, die an mir reißt.

Weil ich es nicht mehr aushalte, greife ich nach meinem Handy:

Wo bist du? :-)

Zu meiner Verteidigung: Normalerweise sage ich gar nichts.

Denn diese Lektion habe ich auf die harte Tour gelernt, also warte ich lieber und ertrage die Folter stillschweigend, anstatt mir ein Lächeln und ein passiv-aggressives »Oh, auch schon da« abzuringen, wenn mein Gegenüber endlich auftaucht. Aber ehrlich gesagt, wenn diese Beziehung auf lange Sicht funktionieren soll, muss Will mir ein Stück entgegenkommen. Oder sich zumindest immer um die gleiche Zeit verspäten, damit ich das einplanen kann.

Mein Handy piept.

Im Bett ;-)

Eine neue Welle heißer Wut überkommt mich.

Du bist noch nicht mal unterwegs?

Meine Augen fangen an zu jucken.

????

Ruhig bleiben, ruhig bleiben, ruhig …

Weißt du, Will, es ist echt respektlos, meine Zeit so zu verschwenden. Als würdest du denken, deine Zeit wäre mehr wert als meine. Das ist sie nicht. Du musst dir angewöhnen, auch da zu sein, wenn du sagst, dass du da bist, und zwar pünktlich. Nur weil ich viel Zeit habe, heißt das nicht, dass ich sie damit verbringen will, auf dich zu warten.
Danke.
Cassandra

Okay, hier habe ich tatsächlich die Beherrschung verloren. Das sieht man daran, dass meine Nachricht klingt wie von einer alten Frau, die einen Beschwerdebrief an eine Zeitung schreibt.

Mein Handy piept.

Was meinst du?
Wo wartest du auf mich?

Verwirrt gucke ich auf das Display.

Dann falle ich, tief.

Meine Panik wächst, während ich schnell durch unsere Nachrichten zu der Unterhaltung scrolle, in der wir gestern über den Brunch gesprochen haben. Diese Unterhaltung hatten wir wieder und wieder. *Sechs Mal* haben wir ausgemacht, uns hier zu treffen, genau wie beim ersten Durchlauf.

Nur ist diese Unterhaltung verschwunden.

Was bedeutet – oh, verdammt.

Ich habe mir *Will zurückschreiben* auf dem Block notiert, es dann mit meiner Zaubertafel ausgelöscht und vergessen, mich in der neuen Zeitlinie wieder dran zu erinnern. Ich habe ihm nicht geantwortet. Will ist nicht zu spät. Wir haben das Date überhaupt nicht ausgemacht. Ich habe ihn warten lassen und ihn dann schriftlich angeschrien. Das mit der Kontinuität wird zu einem echten Problem.

Will war *Dutzende* Male zu spät. Ganz schön unfair, dass ich das eine Mal, als ich nicht den Mund halte, im falschen Universum bin.

Schnell antworte ich:

Sorry! Das sollte an jemand anderes gehen!
Hahaha.

Bloß für den Fall, dass auch nur ein Schnipsel dieser Zeitlinie nicht ausgelöscht wird …

Dann schließe ich die Augen.

Als ich sie wieder öffne, stehe ich vor der Speisekarte. Die grauhaarige Frau kommt einen Schritt auf mich zu, ich drehe mich auf dem Absatz um und stapfe zu meinem Tisch zurück. Das waren genug Aggressionen für einen Tag.

Schnell tippe ich in mein Handy:

Hey! Tut mir echt leid, dass ich jetzt erst antworte! So viel Stress auf der Arbeit. Brunch klingt toll! Wie wäre es denn stattdessen morgen?
C :-* *

Den Freitag stehe ich auf keinen Fall noch mal durch. Nicht mal, wenn Will Odysseus höchstpersönlich wäre.

Seine Antwort kommt sofort.

Kein Problem! Das passt super!
Sonntag ist eh mein Lieblingstag.
Lass uns was Lustiges machen. :-)
W :-*

Was Lustiges? Mist. Sieht aus, als müsste ich mir statt Brunch etwas Spannenderes und Romantischeres einfallen lassen. Als Entschuldigung dafür, dass ich in der Version des Universums, an die Will sich nicht mal erinnert, so eine Zicke war.

Ich denke mir was richtig Lustiges aus – überlass das mir!
Treffen um 10?
C :-*

*Piep.*

Perfekt!
W :-*

Erleichtert stehe ich auf und blicke auf die Uhr. Jetzt ist es fast Mittag, was bedeutet, unser *zweites* zweites Date startet in etwa zweiundzwanzig Stunden. Das sind – ich überschlage das kurz – knapp 80 000 Sekunden, in denen ich mich durch die Zeit strecken muss wie eine Wäscheleine von einem Gartenzaun zum anderen.

Und ich verdiene jede einzelne davon.

Also gehe ich nach Hause und warte.

# 18

Guten Morgen!« Will kommt auf mich zu und grinst wie ein zuckersüßer Salamander. »Du siehst heute umwerfend gut aus, Cassie.«

Das sollte ich auch: Ich hatte fast das ganze Wochenende, um mich vorzubereiten.

»Danke«, antworte ich, als er mir einen Kuss auf die Wange gibt und seine Bartstoppeln mir über die Haut kratzen. Ich habe noch ein Vintage-Kleid gekauft – hellgelbe Spitze –, sodass ich unbelastet von irgendwelchen Erinnerungen in diesen Tag starten kann (abgesehen von denen, die ich unterbewusst von den Vorbesitzerinnen aufsauge). Ihr hättet vielleicht vermutet, dass ich mich sträube, Secondhandkleidung zu tragen, aber im Gegenteil. Auf seltsame Weise beruhigt es mich. »Du auch.«

»Wunderbar.« Er lacht und dreht sich um die eigene Achse, was auf eine merkwürdige Art sexy ist. »*Umwerfend gut* ist genau das, was ich mit meinem Look heute angestrebt habe. *Ausgesprochen anziehend* stand auch noch zur Auswahl, aber leider ist das Hemd gerade in der Wäsche.«

Ich lache und amüsiere mich jetzt schon. »Aber die *auffallend betörende* Hose hat es geschafft, wie ich sehe.«

»Natürlich.« Er strahlt regelrecht. »Nur das Beste für unser zweites Date.«

Wir grinsen uns an, und ein süßes Türkis rieselt meinen Rücken hinunter.

»Und, wie sieht der Plan aus?« Will schaut sich im Bahnhof King's Cross um und streckt sich mit gespreizten Fingern wie eine Raubkatze in der Sonne. »Ich habe heute Hummeln im Hintern. Bin richtig froh, dass wir uns gestern nicht zum Brunchen getroffen haben, weil ich vom ganzen Filmschneiden diese Woche so müde war, dass ich den ganzen Tag im Bett geblieben bin und Pizza aus einem Pappkarton auf meiner Brust gegessen habe.«

Ich lächle und versuche, den kalten Schauer zu ignorieren, der mich bei der Vorstellung von all den scharfkantigen Krümeln überkommt, die vermutlich überall in die Falten seiner Decke gerutscht sind.

»Den Plan«, ich greife in meine Tasche, »habe ich genau hier.«

Stolz präsentiere ich ein DIN-A4-Blatt, das beidseitig mit Stichworten bedruckt ist, die den Begriff »Spaß« von allen möglichen Seiten beleuchten. Spaß, bei dem man sich körperlich betätigen muss. Alberner Spaß. Spaß beim Essen. Spaß mit Alkohol. Spaß, der den Verstand herausfordert. Wir haben vermutlich nicht für alles Zeit, aber ich habe die Punkte in eine sinnvolle Reihenfolge gebracht, nur für den Fall.

Der Plan lässt sogar noch Raum für spontanen Spaß – ich weiß, wie sehr Will das liebt –, aber ich denke nicht, dass wir dazu kommen. Weil man einfach nicht einschätzen kann, wie viel Zeit Spontanitäten brauchen.

»Wow.« Will nimmt mir den Zettel aus der Hand. »Cassandra, das ist 'ne ganz schöne Nummer.«

Ich mustere seine Miene eindringlich. »Eine … gute?«

»O ja.« Er grinst breit. »Ich hatte noch nie ein Date mit einer Frau, die alles bis ins kleinste Detail durchorganisiert. Das berührt mich richtig. Kein Last-minute-Panik-Kinofilm für uns.«

Ich entspanne mich ein wenig. Das ist doch ein gutes Zeichen für unsere zukünftigen Dates. Vielleicht kann ich beim nächsten Mal sogar mein Laminiergerät zum Einsatz bringen.

»Moment.« Will scannt den Zettel. »Ich erkenne hier ein Muster. Picknick im Botanischen Garten. Radfahren. Stechkahntour. Schatzsuche. Pub-Besuch. Colleges angucken. Fudge essen. Entweder wir fahren nach Cambridge, oder King's Cross hat sich in den letzten Monaten ganz schön verändert.«

Mein Magen flattert wie eine nervöse Taube. »Wir fahren nach Cambridge. Ist das okay?« Ich wage nicht, ihm in die Augen zu gucken, weil ich nicht möchte, dass er darin etwas entdeckt, das ich noch nicht mit ihm teilen will. »Das Wetter heute ist so schön, da dachte ich, es passt, wenn wir die Großstadt ein bisschen hinter uns lassen.«

»Total!« Er reibt sich die Hände. Eine niedliche Geste, die er immer macht, wenn ein großes Abenteuer ansteht. Und es sieht viel weniger nach Bösewicht aus, als es sich anhört. »Das ist super! Ich war schon seit Jahren nicht mehr in Cambridge.«

»Nein?« Mit einem Lächeln studiere ich die Abfahrtstafeln. »Ich auch nicht.«

Alles ist noch genau so, wie ich es in Erinnerung habe.

Was für eine Uni, die 1209 gegründet wurde, vermutlich nicht sonderlich überraschend ist – außerdem haben die es hier auch nicht so mit Veränderungen. Irgendwie ist das beruhigend und verwirrend zugleich. Sobald wir aus dem Bahnhof treten, überkommen mich … jede Menge Gefühle. Ich kann sie nicht ganz greifen – es sind mindestens sechs verschiedene Farben –, aber sie sind schmerzlich intensiv. Verwirrend. Egal wo ich hingucke, überall stapeln sich die Erinnerungen wie Sals Lasagneplatten: einzelne Schichten, aber trotzdem ein riesiger Klumpen.

Die ganze Fahrt lang haben wir uns über Wills Familiendramen unterhalten – und davon gibt es einige –, weshalb mein plötzliches Schweigen nicht unbemerkt bleibt.

»Alles okay?« Er mustert mich unsicher. »Cassie?«

Hier in der Sonne sehe ich, wie mein Vater im Auto auf mich gewartet hat, als ich vom Schulausflug zurückgekommen bin. Wie er das Gesicht gegen die Scheibe gedrückt hat, um mich zum Lachen zu bringen. Ich sehe meine Mutter an den Drehkreuzen. Wie sie in ihren samtenen Taschen nach den Fahrscheinen sucht, die sie immer schon verloren hatte, bevor wir überhaupt in den Zug steigen konnten.

Aber das ist nicht alles. Ich sehe *jeden* Moment, in dem sie hier waren.

Hunderte von Augenblicken. Sie alle überschneiden und vermischen sich – Hologramme, die aus jeder Richtung aufflackern, in die ich mich drehe.

»Ja, klar.« Ich schüttle mich und lächle Will an. »Ich habe nur gerade überlegt, was der erste Punkt auf unserer Liste war.«

Schnell ziehe ich sie aus der Tasche und tue, als müsste ich tatsächlich nachsehen, während ich mich sammle.

*Konzentrier dich, Cassie. Pack alles wieder in die richtige Dose und verstau es ordentlich zurück im Hirnschrank.* Wenigstens weiß ich genau, was als Erstes ansteht: die Stechkahntour. Das sieht man in allen Filmen, so was macht man in Venedig halt. Ich weiß, was für einen Effekt es auf der Leinwand und welchen Einfluss es auf die Paare hat. Wir werden schweigend über den Fluss gleiten, uns in die Augen sehen, Händchen halten, und irgendwann in unserer gemeinsamen Zukunft werden wir sagen: »Weißt du noch, wie wir uns im Stechkahn ineinander verliebt haben?« Und unsere Augen werden ganz glasig werden beim Gedanken daran, wie unglaublich romantisch das war.

Zugegeben, Romantik ist noch so ein von Menschenhand erschaffenes Konstrukt, das ich nicht ganz begreife, aber noch habe ich die Hoffnung nicht aufgegeben, dass ich es eines Tages etwas besser verstehen werde, wenn ich mich an die Regeln halte. Im Großen und Ganzen geht es wohl darum, eine nette Zeit mit den Menschen zu verbringen, die man eigentlich lieber nackt sehen möchte, aber vermutlich entgeht mir da noch der ein oder andere Aspekt.

»Stechkahntour?«, schlage ich vor, während wir gemütlich Richtung Stadt schlendern. »Danach Radfahren und Picknick?«

»Klasse.« Will lächelt unbekümmert, offen für alles, wie immer. »Das hab ich noch nie gemacht. Total aufregend. Und hab ich da Fudge auf der Liste gesehen? Wäre doch toll, wenn wir uns auf dem Weg direkt was auf die Hand holen könnten.«

Ich werfe ihm einen schmachtenden Seitenblick zu, schaue aber schnell wieder weg, bevor er es bemerkt. Ich habe noch nie einen Menschen getroffen, der sich so schnell und problemlos an jede Situation anpassen kann. Will ist wie einer dieser prächtigen Bäume, die selbst durch die Risse im betonierten Gehweg wachsen.

»Klar.« Ich spüre seine Aufregung auch in mir. »Und danach vielleicht …«

Gerade hat er seine Hand in meine geschoben. Sie ist groß und warm und ein bisschen rau, wie Holz, und mir wird schlagartig klar, dass das hier das erste Mal in dieser Zeitlinie ist, dass wir Händchen halten. Es fühlt sich an wie das erste Mal überhaupt.

Mir verschlägt es die Sprache, so überwältigt bin ich.

Nach ein paar Augenblicken meines steifen Schweigens räuspert Will sich und greift nach seiner Sonnenbrille, als Vorwand, um meine Hand loszulassen.

*Scheiße.*

»Und hab ich da Fudge auf der Liste gesehen?« Will grinst mich an. »Wäre doch toll, wenn wir uns auf dem Weg direkt was auf die Hand holen könnten.«

»Klar.« Ich warte, dass er seine Hand in meine schiebt, und konzentriere mich darauf, gleichzeitig weiterzusprechen, wie ein Jongleur mit magischen Multitasking-Fähigkeiten. »Und dann könnten wir vielleicht ein paar der Colleges abklappern?«

»Gerne. Irgendwelche bestimmten?«

»Das Emmanuel«, sage ich viel zu schnell. »Oder … na ja, egal welche. Ich bin da nicht wählerisch.«

Endlich – Hand in Hand spazieren wir durch die Kopfsteinpflasterstraßen im Stadtzentrum auf die alten Colleges zu, die wie verschnörkelte Kuchenstücke um den Fluss platziert sind.

Jetzt blubbern die Farben wieder – ich sehe vor mir, wie meine Eltern mit mir in der Stadt neue Schuhe, neue Bücher oder ein Sandwich kaufen, alles gleichzeitig –, weshalb ich mich mit aller Kraft auf den Druck konzentriere, den Wills Finger auf meine Hand ausüben.

»Hallo!« Ein junger Mann in zu engen Shorts, einer Schwimmweste und mit einer Stoßstange in der Hand kommt viel zu überschwänglich auf uns zu, als wir den Fluss erreichen. »Herzlich will-*Kahn*-men zu einem *schiff*-takulären Er-*see*-bnis! Es gibt nichts Schöneres, *Wasser* heute machen könnt.«

Will und ich schauen uns an, verziehen die Gesichter.

»Ich *See* schon!« Der arme Student kichert in einem Anflug finanzieller Verzweiflung. »Ich will mich nicht aufdrängen, aber wenn ihr mir sagt, wo ihr hinwollt, werd ich *das Schiff schon schaukeln.*«

Okay, vielleicht bin ich nicht die geborene Romantikerin, aber mit einem zwanzigjährigen Studienanfänger auf einem schwimmenden Stück Holz zu sitzen und sich die nächsten vierzig Minuten lang schlechte Boot-Wortspiele anzuhören klingt alles andere als romantisch.

Schlechte Wortspiele scheinen sich durch unsere ganze Beziehung zu ziehen.

»Weißt du was?« Will sieht mich mit hochgezogenen Brauen an. »Wie wäre es, wenn wir einfach einen Kahn mieten und ihn selbst steuern? Mit ein bisschen Übung klappt das bestimmt.«

»Das *Kanu*-r schiefgehen.« Der Student grinst. »*Fähr*-traut mir.«

»Was meinst du?« Will dreht sich zu mir um. »Cassie?«

Ich studiere jeden Millimeter seines Gesichts und versuche verzweifelt, herauszufinden, was er denkt. Etwas flackert in seinen Augen auf. Seine Nasenflügel zucken. Ich kann eine dezente Veränderung um seinen Mund und in den Augenbrauen erkennen. Mit wachsender Panik setze ich die Hinweise zusammen, vergleiche sie mit anderen Gesichtsausdrücken aus der

Vergangenheit und versuche, zu greifen, was er mir sagen will. Ich würde ja sagen: *Wir gehen auf keinen Fall auf das verfluchte Boot.*

»Klingt ganz gut?«, rate ich jedoch zögerlich.

Er grinst, offenbar erleichtert, dass wir derselben Meinung sind, und mich durchzuckt ein triumphales Kribbeln: Treffer, versenkt.

»Nein, im Ernst.« Endlich lässt der Student seine Verkäuferstimme sein. »Das ist wirklich eine schlechte Idee. Stechkahnfahren ist echt schwer. Wenn ihr das noch nie gemacht habt, werdet ihr es bereuen. Das kann ich garantieren.«

Überrascht blinzele ich ihn an. Auf einmal klingt er wie Teiresias, der seine dunklen Prophezeiungen aus der Unterwelt hinaufschreit.

»Wir kriegen das schon hin.« Will drückt überzeugt meine Hand.

Beschwingt von unserer mentalen Verbindung – seht uns an, wir lesen die Gedanken des anderen bloß aus ein paar Gesichtsmuskeln und Augenbrauenhaaren –, wandere ich neben Will auf die Selbstfahr-Stechkähne zu, oder wie auch immer die sich nennen.

»Boot?«, grunzt der Kerl. Ja, das Wort passt schon eher.

»Jep.« Will bezahlt, und wir klettern an Bord. »Irgendwelche Tipps?«

»Ja.« Der Bootsmann lacht. »Nicht ins Wasser fallen.«

»Klar. Danke.« Will schnappt sich versuchsweise die Stange und stellt sich damit in den Vorderteil des Kahns. Es steht ihm. Er sieht aus, als wäre er auf See geboren. »Und, Cassie, fühlst du dich wohl?«

Ich starre steif aufs Wasser. Natürlich fühle ich mich nicht wohl.

Ich sitze auf etwas, das kaum mehr als ein besseres Holzbrett ist, nur Zentimeter entfernt vom grünen Wasser, voller Entenscheiße. Ich trage das wohl unpassendste Outfit für diese Aktivität, musste mich auf meine Tasche setzen und das Kleid um mich wickeln, sodass ich aussehe wie ein spitzenbesetzter Burrito. Als ich mich auf dem Fluss umsehe, entdecke ich überall andere Paare, die nebeneinander in der Sonne hocken und über beide Ohren strahlen. Wir sind die Einzigen, die selbst Hand anlegen. So was passiert, wenn man nicht vernünftig miteinander kommuniziert: Man trifft schlechte Entscheidungen wie diese hier.

»Jep«, lüge ich entschlossen. »Total wohl.«

»Dann Abfahrt!« Er setzt sich überschwänglich seine Sonnenbrille auf und stößt uns dann mit so viel Kraft vom Steg ab, dass das Boot gefährlich schwankt. »Wo soll es zuerst hingehen?«

Verzweifelt sehne ich mich zurück zum festen Boden. »Egal.«

»Dann versuchen wir es mal hier lang.«

Auf einmal wirkt er viel zu kräftig – das kann keine gleichmäßige Gewichtsverteilung sein –, und mit jedem Stich den Fluss entlang wächst die Angst. Es ist so schmutzig. Und zwar nicht im sexy Sinn. Wie soll eine romantische Stimmung entstehen, wenn mich jede Sekunde Entenfäkalien treffen könnten?

»Huch!« Will lacht, als wir in einen anderen Kahn krachen, der aus der entgegengesetzten Richtung kam. »Das ist ja wie Autoscooter! Hallo zusammen!«

Das Paar aus dem anderen Boot lächelt und winkt uns zu. Sie wirken glücklich und im Gleichgewicht.

Ein kleines Quietschen kann ich mir nicht verkneifen, als ich mich am Rand festkralle.

»Ist es nicht toll hier?« Will ist eindeutig in seinem Element. »Guck dir all diese Gebäude an! So beeindruckend. In welchem ist Darwin gewesen, weißt du das? Ich liebe Darwin. Er ist mein liebster alter Kerl mit Bart.«

»*Christ*«, zische ich, als der Kahn wieder ins Schwanken gerät.

»Wie bitte?« Will sticht unermüdlich mit seiner Stange in den Matsch und fährt uns ins Nirgendwo. »Hab dich nicht verstanden.«

»Im Christ's College.« Ich hebe meine jetzt schrille Stimme und versuche, nicht zu der Erinnerung an meinen Vater zu gucken, die mir von der Brücke aus zuwinkt. »Darwin war im Christ's College, genau wie der Dichter John Milton und Robert Oppenheimer, Vater der Atombombe. Können wir vielleicht ein bisschen langsamer fahren?«

Der Kahn ist gerade mit einem lauten Knirschen gegen das andere Ufer gekracht.

Wir kippen nach links, und wieder quietsche ich, dieses Mal lauter. Ich habe ganz offiziell meine Meinung über Stechkahnfahren geändert. Das war eine furchtbare Idee und in etwa so romantisch – und hygienisch –, wie auf derselben Spaghetti zu kauen und am Ende mit der Nasenspitze zusammenzustoßen.

»Klar!« Will versucht vergebens, uns vom Ufer wegzumanövrieren. »Der Typ hatte echt recht. Das hier ist viel schwieriger, als es aussieht.«

»Dann sollten wir vielleicht umkehren.« Jetzt werde ich wirklich panisch. Hektisch schiebe ich mich über den Kahnboden auf ihn zu. Inzwischen habe ich jeden Rest Vernunft verloren: Ich will bloß noch, dass diese Tour endet. »Vielleicht kann ich dir helfen, oder wir können das Boot am Ufer zurückziehen.«

»Cassie, bitte lass d…«

Instinktiv rutsche ich noch ein Stück weiter auf ihn zu. Will verliert das Gleichgewicht und lässt die Stange fallen. Plötzlich neigt sich das Boot zur Flussmitte, die Welt dreht sich um die eigene Achse, und ich muss wirklich keine Hellseherin oder Prophetin sein, um zu wissen, was als Nächstes passiert.

»Scheiße«, höre ich noch, als das Universum kippt und wir beide ins Wasser fallen.

Will lacht lauthals, ich nicht.

»Tja.« Glucksend reibt er sich die Augen und schwimmt zu unserem gekenterten Kahn, um sich an der Seite festzuhalten. »Das war wohl nicht Teil des Plans, oder?«

Die Kehle schnürt sich mir zu, Tränen steigen mir in die Augen.

Ich bin nass und dreckig, ich friere und habe Entenscheiße in den Haaren, mein neues Kleid ist völlig ruiniert, und ich werde den Rest des Tages nass und schmutzig und leicht grün sein, weil ich keine Wechselkleidung dabeihabe, und ich versuche wirklich, cool zu bleiben, es abzutun, darüber zu lachen, das Positive zu sehen, aber all die anderen Stechkahnfahrer*innen lachen uns aus, und es ist nicht lustig, und mein Vater ist verschwunden, und ich hab *Entenscheiße* in den Haaren, und ich bin dreckig, ich bin dreckig, ich bin so verflucht *dreckig.*

»Cassie?« Will streckt die Hand nach mir aus, gerade als ich mit den Füßen strample und vor Panik wieder unter Wasser tauche. »O Mann, kannst du schwimmen? Das hätten wir vorher klären sollen.«

Instinktiv öffne ich den Mund, um ihm zu antworten, und schlucke unfreiwillig einen großen Schwall des dreckigen Wassers, dann fange ich an zu weinen, was bedeutet, der Mund steht weiterhin offen, und noch mehr dreckiges Wasser und Entenscheiße gelangen hinein, und ich tauche wieder unter, pruste und würge, und ich sehe Wills entsetzte Miene, und das ist nicht romantisch, das baut keine Verbindung auf, und ich glaube, ich habe gerade eine tote Ratte gesehen, und ich glaube, ich habe wieder mal alles *versaut.*

Verzweifelt kneife ich die Augen zu.

»Alles okay?« Will mustert mich unsicher. »Cassie?«

»Ja, klar.« Staunend sehe ich an mir hinab – trocken, sauber, nicht in Tränen aufgelöst. Ehrlich, Zeitreisen ist die beste Gabe der Welt. Als hätte das Universum mir ein riesiges, flauschiges

Handtuch gegeben. »Ich hab nur gerade überlegt, was der erste Punkt auf unserer Liste war.«

Ich schaue wieder auf den Plan.

»Kein Stechkahnfahren«, entscheide ich. »Ich hasse Stechkahnfahren. Picknick?«

»Oh.« Will wirkt etwas überrascht. »Klar. Und hab ich da Fudge auf der Liste gesehen? Wäre doch toll, wenn wir uns auf dem Weg direkt was auf die Hand holen könnten.«

Wir besorgen wieder den Fudge, außerdem noch Sandwiches, Dosenlimo und Chips.

Voll neuer Hoffnung laufe ich mit Will zum Flussufer, und gemeinsam beobachten wir die Menschen auf den Stechkähnen, die langsam an uns vorbeischippern, lachen und sich küssen. Ein nagender Schmerz der Ausgrenzung durchzuckt mich. Ich schätze, diese romantische Aktivität kann ich auf die Liste der Dinge setzen, die niemals für mich infrage kommen.

»Das ist echt nett.« Will kommt vom Eiswagen zurück und reicht mir mein Softeis. Dann legt er sich neben mich, um sein eigenes zu genießen. »Ich bin so viel im Ausland unterwegs, da vergesse ich manchmal, dass dieses Land auch voll spannender Abenteuer steckt.«

Genau wie er lecke ich an meinem Eis und lehne mich zurück. »Stimmt.«

Auf einmal sind Wills braune Augen auf mich gerichtet.

Ich erstarre. Versuche, mich so wenig wie möglich zu bewegen und nicht wie ein Käfer in einem Glas zu wirken, der von der Außenwelt beobachtet wird. Ich bin ein normaler Mensch, oder? Sitzen normale Menschen so? Zittere, schwanke, wibbele oder kratze ich mich? Hat Will bemerkt, dass ich seine Körpersprache und Mimik imitiere, oder denkt er, dass ich hier in der Sonne hübsch aussehe? Mag er mich, oder findet er mich irgendwie seltsam? Ist er interessiert oder gelangweilt? Denkt er drüber nach, mich zu küssen, oder fragt er sich, warum ich aussehe, als hätte ich diesen Körper erst vor Kurzem bekommen und wüsste noch nicht, wie man ihn bedient?

(»Cassandra scheint zu denken, sie sei ein Alien.«)

Das alles ist mir ein großes Rätsel.

Ich weiß nur, dass ich immer unsicherer werde, je länger Will mich anstarrt. Und es kostet mich so viel Kraft, nicht aus Versehen mit den Fingern auf meinem Eishörnchen Klavier zu spielen. Ich fühle mich, als würde ich den Drachen von Kolchis bekämpfen und hoffen, dass niemand es mitbekommt.

»Du hast ein bisschen Eis am Kinn.« Mit einem Lachen streckt er den Arm aus und wischt es mit dem Ärmel weg. »Wie eine kleine Ziege.«

Bevor ich reagieren kann, beugt er sich zu mir und küsst mich.

Mit geschlossenen Augen lehne ich mich in den Kuss. Auf einmal spüre ich seine Farben aufblitzen wie ein roter Apfel: rund und süß und mit grünen Tupfen. Ganz plötzlich entspannt sich mein ganzer Körper. Als wären Wills Farben jetzt auch meine.

Ich merke, wie mir das Eis die Hand hinunterläuft.

Dann habe ich eine Zunge im Gesicht.

»Na, hallo.« Will lacht, als wir abrupt auseinanderzucken und ein großer dunkler Hund nach meinem Eis schnappt. »Wo kommst du denn her?«

Ich weiche zurück. Das ganze Softeis ist mir über den Oberkörper gelaufen, und mit wachsendem Entsetzen muss ich zusehen, wie der Hund sich um sich selbst dreht, mir dabei die Limo über den Rock kippt, mein Käsesandwich verschlingt, in die Traubenpackung tritt und die Nase in meiner Tasche versenkt. Und das alles innerhalb von bloß drei Sekunden.

»Basil!« Eine klare Männerstimme ertönt hinter uns. »Basil! Aus, böser Junge! Komm her!«

Während der Hund davontrabt, lacht Will immer noch.

»Kleiner Scheißer.« Er klingt amüsiert und greift nach ein

paar Servietten, um das Chaos aufzuwischen, das ganz offensichtlich nicht aufwischbar ist. »Du kannst mein Sandwich haben. Ich esse einfach noch mehr Fudge. Ehrlich gesagt hatte ich das sowieso vor.«

Wieder fange ich an zu hyperventilieren und starre an mir hinab. Ich bin voller Hundehaare und Eis und Limoflecken, ich klebe und bin dreckig und habe immer noch keine Wechselklamotten dabei, und ich kann nicht glauben, dass das schon wieder passiert, und bevor ich mich selbst aufhalten kann, springe ich auf und drehe mich zum Hundebesitzer um, und mein Hirn hämmert mir wie ein Specht von innen gegen die Stirn: *Tu es nicht, Cassie. Lass es. Du musst nicht auf allen Regeln beharren. Tu es nicht, nicht vor Will. Nicht wenn alles so ...*

»Können Sie das Schild nicht lesen?« Ich zeige darauf. »Da steht: ›Hunde sind an der Leine zu führen‹.«

»Tut mir leid.« Der Besitzer verzieht das Gesicht. »Ich hab ihn nur ganz kur...«

»Es gibt Regeln«, fauche ich. Mein Hirn hämmert weiter. »Und zwar nicht ohne Grund. Warum denken Sie, die würden nur für andere gelten?«

»Cassie ...«, setzt Will neben mir an. »Lass ...«

»WARUM KÖNNEN SICH NICHT EINFACH ALLE AN DIE SCHEISSREGELN HALTEN?«, brülle ich und breche wieder in Tränen aus.

Der Hundebesitzer ergreift verschreckt die Flucht, und als der Nebel sich verzieht, drehe ich mich um und schaue Will an. Die fröhliche Apfelfarbe ist spurlos verschwunden. Er sieht völlig verschreckt aus – und fragt sich vermutlich, was für einer Verrückten er da ein Eis gekauft hat. Ich fühle das Entsetzen ebenfalls. Es ist auch ein Teil von mir.

»O mein Gott«, flüstere ich, als meine Wut abebbt und der Übelkeit Platz macht. »Es tut mir so leid, Will. Ich weiß nicht, was da in mich gefahren ist.«

Ich weiß genau, was da in mich gefahren ist. Das, was immer

in mich fährt, wenn jemand die Regeln bricht, egal wie unnütz sie auch sein mögen. Irgendein Schalter in meinem Hirn wird umgelegt, und ich detoniere wie eine Granate. Was ganz schön scheinheilig ist, weil ich selbst sehr gerne Regeln missachte, wenn sie mir persönlich gegen den Strich gehen.

Die angemessenere Frage wäre also: Was zum Teufel stimmt mit mir nicht?

»Cassandra …«, setzt Will an, aber ich schließe die Augen.

»Alles okay?« Will mustert mich unsicher. »Cassie?«

»Ja, klar.« Völlig ausgelaugt schlucke ich schwer. »Ich hab nur gerade überlegt, was der erste Punkt auf unserer Liste war.«

Ich schaue wieder auf den Plan.

»Warum versuchen wir uns nicht an der Schatzsuche?«

# 19

So habe ich mir das schon eher vorgestellt.

Wir holen uns zum dritten Mal Fudge, stehen zusammen in der Sonne und kauen genüsslich, die Köpfe über unserer kleinen Schatzkarte auf dem Handy zusammengesteckt. Ab und zu schiele ich hoch, um zu prüfen, ob ich Anzeichen von Erinnerungen an unsere ersten beiden Date-Desaster in Wills Gesicht entdecken kann, aber die wurden offenbar aus seinem Gehirn ausradiert.

Das weiß ich, weil er mich immer noch zu mögen scheint.

Was gut ist, denn nach meinem schockierenden Verhalten in den letzten Stunden bin ich nicht sicher, ob ich mich überhaupt selbst noch leiden kann.

Im Theater der griechischen Antike trugen die Schauspieler dicke Masken. Sie repräsentierten verschiedene Identitäten, sodass die Schauspieler in immer andere Rollen und Geschlechter schlüpfen konnten, und zeigten extreme Gesichtsausdrücke, damit auch die Zuschauer*innen in den letzten Reihen erkannten, welche Emotionen sie ausdrücken sollten. Die Masken dienten außerdem als clevere Hilfsmittel, um die Stimmen der Schauspieler zu verstärken.

Die meiste Zeit über fühlt mein Leben sich an, als würde ich ebenfalls eine Maske tragen. Als würde die echte Cassandra sich darunter verstecken, durch zwei große Löcher für die Augen gucken und sich fragen, welche Maske sie für welche Situation aufsetzen muss, in der Hoffnung, immer die richtige zu wählen. Sie steckt fest und kann nicht atmen. Sie tut die ganze Zeit so, als wäre sie jemand anders. Beobachtet nur aus der Ferne. Hat zu große Angst davor, was passieren könnte, wenn die Maske abfällt und die Schauspielerin darunter zum Vorschein kommt.

Ganz schön deprimierend. Ich sollte mich lieber wieder auf mein romantisches Date konzentrieren.

Wenigstens kann ich dieses Mal mit meinen Stärken glänzen. Man kann über mich sagen, was man will – und das tun durchaus viele Leute –, aber ich bin auf jeden Fall gut darin, Fragen zu beantworten, Häkchen zu setzen und willkürliche Preise fürs Richtigliegen zu gewinnen.

»Piraten haben ihre Beute irgendwo in Cambridge versteckt«, liest Will trällernd vor. Ich schaue neben ihm auf den Text, meine rechte Schulter berührt seinen Oberarm. »Es ist eure *Pflicht als Detektive,* die Hinweise zu entschlüsseln und die vergrabenen Schätze zu finden.« Er kichert. »Das waren offensichtlich keine besonders guten Piraten. Von hier aus sind es mit dem Auto bestimmt neunzig Minuten bis zum Meer.«

Ich lächle, schon völlig versunken in der ersten Frage.

Das hier wird eine echte Herausforderung für meine Willenskraft. Ganz schön verlockend, durch die Zeit zu reisen, um immer die richtige Antwort parat zu haben und Will mit meiner Intelligenz zu beeindrucken. Wenn ich ehrlich bin, hätte ich unglaubliche Lust, es genau so zu machen. Aber das wäre Betrug und furchtbar unethisch, und ich vermute, die Gesetze der Romantik verbieten das.

Zum Glück scheine ich das gar nicht zu brauchen. Die erste Antwort kenne ich bereits.

*Er hatte sechs Frauen und hielt sich für fein,*
*damit ging dieser Mann in die Geschichte ein.*
*Doch mag er auch noch so eindrucksvoll sein,*
*hält er in Händen doch bloß ein …*

Will runzelt die Stirn. »Irgendwelche Ideen?«

Ich beiße mir auf die Unterlippe, um auszusehen, als müsste ich ernsthaft darüber nachdenken. Natürlich habe ich eine Idee, das Rätsel ist kinderleicht.

»Ein Bein, ein Tischbein.« Ich drehe mich auf dem Absatz um und marschiere auf das College rechts von uns zu. »Das ist die Statue von Heinrich VIII. Er hat das Trinity College gegründet. Studenten haben das Zepter gestohlen, das er in der Hand hatte, und es durch ein Tischbein aus Holz ersetzt. Und das hält die Statue immer noch fest.«

»Wow.« Will läuft mir hinterher. »Woher weißt du das?«

»Anfängerglück.« Ich zucke beiläufig mit der Schulter.

Gemeinsam gehen wir zur Statue und nehmen uns ein paar Minuten, um die unglaubliche Architektur des Gebäudes zu bestaunen. Es ist wirklich eindrucksvoll – detailreich, ein klein wenig runzelig, wie das Gesicht eines wunderschönen alten Mannes. Wieder schnürt sich mir die Kehle zu, und ein heißer Schwall bahnt sich darin den Weg nach oben. Das *Betreten der Grünfläche verboten*-Schild liebe ich wirklich sehr, und die Tatsache, dass die Menschen hier sich tatsächlich daran halten. An so einem Ort fühle ich mich wohl.

»Okay.« Will sucht die Statue nach einem Datum ab und gibt es in die App ein. »Hier ist unser nächster Hinweis.«

*Dieser uralte Pflanzenfresser verschlingt die Zeit,*
*Minute für Minute,*
*und die Welt zieht an ihm vorbei.*

Es sollte wenigstens so *aussehen*, als müsste ich darüber nachdenken.

»Hm.« Ich kratze mich am Kinn. »Das ist knifflig.«

»Warte!« Will wippt hoch und runter, und seine bernsteinfarbene Aufregung durchströmt meinen ganzen Körper. »Uralter Pflanzenfresser! Könnte das ein Grashüpfer sein? Die gehören zu den ältesten Pflanzenfressern der Welt. Ich hab vor Jahren mal eine Insektendoku gefilmt, deshalb weiß ich das noch.«

Lachend drehe ich mich in die Richtung unseres nächsten Halts. »Stimmt. Die meinen die Corpus Clock auf der Bene't

Street. Eine goldene Uhr, die sich dreht, mit einem Grashüpfer, der die Zeit frisst. Stephen Hawking hat sie 2008 enthüllt.«

»Cassie, warte mal.« Will greift nach meiner Hand, also bleibe ich stehen. »Hast du diese Schatzsuche schon mal gemacht?«

»Nein«, antworte ich wahrheitsgemäß.

»Aber … warum kennst du dann die Antworten alle schon?«

Weil ich jede Ecke und jeden Pflasterstein in dieser Stadt kenne. Weil Cambridge sich in mein Herz gebrannt hat, tief in das Innerste meiner Seele.

»Ich bin hier aufgewachsen.« Hitze steigt mir ins Gesicht. »Tut mir leid, das hätte ich wahrscheinlich erwähnen sollen.«

»Du bist hier aufgewachsen?« Er sieht mich überrascht an. »Warum hast du das nicht gesagt?«

»Ich …« Es ist mir unangenehm. »Ich war schon sehr, sehr lange nicht mehr hier. Ein ganzes Jahrzehnt. Meine Mutter war hier Professorin. Am Emmanuel College.«

»Wow.« Will denkt einen Moment nach. »War. Nicht mehr?«

»Nein«, sage ich knapp. »Sie und mein Dad sind vor zehn Jahren bei einem Autounfall gestorben, und seit der Beerdigung war ich nicht mehr hier.«

Da ist wieder die Schnur um meine Kehle, meine Augen brennen. Warum habe ich ausgerechnet Cambridge ausgesucht? Warum habe ich gedacht, es wäre romantisch, unser Date mit einer großzügigen Prise Trauer zu würzen? Immerhin erklärt das meine hysterischen Ausbrüche. Ich balanciere am Abgrund jeder erdenklichen Emotion.

Ein ganzes Jahrzehnt ist vergangen, doch der Grashüpfer hat keinen Bissen Zeit gefressen.

»Cassie.« Will ergreift auch noch meine andere Hand. »Das tut mir so leid. Als du sie im Pub erwähnt hast … ich hatte ja keine Ahnung.«

Bevor ich es mit einer flapsigen Bemerkung abtun kann, zieht er mich zu sich und schlingt die Arme um mich. Im ersten Moment will ich mich wehren, doch dann merke ich, wie gut es sich anfühlt, und atme einfach aus. Im ersten Durchgang habe ich Will nie etwas davon erzählt. Nicht von Cambridge, nicht von meinen Eltern. Nicht, dass ich weggerannt und nie wiedergekommen bin. Ich habe ihm überhaupt nichts erzählt.

Eine volle Minute lang lasse ich mich von ihm einfach nur halten.

»Willst du drüber reden?« Er lehnt sich zurück und legt mir die Hände auf die Wangen, als wäre ich ein zerbrechliches Straußenei. »Meine Eltern leben beide noch, weshalb ich mir ein Leben ohne sie kaum vorstellen kann. Das muss echt schwer sein.«

Ich schlucke, die Welt schwankt kurz, stabilisiert sich dann aber wieder. Meine Wange ist nass.

Wann hat mich das letzte Mal jemand gefragt, ob ich darüber reden will? Ernsthaft darüber reden? Wann hat eine andere Person bemerkt, dass ich leide? Ein schrecklich intensives Gefühl schwemmt mein Hirn, aber ich kann es nicht richtig benennen. Dankbarkeit? Liebe? Schwierig, die beiden zu unterscheiden. Die Farben sind sich so ähnlich.

»Nein.« Ich wische mir durch das Gesicht. »Ich würde lieber mit der Schatzsuche weitermachen, wenn das okay ist. Aber sei nicht böse, wenn ich alle Antworten kenne. Meine Eltern waren waschechte Nerds und haben so ein Zeug geliebt.«

Will lacht und haucht mir einen Kuss auf die Stirn. »Dann lasse ich dir den Vortritt.«

Noch eine Welle der Liebe überkommt mich, oder zumindest etwas in der Art.

»Also …« Konzentriert starre ich auf den nächsten Hinweis. »Wie schnell soll das hier gehen? Ich weiß die Antwort immer auf Anhieb. Wäre es dir lieber, wenn ich so tue, als bräuchte ich einen Moment, nur zum Spaß?«

Mit einem Grinsen schiebt Will seine Hand in meine. »Entfessle deine Kräfte.«

Ich lese den Hinweis laut vor:

*»Ihr findet sein Haupt nicht,*
*wo ihr vielleicht glaubt.*
*Schickt sie hinab, die Grüße,*
*und stellt euch dafür auf …*

Die Antwort weiß ich sofort: »Seine Füße.«

Wills Herzlichkeit wandert durch meine Finger, meinen Arm hinauf und breitet sich in meiner Brust aus, während ich weiterspreche: »Das ist die Statue von Antony Gormley auf der Downing Site. Das ist eine komplette gusseiserne Statue, nur ist sie im Boden vergraben, und man kann nur die Fußsohlen sehen. Sehr faszinierend, weil man die Socken ausziehen und sich mit nackten Füßen draufstellen kann. Als wäre man durch die Erde mit ihm verbunden.«

»Die Vorstellung liebe ich!« Er legt mir den Arm um die Schulter. »Los, das gucken wir uns an.«

Und ich denke: *Ich glaube, ich liebe dich auch.*

Wir schlendern gemeinsam durch die Straßen, und zum ersten Mal seit Jahren wehre ich mich nicht gegen die Erinnerungen, sondern lasse sie einfach aus meiner Haut strömen, als wäre ich ein Beamer. Schimmernd erfüllen sie die Luft um mich herum und erzählen ihre Geschichte.

Überall sehe und spüre und rieche ich meine Mutter. Ich sehe, wie sie im College-Buchladen auf dem Boden gesessen hat, mit Kopfhörern auf dem Kopf und einem Mohnsamen von dem Bagel zwischen den Zähnen, den sie jeden Morgen gegessen hat. Ich spüre das gleichmäßige Tippen ihres Daumens auf meiner Hand, die sie gehalten hat. Sehe, wie sie in jedem Raum, den wir betreten, die Deckenlichter ausgemacht hat, selbst wenn schon Leute drin waren. Spüre den zarten pinken Seidenstoff ihrer Lieblingsjacke zwischen den Fingern, die weichen Strähnen ihres kastanienbraunen Ponys, die mich an der Wange gekitzelt haben, wann immer sie mich geküsst hat. Ich rieche den Butterscotch-Sirup in ihrem Atem, den sie sich um neun Uhr morgens in den Kaffee geschüttet hat. Dad sehe ich auch. Wie er sich die schwarze Brille auf der Nase gerichtet hat, wenn wir zum Emma College gelaufen sind. Wie er mit dem Portier geplaudert oder sich hinter den efeubewachsenen Mauern versteckt hat, um mich zu überraschen. Wie er mir alle Pflanzennamen beigebracht hat. Ich sehe, wie er den Kopf beim Krawattebinden schräg gelegt und wie einfach Small Talk bei ihm gewirkt hat.

Irgendwie wandele ich durch ein Heute, das gleichzeitig ein Damals ist. Durch die Fenster im College blicke ich in Mums altes Büro, beobachte, wie Tausende kleinere Versionen von mir langsam älter werden. Sich unter ihrem Schreibtisch verstecken. An ihrem Füller schnüffeln. Ehrfürchtig mit den Fingern über die Rücken ihrer nach dem Alphabet sortierten Bücher streichen, während sie vergessen hat, dass ich schon stundenlang auf sie warte. Nur hat mir das nie etwas ausgemacht, selbst wenn es hieß, dass das Mittagessen ausfiel. Weil ich mich selbst auch in etwas verlieren konnte, genau wie sie. Und wenn ich sah, wie ihr Blick glasig wurde, ihr Gesicht sich entspannte und ihre Wangen glühten, freute ich mich für sie, denn ich wusste, sie war an einem wunderschönen und sicheren Ort, an dem niemand sie erreichen konnte. Ich wusste, dass es auch in mir diese ruhigen und friedlichen Orte gab, in denen ich mich zurückziehen konnte.

Und wieder wünsche ich mir, ich hätte nicht die letzten fünf Jahre meiner Zeit mit ihr damit verbracht, mit aller Kraft in die entgegengesetzte Richtung zu laufen. Ich wünschte, ich hätte mich nicht damit lächerlich gemacht, darauf zu bestehen, dass wir ja so unterschiedlich waren. Dass wir nicht im Kern unseres Seins dieselben waren.

Zwanglos plaudernd laufen Will und ich durch die Gärten, die mein Vater mit bepflanzt hat. Ich entdecke zwei kleine Schatten, die wild umherlaufen und kichern. Dad zerreibt einen Lavendelzweig in der Hand und hält ihn uns vors Gesicht.

Sofort habe ich das Lila wieder in der Nase, so warm und kräftig. Ich sehe uns in dem Restaurant, in dem wir jeden Freitagabend waren, die Schichten der Zeit sind immer noch da, immer noch jede für sich und doch miteinander verklebt: ein Witz auf einem Streit auf gelangweiltem Schweigen auf Mum, die das gleiche Gericht fünf Mal zurückgehen lässt, bis es endlich richtig gebracht wird, wir alle – lachend.

Ich vermisse sie mit jeder Faser meines Körpers, doch ich fühle mich nicht traurig oder verloren, wie ich es erwartet hatte.

Ich fühle mich glänzend dunkelgrün, wie die Unterseite eines Blattes.

Ich fühle die Farbe von Zuhause.

Letztendlich bekommen Will und ich das Softeis, ich versaue mir damit nicht mein Kleid, die Limo bleibt in der Dose, alle Hunde sind an der Leine, wie es sich gehört. Von den positiven Erfahrungen ermutigt, kratze ich all meine innere Kraft zusammen und zwinge mich auf den Kahn des Studenten. Will und ich kichern zusammen und küssen uns, während er uns über den Cam navigiert.

Als wir wieder in London ankommen, fühle ich mich aufgedreht und butterblumengelb.

Meine Emotionen zu benennen fällt mir schwer, doch als ich in meinem Körper genauer nachfühle, bin ich ziemlich sicher, dass es Glück ist, das da so hell in mir glüht. Und ja, ich habe offensichtlich betrogen. Hier und da habe ich heute das Zeitreisen genutzt, um die schönsten Momente unseres Dates mehr als einmal zu erleben. Zweimal. Manchmal auch drei- oder viermal. Dieses eine besondere Funkeln in Wills Blick, ein Lächeln, ein Lachen. Die Berührung, als er mein Kinn mit dem Finger angehoben hat. Die Zeit anhalten kann ich nicht – ich habe es versucht, aber das übersteigt meine Fähigkeiten –, aber ich kann sie zurückspulen und ausdehnen, so oft und so viel ich will, und das ist fast das Gleiche.

Deshalb habe ich genau das getan: Ich habe ein bisschen mehr Zeit in diesem Tag verbracht, mit Will.

»Heute war wirklich toll«, sagt er, als wir King's Cross erreichen, beschwingt und mit leichtem Sonnenbrand auf der Nase. »Danke.«

Er küsst mich, und ich erwidere den Kuss voller Gefühl, muss mich zurückhalten, ihn nicht endlos zu wiederholen.

»Eigentlich will ich gar nicht, dass es schon vorbei ist.« Will kratzt sich am Kopf. »Was hältst du davon, wenn wir das Date … noch ein wenig verlängern?«

Ich blinzle ihn an. »Wie meinst du das?«

Weiß er Bescheid? Hat er irgendwie herausbekommen, dass ich es schon den ganzen Tag lang mit kleinen Wiederholungen in die Länge ziehe?

»Willst du noch mit zu mir kommen?« Er lacht. »Das war nicht sehr subtil, entschuldige.«

»Oh!« Erleichtert denke ich darüber nach. »Nein, eher nicht.«

»Mist.« Er zieht eine Grimasse. »Hab ich es jetzt verbockt? War das zu früh? Ich hätte nicht fragen sollen.«

»Nein! So meinte ich das nicht.« Wie soll ich es erklären? »Es ist nur … Ich denke, wir sollten noch keinen Sex haben.«

Laut der ursprünglichen Zeitlinie schlafen wir erst in zwei Wochen miteinander. Auch wenn es beim ersten Mal sehr schön war, und ich jetzt gerne würde, mache ich mir trotzdem Sorgen, was passieren könnte, wenn wir diesen Teil unserer Geschichte durcheinanderbringen. Das könnte alles in totales Chaos stürzen, und es läuft doch gerade so gut.

Außerdem hat das Internet gesagt, man soll mit der Sexy Time bis nach dem dritten Date warten, und das hier war erst unser zweites. Aber ich werde die anonymen Ratschläge auf eigene Gefahr hin ignorieren.

»Nächstes Mal?«, frage ich deshalb hoffnungsvoll.

»Klar.« Wieder küsst er mich. »Nächstes Mal.«

# 20

Ich bin Hermes, trage geflügelte Schuhe.

Als ich in meine Straße in Brixton biege, bin ich nicht sicher, wie ich hergekommen bin: ob ich gelaufen bin, die Bahn genommen habe oder zehn Zentimeter über dem Boden geschwebt bin. Ich weiß nur, dass ich das Richtige getan habe. Dieses zweite Date ist in jeder Hinsicht besser gelaufen als das *andere* zweite Date. Mein brillanter Plan funktioniert einwandfrei.

Will und ich sind uns schon jetzt unendlich viel näher, haben eine viel bessere *Verbindung.*

Mein Handy piept.

Wir haben gar nicht unseren Preis abgeholt!
:-**

Ich lache, fühle mich immer noch ganz berauscht von ihm (und der Dosenlimo).

Dann müssen wir wohl zurückfahren und die ganze Schatzsuche noch mal machen!
:-**

*Piep.*

Beim zweiten Durchgang werde ich SO gut sein.
:-**

Grinsend beginne ich zu tippen:

Übung macht den Me

»Cassandra.«

Ich erstarre – von Hermes zu Echo in nur zwei Sekunden.

»Cassandra.«

Wie versteinert stehe ich da.

»Cassandra.«

In meiner Starre hebe ich den Blick.

»Cass.« Eine junge Frau steht von den Stufen vor meiner Haustür auf, auf denen sie gekauert hat, in sich verschlungen wie eine Rosenknospe. »Wenn du keinen meiner Briefe liest, musst du persönlich mit mir sprechen. Also, hier bin ich.«

Ich bestehe aus massivem Quarz und kann nichts anderes denken als: *dieser Hut.*

Sie trägt einen Hut mit breiter Krempe, grau, und ich kenne diesen Hut. Ich habe ihn schon mal gesehen. Unfähig, mich zu bewegen, durchstöbere ich meine jüngsten Erinnerungen, suche darin nach diesem Hut, als wäre er der Joker in einem Kartenspiel. Und ich finde ihn fast sofort. Dieser Hut – und die Frau, die ihn trägt – war in meiner ursprünglichen Zeitlinie vor dem Café. Ich bin in sie hineingerannt, und sie wollte mit mir sprechen. *Hey. Warte ku…* Aber ihr Gesicht habe ich damals nicht gesehen, ich war zu überfordert. In der zweiten Schleife habe ich auf sie gewartet, ohne zu begreifen, wer sie ist. Später war sie im British Museum, als ich in der ersten Zeitlinie eigentlich hätte arbeiten sollen, und jetzt steht sie vor meiner Tür, als ich eigentlich alleine im Kino hätte sein sollen.

In wie vielen anderen Teilen meiner Geschichte hat sie sich versteckt?

Auf einmal scheint die Zeit sie mir zu offenbaren, wie eine antike Statue unter Treibsand. Oder, noch passender, wie der Kopf der Hermesstatue, der bei Grabungsarbeiten zur Modernisierung der Kanalisation in Athen unter dem Bürgersteig gefunden wurde.

»Cass«, sagt sie schon wieder, weil ich nicht antworte, und kommt mit ausgestreckter Hand langsam auf mich zu, als wäre ich ein temperamentvolles Pferd und sie meine geduldige Trainern. »Hörst du mich, oder hast du schon abgeschaltet?«

Ihr Gesicht wirkt so jung und gleichzeitig so alt: wie übereinandergelegte Schichten aus Transparentpapier.

»Mach nicht dicht. Hör mir zu, okay? Fünf Minuten, mehr brauche ich nicht.«

Ihre Haare waren noch nie so kurz. Das ist die Frisur einer Frau, die weiß, dass ihr Gesicht keinen Weichzeichner braucht, und plötzlich werden die Farben ganz grell: pinke Blumen, rote Haustür, grünes Unkraut, blauer Himmel. Wie ein Teebeutel werde ich in die Farben getaucht, sie vermischen sich und tun mir in den Augen weh, und die Lautstärke dreht auf, versengt mir die Haut, kriecht meine Wirbelsäule hinab, und es ist zu viel, es ist zu viel, es ist zu hell, zu laut, zu groß, und ich kann nicht, ich kann nicht, ich …

*Du bist ein Monster.*

Verzweifelt schließe ich die Augen und umklammere meine Daumen.

»Was machst du?« Ihre Stimme kommt näher. »O mein Gott, Cass, schließt du mich jetzt *buchstäblich* aus? Mir aus dem Weg zu gehen ist das eine, aber tatsächlich die Augen zuzukneifen, wenn ich mit dir rede, ist noch mal eine ganz andere Nummer.«

Ehrlich, ich weiß selbst nicht genau, was ich mache.

Ich weiß nur, dass ich hier wegmuss.

»Komm schon, Sandilein.« Sie benutzt meinen alten Spitznamen, und ein Lachen hebt ihre Stimme wie einen Heißluftballon. »Du bist einunddreißig Jahre alt. Du kannst nicht einfach mit geschlossenen Augen im Vorgarten stehen. Das ist doch lächerlich. Wir müssen reden. Das geht jetzt lange genug so. Ich hab dir so viele Briefe geschickt und versucht, dein Bedürfnis nach Abstand zu respektieren, aber du übertreibst es echt. Ich gehe hier nicht weg, bis wir das geklärt haben. Du kannst nicht ewig vor mir wegrennen.«

Ich kneife die Augen noch fester zusammen.

*Du bist ein Monster du bist ein Monster du bist ein Monster du bist ein …*

Bisher konnte ich nur durch die Zeit reisen, nicht an einen anderen Ort, aber gerade muss ich nicht nur das *Jetzt* verlassen, sondern auch das *Hier*. Es ist ein vertrautes Urbedürfnis: mächtig und nicht zu kontrollieren, wie Hunger oder Durst. Als würde ich mich gegen eine Hand wehren, die mich unter Wasser drückt. Ganz plötzlich sehe ich wieder vor mir, wie ich über den Schulhof haste, um mich im Gebüsch zu verstecken, in jeder Pause aufs Neue.

*Du bist ein …*

Mit aller Macht konzentriere ich mich noch etwas mehr, und die Lichter fangen an zu flackern.

»Cassandra«, sagt sie sanft. »Bitte. Mach die Au…«

»Willst du noch mit zu mir kommen?« Will lacht. »Das war nicht sehr subtil, entschuldige.«

Ich setze die Teile meines Seins wieder zusammen und öffne die Augen.

»Ja, bitte.«

# 21

Also, das ist neu.

»Wirf deine Jacke einfach irgendwohin.« Will braucht beunruhigend viel Kraft, um seine Wohnungstür aufzudrücken. »Fühl dich wie zu Hause.«

Jap, ganz sicher nicht.

Auf allen Oberflächen stehen halb volle Tassen, der Boden ist übersät mit Zetteln und Büchern und ungeöffneten Rechnungen. T-Shirts und Pullover und Boxershorts liegen noch genau da, wo sie fallen gelassen wurden, als hätten Menschen sich spontan in Luft aufgelöst. Teller mit eingetrockneten Bohnen und harten Brotkrusten stapeln sich auf dem Esstisch, halb versteckt unter einem Laptop und einem Mikrofon und Kabeln und einer Uhr und einer ungeöffneten Wasserflasche.

Links von mir erspähe ich eine winzige versiffte Küche, in der kein Quadratzentimeter Stellfläche mehr frei ist, und schaue schnell wieder weg. Ich muss nicht in die Zukunft sehen, um zu wissen, dass ich mich hier nicht wie zu Hause fühlen werde. Zumindest nicht ohne Wischmopp, starkes Bleichmittel und einen großen schwarzen Müllsack.

Vielleicht auch ein wenig Benzin und ein Feuerzeug.

»Es ist ein bisschen unordentlich«, untertreibt Will fröhlich, schnappt sich einen Schlafsack und pfeffert ihn ohne jeglichen Anflug von Scham in eine Ecke. »Sorry. Ich hab nach meinem letzten Auftrag noch nicht ausgepackt, und hier sieht es aus wie auf einer Müllhalde.«

Will war ganz offensichtlich noch nie auf einer Müllhalde, denn die sind *bedeutend* besser organisiert als das hier. Der unsichtbare Schal zieht sich wieder um meinen Hals zusammen, dabei war er doch gerade erst etwas lockerer geworden.

So ein Chaos. So viel Dreck. So viel lautloser *Lärm*.

Meiner Kehle entfährt ein unangenehmes Quaken wie von einer Babyente, und ich übertöne es schnell mit einem Husten, schlinge mir die Arme um den Oberkörper und versuche, mich, wie früher als Kind, aus meiner eigenen Haut zu lösen: Wie ein Ballon, der in einer Pappmaschee-Schicht zerplatzt, schrumpfe ich in mir zusammen, um zu fliehen, ohne tatsächlich wegzurennen. Mein Hirn folgt meinem Beispiel. Leise schlüpft es in den Raum ganz hinten in meinem Kopf, schließt die Tür und starrt aus dem Fenster.

Vier Monate.

Will und ich waren vier Monate zusammen, und bei den beiden Malen, als ich hier war, hätte man vom Boden essen können. Wobei mir da wieder einfällt, dass dieser zitronige Duft in der Luft lag, den man nur in Wohnungen riecht, die nicht regelmäßig mit Desinfektionsspray in Berührung kommen. Und über Nacht bin ich auch noch nie geblieben. Da sind mir immer jede Menge Ausreden eingefallen – ich wohne näher an seiner und meiner Arbeit, ich muss für meine Mitbewohnerin ein Paket annehmen, ich habe einen Eintopf im Schongarer auf dem Herd, den ich regelmäßig umrühren muss, was den ganzen Sinn des Schongarers ad absurdum führt –, aber in Wahrheit kann ich einfach nur in meinem eigenen Bett schlafen.

Irgendwie hatte ich gehofft, wenn ich heute mit zu ihm gehe, würde ich zwei Fliegen mit einer Sexklappe schlagen: Wir würden unsere *Verbindung* vertiefen, und ich hätte eine andere Übernachtungsmöglichkeit als die eigene Wohnung.

Jetzt zweifle ich an meinem dämlichen, mangelhaften Verstand.

»Da bist du ja! Warst du heute ein braves Mädchen?« Wills Stimme hinter mir klingt seltsam hoch und melodisch. »Hast du auch nichts angestellt?«

»Ähm.« Ich bin körperlich nicht dazu in der Lage, den Blick von dem roten Weinfleck auf dem Teppich zu lösen. Warum lässt man ein Weinglas fallen und den Inhalt einfach weiter in den Stoff sickern? Wie kann es sein, dass er den Blick davon abwenden kann? »Nein, ich schätze nicht.«

Plötzlich fühlt meine Hand sich nass an, und ich kreische auf, als sich etwas Großes, Flauschiges an meinen Bauch reibt. Entsetzt schubse ich es weg und wische hastig über die Ansammlung widerlicher kleiner Härchen, die jetzt mein gelbes Kleid bedecken. Schon wieder. Anscheinend bleiben sie viel leichter an mir kleben als an dem Tier, zu dem sie gehören. Das ist doch eindeutig eine Fehlentwicklung.

»Tut mir leid!« Will lacht. »Ich hätte dich warnen sollen. Du magst Hunde doch, oder?«

Ich atme hektisch, fixiere mit meinem Blick, was auch immer für eine Rasse das ist – Miniaturpolarbär? –, und kämpfe gegen das ängstliche Brüllen in meiner Kehle an. *Noch ein* Hund? Ist denn kein Fleck auf dieser Erde mehr hundefrei? Irgendwie schlucke ich meinen Angstschrei hinunter. Mich auf dem Boden zu einem Ball zusammenzurollen und »SCHAFF DAS VIEH WEG VON MIR« zu brüllen, würde meine Verbindung zu Will vermutlich nicht festigen.

»Klar.« Ich ringe mir ein Lächeln ab. »Jeder mag Hunde, stimmt's?«

Um das klarzustellen: Ich *mag* Hunde. Sie sind aufgeschlossen und gütig – beides Eigenschaften, die ich in mir selbst nicht finde, aber sehr schätze. Ich will sie nur einfach nicht in meiner Nähe haben. Mit ihren nassen, miefenden Zungen und dem heißen, fleischigen Atem und den dreckigen Pfoten und diesen ständigen offenkundigen Körperausscheidungen. Ich mag sie so, wie ich auch Kinder mag: hinter einer schalldichten Glasscheibe.

»Sie heißt Blume«, erklärt Will, während der Hund zu ihm flitzt und ihn mit derselben Zuneigung anschaut, die ich von mir selbst kenne. »Kurz für Pusteblume wegen der ganzen weißen Flusen, die aus ihr rauskommen.«

Ich räuspere mich. »Ich wusste gar nicht, dass du einen Hund hast.«

Spinne ich jetzt? Wie konnte das passieren? Wo hat Will den Hund bei unseren sechsundzwanzig Dates versteckt? Ist sie ein geheimer Hund? O Gott: Habe ich das Universum jetzt so durcheinandergebracht, dass ich irgendwie *einen ganzen Hund aus dem Nichts erschaffen habe?*

»Habe ich auch nicht!« Er krault dem Hund den Kopf, und eine neue Ladung weißer Felldaunen entschwebt in die Ecken des Wohnzimmers. »Zumindest nicht richtig. Sie gehörte mir mit meiner Ex Rosie zusammen. Als wir uns letzten Sommer getrennt haben, hat sie das Sorgerecht gekriegt. Jetzt ist sie aber im Urlaub, und ich sollte ein paar Tage auf Blume aufpassen. Und da konnte ich doch nicht Nein sagen, oder?« Wieder ist seine Stimme hoch und sanft. Er beugt sich vor, nimmt Blumes Kopf in die Hände und drückt ihr einen Kuss auf die Nasenspitze. Wie ein Jane-Austen-Held am Ende vom Buch. »Ich konnte sie nicht behalten, weil ich so viel reise, nicht wahr? Das tue ich, ja, das tue ich!«

Jetzt bin ich wirklich erleichtert, dass er mit dieser Stimme nicht mit mir spricht.

»Oh«, sage ich etwas weniger verwirrt. »Verstehe.«

Ich habe den Hund also nicht erschaffen? Und ich wusste nichts von ihm, weil gestern unser erstes Date war und er ihn offensichtlich nicht erwähnt hat – und bei unseren späteren Dates in der ursprünglichen Zeitlinie übrigens auch nicht. Wobei das rückblickend den Zustand seines Pullis erklärt.

Der Hund stürmt wieder auf mich zu, und ich spüre, dass Will mich jetzt eindringlicher beobachtet. Das machen Hundebesitzer*innen immer. Sie führen sich auf, als würde sich an meiner Reaktion auf ein Tier exakt ablesen lassen, wie empathisch ich bin. Genau wie bei diesen kleinen Streifen, die man in den eigenen Urin tunkt, um sich auf Ketone oder Schwangerschaften zu testen. Blume ist ein bezaubernder Hund. Wirklich. Ihre schwarzen Augen und die Nase kleben in ihrem weißen Fell wie drei kleine Fingerabdrücke. Nur will ich sie nicht berühren oder von ihr berührt werden.

Da sind schon wieder das Kribbeln und die Hitze in meinem Nacken – gleich fange ich an zu heulen –, aber ich habe es nicht so weit geschafft und das verdammte Universum durchquert, um jetzt an einem Haustier zu scheitern.

»Hallo.« Mit einem Finger stupse ich ihre Nase an. »Schön, dich kennenzulernen.«

»So höflich und respektvoll.« Will lacht und beugt sich für einen flüchtigen Kuss zu mir. »Ich füttere sie noch schnell, dann gehöre ich ganz dir. Mach es dir gemütlich. Ich bin sofort wieder da.«

Ich warte, bis er weg ist, dann rubble ich mir fest mit dem Ärmel über den Mund. Das, was er vorher geküsst hat, hat ziemlich sicher schon im Hintern eines anderen Hundes gesteckt.

Dann stehe ich stocksteif mitten im Wohnzimmer.

Wie soll ich es mir gemütlich machen, wenn ich nichts berühren kann? Wo soll ich hin? In eine Ecke auf einem Bein wie ein Flamingo? Mein ganzer Körper ist verkrampft, weshalb ich verzweifelt anfange, zu hampeln, um mich etwas zu entspannen. Ich tanze ein bisschen. Versuche, die Haltung einer Frau einzunehmen, die sich auf die bevorstehende Intimität freut, während ich eigentlich an nichts anderes denken kann als an das blaue T-Shirt auf dem Boden.

Schnell hebe ich es auf und lege es auf dem Tisch zusammen. Schon besser.

Will kommt mit einem Strahlen auf dem Gesicht zurück, und plötzlich entdecke ich das winzige Aufflackern einer Farbe, die ich nicht erwartet habe. Dunkelgrau, fast Anthrazit. Was ist das? Es fühlt sich ein bisschen nach Verbitterung an. Von wem kommt das, von ihm oder mir? Ich muss mir immer anhören, ich würde die Gefühle und Emotionen meiner Mitmenschen nicht wahrnehmen – dabei strenge ich mich wirklich an, aber das scheint nie jemand zu bemerken.

»Hi.« Er lächelt und zieht mich für einen weiteren Kuss zu sich.

»Hi«, antworte ich ganz automatisch und schließe die Augen.

Küssen ist komisch: Man testet aus, ob man zusammenpasst, probiert Gene an wie Jeans. Man vermischt die Chemikalien im Speichel, tauscht Bakterien aus, stimuliert Oxytocin und Dopamin, damit man sich verbunden fühlt, und das alles nur, damit man sich letztendlich möglichst gewinnbringend paaren und Nachwuchs zeugen kann. Und das soll sexy und romantisch sein. Gut, manchmal ist es das. Aber gerade, mit etwas Abstand betrachtet und mit meinem Hirn in der Kammer hinten im Kopf, fühlt es sich an wie das Seltsamste, was die Menschen sich jemals ausgedacht haben.

Da ist fremde Spucke in meinem Mund, die ich hinunterschlucke, und warum bitte sollte ich so was *jemals* freiwillig zulassen?

»Ähm.« Ich löse mich von ihm. »Können wir bitte einen Film gucken?«

»Oh!« Will blinzelt. »Ja, klar!«

Instinktiv drehen wir beide uns zum Sofa um – das mit einer gut sichtbaren Schicht Hundehaarflusen überzogen ist –, und endlich sieht Will, was ich sehe.

»Scheiße.« Er zieht eine Grimasse. »Es ist ganz schön siffig hier, oder? Tut mir echt leid. Was musst du von mir denken? Ich hab nicht damit gerechnet, dass du heute mit zu mir kommst, und ich bin erst letzte Woche vom Dreh zurückgekommen, deshalb hab ich mich im Studio verkrochen. Normalerweise sieht es hier nicht so aus, versprochen.«

Das ist ganz offensichtlich eine Lüge, aber sie stimmt mich trotzdem milder.

Ich habe völlig übertrieben. Er ist müde und hat viel zu tun, und *so* schlimm ist die Wohnung gar nicht. Meine Abscheu gegenüber Dreck und Unordnung und Hunden und Verspätungen ist *mein* Problem. Warum sollten andere Menschen sich nach meinen persönlichen verschrobenen Ansprüchen richten? Ich kann Will schlecht dafür verurteilen, dass er das nicht getan hat. Ehrlich gesagt bin ich sowieso zu sehr damit beschäftigt, mich selbst zu verurteilen. Nicht alle verbringen ihre Freizeit damit, Schmuck ordentlich in Reih und Glied nebeneinander aufzureihen oder die Deckenbalken abzuwischen.

»Kein Grund, sich zu entschuldigen«, sage ich und lege den Kopf in den Nacken, um ihn wieder zu küssen.

Als unsere Lippen ein weiteres Mal aufeinandertreffen – als Will mir den Arm um die Taille schlingt und mich an sich zieht und mir die andere Hand an die Wange legt und das elektrische Prickeln direkt in mein Hirn schießt –, entflammt etwas in mir mit einem lauten Knurren wie ein Gasofen, und auf einen Schlag ist all mein Ekel verflogen. Küssen ergibt wieder Sinn.

»Hast du noch einen anderen Fernseher?«, frage ich in einer kurzen Atempause. »Zum Beispiel im Schlafzimmer?«

Das hat er. Einen großen Flatscreen, auf dem er seine Filme schneidet, direkt neben dem Bett.

»Zwei Dumme, ein Gedanke.« Lachend küsst er mich noch mal. »Gerade wollte ich dich fragen, ob du ihn sehen willst. Zwinker, zwinker, komm, guck dir meinen riesigen Fernseher an. Er ist gewaltig und kann leuchten, und so weiter.«

Er nimmt mich an der Hand und führt mich mit einem süßen kleinen Hüpfer in den winzigen Raum hinter seiner Küche, und als ich durch die Tür trete, löst sich in meinen Schultern ein riesiger Knoten. Das Schlafzimmer ist sauber und aufgeräumt, es riecht nach Zitrone und Feige. Das versetzt mich direkt in eine viel bessere Stimmung.

Nichts ist erotischer als frische Bettwäsche.

»So.« Will lässt meine Hand los und nimmt die Fernbedienung vom Nachttisch. »Auf was hast du Lust? Stehst du zufällig auf alte Filme? *Das Fenster zum Hof? Casablanca? Ein Amerikaner in Paris? Psycho?* Quatsch, nicht *Psycho*. Ein total unpassender Vorschlag. Reiß dich zusammen, Will.«

Mir geht das Herz auf. Will verfällt in einen Monolog, weil er nervös ist. Mir passiert das ständig, ihm aber eigentlich nie.

Jetzt fühle ich mich endlich »zu Hause«.

»*Das Fenster zum Hof*«, entscheide ich, weil dieser Film beim letzten Mal aus unerfindlichen Gründen zum besten Sex meines Lebens geführt hat. »Wusstest du, dass Hitchcock die ganze Nachbarschaft in den Paramount-Studios aufgebaut hat? Und dass die Ballerina während der ganzen Dreharbeiten in ihrer Filmwohnung gewohnt hat?«

Will sieht mich seltsam an. »Ja, das wusste ich.«

»Ich finde es toll, dass alles in einem Raum gedreht wurde.« Ich klettere aufs Bett und lehne mich an die Wand. »Wir beobachten sie dabei, wie sie andere beobachten, die Menschen im Fernseher beobachten, was wiederum wir sein könnten, also ist es wie eine Spiegelhalle. Nicht endender Voyeurismus. Selbst die Musik ist diegetisch, was bedeutet …«

»Dass sie zur Geschichte gehört und auch für die Figuren im Film hörbar ist«, beendet Will meinen Satz freudestrahlend. »Stehst du etwa auch auf alte Filme?«

»Früher nicht, aber mein Ex hat mich dafür begeistert.«

»Klingt, als würde ich gut mit ihm klarkommen.« Mit einem enthusiastischen Hüpfen kommt er neben mich auf das Bett und stellt den Film an. »Alte Filme sind für mich auch eine Art Leidenschaft.«

Ich lächle. »So ein Zufall.«

Technisch gesehen ist mein letzter Sex mit Will erst knapp eine Woche her, trotzdem bin ich irgendwie nervös. Es fühlt sich an, als wäre das in einem anderen Leben gewesen. Was es, wie mir gerade klar wird, ja eigentlich auch war. Ich habe unsere gesamte Sexgeschichte ausradiert, und jetzt muss ich sie von Grund auf neu zeichnen. Ich erinnere mich zwar noch an seinen Körper, seinen Geruch und seinen Geschmack, aber die Erinnerungen scheinen weggepackt worden zu sein, weshalb ich mich neu auf die Suche danach machen muss.

*Das Fenster zum Hof* fängt an, aber jede Zelle meines Körpers konzentriert sich auf Will.

Was sagt mir seine Körpersprache? Unklar. Wie dicht sitzt er neben mir? Nicht einmal einen halben Meter entfernt. Wie gleichmäßig atmet er? Normal. Wie weit liegt seine Hand von meiner entfernt? Blick nach unten: etwa fünf Zentimeter. Sendet er mir ... versteckte Sexsignale? Ich richte mich auf, um sie besser zu empfangen. Aber keine Ahnung. Da sind keine erkennbaren Farben – sehr frustrierend –, dabei *muss* es doch einen eindeutigen Weg geben, um zu erkennen, ob jemand Sex will oder nicht. Die Menschheit hätte sich nicht eifrig fortgepflanzt, wenn alle jedes Mal völlig überrumpelt gewesen wären.

Will bewegt sich einen Millimeter, und mein Herz macht einen Satz. Sex, jetzt?

Nein, er saß nur auf der Fernbedienung.

»Wusstest du, dass Hitchcock von Jimmys Zimmer aus Regie geführt hat?« Ich halte diese Spannung nicht länger aus, oder die Möglichkeit, dass es gar keine Spannung gibt, und ich das einfach nur nicht begriffen habe. »Die Schauspieler im Gebäude gegenüber haben Kopfhörer getragen, damit sie ihn hören konnten.«

»Das wusste ich nicht«, lügt Will. Klar wusste er das, von ihm habe ich diese Info. »Interessant.«

Ich mustere seine Miene, kann sie aber nicht deuten.

Das ist doch albern. Klar habe ich das mit dem Film vorgeschlagen, aber wie soll ich jetzt vermitteln, dass ich ihn gar nicht mehr länger gucken möchte? Wie schaffen Leute den Sprung von kein Sex zu Sex? In der einen Minute beobachtet man, wie Grace Kelly sich mit wenig Erfolg Jimmy Stewart an den Hals wirft, und in der nächsten würde man sich am liebsten miteinander verknüpfen wie Nut und Feder. Der natürliche Übergang vom einen zum anderen erschließt sich mir bloß nicht.

Vielleicht sollte ich ihn höflich darum bitten, mit mir zu schlafen, so als würde ich ein Sandwich bestellen. Ich sollte ganz offen damit umgehen: ihn einfach fragen, ob denn heute Abend noch mit Sex zu rechnen ist, meine Vorlieben bekannt geben und um Information bitten, *wann* und *wie* der Prozess eingeleitet wird, damit ich mich mental darauf vorbereiten kann. Wobei ich das im Laufe unserer Beziehung immer mal wieder so gehandhabt habe, und wenn ich mich richtig erinnere, hat er zuletzt mit mir Schluss gemacht.

»Also«, setze ich an. »Denkst du …«

Will schiebt seine Hand in meine und stupst meine Nase seitlich mit seiner an, und ich weiß nicht, ob das ein *Der Sex geht jetzt los*-Stupser oder ein *Toller Film*-Stupser war. Darum halte ich den Atem an und warte ab, was als Nächstes passiert. Fast unmerklich rückt er näher zu mir. Bewegt die Hand. Sieht mir ins Gesicht. Hastig versuche ich, zu wirken, als wäre ich in den Film vertieft, aber gleichzeitig offen für die Möglichkeit, ihn nicht weiterzugucken.

Endlich hebt Will die Hand, dreht meinen Kopf sanft in seine Richtung und schaut mich an, Hitchcocks Lichter zucken ihm übers Gesicht. Blickkontakt bekommt eine ganz neue Bedeutung, wenn die Augäpfel dabei fast aneinanderreiben.

Verlegen und benommen fällt mir wieder ein, dass ich atmen muss.

Durch die Nase, für den Fall, dass ich Mundgeruch habe.

»Du bist wirklich eine beeindruckende Person, Cassie.« Ganz sanft streicht er mir mit dem Finger über die Lippen und das Kinn, als wollte er sie malen. »Ungewöhnlich, aber wunderschön. So nah erkenne ich sogar die kleinen Sprenkel in deinen Augen. Ein Gesicht, das man nicht wieder vergisst.«

»Da wärst du aber überrascht«, gebe ich zu. »Vor ein paar Monaten habe ich zufällig eine alte Mitbewohnerin getroffen, und sie hat mich Cathy genannt.«

Will lacht herzlich und zwickt mir ins Kinn.

»Dann eben eins, das *ich* nicht wieder vergesse. Nicht dass ich es darauf anlegen würde. Ich denke ununterbrochen an dich, seit wir uns kennengelernt haben. Eigentlich wollte ich einen Kaffee zum Mitnehmen.«

»Wann?« Der Themenwechsel kam unerwartet. »Jetzt? Haben die nicht zu?«

»Ich meine, an dem Tag im Café, als wir uns getroffen haben.« Wieder lacht er. »Ich versuche hier, ein Geständnis abzulegen. Eigentlich wollte ich einen Kaffee zum Mitnehmen. Weil ich schon zu spät dran war für ein Kundenmeeting. Aber dann hab ich dich gesehen, vertieft in dieses lustige alte Buch, in dem bauschigen blauen Kleid. Dir war es egal, dass alle gestarrt haben, und ich hab gedacht: ›Verdammt noch mal. Sie ist außergewöhnlich.‹ Und statt wieder zu gehen, habe ich einen Cupcake gekauft, mich zu dir gesetzt und meinen Laptop ausgepackt, als müsste ich wirklich arbeiten. Das war alles nur Show. Ich dachte, das hättest du bemerkt.«

Verblüfft blinzele ich ihn an. Nicht nur, weil mir das beim ersten Mal entgangen ist, sondern, weil ich es auch bei den neun Malen danach nicht mitbekommen habe. Und die Leute haben mich angestarrt? Das ist mir ebenfalls entgangen.

»Hab ich nicht«, gebe ich aufrichtig verwundert zu. »Wow.«

»Ja, wow.« Will lacht. »Ich kann nur sagen, dass ich wirklich froh bin, dass es funktioniert hat, weil du genauso faszinierend bist wie dein Gesicht.«

Auf einmal habe ich Tränen in den Augen. Ich glaube, ich liebe Will.

Also, wirklich, ziemlich sicher. Aber das kann ich ihm noch nicht sagen, nicht bei unserem zweiten Date. Ich bin ja keine Idiotin. Das würde alles ruinieren.

Will küsst wieder meine Nase, dann meine Wange, mein Augenlid, meine Augenbraue und meinen Mund. Und wir wissen beide, weshalb wir uns küssen. Das ist der Auftakt zum Sex, das Vorspiel, alles fühlt sich auf einmal warm und hell und flauschig und schwummrig an, und als Will abrupt aufhört, quäke ich frustriert, als hätte ich eine Packung Milch fallen gelassen.

»Warum hören wir auf?«

»Ich wollte nur gucken, ob das hier für dich okay ist.« Er sieht mich eindringlich an, und ich bin so aufgewühlt und erregt, dass mir die Worte fehlen. »Für mich schon, aber das hier ist erst unser zweites Date. So gut kennen wir uns noch nicht, und wir haben es nicht eilig.«

»Ja, ich möchte jetzt bitte mit dir schlafen«, bringe ich heraus, weil wir uns sehr wohl schon so gut kennen, oder zumindest ich ihn, und auf einmal fühlen sich die achtundzwanzig vorangegangenen Dates an wie die Generalprobe für die echte Liebesgeschichte, für die echte Romantik, die sich genau jetzt abspielt. »Außerdem ist es nicht unser zweites Date. Nicht wirklich.«

Will runzelt die Stirn. »Nicht?«

»Nein.« Ich will ihn wieder küssen und spüre, wie sein Atem meine Kehle hinabwandert. »Ich habe meine Tasche weggenommen.«

Er lehnt sich zurück. »Du hast deine Tasche weggenommen?«

»Ja, damit du dich zu mir setzen kannst. Ich hab dich gesehen und mochte dich sofort, deshalb habe ich dafür gesorgt, dass du dich zu mir setzen kannst, wenn du willst. Wir haben uns beide bewusst für dieses Treffen entschieden, also denke ich, *das* war unser erstes Date.«

»Du hast also deine Tasche weggenommen.« Er denkt einen Augenblick lang darüber nach, dann grinst er breiter, als ich ihn je habe grinsen sehen, und streicht mir mit seinen großen warmen Händen über den Rücken. »Wenn das so ist, hast du recht. Das ist Date Nummer drei.«

»Date Nummer drei«, bestätige ich entschieden. »Das Internet sagt, wir können loslegen.«

»Na, wenn das Internet das sagt.« Lachend packt er mich und wirbelt mich so schnell im Bett herum, dass mein Hirn sich wie ein Papierfächer zusammenfaltet. »Dann legen wir mal los.«

# 22

Und wir haben losgelegt.

Aber lasst mich ehrlich sein: So richtig in Fahrt gekommen sind wir nicht.

»Okay.«

»Okay«, wiederhole ich. »Das war …«

»Toll!« Will nickt. »Es war toll. Wirklich richtig toll.«

Ich bin mir ziemlich sicher, dass das Wort »toll«, wenn man es dreimal hintereinander sagt, die Bedeutung verliert. Zeus hatte mal durch ein Dachfenster als goldener Regen Sex mit Danae, und ich wette, das war trotzdem eindrucksvoller als das, was eben zwischen Will und mir passiert ist.

»Hmmm.« Auch ich nicke. »Wirklich toll.«

Es war nicht toll. Es war nicht mal gut. Es war, als würden wir auf demselben Feld, zur selben Zeit zwei völlig unterschiedliche Sportarten ausüben. Gestoßene Köpfe, verknotete Arme, gequetschte Nasen. In einer Situation habe ich mir den Ellbogen an der Wand gestoßen und vor Schmerz laut aufgeschrien. Will ist in seinem Pulli stecken geblieben, und als ich verführerisch daran ziehen wollte, habe ich ihm beinahe den Kopf abgerissen. Bei der Sache selbst wussten wir beide nicht, wo wir hingucken sollten, und haben einfach auf das Kopfende vom Bett gestarrt. Irgendwann ist Will gekommen – so erleichtert, als hätte er gerade den Wäscheberg der letzten Woche abgearbeitet und müsste sich darum jetzt eine Weile keine Gedanken mehr machen, während ich vom Höhepunkt ungefähr so weit entfernt war, dass ich auch neben seiner Waschmaschine stehen und die Weißwäsche aussortieren hätte können.

Und die ganze Zeit haben wir Pusteblume gehört: Sie hat gejault und mit den Pfoten an der Schlafzimmertür gescharrt, als wollte sie ihren Geliebten vor dem Horror retten, der sich hier drinnen abgespielt hat.

Ehrlich gesagt kann ich ihr das nicht mal verübeln: Irgendwie habe ich mir gewünscht, sie hätte es getan.

»Wir können das besser«, breche ich das Schweigen. »Ich *weiß,* dass wir das können.«

Weil wir es schon getan haben.

»Es war gut!« Will dreht sich zu mir und tätschelt mich müde mit einer schlaffen Hand, als wäre ich ein Lichtschalter, den er mitten in der Nacht nicht auf Anhieb findet. »Das erste Mal ist doch immer ein bisschen seltsam, oder?«

Nur dass unser echtes erstes Mal überhaupt nicht seltsam war. Es war nicht perfekt, aber wenigstens haben wir dasselbe Spiel gespielt. Ob es da draußen wohl andere Versionen von Will und Cassandra gibt, die weltbewegenden Sex haben, genau jetzt? Für das, was gerade passiert ist, gibt es keine Ausrede, und ich kann ganz offensichtlich jetzt nicht einfach gehen. In all meinen Arbeitszeugnissen steht vielleicht *sehr seltsam, macht die Dinge unangenehm,* aber ich lasse nicht zu, dass das auch in meinem Sexzeugnis auftaucht.

»Lass es uns noch mal versuchen.« Ich schließe die Augen. *Rückgängig.*

»Ist es so gut?«

»Mhm.«

»Und so? Ist es gut, wenn ich das mache?«

»Mhm.«

»Und wenn ich das hier …«

»Alles ist gut«, fällt Will mir ins Wort und berührt mich in meinem verschwitzten Gesicht. »Können wir … die Manöverkritik vielleicht auf nachher verschieben?«

Ich spüre, wie ich erröte, und erstarre, weil ich mich fühle wie bei den meisten unserer Betriebsausflüge: als hätte ich viel zu viele Kommentare in die Feedbackbox geworfen.

»Klar, tut mir leid.«

»Sag das nicht, mir tut es leid. Ich hätte nichts sagen sollen.«

»Schon gut. Tut mir leid. Tut mir leid, dass es mir leidtut.«

»Tut mir leid.«

Wir versuchen tapfer, weiterzumachen, aber schnell ist klar, dass wir beide ausgestempelt haben, als wäre es fünf Uhr, und wir hätten gleichzeitig die Computer runtergefahren und unsere Jacken geholt.

»Kurze Pause?«, fragt Will hoffnungsvoll, als ich mich von ihm herunterrolle.

Du meine Gü…

*Rückgängig.*

Beim dritten Mal haben wir gerade losgelegt, als ein lautes Krachen ertönt und Pusteblume durch den Raum galoppiert, auf uns draufspringt und mich anbellt.

*Rückgängig.*

Viertes Mal: Will fragt mich mittendrin vorsichtig, ob ich eingeschlafen bin.

*Rückgängig.*

Ich versuche, es mit viel zu viel Elan wiedergutzumachen, und Will fragt, ob alles okay ist, aber in einem Tonfall, der klarmacht, dass es das nicht ist.

*Rückgängig.*

Beim sechsten Versuch scheint alles besser zu laufen.

Ich löchere ihn nicht mit Fragen. Wills Nase spießt nicht meinen Augapfel auf. Niemand entschuldigt sich. Der Hund mischt sich nicht ein. Ich bin zwar inzwischen erschöpft, weil ich wirklich nicht sportlich genug für diesen Sexmarathon bin, aber mich überkommt ein letzter Energieschub wie bei einem Läufer kurz vor der Ziellinie, der sich auf die Snacks und eine Dusche freut.

»Okay«, sagt Will atemlos und starrt an die Decke.

»Okay.« Ich wische mir über die Stirn. »Das war toll. Vielen Dank.«

Schweigen.

Dann: »Gern geschehen.«

Gute Manieren sind mir wichtig, aber offenbar habe ich mich gerade aus Versehen bei Will für den Sex bedankt, als würde ich am Bahnhof Elephant and Castle aus dem Bus aussteigen.

Peinlich berührt halte ich die Hand hoch und warte darauf, dass er einschlägt. Das hat er beim echten ersten Mal gemacht, und das hatte so etwas Süßes und Verbindendes an sich. Es hat mich glücklich gemacht. Als hätten wir zusammen einen Preis gewonnen. Als würden wir auf unserem gemeinsamen Weg noch viele Preise gewinnen. Als wäre es nicht schlimm, wenn wir doch mal verlieren.

Will blinzelt meine Hand ein paar Sekunden lang an, und aus irgendeinem Grund funktioniert es nicht, wenn ich sie hochhalte. Es ist nicht mehr verspielt und charmant – ich wirke wie ein Kind, das gerade zum ersten Mal einen Purzelbaum geschafft hat.

»SCHEISSE!«, schreie ich der Decke entgegen.

*Rückgängig.*

Kurz vor dem siebten Anlauf bete ich stillschweigend zu Aphrodite und allen Eroten: Eros, Pothos, Anteros, Pan, wirklich zu jedem Gott oder göttlichen Wesen, das irgendeine Verbindung zu Sex oder Lust hat. In meiner Verzweiflung wende ich mich sogar an die Römer, weil die immer ein bisschen offensiver mit ihrer Sexualität umgehen: Voluptas, Amor, Suada, Venus. Ganz kurz rufe ich auch nach Qadesch, der altägyptischen Göttin der Ekstase.

Und endlich funktioniert es: Wir haben beide einen Orgasmus, wenn auch nicht mal annähernd gleichzeitig.

Aber ich nehme, was ich kriegen kann.

»Okay«, sagt Will, als wir uns voneinander lösen, schlingt mir die Arme um die Taille und zieht mich sofort wieder an sich. Mit einem saugenden Geräusch kleben wir aneinander, und ich hasse es, aber anscheinend muss man mindestens zwanzig Sekunden warten, bevor man sich von jemandem entfernen kann, der eben noch in einem war, ansonsten könnte es unhöflich wirken. »Das war …«

Mit angehaltenem Atem warte ich auf sein Feedback.

»Großartig«, sagt er endlich und wischt sich mit dem Unterarm über die feuchte Stirn. »Kein peinliches erstes Mal für uns! Wir haben es gerockt!«

Will hält die Hand für einen High Five hoch, und ich starre sie einen Moment lang irritiert an. Jetzt ist es wieder süß. Mal im Ernst, wieso ist es bei ihm liebenswert und bei mir unheimlich und albern?

»Juhu«, gähne ich und schlage ein.

Schwarze Wellen beginnen meinen Kopf zu wiegen, und irgendwo in der Ferne kann Grace Kelly ihren Mann endlich zum gefühlt millionsten Mal von sich überzeugen, und der Abspann fängt an. Aber ich frage mich, warum sie es überhaupt so schwer hatte: Sie ist Grace Kelly.

Als der Schlaf an meinen Poren zerrt, fangen alle Stellen, an denen Will mich berührt, plötzlich an zu kribbeln, zu brennen, es wird unerträglich, ich fühle mich gefangen, klaustrophobisch, und damit ist es vorbei, die Zeit ist um, der Sex ist erledigt, bitte keine weiteren Berührungen.

So höflich wie möglich schäle ich mich aus seiner Umarmung und rücke auf dem Bett von ihm ab, Körperteil für Körperteil, wie eine Krabbe.

»Hey.« Will rutscht mir nach. »Noch eine Runde?«

»Auf gar keinen Fall«, sage ich noch, bevor ich wegnicke.

Ein Rechteck in der Luft, ein Lichtstreifen, Zitronen. Ein dunkler Schatten an der Tür, blaues Flackern, etwas Schweres auf meinen Beinen, ein raues, verwirrendes Material, und ich kann nicht atmen, ich kann nicht atmen, ich kann nicht …

Panisch setze ich mich auf. Wo bin ich?

Orientierungslos versuche ich, mich zu konzentrieren und die Informationen zu verarbeiten, während der Puls mir in den Finger hämmert. Das Rechteck ist ein Fenster, der Lichtstreifen ein Flur. Der Geruch kommt vom Waschmittel, und der Schatten ist ein Bademantel. Das blaue Flackern kommt vom Fernseher. Das Gewicht auf meinen Beinen ist ein weißer, schlafender Hund, und ich … bin in einem Schlafzimmer. Nicht in meinem eigenen. In … Wills Wohnung?

»Will?« Meine Stimme eiert. »Bist du das?«

»Mmmhmm.« Eine Hand tätschelt mich im Gesicht. »Schsch, schlaweiter.«

Mit rasendem Herzen lege ich mich steif zurück.

Dieser Raum riecht falsch, das Licht ist falsch, die Tür ist falsch, das Fenster ist falsch. Alles ist falsch. Anders. Mein Schmuck ist nicht hier, meine Bücher sind nicht hier, meine Lampe ist nicht hier, meine Pflanzen und die kleine Eule sind nicht hier. Das Bad ist am falschen Fleck, und wenn ich aufstehe, wird sich der Teppich unter den Zehen anders anfühlen, und das Waschbecken wird woanders sein, und die Matratze fühlt sich nicht an wie meine Matratze, und die Decke hat das falsche Gewicht, und das Kissen macht seltsame Geräusche, und die Vorhänge haben die falsche Farbe, und mir gefällt das nicht, mir gefällt das nicht, mir …

Abrupt setze ich mich wieder auf. »Ich will nach Hause.«

Will regt sich. »Hmm?«

Meine Stimme klingt scharf. »Ich will nach Hause.«

»Du willst nach …« Jetzt wird Will richtig wach und stützt sich unbeholfen auf den Ellbogen, blinzelt mich im blauen Flackern an. »Du willst nach Hause? Cassie, alles in Ordnung? Redest du im Schlaf? Was ist los?«

»Ich will nach Hause«, sage ich mit mehr Nachdruck.

»Cassie.« Er macht das Licht an. »Mist, was ist los? Sprich mit mir.«

»Ich will nach *Hause.*« Panik steigt in mir auf, erstickt mich, meine Augäpfel zittern, ich umklammere meine Daumen. Dieser Raum ist ganz falsch, er ist falsch, er ist falsch. Unter der Decke schlinge ich mir die Arme um die Knie und wippe vor und zurück, suche nach Mustern, nach irgendetwas Vertrautem, in dem ich mich verstecken kann. Aber da ist nichts, da sind nur Hundehaare auf der Decke, Hundehaare auf mir, das Licht ist falsch, an der falschen Stelle und ... »Ich will nach Hause, ich will nach Hause, ich will nach Hause, ich will nach Hause, ich will nach Hause, ich will nach Hause, ich ...«

Ich winde mich, gefangen wie eine Hummel, die immer wieder gegen die Fensterscheibe fliegt.

»Woah.« Will streicht mir sanft die Haare aus dem Gesicht und über die Augen. »Schsch. Nicht weinen, Cassie. Natürlich kannst du nach Hause. Aber sagst du mir bitte, warum? Hab ich was falsch gemacht? Kann ich es wiedergutmachen?«

Er rutscht zu mir und schlingt mir die Arme um den Körper, doch ich zucke weg.

»ICH WILL NACH HAUSE«, schreie ich verzweifelt.

Will weicht von mir ab, und während ich gegen meine Knie schluchze, strömen die Farben nur so aus mir heraus: Scham, Verwirrung, Angst, Schuld, Leid, Schmerz, Demütigung, all die unzähligen Gründe, warum *ich nicht bei anderen Menschen übernachte.*

Als die Flut langsam verebbt, wird auch mein Schluchzen leiser, mein Körper ruhiger.

Meine eigenen Farben verblassen, und auf einmal sehe ich Wills.

Er guckt mich an, als wäre er mit Lamia, der wunderschönen libyschen Königin, ins Bett gegangen und neben Lamia, dem entstellten kinderfressenden Monster, wieder aufgewacht. Es spielt auch keine Rolle, dass es nicht ihre Schuld war. Lamia war bis zur Unkenntlichkeit verwandelt, und so haben die Leute sie dann auch gesehen. Das läuft immer so ab. Immer. Nach und nach kommt etwas aus meinem Inneren an die Oberfläche und verschreckt die Menschen.

Ich muss das rückgängig machen.

Damit Will mich nicht anguckt, als wäre ich eine andere.

Als ich die Augen aufschlage, schläft Will tief und fest.

Ich beobachte ihn ein paar Minuten lang, jede Wölbung seines entspannten, leicht sabbernden Gesichts. Er sieht so friedlich aus. So glücklich. So völlig nichtsahnend, dass er in einer anderen Zeitlinie, in einem anderen Universum gleich von einer Frau geweckt wird, mit der er eben zum ersten Mal Sex hatte, die jetzt aber brüllt und schreit, dass sie nach Hause will wie ein kleines Kind, das zum ersten Mal auswärts schläft.

(»Cassandra kann beunruhigend unreif sein.«)

In einem Anflug überwältigender Trauer lehne ich mich zu ihm und streiche ihm über die Wange.

»Mmmhmm.« Er tätschelt mir das Gesicht. »Schsch, schla weiter.«

Denn erst jetzt kommt mir der Gedanke, dass das, was ich hier tue, nicht richtig sein könnte. Nicht gut. Unethisch. Manipuliere ich Will? Nutze ich das Zeitreisen, um ihn zu kontrollieren?

Jetzt verändert meine Trauer sich, doch ich kann nicht sagen, in was.

(»Cassandra kann fürchterlich egoistisch sein.«)

Bin ich ein böser Mensch?

(»Cassandra neigt zu Selbstbefangenheit.«)

Bin ich deshalb alleine?

(»Cassandra ist ein Mensch, für den man sich nur schwer erwärmen kann.«)

Denn eigentlich möchte ich nur mit Will zusammen sein. Ich möchte ihn lieben. Möchte, dass er mich liebt – und ich glaube, das *könnte* er –, aber er hat sich dagegen entschieden. In einer anderen Version dieses Universums hat er sich bewusst dafür entschieden, nicht mit mir zusammen zu sein.

Zweimal.

Und trotzdem versuche ich, ihn an mich zu binden.

»Will?« Auf einmal schnürt sich mir die Kehle zu. »Es tut mir so leid.«

Er regt sich. »Hmmmm?«

»Ach, nichts.«

Steif wie ein Brett lege ich mich wieder zu ihm auf die Matratze, die Arme neben dem Körper, denn genau so schlafe ich tatsächlich, wenn ich mich nicht entspannt und normal gebe: wie ein Vampir, nur ohne Kissen. Und als ich da liege, ohne irgendwas oder irgendwen zu berühren – ein Puzzlestück mit abgewetzten Kanten, das sich mit keinem anderen Teil verbinden lässt –, wird mir plötzlich klar: Ich reise nicht durch die Zeit, um meine getroffenen Entscheidungen oder Fehler rückgängig zu machen.

Ich versuche, mich selbst rückgängig zu machen.

# 23

Außerdem nutze ich meine Gabe irgendwie nicht richtig. Hellwach und angespannt liege ich bis sieben Uhr morgens im Bett, dann koche ich Will einen Kaffee, küsse ihn sanft auf die Wange, stelle ihm die Tasse auf den Nachttisch und begebe mich auf den Weg nach Hause, um mich dort für die Arbeit fertig zu machen. Selbst übermüdet, wie ich bin, werde ich das Gefühl nicht los, dass es irgendwo da draußen einen brillanten Wissenschaftler gibt, der mit meinen Fähigkeiten die Welt retten würde, oder wenigstens ein Wechseloutfit dabeihätte.

»Na, sieh mal einer an.«

Erschöpft schließe ich die Wohnungstür hinter mir, hänge meine Tasche an den kleinen, dafür vorgesehenen Haken und frage mich, wer außer Cartoon-Bösewichten mit aneinandergepressten Fingerspitzen »Na, sieh mal einer an« sagt. Die Bahnen waren überfüllt, ständig haben Leute mich berührt, weshalb ich immer wieder dreißig Sekunden in die Vergangenheit reisen musste, um ihnen zu entkommen, ohne eine Szene zu machen, was meine Reisezeit natürlich verdoppelt hat. Jetzt da ich auch durch den Raum reisen kann, sollte ich vermutlich lernen, mich ohne U-Bahn durch London zu bewegen. Theoretisch könnte ich einfach zu dem Zeitpunkt reisen, an dem ich das letzte Mal an einem bestimmten Ort war, aber ich weiß nicht, wie das funktionieren soll, ohne dass ich alles auslösche, was in der Zwischenzeit passiert ist.

»Guten Mor…« Ich drehe mich um und schlage mir die Hand vor den Mund. »Was soll das denn?«

Derek lehnt im Türrahmen zur Küche und isst Müsli aus einer Schale. Das Einzige, was ihn von einer nackten Apollostatue unterscheidet, sind ein kleiner blauer Slip und das Fehlen eines Lorbeerkranzes oder einer Leier.

»Na, jetzt tu mal nicht so erschrocken. Du siehst aus, als hättest du heute Nacht wesentlich mehr nackte Haut gesehen.« Er grinst anzüglich und schaufelt sich weiter Müsli in den Mund. »Wo warst du, du versaute kleine Rumtreiberin? Glotz nicht so auf meinen Penis. Das ist ganz schön unhöflich.«

Hitze steigt mir in die Wangen, und ich reiße den Blick hoch an die Decke.

»Muss ja eine tolle Nacht gewesen sein«, redet Derek weiter, seine Blicke fühlen sich auf der Haut an wie Fingerspitzen. *Knirsch, knirsch.* »Ich wusste nicht, dass das in dir steckt, Cassandra. Aber wenn ich mir deine Frisur so angucke, hat es wohl mehr als einmal dringesteckt.«

Schockiert öffne ich den Mund, schließe ihn aber wieder.

»Hey.« Er gluckst, als ich hastig den Knopf meiner Jeansjacke zumache. *Knirsch.* »Ich mach doch nur Spaß, Dankworth. Alles nur ein Scherz. Kein Grund, so verschreckt zu gucken. Ich bin ja kein *Raubtier* oder so. Ich albere nur rum.«

Ich stoße die angehaltene Luft aus und versuche wirklich, ihm in die Augen zu gucken.

Doch als meine Pupillen kurz auf Dereks treffen – mit einem fast hörbaren Knack –, schießt mir ein scharfer Schmerz durch die Augäpfel bis in den Hinterkopf und springt mir dann wie eine Flipperkugel den ganzen Körper hinunter, prallt dabei gegen jedes meiner Organe.

Nope. Ich kann nicht. Lieber würde ich mir eine Kugel durch den Kopf jagen.

Ich wende den Blick wieder ab.

»Ähm.« Ein kleiner Schritt nach vorne. »Ich muss mich für die Arbeit umziehen.«

Derek lacht, blockiert aber weiterhin den Durchgang, weshalb ich mir den nächsten Schritt gut überlegen muss. Mein Zimmer liegt hinter ihm, ich muss ihn also irgendwie umgehen wie Ödipus die Sphinx. Mit angehaltenem Atem schiebe ich mich in einem komplizierten Wendemanöver an ihm vorbei, als wollte ich in einer Sackgasse drehen.

»Mache ich dich nervös, Cassie?« Derek folgt mir in die Küche.

*Ja.* »Nein.«

»Das ist nicht meine Absicht.« Er setzt sich an den Küchentisch – die Adern an seinen Oberschenkeln treten hervor –, schnappt sich eine Kaffeetasse und setzt ein Lächeln auf. »Ich will nur, dass du dich wohlfühlst. Immerhin ist mein *casa* auch dein *casa.*«

Wenn das wahr wäre, stünde mir nicht nur ein Fach im Kühlschrank zu, und er wäre angezogen.

Höflich schiebe ich mich weiter von ihm weg. »Mhm.«

»Also, wer ist der Kerl, den du triffst?« Er zieht noch einen Stuhl unter dem Tisch hervor und deutet auffordernd darauf. »Kenne ich ihn?«

Verzweifelt gucke ich zum Stuhl und dann zum Fluchtweg in mein Zimmer.

Ich will doch nur einen Kaffee, eine Dusche und frische Klamotten – und vielleicht für zehn Minuten ein paar beruhigende Farben anstarren, um mich zu entspannen. Aber wenn ich jetzt unfreundlich zu Derek bin, geht alles wieder den Bach hinunter. Wenn ich allerdings *zu* freundlich zu Derek bin, passiert unfairerweise das Gleiche. Ich muss also einen Mittelweg finden. Ein Maß an Freundlichkeit irgendwo dazwischen. Ich will nicht schon wieder ausziehen, ich bin das Kartonpacken so leid.

Vielleicht kann ich diese Unterhaltung irgendwie zu meinem Vorteil nutzen?

»Nein.« Vorsichtig schiebe ich mich auf den Stuhl. »Du kennst ihn nicht.«

»Wie heißt er denn? Beruf? Alter?« Derek lehnt sich zurück, und leider entgeht mir nicht, dass sein Oberkörper glänzt. Womit hat er sich eingerieben? Margarine? »Und wie lange läuft diese heiße, frische Romanze schon? Es ist doch nicht ... wie hieß er noch mal?«

»Ted«, vermute ich. »Nein, das ist seit sechs Wochen vorbei.«

»Vorbei« ist eigentlich nicht das richtige Wort dafür, weil es technisch gesehen nie wirklich angefangen hat, aber ich habe keine Ahnung, wie ich die zwei Dates mit dem Buchhalter sonst beschreiben soll, der mich gefragt hat, ob ich seine Waden sexy finde, und dann im Restaurant die Hose hochgezogen und das Bein auf den Tisch gestellt hat.

Sicherheitshalber werfe ich einen Blick auf die Uhr. Noch schaffe ich es pünktlich zur Arbeit.

»Dann ist es ...?«

»Will Baker, Tierfilmer. Vierunddreißig. Zwei, nein, drei Dates.«

Ich spüre Dereks Blick auf mir. Ich muss ihn erwidern, bevor meine körperliche Unfähigkeit dazu noch gegen mich verwendet wird. Mit angehaltenem Atem zähle ich im Kopf bis fünf, dann hebe ich die Augäpfel und versuche, sie oben zu halten, wie Atlas, der das Himmelsgewölbe über dem Kopf hält.

Halten, halten, halten ...

»Tja«, meint Derek, als ich ausatme und den Blick auf den Boden fallen lasse, etwas zittrig von der Anstrengung. »Will Baker, der Tierfilmer, ist ein Glückspilz, so viel ist klar. Du bist ein guter Fang, wenn ich das sagen darf, Cassandra Dankworth.«

Das Blut gefriert mir in den Adern.

»Nein«, sage ich und will aufstehen. »Danke. Tschüss.«

Bloß bin ich wie erstarrt.

Das kann nicht wahr sein. Dieser ganze Erzählstrang beginnt von vorne, jetzt schon. Wir sind *viel* zu früh dran. Wochen zu früh. Wieso löse ich dieses Geschehen jetzt schon aus? Das muss die Strafe vom Universum dafür sein, dass ich mit der Zeitlinie herumspiele. Du willst die Sache beschleunigen, Cassandra? Bist du ein bisschen ungeduldig? Hast du was dagegen, dass die Dinge sich organisch entwickeln? Dann bitte schön. Sieh zu, wie du damit klarkommst.

Aber ich bin nicht bereit. Ich habe mir noch nicht überlegt, was ich mit Derek und Sal machen will oder wie ich dieses Mal reagieren könnte. Ich habe noch kein Skript geschrieben oder die Szene im Kopf geprobt oder mir mögliche alternative Reaktionen ausgedacht.

Ich bin nicht vorbereitet.

Unfähig, mich zu bewegen, sitze ich bloß da und starre.

Es sei denn …

Wenn ich heute nicht nach Hause komme, führen Derek und ich diese Unterhaltung nicht, unsere Beziehung wird nicht gefährlich in die falsche Richtung ausschlagen, und ich bin wieder sicher.

»Hey.« Derek steht auf, als ich die Augen zukneife. »Cassandra, flipp nicht aus, ich wollte nur freund…«

# 24

»…lich zu all den einflussreichen Bloggern sein. Ich habe eine Liste mit den kurzfristigen Marketingzielen erstellt – für die langfristigen sind wir natürlich zu spät dran, aber wir können es in ein paar Monaten zum Weihnachtsgeschäft noch mal versuchen. Ich dachte, wir personalisieren jede Box, machen ein Gewinnspiel, und Auftritte in den sozialen Medien hab ich auch schon erstellt. Ich hab mir einen tollen Hashtag überlegt und diese Pressemeldung aufgesetzt. Die hab ich gerade ausgedruckt – hier.«

Ich blinzele zu dem Blatt Papier hinab, das gerade auf meinem Schreibtisch gelandet ist.

»Das ist erst der Anfang«, redet Sophie enthusiastisch weiter. »Eine Freundin von der Uni hat online richtig viele Follower. Sie kann uns helfen, die Sache ans Laufen zu kriegen. Was ist deine grundsätzliche Meinung zu Memes?«

Übrigens bin ich nicht bis zu diesem Moment gereist. Allerdings habe ich den Gang nach Hause übersprungen und bin stattdessen in der Bahn zur Arbeit sitzen geblieben. Es fühlt sich nur an, als wäre ich völlig abrupt in dieser Situation gelandet, weil ich Sophie überhaupt nicht zugehört habe.

Das ist nicht ihre Schuld: Public Relations ist einfach sterbenslangweilig.

»Ich habe keine Meinung zu Memes. Gar keine.« Abgelenkt runzele ich die Stirn. »Seit wann ist die Pflanze hier?«

»Vor dem Wochenende war die noch nicht da, glaube ich.« Sie wechselt das Thema so elegant und anmutig wie eine Schwalbe die Richtung. »Vermutlich kriegen wir bald einen neuen Kollegen.«

Verblüfft starre ich die Pflanze an. Ronald.

Schon seltsam, zuzusehen, wie die Zeit die Ereignisse aneinanderreiht wie Dominosteine und sie dann einen nach dem anderen anstößt. Die Pflanze ist hier, dann sollte Ronald – ich checke meinen inneren Kalender – nächsten Montag folgen. Warum er allerdings die Pflanze zusammen mit ein paar Kartons voller Akten und seinen persönlichen Schreibtischstuhl vorausgeschickt hat, ist mir ein Rätsel. Vielleicht möchte er sein Kommen ankündigen, wie Zeus mit seinem Donnerkeil.

Apropos Donnerkeil … ich schnappe mir mein Handy.

Sorry, dass ich heute Morgen abgehauen bin. Du sahst so friedlich aus, da wollte ich dich nicht wecken! Diese Woche ist auf der Arbeit viel zu tun, da musste ich früh hier sein. Danke für den wunderschönen Tag gestern, und den noch tolleren Abend. Hoffentlich bis bald. ;-)
:-* *

Ein paar Sekunden später piept es schon:

Guten Morgen! Keine Ahnung, wann ich das letzte Mal so gut geschlafen hab. Ich fand es auch toll. :-) Sollen wir für Ende der Woche was ausmachen?
W :-*

Mit vor prophetischer Aufregung zitternden Fingern tippe ich:

Ja, bitte! Das wäre klasse.
C :-*

Ich weiß bereits, dass unser nächstes Date am Freitag ist.

Wir gehen Curry essen, und Will nimmt ein so scharfes, dass er sich daran verschluckt und gleichzeitig lacht und weint und das Wasser aus der Vase vom Tisch trinken muss, aber ich finde es nur fair, wenn ich ihm diese Erfahrung nicht nehme.

»Dein Freund?«, fragt Sophie, als ich glückselig seufze und das Handy wieder wegstecke.

»Noch nicht.« Rauschende Aufregung überkommt mich. »Das erste Mal wird er mich in etwa zwei Wochen als seine Freundin bezeichnen. Ein Kellner fragt, welchen Wein wir wollen, er zeigt auf mich und antwortet, dass er das Gleiche nimmt wie seine Freundin.«

Mit Abstand einer der besten Momente meines Lebens.

Sophie guckt verwirrt. »Oh.«

»So stelle ich es mir vor«, sage ich hastig, als die Agenturtür aufgeht.

Pünktlich auf die Sekunde kommt Barry herein und beginnt, den Raum in großen Kreisen zu durchschreiten, als wäre er Heinrich VIII., der seinen Hof betritt. Das macht er jeden Montag. Man weiß schon Sekunden vorher, dass er auf einen zukommt, weil an den umliegenden Tischen alle sozialen Medien hektisch zugemacht werden. Sophie schneidet eine Grimasse in meine Richtung und huscht an ihren Schreibtisch zurück, um der Schrecken zu harren, die er sich dieses Mal überlegt hat, um »die Moral zu stärken«.

»Klopf, klopf«, sagt Barry und bleibt mit seiner Teetasse in der Hand hinter ihr stehen.

»Wer ist da?«

»Feuer.«

»Feuer wer?«, versucht sie es.

»Wo brennt's denn?« Er tätschelt Sophie die Schulter. »Sind wir nicht lustig?«

Ihr Kichern klingt fast echt – beeindruckend –, und Barry stolziert selbstgerecht um den Tisch auf mich zu. Die Teetasse hat er mit beiden Händen gepackt wie eine Wahrsagerin ihre Kristallkugel. Ich mag Montage nicht. Letztes Mal, als Barry mich mit einem »Witz« behelligt hat, habe ich ihn so lange angestarrt, bis er ihn mir dreimal erklärt hat und dann gegangen ist, um lautstark zu grummeln, wie wichtig ihm Sinn für Humor ist.

»Cassandra.« Er bleibt vor mir stehen. »Was zum Geier hast du da an?«

Überrascht sehe ich an mir hinunter. »Einen Sexslip, den ich seit knapp sechzig Stunden nicht gewechselt habe« scheint mir nicht die angemessene Antwort zu sein. »Ein gelbes Spitzenkleid, hautfarbene Unterwäsche. Goldene Sandalen. Eine Jeansjacke. Die wollte ich aber gerade ausziehen.«

»Ich wollte keine Auflistung der Teile, die du trägst, Cassie.« Barry seufzt und verdreht die Augen in Sophies Richtung, als ob ich das nicht sehen könnte. »Ich meine, heute ist Montag. Da solltest du doch einen grünen Jumpsuit tragen, oder? So ein Blattgrün? Oder eher Moosgrün?«

Verblüfft sehe ich ihn an. »Was?«

»Smaragdgrün.« Miyuki macht neben meinem Tisch halt und beißt in ihr Erdnussbuttersandwich. »Montag ist der smaragdgrüne Jumpsuit dran. Dienstag der schwarze. Mittwoch der marineblaue.«

»Nein, der marineblaue ist dienstags«, mischt Anya sich ein. »Mittwoch ist es der schwarze. Da kann man echt durcheinanderkommen.«

»Und Donnerstag pink und Freitag weiß!« Sophie hüpft auf ihrem Stuhl auf und ab wie ein aufgeregter Welpe. »Cassandra hat für jeden Wochentag einen anderen Jumpsuit, wie andere diese Unterwäsche.«

»Nur dass niemand die tatsächlich an den entsprechenden Tagen trägt«, ruft Grace durch das Büro. »Niemals, stimmt's?«

»Stimmt!« Sophie nickt. »Aber Cassie würde, oder, Cassie?«

Ich starre meine Kolleg*innen an. Keine Ahnung, wie ich mich fühlen soll: berührt, weil ihnen mein Arbeitskleidungsplan aufgefallen ist, verlegen, weil ich ganz offensichtlich die Kleider von gestern trage, oder entsetzt, weil wir uns mit diesem Gespräch so schlagartig auf fürchterlich unprofessionellem Territorium bewegen.

»Können wir bitte im Büro nicht weiter über meine Unterwäsche reden?«

Ich würde eigentlich auch noch klarstellen wollen, dass ich kein sechsjähriges Mädchen bin, aber Barry hat gerade seine Hände ein wenig bewegt, sodass ich jetzt das Bild auf seiner Tasse sehen kann: ein Cartoon-Hirsch, der vor einem Pfeil davonspringt. Die Tasse ist so alt, dass das Bild schon völlig verblasst und zerkratzt ist, aber den Spruch darunter kann man immer noch lesen: *Wäre SAGENHAFT, dich mal wieder zu treffen!*

Ein weißer Blitz durchzuckt meinen Kopf, als hätte Zeus persönlich mich getroffen. Ruhig bleiben, Cassandra. Nicht vergessen, du bist auf der Arbeit. Benimm dich, bleib respektvoll und professionell und …

»Barry.« Meine Stimme klingt scharf. »Ist das meine Tasse?«

»Oh.« Er mustert sie mit provokanter Lässigkeit. »Weiß nicht. Ist es?«

»Okay, ich formuliere das deutlicher.« Ich hole tief Luft und komme auf die Füße. Mein Hirn brutzelt. »Das ist *meine Tasse*, Barry. Warum trinkst du aus *meiner Tasse*?«

Mein Atem geht jetzt schnell und abgehackt: eine Dampflok in voller Fahrt.

Alle in der Agentur werden still, aber das ist mir egal, ich werde die Welt auseinanderreißen, sie alle zu Stein erstarren lassen, das ist *meine* Tasse, sie wohnt auf *meinem* Tisch, sie gehört *mir*, alle wissen das, ich nehme sie überallhin mit, wie kann er es *wagen* …

»DEIN ERNST?«, schreie ich, als Barry auf die Idee kommt, noch einen Schluck zu trinken. »NIMM DEINEN SCHEISSMUND VON MEINER TASSE!«

Ich gehe in Flammen auf, reiße sie ihm aus den Händen und drücke sie schützend an mich wie eine Bärenmutter ihr Junges. Heißer Tee fließt mir über Hände und Brust, aber das spüre ich kaum. Ist meine Tasse in Ordnung? Ist sie für immer ruiniert? Kann ich sie mit Bleiche auswaschen? Werde ich sie je wieder ansehen können, ohne dabei an Barry zu denken?

»Ähm.« Sophie schielt unsicher über ihren Bildschirm hinweg zu mir. »Ich glaube, wir haben eine neue Putzfrau. Sie hat alle Tassen von unseren Tischen eingesammelt und in die Küche gebracht. Vielleicht kam es so zu dieser Verwechslung?«

Kochend vor Wut wirbele ich herum. Jedes einzelne Gesicht ist mir zugewandt, und die Farbe, die sie gemeinsam produzieren, ist schrecklich unangenehm: ein ekliges Matschbraun.

In solchen Momenten verstehe ich sehr gut, warum niemand mich wirklich leiden kann.

Gerade mag ich mich ja selbst nicht sonderlich.

»Ah«, sage ich. »Verstehe.«

»Unterhalten wir uns doch in meinem Büro, ja?«, zischt Barry, und, tja, dieses Mal bin ich definitiv selbst an der Kündigung schuld.

»Vermutlich kriegen wir bald einen neuen Kolle…«

»Merk dir, was du sagen willst«, unterbreche ich Sophie, springe auf und renne in die Küche. Ich erreiche sie gerade noch rechtzeitig. Mein Chef überblickt gerade den offenen Schrank – wie ein König sein Königreich –, und ich muss ein erneutes Aufkochen meiner heißen Wut unterdrücken: *Wenn du Tee willst, kauf dir deine eigene verdammte Tasse, Barry.*

»Ups«, sage ich und nehme ihm meine aus der Hand. »Wie ist die denn hier gelandet?«

Dann renne ich wieder zu meinem Schreibtisch und verstaue sie sicher in einer Schublade.

»Tut mir leid«, wende ich mich erleichtert wieder an Sophie. »Wo waren wir?«

Beim ersten Mal, als ich diese Woche durchlebt habe, habe ich die meiste Zeit auf der Toilette verbracht.

Inzwischen haben sicherlich alle von euch begriffen, dass ich kein PR-Genie bin, aber Produkteinführungen treiben das Ganze für mich noch mal auf die Spitze. Da ist diese lange Liste mit Journalist*innen, die ich anrufen und davon überzeugen soll, meine Story zu bringen. Pro Anruf brauche ich etwa eine Stunde: drei Minuten für das Gespräch an sich, und siebenundfünfzig, um mit nassen Augen auf das Skript zu starren, das ich vorbereitet und an den Bildschirm geklebt habe. Während des Telefonats lalle und stottere ich, der Hörer in meiner Hand fühlt sich an wie eine Granate, die jeden Augenblick detoniert, und nach jedem Anruf muss ich mich auf der Toilette einschließen, um entweder zu weinen oder mit wässrigem Angstdurchfall auf der Schüssel zu hängen.

Und wenn ich richtig viel Glück habe, wird das von einer Kollegin auch noch lautstark kommentiert.

Ich löse mich Stück für Stück auf.

Bis so eine Woche auch nur zur Hälfte vorüber ist, tut mir alles weh: Licht, Geräusche, Gerüche, Temperatur, die Textur meiner eigenen Kleidung auf der Haut. Während alle anderen in Meetings sitzen, kauere ich mich in dunkle Ecken. Ich kann nicht mehr mit den öffentlichen Verkehrsmitteln fahren. Ich kann nicht mehr schlafen, nicht mehr essen. Irgendwann kann ich nicht mal mehr sprechen. Bis zum Wochenende geht es mir üblicherweise so schlecht, dass ich meine komplette Freizeit im Bett verbringen muss wie damals in der Schule.

Als Barry mir vorgeworfen hat, dass ich nicht gut mit Menschen kann, hatte er also gar nicht mal so unrecht.

Manchmal fühle ich mich selbst kaum wie ein Mensch …

Heute, als ich diese Woche zum zweiten Mal beginne, beobachtet Sophie, wie ich den ersten Anruf mache – »H-h-h-h-i, h-h-hier ist C-c-c …« –, und lehnt sich über ihren Bildschirm.

»Hey, Cassandra. Wäre es sehr schlimm, wenn *ich* die Anrufe übernehme?«

Ich starre sie an. »Was?«

»Ich *liebe* es einfach, mit Journalisten zu sprechen.« Sie spielt mit einer Locke ihrer chaotischen roten Haare, und ihre blauen Augen sind noch größer als üblich. »Dabei kann ich Beziehungen knüpfen, die mich meine ganze Karriere über begleiten werden, oder? Du würdest mir also einen *Riesen*gefallen tun. Ich übernehme das Telefonieren, du das Mailen. Deal?«

Ich starre sie noch ein paar Sekunden länger an. »A-aber B-Barry wird das nicht zulassen.«

»Er muss es ja nicht wissen.« Sie zuckt beiläufig mit den Schultern. »Er kommt ins Büro, macht seine kleine Runde, du nimmst das Telefon und tust so, als würdest du jemanden anrufen. Problem gelöst.«

Es dauert noch mal bestimmt fünfzehn Sekunden, bis ich begreife, was sie mir hier gerade anbietet, und als es endlich klick macht, kräuselt sich plötzlich mein Kinn, und ich muss mich schnell wegdrehen und so tun, als wäre der Wasserspender furchtbar spannend.

Ich liebe sie.

Ich liebe sie mit jeder Zelle meines ungewöhnlich empfindlichen Körpers. Ich nehme jeden schlechten Gedanken, den ich jemals über Sophie hatte, zurück: Ihr energisches Getippe auf der Tastatur ist pure *Perfektion*.

»Okay.« Ich ringe mir einen neutralen Gesichtsausdruck ab und drehe mich wieder zu ihr zurück. »Ich schätze, der Plan kann funktionieren. Und dir würde es natürlich sehr helfen.«

»O ja, das würde es.« Sie nickt energisch. »Wir sind immerhin ein Team.«

Beim Wort »Team« kräuselt sich mein Kinn schon wieder, und meine Unterlippe schnellt hervor. Was ist eigentlich los mit mir? Ich bin fast ein Jahrzehnt älter als dieses Mädchen. Warum habe ich das Gefühl, dass sie *mich* bemuttert?

Schnell wegdrehen, neutrale Miene, und wieder zurück.

»Ja, Sophie. Wir sind ein Team.«

Bis Mittwoch habe ich noch mit niemandem gesprochen, und es ist einfach nur *herrlich*. Hin und wieder nehme ich meine Noise-Cancelling-Kopfhörer ab, um mitzuerleben, wie Sophie fröhlich mit völlig Fremden plaudert. Ohne Skript. Ohne Stottern. Ohne Schweißausbrüche oder Tränen oder verzweifelte Fluchtversuche zur Toilette. Es ist wirklich ein Wunder, als würde ich beobachten, wie Bellerophon die Chimära abschlachtet.

Zugegeben, einmal hätte Barry uns fast erwischt.

»Hallo«, sage ich in die Muschel zur Zeitansage. Etwa einmal in der Stunde täusche ich so einen Anruf vor, damit meine Kolleg*innen mich nicht verpetzen können. »Hier ist Cassandra Dankworth, ich rufe von Kein-Plan-PR an.« Sophie guckt mich mit weit aufgerissenen Augen an, also reiße ich meine ebenfalls auf und lächle ihr zu. Keine Ahnung, was sie mir mitteilen will, aber es ist ein großartiges Gefühl, so tun zu können, als wüsste ich, welches Geheimnis wir teilen. »Ich wollte mich erkundigen, ob Sie unsere Pressemeldung zu SharkSkin erhalten haben. Haben Sie? Sie werden sie veröffentlichen? Perfekt, danke. Auf Wiederhören.«

»Caplan«, sagt Barry, als ich auflege.

Vor Schreck springe ich in meinem Stuhl auf und wirbele zu ihm herum. »Ähm …«

»Ich heiße Barry Caplan.« Er sieht mich mit seinem Bulldoggengesicht düster an. »Caplan PR. Kannst du Caplan sagen?«

»Caplan.«

»Weil es sehr danach klingt, dass du ›Kein Plan‹ sagst, Cassandra, und das ist wirklich nicht witzig.«

Erwischt. Das habe ich tatsächlich gesagt. »Tut mir leid, Sir.«

»Sieh zu, dass es nicht wieder vorkommt.« Er zieht beleidigt von dannen. Sophie wollte mir mit ihren Riesenaugen wohl mitteilen, dass er direkt hinter mir stand. Leider sah es eher nach »Wie läuft es so?« aus, oder »Gleich ist endlich Mittagspause« oder »Dieser Journalist langweilt mich«, wie soll ich da denn den Unterschied erkennen?

Wir kichern beide, als mein Handy piept.

Steht heute Abend noch?
W :-**

Das Kichern vergeht mir. Heute Abend?

»Hey.« Ich strecke den Rücken durch, damit ich über den Computer gucken kann. »Es ist doch Mittwoch, oder?«

»Jep.« Sophie nickt mit bewundernswerter Überzeugung. »Ist es.«

Schnell werfe ich einen Blick auf meinem Jumpsuit (schwarz), dann zur Sicherheit auch in den Kalender – ja, definitiv Mitte der Woche –, und jetzt bin ich sehr verwirrt. Unser Curry-Date ist am Freitag. Zwar hat Will mich noch nicht gefragt, aber das ist schon in Ordnung: Er fragt morgen. Das weiß ich deshalb noch so genau, weil ich langsam Panik bekommen habe, dass unser Date doch nicht so gut gelaufen war, wie ich dachte. Wir haben die letzten anderthalb Tage ein paar Mal miteinander geschrieben, aber ich bin ziemlich sicher, dass heute Abend nie Thema war.

Unsicher scrolle ich auf der Suche nach Hinweisen durch unseren Chatverlauf.

Und wieder wächst die Panik.

Wo sind all unsere Nachrichten denn jetzt schon wieder hin?

Und erst als ich immer hektischer scrolle, wird es mir klar: Ich habe in den letzten zwei Tagen die Zeit immer wieder justiert. Nicht übermäßig – eine verbrannte Scheibe Toast, die vergessenen Hausschlüssel, gestern Abend bin ich bei einer Fernsehsendung eingeschlafen und habe einfach die Zeit zurückgedreht, anstatt nach der Fernbedienung zu suchen –, deshalb habe ich mir keine großartigen Gedanken darüber gemacht. Vielleicht hätte ich das aber tun sollen. Habe ich aus Versehen meine Unterhaltung mit Will ausgelöscht?

Schnell tippe ich:

Na klar!
Sagst du mir noch mal schnell, was wir geplant haben?
C :-**

Ein paar Minuten später:

Die Ausstellung. Ich hab gefragt, ob du auch Lust drauf hast.

Ahhhh. Das war tatsächlich Thema. Auf der Rückfahrt von Cambridge. Bloß habe ich es vergessen, weil dieses Date in unserer ursprünglichen Zeitlinie nicht stattgefunden hat. Mist. Da habe ich bis zehn Uhr abends im Büro festgesessen, um meinen Kampagnenfehlschlag schriftlich festzuhalten und das ganze Toilettenpapier aufzubrauchen.

»Sophie?« Ich reiße den Kopf hoch. »Denkst du, unser Projekt läuft gut?«

»Oh, ja«, antwortet sie ruhig, sieht weiter konzentriert auf den Bildschirm und spielt an ihrem Nasenpiercing. »Sollte alles glattlaufen. Die Kampagne wird ein Erfolg. Kein Grund zur Sorge.«

Sie sagt das, als wäre PR-Arbeit einfach und ein großer Spaß. Es ist mir ein absolutes Rätsel, wo sie diese Haltung nur hernimmt.

Trotzdem schreibe ich erleichtert:

Ja, stimmt. Die Ausstellung deines Freundes! Freu mich schon! Passt dir sechs Uhr? Und schickst du mir noch die Adresse?

Mit einem Blick auf die Uhr stehe ich auf und schnappe mir meine grüne Samtjacke.

Urplötzlich bin ich furchtbar aufgeregt.

Zugegeben, eigentlich hätte ich gerne mehr Zeit, mich mental auf das Date vorzubereiten und die nötige Recherche durchzuführen, aber so sehe ich Will zwei Tage früher wieder als erwartet. So bringen wir vor dem Wochenende noch *zwei* Dates unter, obwohl nur eins geplant war. Außerdem habe ich mich von meinem moralischen und ethischen Dilemma erholt: Ich war einfach erschöpft, meine Hormone waren völlig durcheinander. Und das mitten in der Nacht. Jeder weiß doch, nächtliche Erleuchtungen, die man nach Orgasmen hat, zählen nicht.

Auf meinem Handy ploppt ein Standort auf.

Super! Bis nachher!
:-*

Freudestrahlend nehme ich meine Tasche und rausche auf die Tür zu.

»Hey, Cassie?« Sophie hat sich das Telefon zwischen Kopf und Schulter geklemmt und hält mit einer Hand die Sprechmuschel zu. »Hier ist ein Anruf für dich. Willst du den noch annehmen?«

Ich zögere, mein Magen schlägt einen Salto, aber dann erinnere ich mich an unseren genialen Plan – den vermutlich besten PR-Move meines Lebens. Wahrscheinlich muss ich nie wieder ein echtes Telefonat führen.

»Nein, danke.« Ich zwinkere ihr zu. »Schreib es für mich auf, ich antworte morgen per Mail.«

»Alles klar.« Sophie grinst. »Hast du was Schönes vor?«

»Nur eine Ausstellung von Tierfotografien in Shoreditch.« Ich streiche den Kragen meines Jumpsuits glatt. Meine Stimme trieft vor Pärchen-Spießigkeit. Das habe ich schon bei anderen gehört, aber noch nie bei mir selbst. Großartig. Kein Wunder, dass die Leute sich so gerne in dieser Spießigkeit suhlen. »Danach gehen wir vielleicht noch essen, mal sehen.«

Okay, jetzt artet das Ganze in Angeberei aus. Verrückt, wie viel einfacher es ist, sich zu »öffnen« und andere »teilhaben« zu lassen, wenn die Antwort nicht ist: »Ich sortiere meine Bücher zu Hause nach Farben und setze mich danach alleine aufs Bett und starre meine Farbfächer an.«

»Klingt super«, strahlt Sophie. »Erzähl mir morgen, wie es war!«

Ich schiele zu Ronalds Pflanze, und plötzlich überkommt mich eine Welle des Triumphs: Auf einmal fühle ich mich nicht mehr so austauschbar wie früher.

»Ja.« Ich nicke. »Vielleicht mache ich das sogar.«

# 25

Da ich für unser brandneues Date überpünktlich bin, nutze ich meine Zeit sinnvoll – was bedeutet, dass ich draußen auf dem Bürgersteig auf und ab laufe, online nach Bildern suche, wie es drinnen aussehen könnte, und versuche, einen Blick durch das Fenster zu erhaschen, damit ich mich mental vorbereiten kann. Als das nicht funktioniert, lungere ich neben dem Eingang und recke jedes Mal den Hals, wenn jemand herauskommt oder hineingeht, wie bei einer riesigen Version von *Hau den Maulwurf*.

Bis jetzt noch keine Spur von Will – er kommt zu spät, und so fängt es an –, also wage ich mich um Punkt sechs Uhr hinein.

Ungefähr so würde wohl der Olymp aussehen. Ein riesiger, perfekt quadratischer Raum, alles ist makellos, strahlend weiße Wände, glänzende Holzböden, angenehm schummriges Licht. Von der Decke hängen unzählige winzige bunte Lichter und verleihen dem Raum die magische Atmosphäre des Inneren einer Weihnachtsbaumkugel, und überall stehen echte Pflanzen. Sanfte Klavierklänge ertönen im Hintergrund, kuschelige Sitzplätze laden zum Verweilen ein, und vier gewaltige griechische Säulen geben mir zusätzlich ein Gefühl von zu Hause.

Wirklich, das einzig Störende sind die anderen Menschen, die das Ganze ebenfalls genießen.

Wenigstens sind hier keine kleinen Kinder.

Mit wachsender Neugier nähere ich mich einer der Fotografien. Auf dem Bild ist eine Gazelle zu sehen, die einer Löwin in den Bauch tritt. Die Löwin hängt in der Luft, geschockt von dieser unerwarteten Dreistigkeit.

Ich fahre zusammen und gehe nach links. Das nächste Foto zeigt einen Polarbären, der durch ein zurückgelassenes Objektiv auf einen Eisberg starrt. Auf dem nächsten ist eine kleine graue Eule zu sehen, die von einem Zweig rutscht. Ich trete ein bisschen näher und schnaube. Diesen Gesichtsausdruck kenne ich: Genau so sehe ich jedes Mal aus, wenn ich mitten im Meeting von einem Ball falle.

Moment mal. Sollen diese Fotos etwa *witzig* sein?

Ein Kellner kommt auf mich zu. »Mini-Quiche?«

»Ist das eine Comedy-Ausstellung?« Ich lasse den Blick schweifen: Alle Leute kichern und schütteln die Köpfe. Da ist ein Affe, der sich selbst ohrfeigt, eine winkende Robbe, eine Giraffe, die das Foto einer Antilope crasht. Die Beweise häufen sich. »Sollen diese Fotos hier zum Lachen sein?«

»Oh.« Der Kellner gluckst. »Ja, offensichtlich. Haben Sie schon das mit dem Eichhörnchen gesehen, das auf einer Blume spielt wie auf einer Flöte? Mini-Burger?«

Die zusammenhanglose Bemerkung irritiert mich, aber dann fällt mir das Tablett auf, das er mit sich herumträgt. Zur Info: Ich nehme grundsätzlich kein Essen zu mir, mit dem jemand stundenlang durch die Öffentlichkeit gewandert ist wie mit einem versifften Kind durch den Park. Trotzdem bin ich dem Kellner unendlich dankbar. Zum Glück habe ich herausgefunden, was diese Ausstellung auslösen soll, *bevor* Will aufgetaucht ist und ich voller Ernst versucht habe, die Bilder zu analysieren. Das wäre richtig peinlich geworden.

Ich lehne das Miniatur-Junkfood ab und nähere mich mit neuer Konzentration dem großen Braunbären in der Hängematte. Vermutlich ist es witzig, weil sie nicht für ihn gedacht ist und er sie trotzdem benutzt? Weil wir menschliches Verhalten auf Tiere projizieren? Mir tut er hauptsächlich leid: Er versucht nur, seine Zeit in der Hängematte zu genießen, und plötzlich macht ein Mensch ein Foto davon, damit andere Menschen davorstehen und über ihn lachen können.

Gerade als ich mich dem Streifenhörnchen zuwenden will, das einem Adler einen Schreck einjagt – überhaupt nicht lustig, wetten, das ging nicht gut aus? –, höre ich ein vertrautes Lachen.

Verwirrt drehe ich mich um und durchsuche den großen Raum. Direkt hinter einer der riesigen weißen Säulen erspähe ich eine Schulter, die verdächtig wie die Schulter aussieht, die ich erst kürzlich nackt gesehen habe. Ihr Besitzer lacht erneut und bestätigt so meine Vermutung. Will. War er schon die ganze Zeit hier? Wie konnte mir das entgehen? Und, was viel überraschender ist: War er tatsächlich früher hier als ich?

Ich fasse es nicht. Vielleicht ist das Ziel meiner Zeitreisen ja, dass Will endlich lernt, pünktlich zu sein.

In einem Rausch türkisfarbener Vorfreude laufe ich auf ihn zu. Strahlend biege ich um die Ecke.

Und mein Hirn gerät ins Stolpern.

»Cassie!« Will dreht sich mit breitem Grinsen zu mir um und gibt mir einen Kuss auf die Wange. Er riecht nach Eiche und Farn und verströmt ein blasses Moosgrün. »Da bist du ja! Ist die Ausstellung nicht genial? Ich unterhalte mich gerade mit …«

»Diana.«

»Diana! Ein toller Name!« Der Kellner nähert sich mit den Mini-Quiches, und Will nimmt sich sechs Stück, wie immer, ohne sich irgendwelche Gedanken über die Keime von Fremden zu machen. Zwei stopft er sich sofort in den Mund. »Ich hab Diana gerade erzählt, dass das Foto mit dem Polarbären von meinem guten Kumpel Sam ist. Und es ist sogar mein Objektiv, durch das er guckt. Wir haben letztes Jahr in der Arktis gedreht, und ich hab es liegen lassen, um mir ein Sandwich aus dem Zelt zu holen. Der Bär ist vielleicht sogar ein besserer Tierfilmer als ich.«

Ich wende mich zu »Diana«, oder wie auch immer sie sich im Moment nennt.

Ein schrilles Kreischen dröhnt mir durch den Schädel.

»Cassandra.« Sie sieht zu Will, dann wieder zu mir, und wirkt dabei genauso verloren, wie ich mich fühle. »Ich wusste nicht, dass ihr …« Sie stockt. »Wir kennen uns. Sogar schon sehr lange.«

»Kann nicht sein!« Will lacht und isst noch eine Quiche. »Klein ist die Welt. Woher?«

Sie sieht mich an. »Wir haben zusammengewohnt. Stimmt's, Cass?«

Ihre Wangen leuchten pink, ihr zierlicher Körper ist in Habachtstellung, aber ihre grauen Augen strahlen so hell wie Zwanzig-Pence-Münzen, und sie wirkt verdammt zufrieden, weil sie mich endlich in die Enge getrieben hat.

»Ihr wart Mitbewohnerinnen?« Will kaut weiter und scheint den juckenden roten Ausschlag nicht zu bemerken, der sich rasend schnell in meinem Ausschnitt und um meinen Hals ausbreitet. »In Walthamstow? Da hast du doch zuletzt gewohnt, oder?«

Ich öffne den Mund, schließe ihn dann aber sofort wieder.

»Nein, das war nicht ich. Ich komme nicht aus London.« Sie lacht. »Ich war ihre allererste Mitbewohnerin, wenn man es genau nimmt.« Sie beobachtet mich eindringlich, stellt sich beschwingt auf die Ballen ihrer Ballerinafüße. »Ist wirklich schön, dich endlich noch mal wiederzusehen, Cass. Wie geht es dir?«

Fast antworte ich: »Immer noch in etwa so wie vor ein paar Tagen, als wir uns gesehen haben, du Psycho«, aber dann fällt mir ein, dass wir uns nicht getroffen haben, weil ich nie nach Hause gegangen bin. Für mich ist es drei Tage her, für sie immer noch Jahre.

Will sieht mich erwartungsvoll an, weshalb ich die Zunge endlich widerwillig von meinem Gaumen löse.

»Gut«, antworte ich knapp. »Und dir?«

»Ach, weißt du.« Sie grinst. »Wie immer. Baue immer noch viel Mist. Immer noch das Chaos in Person. Aber wir scheinen beide viel rumzukommen. Deine Adresse ändert sich ja ständig. Wir sind wohl beide keine einfachen Mitbewohnerinnen, was? Wo wohnst du denn gerade?«

Wie dreist kann eine Frau sein?

»Du weißt genau, wo ich wohne«, schnaube ich. Sie hat mich

erfolgreich aus dem Konzept gebracht. »Und ich bin eine sehr unkomplizierte Mitbewohnerin, klar? Die meisten bekommen kaum mit, dass es mich gibt.«

Ihre Nasenflügel zucken. So war das nicht gemeint, verdammt.

»Letztes Mal, als wir uns gesehen haben, gab es ein bisschen *Drama*«, flüstert sie Will gut hörbar zu. »Absolut meine Schuld, aber sich bei Cass zu entschuldigen ist außerordentlich schwierig. Wie oft hab ich es versucht?« Sie sieht zu mir. »Fünfzehnmal? Sie hat es nie angenommen. Liegt wahrscheinlich daran, dass unsere Auffassung vom Zusammenleben so weit auseinandergeht. Ich bin ein bisschen unordentlich, aber Cassandra hat es gerne sehr strukturiert und durchorganisiert.«

»Zu behaupten, du wärst ein bisschen unordentlich, ist, als würdest du sagen, Alpha Centauri wäre nicht ganz so leicht zu erreichen.« Ich kratze mir mit den Fingernägeln über den Arm, mein Bein wippt schon wieder. »Du hast nie hinter dir aufgeräumt. Nicht ein einziges Mal.«

»Wir hatten eine Putzfrau.« Sie zuckt amüsiert mit den Schultern.

»Stimmt doch gar nicht«, fauche ich und spreche dann bewusst ruhiger weiter. (»Cassandra hat Schwierigkeiten, ihre Lautstärke zu regulieren.«) »Einmal hab ich sieben leere Bohnendosen unter deinem Bett gefunden. Was sollte das? Du musst mit einer Gabel direkt aus den Dosen gegessen und sie dann mit voller Absicht unters Bett geschoben haben. Sieben Mal!«

»Nicht unbedingt.« Sie schüttelt den Kopf. »Manchmal stellt man sie auf den Boden, damit das Bett nicht versaut, und dann rollen sie einfach drunter und sammeln sich da.«

Verzweifelt wimmere ich auf. »In einer war eine Zigarettenkippe.«

»Das stimmt nicht.«

»Doch! Ich hab sie gesehen!«

Sie grinst. »Das war keine Zigarette, Sandilein.«

Ich starre sie an, ihre Augen funkeln, Will räuspert sich. Leicht überrascht sehen wir beide ihn an. Wir hatten fast vergessen, dass er da ist. Er mustert mich eindringlicher. Jetzt, da die Quiches verputzt sind, kann er sich mehr auf sein Date konzentrieren.

»Also ...« Er zieht die Augenbrauchen hoch. »Es gab da eine Art Zerwürfnis, vermute ich.«

»Könnte man so sagen«, bestätige ich schroff.

»Ich wünschte es.« Sie verzieht das Gesicht und fährt sich mit der Hand durch den kurzen braunen Pony. »Für ein Zerwürfnis hätte es einen Streit geben müssen, eine Diskussion, eine Auseinandersetzung, aber das gab es alles nicht. Cass hat sich einfach aus dem Staub gemacht. Ist noch am selben Tag ausgezogen. Seitdem will ich mich mit ihr aussprechen, aber sie lässt mich nicht.«

»Weil ich es doch schon deutlich gesagt habe: Ich will dich nie wiedersehen«, schreie ich jetzt so laut ich kann – die Finger vor Wut gespreizt. »Und trotzdem bist du hier.«

Sie fährt zusammen, und alle in der Ausstellung werden leise, Will sieht mich wieder mit diesem entsetzten Lamia-Ausdruck an: der, den ich so dringend vermeiden wollte. Und ich will mich auch zusammenreißen, wirklich. Ich weiß nur nicht, wie ich das schaffen soll. Ich bin wie ein Zug, der mit vollem Tempo von den Gleisen direkt in eine Mauer rast, während alle Mitreisenden aus den Fenstern springen.

Will runzelt die Stirn. »Cassie, warum gehen wir ni...«

»Bist du mir gefolgt?« Ich ignoriere das überraschte Orangerot, das aus ihm herauswabert, und mache einen Schritt auf sie zu. »War es so? Sag mir die Wahrheit. Hast du mich verfolgt und gestalkt, bis hierher?«

Aber wann? War sie im Zug hinter mir? In einem anderen Abteil? Ich habe eine Weile draußen vor dem Gebäude gewartet, war aber ziemlich in mein Handy vertieft. Vielleicht hat sie sich irgendwann vorbeigeschlichen, während ich *Interessante und passende Bemerkungen auf einer Fotoausstellung* gegoogelt habe.

»Ja«, gibt sie widerwillig zu. »Aber bevor du jetzt zu sauer …«

»Dafür ist es schon längst zu spät«, zische ich. »*Sauer* war ich vor drei Minuten. Ich arbeite mich gerade durch *extrem angepisst* und nähere mich *rasend vor Wut.*«

Ein Lächeln huscht ihr über das Gesicht, das sie mit einem Biss auf die Unterlippe zu verstecken versucht.

»Mist.« Sie wirft Will einen entschuldigenden Augenaufschlag zu. »Echt unhöflich, dass wir uns so vor dir streiten.«

»Wir streiten nicht«, stelle ich hitzig klar. »Du hast es nicht verdient, mit mir zu streiten.«

»Ja, das hast du deutlich gemacht.« Seufzend wendet sie sich wieder an Will. »Es tut mir so leid … Wie heißt du überhaupt? Und wer genau bist du?«

Er blinzelt. »Oh, ich bin Will. Ich bin Cassies …«

Den Satz beendet er nicht, aber sein Schweigen schreit lauter als alles, was bisher gesagt wurde.

Etwas in meinem Inneren krampft sich zu einem traurigen erschöpften Ball zusammen.

»Tja.« Sie sieht mich mit ihren tellergroßen Augen an. Warum sind ihre Augen so riesig? Niemand braucht so große Augen. Wir sind doch keine Eulen. »Dann, Will, weißt du bestimmt schon, dass für Cass alles schwarz oder weiß sein muss. So ist sie eben. Richtig oder falsch, gut oder böse. Liebe oder Hass. Sie hat das bemerkenswerte Talent, die Welt und alles und jeden darin zu kategorisieren und zu separieren. Sie ist die Königin des Aufgliederns. Alles kommt in ordentliche kleine Tupperdosen, wird akkurat aufgereiht und fein säuberlich mit Etiketten versehen und in ihrem Hirn abgelegt. Auch Menschen.«

Ich will ihr widersprechen, kann aber nicht.

Natürlich gliedere ich auf. Natürlich lege ich Erinnerungen

und Menschen und Emotionen so systematisch wie möglich ab. Emotionen sind verwirrend, Menschen sogar noch mehr, und ich erinnere mich an alles, was mir je passiert ist, bis ins kleinste Detail. Wenn ich *kein* funktionierendes Ablagesystem hätte, würde ich komplett durchdrehen.

Außerdem bin ich fassungslos, dass sie Will als Medium benutzt, um dieses Gespräch mit mir zu führen, bloß weil ich mich geweigert habe, auf ihre Briefe zu antworten.

»Und wenn man Mist baut«, fährt sie fort. Ihre Wangen werden noch rosiger. »Nur einmal – ein einziges Mal –, dann ist man für sie gestorben. Dann ist es vorbei. Endgültig. In Cassandra Penelope Dankworths Welt gibt es keinen Platz für simple menschliche Fehler.«

*Warum kannst du nicht einmal normal sein?*

Ich habe Magenschmerzen. Es ist eine Sache, mir zu einer Fotoausstellung zu folgen, aber eine ganz andere, so schlecht über meinen Charakter zu sprechen, und das vor dem einen Mann auf diesem Planeten, der sich womöglich gerade in mich verliebt.

Selbst wenn sie mit allem genau ins Schwarze trifft.

»Granatapfel«, sage ich plötzlich, weil ich begriffen habe, warum sie ausgerechnet diesen Duft gewählt hat. »Die Frucht des Todes, jetzt verstehe ich es. Sehr lustig.«

»Was soll ich sagen?« Sie grinst. »Ich bin ein sehr nuanciertes und subtiles Wesen.«

»Bist du nicht.«

»Doch.«

»So subtil wie ein Speer durch die Stirn.«

»Wenn er spitz genug ist, kann man ihn aus der Ferne kaum erkennen.« Sie lacht. »Freut mich, dich kennenzulernen, Will. Du machst einen reizenden Eindruck. Gut aussehend, aber nicht zu gut aussehend. Genau richtig gut aussehend. Genug, um selbstsicher zu sein, aber nicht, um sich wie ein eingebildeter Arsch aufzuführen. Und du bist nett und entspannt, das ist toll. Ich bin froh, dass Cass jemanden gefunden hat, der sie ausgleicht.«

Sie streckt ihm die Hand entgegen, er ergreift sie. Ich starre auf ihre Hände.

Ein grellpinkes Flackern.

»Hi, Diana.« Will sieht aus, als wäre er lieber in einem anderen Raum, einem anderen Gebäude, auf einem anderen Planeten. »Zu Cassies Verteidigung: Das klingt nicht nach einer fairen Charakteranalyse. Ich weiß nicht, wann du sie das letzte Mal gesehen hast, aber auf mich wirkt sie wirklich cool und locker, auch wenn ich sie erst kurz kenne.«

»Echt?« Sie schaut mich an. »Tja, sieht aus, als hätte Bob Wills recht: *Time changes everything.*«

Das bringt das Fass zum Überlaufen. Etwas Hässliches lodert züngelnd in mir auf.

»Diana ist nicht mal ihr richtiger Name«, entfährt es mir. Jetzt verliere ich völlig die Kontrolle. »Sie lügt.«

Ich wirbele wieder zu ihr zurück. Strähnen puren, zischenden Zorns schießen mir aus dem Kopf wie Medusas Schlangen. Wenn ich gewollt hätte, dass Will mitbekommt, wie ich versuche, *jeden Millimeter meines Lebens und alles und jeden darin* zu kontrollieren, hätte ich sicher nicht so viel Zeit darauf verwendet, das zu verhindern.

»Vielleicht ist mein Leben schwarz und weiß«, sage ich erstickt. »Aber deins versinkt in Graustufen. Kein Richtig, kein Falsch. Keine Fakten, keine Fiktion. Kein Gut, kein Böse. Keine Lügen, keine Wahrheiten, keine Konsequenzen. Für dich ist alles nur ein großes, verschwommenes Chaos, oder? Nichts bedeutet etwas, und du kannst sagen und tun, was immer du willst, egal was es bei den Menschen um dich herum anrichtet.«

»Hey, ich wollte dich doch nur aufziehen.« Ihre Stimme ist leise, und sie streckt eine Hand in meine Richtung aus. »Tut mir leid, alte Gewohnheit.«

»Fass mich nicht an«, fauche ich und weiche zurück.

»Außerdem *lüge* ich nicht«, protestiert sie. »Ich hätte Diana heißen können, oder? So anders ist das nicht. Dafür hätte schon eine winzige Änderung gereicht. Bloß ein kleiner Schubs in der Vergangenheit, und zack: völlig anderes Ergebnis. Also *lüge* ich nicht. Manchmal lebe ich nur gerne in den Geschichten, die niemals die Chance hatten, erzählt zu werden.«

»Genau so definiert man *pathologisches Lügen*«, zische ich.

»Oh.« Nachdenklich runzelt sie die Stirn. »Tja, dann ja. Dann habe ich vielleicht doch ein Problem.«

Wir starren uns keuchend an.

»Sam!« Wills erleichtertes Rufen ist so durchdringend, dass es die Luft grün färbt. »Kumpel! Da bist du ja! Wo zur Hölle hast du gesteckt?«

Mit einem hastigen, pflichtbewussten Kuss auf meine Wange schießt er davon wie ein Gummiball, und auf einmal schmerzt alles in meinem Inneren. Sie hat es schon wieder getan. Sie hat alles ruiniert. Genau deshalb habe ich um jeden Preis versucht, sie von mir fernzuhalten: Ich mag den Menschen nicht, zu dem ich in ihrer Nähe werde.

Nein, das stimmt so nicht.

Ich werde nicht gerne daran erinnert, was für ein Mensch ich in Wahrheit bin.

»Hör auf.« Tränen steigen mir in die Augen. »Bitte.«

Ich muss das alles rückgängig machen, oder? Muss es auslöschen. Keine Ahnung, wann es okay ist, eine fremde Frau mitten auf einer Kunstausstellung anzuschreien und zu beleidigen, aber vermutlich nicht bei Date vier. Wahrscheinlich nie.

»Tut mir leid«, haucht sie. »So war das nicht geplant. Ich wollte doch nur hier auftauchen, als wäre das alles ein Riesenzufall. Dich überraschen. Aber dann hab ich mich in meiner Geschichte verloren, wollte lustig sein und bin zu weit gegangen und habe wieder alles versaut. Können wir bitte noch mal von vorne anfangen? Es tut mir so, so leid. Wirklich.«

Ihre grauen Augen wirken ernst, und ich spüre, wie ich weich werde, wie ich langsam nachgebe, und dann – mit einem lauten Knacken – läuft auf einmal eine meiner Tupperdosen aus, und ich habe die Stimme im Ohr, als würde es gerade passieren.

*Du bist ein Monster du bist ein Monster du bist ein Monster du bist ein …*

Etwas in mir macht dicht.

Nicht weil ich nicht glaube, dass es ihr leidtut – es kamen genug Briefe in den letzten Jahren, um zu wissen, dass es das tut –, sondern weil es keinen Unterschied macht, genau wie bei einem Fluch von den Göttern, bei dem Menschen in Frösche und Käfer und Blumen und Bäume verwandelt werden und dann sofort alles bereuen.

Ab einem gewissen Punkt kann man das Geschehene nicht mehr ungeschehen machen.

Nur dass ich es mit meiner Gabe sehr wohl kann.

»Klingt super«, strahlt Sophie. »Erzähl mir morgen, wie es war!«

»Klar«, murmle ich abgelenkt und tippe:

Tut mir so leid, aber ich schaff es doch nicht – hänge noch im Büro fest.

Während ich auf SENDEN drücke, kann ich an nichts anderes denken als an Penelope.

Genau wie meine zweite mythologische Namensvetterin fühle ich mich, als würde ich jeden Tag an einem aufwendigen Totentuch weben und es nachts – aus Angst davor, was mit mir geschehen wird, wenn es fertig ist – wieder auftrennen.

Und so wird nichts je fertig.

# 26

Dieses Mal gehe ich direkt nach Hause.

Ich flüchte mich in die Sicherheit meines Zimmers und in meine ganz eigene Zeitschleife: Ich lese ein Buch, das ich schon gelesen habe, schaue eine Serie, die ich schon Dutzende Male gesehen habe, trage meinen Mittwochspyjama und esse mein Mittwochsessen. Ich höre mein Lieblingslied in Dauerschleife, unzählige Male, und vergrabe mich in Vertrautheit wie ein verletztes Tier, das in seiner Höhle so lange winzige Kreise zieht, bis es sich gemütlich hinlegen kann. Wieder und wieder gebe ich die gleichen leisen Laute von mir. Im Bett rolle ich mich zu einem Ball zusammen, wiege sanft vor und zurück und verliere mich in der Geborgenheit meiner Muster.

Ich tröste mich mit Wiederholungen, bis ich ruhiger werde.

Bis ich endlich einschlafe.

Ein grelles blaues Flackern, nicht mal eine Sekunde später ein Klopfen an der Tür, wie Donner nach dem Blitz.

»Hmmmmm?« Orientierungslos setze ich mich auf. »Will?«

Wo bin ich dieses Mal? Wieder ein Klopfen, jetzt energischer. Panisch versuche ich, mein Umfeld einzuordnen: die Umrisse des Fensters, die Position der Tür, der Geruch meiner Decke, die Form der Regale. Erleichterung legt sich über mich wie eine warme Bettdecke. Ich bin zu Hause.

Es klopft ein drittes Mal an der Zimmertür. Inzwischen bin ich sicher, dass es nicht Will sein kann. Jetzt, mit etwas wacherem Kopf, kommt es mir unwahrscheinlich vor, dass er die Ausstellung verlassen hat und durch ganz London gefahren ist, um in meine Wohnung einzubrechen. Geschlaucht und immer noch verwirrt schalte ich das Licht an, ziehe meinen gelben Bademantel über und schließe die Tür auf.

»Hey.« Derek lehnt am Türrahmen. »Hast du geschlafen?«

Blinzelnd sehe ich auf mein Handgelenk, aber ich habe die Uhr abgenommen und auf den Nachttisch gelegt, wie jeden Abend.

»Wie spät ist es?«, bringe ich heraus.

»Weiß nich. Zwölf? Kurz nach? Wurden ausm Pub geschmissen. Sal ist noch mit ihren Leuten weiter, aber ich hatte keinen Bock mehr. Kann ich reinkommen?«

Bevor ich »Auf keinen Fall« sagen kann, schiebt er sich an mir vorbei.

Verzweifelt bemühe ich mich, endlich richtig aufzuwachen, ziehe den Bademantel fester zu und beobachte, wie mein Mitbewohner langsam durch mein Zimmer läuft, als wäre er Dorothy im verfluchten Oz. Er scannt all meine nach Farben sortierten Kleider, geht zum Regal, schaut alles genau an, nimmt den kleinen goldenen Pfau in die Hand, dreht ihn zwischen den Fingern und legt ihn zurück an die völlig falsche Stelle. Was zum Teufel ist hier los? Ich durchforste meine Erinnerungen nach dieser Szene auf der ursprünglichen Zeitlinie, aber es gibt sie nicht. Allerdings habe ich da auch so lange gearbeitet, dass ich sein aufdringliches Klopfen wahrscheinlich verschlafen habe.

Derek hebt meinen kleinen silbernen Hirsch auf und hickst, und, o Gott, das schnalle ich jetzt erst: Ist er betrunken?

»Kannst du bitte aufhören, meine Sachen anzufassen?«

Er stellt den Hirsch an die falsche Stelle. Als er weitergegangen ist, husche ich schnell vor und rücke ihn energisch wieder an den richtigen Platz. Der muss auf jeden Fall mit Seife abgewaschen werden. Er ist übersät mit Dereks verschmierten, volltrunkenen Fingerabdrücken.

»Du hast dem Raum echt deinen Stempel aufgedrückt«, stellt er fest und wandert weiter umher, jetzt allerdings mit einem nicht zu übersehenden Wanken im Gang. »Ich war nich mehr hier drin, seit du eingezogen bist. Wie lange ist das her? Fünf Wochen?«

»Neun«, sage ich vorsichtig. »Und zwei Tage.«

»Und zwei Tage.« Er wirft mir einen seltsamen Blick zu und grinst. Dann inspiziert er weiter mein Eigentum, als wäre er in einem kleinen Bahnhofsladen und hätte noch Zeit, bevor sein Zug kommt. »Fühlt sich an, als wärst du grad erst eingezogen, Cassandra Wankworth.«

Ich reiße die Augen auf. »Dankworth.«

»Mein ich doch. Wie gefällt's dir hier?«

»Gut.«

Ich fühle mich entblößt. Beschmutzt. Als bräuchte ich eine heiße Sechs-Stunden-Dusche und mein Zimmer einen Durchgang mit dem Hochdruckreiniger. Ein klebriges Kakigrün fließt in schleimigen Wellen aus ihm heraus. Eine richtig hässliche Farbe, nur leider weiß ich nicht, was sie bedeutet. Ich weiß nur, dass er *jetzt sofort* aus meinem Zimmer verschwinden soll, bevor er alles damit infiziert.

»Cool.« Er geht zu meinem Bücherregal und streicht mit den Fingern über die Buchrücken, bis er eine hervorragende Geschichte über Pandora herauszieht. »Kann ich das ausleihen?«

»Nein. Was willst du hier, Derek?«

»Oh.« Er stellt es wieder weg, natürlich an den falschen Platz, und hockt sich auf das Fußende meiner Matratze. Ich unterdrücke ein Brüllen. Die Bettwäsche muss ich rauswerfen, vermutlich sogar verbrennen. »Sal macht sich ein bisschen Sorgen um dich. Wir wissen noch nich so viel von dir, und du ziehst dich immer so zurück. Deshalb soll ich mal nach dir sehen. Gucken, ob alles okay ist.«

Ich entspanne mich ein wenig. »Wirklich? Das ist aber nett.«

»Ja. Du bist irgendwie ein Rätsel, Cassandra.« Wieder sieht er sich in meinem Zimmer um. Rülpst. Mit aufeinandergepressten Lippen laufe ich schnell zum Fenster und reiße es auf. »Irgendwie mysteriös. Ich kann nie sagen, was du denkst. Du verziehst nie das Gesicht, weißt du? Und deine Stimme ist auch so eintönig. Wie bei 'nem Roboter. Hey.« Er schnappt sich meine Farbfächer vom Bett. »Du darfst hier nich streichen. Sals Dad will nich, dass wir renovieren.«

»Ich will nichts streichen«, sage ich barsch.

»Nich?« Er starrt die Karten an. »Dann … hast du die hier nur als, was, Nachtlektüre? Liegt so was darum auch im Bad?« Er stiert mich ein paar Sekunden lang an und bricht dann in Gelächter aus. »Du bist schon ein schräger Vogel, Dankworth, echt. Bist du irgendwie zurückgeblieben? Fehlt dir hier oben was?« Er tippt sich gegen den Kopf. »Nich böse gemeint, aber so sieht doch nich das Zimmer einer erwachsenen Frau aus.«

Ich spüre, wie mir die Hitze ins Gesicht steigt. »Und das war nicht böse gemeint, ja?«

»Ey, nich gleich zickig werden.« Er streckt die Hände aus und starrt sich ein paar Sekunden lang volltrunken auf die Finger, völlig fasziniert, dann konzentriert er sich wieder auf mich. »Ich versuch nur, dich zu verstehen. Bin nur neugierig, sonst nix.« Noch ein Hicksen. »Du bist irgendwie kindisch, aber auch eine echte Oma, mit deinem ganzen Tiefkühlessen und den verrückten Outfits und dem Kuscheltier und dem Bademantel und den Figürchen und der Igelschüssel. Dachtest du, ich hab die Igelschüssel nich gesehen? Was soll das alles?«

Das süße Gesicht bereitet mir beim Frühstück gute Laune, allerdings hilft es vermutlich gerade wenig, wenn ich Derek das erkläre.

»Es ist nur eine Schüssel«, antworte ich knapp.

»Aber du bist auch heiß.« Er betrachtet mein Gesicht. »Sehr hübsch. Wahnsinnskörper unter all dem Flausch. Ich wette, im Bett sorgst du echt für Überraschungen. Effizient. Fleißig. An alles kann 'n Haken dran. Blowjob – check! Handjob – check! Orgasmus – check, check, check! 'ne zehn von zehn. Gold-Medaillen-Smiley-Sticker-Sex.«

Vor Entsetzen klappt mir die Kinnlade runter.

Irgendwie ist das hier noch schlimmer als im ersten Durchgang. Warum will das Universum ständig, dass ich umziehe?

Warum darf ich kein Zuhause haben? Ich brauche doch nur ein Zimmer ohne betrunkenen Kerl, der mich mitten in der Nacht aufweckt, um mit mir über Geschirr und meine sexuellen Fähigkeiten zu reden. Ist das wirklich zu viel verlangt?

»Hey.« Er gluckst, als ich versuche, den flauschigen Bademantel mit meiner Haut verschmelzen zu lassen. »Ich mach doch nur Spaß, Dankworth. Alles nur ein Scherz. Kein Grund, so verschreckt zu gucken. Ich bin ja kein *Raubtier* oder so. Ich albere nur rum.«

Eine seichte Déjà-vu-Welle trifft mich, als säße ich in einem Boot.

»Ich bin wirklich müde«, starte ich einen neuen Versuch und bemühe mich, freundlich zu bleiben. »Können wir, was auch immer das für eine Unterhaltung ist, auf morgen früh verlegen?«

»Mach ich dich nervös, Cassie?« Derek grinst mich an.

»Ja«, gebe ich dieses Mal zu.

»Das ist nich meine Absicht. Ich will nur, dass du dich wohlfühlst. Immerhin ist mein *casa* auch dein *casa*. Oder, besser gesagt, dein *Casa*-ndra. Haha.«

Ach was, er hat diese Aussage noch widerlicher gemacht. Verzweifelt suche ich nach einem Rückzugsort, nur leider gibt es hier keinen, weil eigentlich mein Zimmer diese Funktion übernehmen sollte.

»Triffst du dich denn mit jemandem?« Derek streckt den Arm aus und zupft mir eine Fluse vom Bademantel. Ich zucke zusammen und schrecke zurück. »Kenne ich ihn? Wer immer er ist, er ist ein Glückspilz, so viel ist klar. Du bist ein guter Fang, wenn ich das sagen darf, Cassandra Dankworth.«

Endlich kriege ich den Mund auf.

»Raus hier.« Ich halte ihm die Tür auf. »Los.«

»Woah.« Er blinzelt. »Das ist aber unhöflich. Warum flippst du gleich aus? Ich wollte nur freundlich sein. Du verstehst das nich richtig, kriegst das in den falschen Hals. Ich hab das nich komisch gemeint, oder so.«

Zögernd mustere ich ihn genau. Seine Farben und seine Worte und seine Miene passen nicht zusammen, und das verwirrt mich völlig. Letztes Mal, als er gesagt hat, ich würde das nicht richtig verstehen und in den falschen Hals kriegen, habe ich ihm geglaubt, weil mir das so oft passiert. Ich habe schon so viele Beziehungen kaputt gemacht, romantische und andere. Sicher bin ich immer noch nicht, was ich hier glauben soll, es ist alles so verworren, aber diese Widersprüchlichkeit lässt mich auf einmal an uns beiden zweifeln.

»Tut mir leid«, sage ich unsicher. »Aber ich … ich bin müde, Derek. Es war ein langer Tag. Ich will wirklich wieder ins Bett.«

»Macht nix.« Er betrachtet mein Bett und steht auf, schwankt leicht. »Okay, Karten auf den Tisch. Ich weiß, dass du dich ein bisschen in mich verguckt hast, Cassie. Das ist nich zu übersehen. Du kannst mir nich in die Augen gucken, du redest wirres Zeug, wenn ich da bin, wirst ständig rot, verlässt immer panisch den Raum, in dem ich bin. Wirklich süß. Nix, wofür man sich schämen muss. Wenn ich nich mit Sal zusammen wäre, dann … wer weiß?« Er lächelt betrübt. »Ich *bin* aber mit Sal zusammen. Ich liebe Sal. So sieht's aus. Das mit uns wird nix. Ich bin gekommen, um dir das zu sagen.«

Macht man das so? Mitten in der Nacht in anderer Leute Zimmer kommen, deren Sachen betatschen, um ihnen zu sagen, dass man jemand anderen liebt? Kommt mir nicht sehr logisch vor, aber Menschen sind auch nicht sehr logisch, wie soll ich das also beurteilen?

»Ich kann niemandem in die Augen gucken«, erkläre ich. »Das hat nichts zu bedeuten.«

»Jetzt guckst du mich aber an«, stellt Derek stolz fest, als hätte er mich beim Lügen ertappt. »Das stimmt also schon mal nich.«

»Weil ich gerade unter Schock stehe.«

Plötzlich keimt Hoffnung in mir auf. Das hier könnte meine Chance sein, die Geschichte wieder in die richtige Bahn zu lenken. Ich muss nur sehr langsam und behutsam vorgehen: mich Schritt für Schritt über den knackenden Boden bewegen wie ein winziges Tier, das dem hungrigen Tiger entgehen will.

Mit aller Kraft, die ich noch aufbringen kann, blicke ich Derek aufrecht und gerade an.

»Es tut mir leid, dass ich einen falschen Eindruck vermittelt habe«, sage ich so laut und deutlich ich kann. »Aber das ist ein kleines Missverständnis. Ich stehe nicht auf dich, Derek, ich finde dich weder körperlich noch geistig oder emotional anziehend. Wenn überhaupt, finde ich dich abstoßend. Sexuell, aber auch auf einer viel tieferen, spirituelleren Ebene. Wenn Sal nicht so nett wäre – und du eben zu ihr gehören würdest –, würde ich nie wieder etwas mit dir zu tun haben wollen. Niemals. Nicht mal mit all den unendlichen Chancen, die die Zeit mir gibt.«

Das war nicht sehr freundlich, stimmt schon, aber wenigstens sollte es die Situation aufklären. *Ein kleines Missverständnis* – so sollte meine Autobiografie heißen.

»Hab's kapiert.« Derek zwinkert. »Klar und deutlich.«

Ich starre ihn an. »Warum zwinkerst du?«

»Nur so.« Er grinst. »Hab dich verstanden. Mehr sag ich nich.«

»Fühlt sich nicht so an, als hättest du mich verstanden.« Verwirrt runzele ich die Stirn. »Dieses Zwinkern fühlt sich an, als wolltest du etwas ganz anderes sagen.«

»Nope.« Derek streckt sich. »Du stehst nich auf mich. Ich nich auf dich. Da sind wir uns absolut einig, Cassie. Also alles gut.«

Endlich schlendert er aus dem Zimmer, lehnt sich dann aber mit seinem trunkenen Schädel wieder an den Türrahmen.

Wir starren uns an.

Er grinst immer noch, und es ist toll, dass er die Abfuhr so gut aufnimmt, aber ich werde das Gefühl nicht los, dass er nur so wirkt, weil er sie gar nicht aufgenommen hat. Allerdings kann ich ihm auf keinen Fall noch mal sagen, dass ich ihn abstoßend finde. Zweimal wäre doch irgendwie grausam.

»Ich hab dich gegoogelt«, sagt er unvermittelt. »Wusstest du, dass Dankworth einer der seltensten Nachnamen in diesem Land ist? Darüber gibt es sogar einen Artikel. Dankworths sind anscheinend vom Aussterben bedroht.«

Er mustert mich eindringlich, offenbar ganz schön zufrieden mit sich selbst.

»Ja, ich weiß.«

»Und über dich findet man online erstaunlich wenig«, redet er weiter. »Also wirklich nix. Keine Accounts bei Social Media. Du arbeitest in der PR, und trotzdem existierst du im Internet quasi nich. Schon komisch. Als wolltest du dich vor irgendwas verstecken. Oder vor irgendwem.«

Ich warte, verliere dann aber die Geduld. »Komm zum Punkt.«

»Letztens war eine heiße Braut hier und hat nach dir gesucht.« Schon wieder zwinkert er mir zu. »Echt hübsch. Richtig süß. Wenn du heimlich eine Lesbe bist, dann unterstütz ich das absolut. Kapiert? Ich steh da total hinter. Wenn du verstehst, was ich meine.«

Plötzlich bin ich so müde wie noch nie.

In meinem ganzen Leben.

Es könnte so einfach sein. Ich könnte die Zeit zurückdrehen und das Klopfen ignorieren. Aber auf einmal will ich das nicht. Ich habe die Nase voll vom Zeitreisen. Es bringt mich nur in Situationen, in denen ich nicht sein will.

»Red dir nichts ein«, sage ich erschöpft. »Man kann sehr gut auf Männer stehen und dich trotzdem nicht wollen.«

Und damit schlage ich ihm die Tür vor der Nase zu.

# 27

Nur … ist irgendetwas schiefgelaufen.

Ich bin nicht sicher, wo oder was, aber ich spüre es in dem Moment, als ich am nächsten Morgen aufwache. Wie ein Loch im Reifen. Bloß ein winziges Loch in der Zeit, aber groß genug, dass die gesamte Luft entweicht und alles in eine völlig andere Richtung lenkt.

Zuerst denke ich, es liegt an Derek, doch als ich auf dem Weg zur Arbeit im Flur in ihn stolpere, sieht er mich mit verschwitztem Gesicht über den Rand eines Wasserglases hinweg an. »Haben wir uns gestern Abend gesehen? Ich hab das Gefühl, wir haben uns unterhalten, aber ich weiß beim besten Willen ni…«

Er beendet den Satz mit einem Sprint ins Bad, wo er sich bei offener Tür übergibt, also liegt es wohl nicht an ihm.

Dann fürchte ich, es ist Sal – dass Derek womöglich irgendwas zu ihr gesagt hat, als sie gestern Nacht nach Hause gekommen ist. Aber sie werkelt in der Küche, summt fröhlich und strahlt mich an, als ich reinkomme.

»Morgen! Ich mache Croissants.« Zweifelnd begutachtet sie ihr Werk, nicht sicher, ob die Aussage stimmt. »Mit ›machen‹ meine ich, dass ich den Teig auftaue und aufrolle, aber ich fühl mich trotzdem total französisch und kultiviert. Willst du eins?«

Sie ist es anscheinend auch nicht.

Ich lehne höflich ab – das Angebot ist zwar nett, aber zu viel Handarbeit für meinen Geschmack – und schaffe es irgendwie zur Arbeit, während ich noch immer versuche, diesen Tag mit den Fingern abzutasten. Wo entweicht die Luft? Im Laufe des Tages kann ich auch Barry und Sophie und Anya und Miyuki und Anton ausschließen. Jack und Gareth oder die Shark-Skin-Kampagne sind es ebenfalls nicht, da nimmt gerade alles einen unerwartet positiven Verlauf.

Keine Ahnung, woher ich weiß, dass sie es nicht sind – wenn man bedenkt, dass meine ursprüngliche Zeitlinie mit rasender Geschwindigkeit ausbleicht, wie wegradierte Bleistiftstriche auf einem Stück Papier. Es ist einfach ein Bauchgefühl: Sie sind nicht das Loch, das ich suche.

Um Punkt halb zwölf schreibe ich Will:

Hey! Tut mir echt leid wegen gestern.
Wie war die Ausstellung?
Ich wünschte, ich hätte es geschafft!
C :-**

Dieselbe Nachricht habe ich ihm beim letzten Mal auch geschickt, zur exakt selben Zeit.

Will antwortet nicht.

Ich täusche noch ein paar Anrufe bei Journalist*innen vor und verschicke ein paar Copy-and-paste-Mails. Barry kommentiert die Berechenbarkeit meines pinken Donnerstagsjumpsuits, aber immer noch keine Antwort von Will.

Dieses Schweigen wiegt so schwer, es erdrückt mich beinahe.

Als der Tag sich dem Ende zuneigt, fällt langsam alles in sich zusammen, wird instabil, der Zeitschlauch ist komplett leer. Was hat sich verändert? In der ursprünglichen Zeitlinie bin ich auch nicht zur Ausstellung gegangen, oder? Ich habe am nächsten Tag genau denselben Text geschickt. Will hat geantwortet: *Mach dir keinen Kopf! Es war toll. Du hast gefehlt! Dinner morgen Abend? :-***

Bloß hat er das in dieser Zeitlinie nicht getan, und der *einzige* Unterschied, der mir einfällt, ist, dass wir auf der ursprünglichen Linie noch keinen Sex hatten. Kurz fürchte ich, dass das der Grund ist und man sich deshalb an die Gesetze des Internets halten muss, aber dann fällt mir ein, dass wir hier von Will reden und ich mich lächerlich mache.

Er ist ein anständiger Mann. Ich glaube nicht, dass ich ihn mit der Verfügbarkeit meiner Vagina vertrieben habe.

Trotzdem weiß ich nicht, wie ich diese Situation lösen soll, oder was ich tun kann, damit alles wieder in geordnete Bahnen kommt. Deshalb breche ich auf dem Heimweg noch ein heiliges Gesetz des Internets und schreibe ihm aus purer Verzweiflung eine weitere Nachricht:

Alles o. k.?
:-*

Als mein Handy um Punkt zehn Uhr abends piept, weiß ich es mit Sicherheit.

Will ist das Loch, die Glasscherbe. Irgendwas, das ich getan habe, hat uns splittern lassen wie eine Glasflasche.

Alles gut! Schade, dass du nicht dabei warst!

Ich kaue auf den Fingernägeln und starre das Display an.

Kein Kuss. Kein »Du fehlst mir«. Keine Einladung zum Essen morgen.

Was soll ich jetzt tun? Ich kann nicht einfach alles rückgängig machen, weil ich nicht weiß, was genau falsch gelaufen ist. Wo soll ich ansetzen? Bei unserem ersten Date? Beim zweiten? Gestern? An gestern kann ich nicht wirklich etwas ändern, weil mich alles in dieselbe Zwickmühle bringen würde. Wenn ich wieder zum Anfang zurückreise und von vorne beginne, wäre alles, was ich schon erreicht habe, umsonst gewesen. Dann wird mein Leben womöglich noch schlimmer. Womöglich bleibe ich irgendwo stecken. Womöglich werde ich aus der Zeit geschmissen und kann nicht wieder zurückkommen, wie ein Hamster, der aus seinem Laufrad fällt.

Außerdem habe ich nicht die Kraft, alles noch mal von vorne zu machen.

Nennt mich faul, aber Zeitreisen sind wirklich anstrengend.

Also versuche ich stattdessen, die Situation mit Will zu lösen wie ein normaler, zeitabhängiger Mensch:

Hoffentlich beim nächsten Mal! Morgen Lust auf Lunch? :-*

Das dauert zu lange.

Sogar viel zu lange. Vor dreißig Sekunden hatte Will sein Handy offensichtlich noch in der Hand.

Irgendwann kommt die Antwort:

Eigentlich gerne! Aber die Arbeit ist gerade echt stressig. :-(

Ich habe schon lange den Verdacht, dass »keine Zeit« eigentlich »keine Zeit *für dich*« bedeutet, aber jetzt habe ich zum ersten Mal einen handfesten Beweis.

Es lief doch alles so gut. Was bedeutet, dass es einen Moment gegeben hat, in dem etwas zwischen uns zerbrochen ist, und ich muss herausfinden, wann und was genau der Auslöser war, damit ich zurückreisen und das in Ordnung bringen kann.

Es sei denn …

(»Cassandra macht sich zu viele Gedanken.«)

Es sei denn, ich *interpretiere das alles wieder falsch.*

(»Cassandra kann ganz schön neurotisch und obsessiv sein.«)

Es sei denn, ich setze all die Hinweise falsch zusammen wie ein ungeduldiges Kind die Teile eines Puzzles, wodurch die Nase dort landet, wo eigentlich ein Auge sein sollte, ein Schwanz an der Stirn, ein Tisch im Himmel. Es ergibt keinen Sinn, weil es so nicht gedacht war. Ich versuche, eine Verbindung zu erzwingen, wo keine vorgesehen ist, ein Bild zusammenzusetzen, das gar nicht auf der Verpackung abgebildet ist, und wundere mich dann, warum es seltsam aussieht.

Nicht jeder ist wie ich, das ist mir schmerzlich klar.

Nicht jeder klammert sich so an eine viermonatige Beziehung oder hat keine Ahnung, wie man eine Beziehung am Laufen hält.

Nicht jeder hat mit einunddreißig noch keinerlei ernsthafte romantische Erfahrungen gemacht.

Nicht jeder findet Liebe verwirrend und unwirklich. Mystisch und unerreichbar wie eine Geschichte, die vor langer Zeit über andere Menschen erzählt wurde.

Nicht jeder steigert sich hinein, überinterpretiert und hat dann Schwierigkeiten, loszulassen und weiterzumachen.

Nicht jeder klammert sich panisch an jede einzelne soziale Interaktion, als würde er an einer Klippe baumeln.

Vielleicht ist Will wirklich beschäftigt. Er ist ein echter Erwachsener mit einem echten Erwachsenenleben – mit Freundeskreis und Familie, einem Job und Hobbys und offenbar einem Teilzeithund –, während ich die Erwachsene nur vortäusche wie diese Spinnen, die die Beine hochhalten, damit sie aussehen wie Ameisen.

Ein Geräusch ertönt – ein Quietschen draußen vor meinem Zimmer, als würde eine Maus eine Tür öffnen –, und ich erstarre instinktiv, das Handy noch in der Hand.

Als ich nichts weiter höre, konzentriere ich mich wieder auf mein Schreiben:

Woran arbeitest du denn? Kämpfst du wieder mit einem Polarbären?
;-) :-*

Ein Piepen:

Ha, woher weißt du von dem Polarbären?!

*Verdammt.*

Du hast ihn im Pub erwähnt! Wie wäre es mit Essen am Freitag?
:-*

Jetzt belüge ich den armen Kerl zur Krönung auch noch. Ich bin eine furchtbare, selbstsüchtige Person, die für den Rest ihres einsamen Lebens nichts anderes als einsilbige Ha-Antworten und Singleportionen Chili aus der Mikrowelle verdient.

Vor meiner Zimmertür quietscht es erneut, und wieder erstarre ich.

*Piep.*

O. k.! Klingt gut! Soll ich zu dir kommen? Brixton, oder?
:-*

Da haben wir es: Ich bin eine neurotische Idiotin. So läuft das nun mal ab, wenn man mit einem Hirn klarkommen muss, das tut, als gäbe es jede Sekunde des Lebens ein Verbrechen, das umgehend gelöst werden muss.

Bedeutend entspannter antworte ich:

Genau! Brixton! Freitag! Freue mich!
:-*

Danach klettere ich langsam aus dem Bett. Zeit, mich dem Quietschen zu stellen. Wenn das Geräusch wieder von einem lauernden, betrunkenen Derek kommt, dann schwöre ich bei Gott, werde ich ihm mit meinem goldenen Pfau Dinge antun, von denen selbst Hera entsetzt wäre.

»Hallo?« Ich schnappe mir meinen Bademantel und öffne die Tür. »Was machst du …«

Der Flur ist leer.

Das beklemmende Gefühl wird stärker, aber ich wage mich trotz meiner Nervosität aus dem Zimmer und lege lauschend den Kopf schräg, wie ein Spaniel. Da quietscht es wieder, jetzt dreimal. Doch weil ich es zu Dereks und Sals Zimmer zurückverfolgen kann, lasse ich es gut sein: Das ist ziemlich sicher eine schräge Sexsache und erfordert kein weiteres Eingreifen meinerseits.

Gerade schleiche ich zurück, als es wieder passiert, doch dieses Mal erkenne ich das Geräusch als Weinen. Und jetzt nehme ich auch das dunkle Blaugrau wahr, das unter der Tür hindurchsickert. Es ist mir zwar peinlich, aber meine erste Reaktion ist: *Nein, danke. Kein Weinen.* Keine starken Gefühle anderer Leute. Sie sind zu klebrig, zu intensiv. Sie füllen mich mit so vielen Farben, bis ich glaube zu ertrinken und meine eigenen nicht mehr spüren kann.

Aber das Weinen wird lauter, und irgendetwas zerrt wie wild an mir. Ich kehre um und klopfe an die Tür.

»Hallo? Sal? Und Schrägstrich oder Derek? Alles okay?«

Kurz herrscht Schweigen – bitte nicht Derek, bitte nicht Derek, bitte nicht –, dann macht Sal mir auf, mit wunderschönen, aber geschwollenen Augen. »Hab ich dich geweckt?« Sie schnieft und kriecht zurück in ihr ansonsten verlassenes Bett. »Tut mir leid. Ich bemühe mich beim nächsten Mal, wenn ich – Zitat – ›besorgniserregend labil‹ bin, weniger Lärm zu machen.«

Zögernd bleibe ich im Türrahmen stehen und versuche herauszufinden, was die gesellschaftlich angemessene Reaktion wäre. Vermutlich wird von mir erwartet, dass ich in dieser Situation ihren Schmerz erkenne, zu ihr stürme und die Arme um sie schlinge, um ihr zu sagen, dass alles wieder gut wird, aber ich glaube nicht, dass ich körperlich dazu in der Lage bin.

(»Cassandra mangelt es an Empathie.«)

»Du bist traurig«, stelle ich zögerlich fest.

»Ich bin traurig.« Sal lacht mit einem feuchten Schniefen in ihren Ärmel. »Ein bisschen. Aber eigentlich bin ich sauer, und dagegen muss ich was tun. Deshalb hab ich schon Sachen aufgereiht, die nicht mir gehören, damit ich sie bei Bedarf kaputt machen kann.«

Sie deutet auf die Aftershaves, elektronischen Geräte und eine beunruhigend große Auswahl an Haarprodukten, die alle ganz offensichtlich Derek gehören. Ich bin fast ein bisschen neidisch auf Sal. Es muss toll sein, zu jedem Zeitpunkt genau zu wissen, was man fühlt.

»Geht es um Derek?« Ich mache einen Schritt nach vorne. »Habt ihr … Streit?«

»Jetzt komm schon richtig rein, Cassie.« Sal klopft neben sich aufs Bett. »Lunger da nicht so in der Tür rum.« Dann verhärtet ihre Miene sich, und sie bricht wieder in Tränen aus. »Ob wir Streit haben? Kann ich nicht sagen. Ich habe auf jeden Fall Streit. Keine Ahnung, ob er auch Streit hat. Derek denkt offenbar, dass ich ständig überreagiere, und ich habe Angst, dass er recht hat.«

Ich zögere, die Anspannung in mir wächst.

Das kommt dem, was in der ersten Runde passiert ist, gefährlich nahe. Irgendwann haben sie sich immer häufiger gestritten, und als ich endlich gestanden habe, dass Derek mich angemacht hat, hat er es abgestritten, und irgendwie – ich weiß bis heute nicht, wie – war das Ganze plötzlich meine Schuld. Eine falsche Bewegung, und alles geht den Bach herunter. Nur weiß ich nicht, was die richtige Bewegung wäre, weil ich die Situation immer noch nicht deuten kann. Baggert Derek mich an, oder ist er nur freundlich? Ist es unangebracht, oder reagiere ich über? Sind meine Sozialkompetenzen mangelhaft oder seine? Woher soll ich das wissen? Und was sollte ich Sal überhaupt sagen? Dein Freund hat mir immer wieder versichert, dass er kein Interesse an mir hat, weil er dich liebt? Ich bin zwar keine Anwältin, aber das scheint mir kein stichhaltiger Beweis gegen ihn zu sein.

Sal weint immer noch. Keine Ahnung, wie ich sie trösten soll, aber ich möchte es unbedingt versuchen.

Zaghaft lege ich ihr einen steifen Finger auf die Schulter.

»Ich werde dieses Jahr dreißig«, sagt sie unaufgefordert. »Ich bin fast dreißig, Cassie, und wohne in einer Wohnung, die mein Vater bezahlt. Ich weiß nicht, was ich beruflich machen will, dafür habe ich einen Freund, der immer wieder betont, dass er ›langfristig plant‹. Als wäre unsere Beziehung ein strategischer Schachzug. Ich kann nicht kochen. Ich kann nicht massieren. Ich hab schon drüber nachgedacht, einen Youtube-Channel zu starten, aber …«

»Tu's nicht«, sage ich bei der Erinnerung an ihr Lippenstiftvideo schnell. »Schlechte Idee.«

»Klar, du hast recht.« Wieder fängt sie an zu weinen. »Was zur Hölle stimmt mit mir nicht? Im Ernst, ich dachte, wenn ich dreißig bin, wüsste ich, was ich mit meinem Leben anfangen will, aber ich hab keine Ahnung. Ich weiß nicht, was ich will. Ich weiß nicht, was ich nicht will. Ich weiß nicht, was mich glücklich machen könnte. Und beim Rest der Welt klappt alles wunderbar. Wenn ich online gehe, sehe ich, dass alle, die ich kenne, Babys kriegen, sich verloben, befördert werden oder eine neue Küche kaufen. Es fühlt sich an, als würde echt jeder außer mir Fortschritte machen.«

»Ich nicht«, biete ich an. »Ich drehe mich nur im Kreis.«

Sie lacht. »So fühlt es sich manchmal an, oder?«

»Ja«, nicke ich mitfühlend. »Genau so.«

»Vielleicht sollte ich meine Existenzkrise nicht an meinem Freund auslassen.« Sie fährt sich mit der Hand durch die Locken, und auf unerklärliche Weise springen sie zurück in die perfekte Form. »Derek meint, dass ich genau das mache, und er hat wahrscheinlich recht. Ich bin mit meinem Leben generell unzufrieden und lasse es an ihm aus. Ich fühle mich *verrückt*. Als wüsste ich nicht mehr, was echt ist und was nicht. Ich werfe ihm vor, dass er mit einer anderen schreibt, und dann stellt sich raus, es ist bloß seine Cousine oder so. Wir gehen ins Restaurant, ich beschuldige ihn, dass er der zwanzigjährigen Kellnerin seine Nummer aufschreibt, aber er hat ihr anscheinend nur einen Wein empfohlen, den sie nicht auf der Karte haben. Was ist denn bloß los mit mir? Er hat recht. Ich verliere wirklich langsam den Verstand.«

Sie sieht mich mit ihren riesigen Augen durch nasse Wimpern an, und ich kann ihre Trauer spüren, ihre Angst, ihre Scham, alles durcheinander. Ich spüre, wie ihr Selbstbild wankt. Und das will ich nicht. In einem plötzlichen – und sehr seltenen – Anflug von Überzeugung wird mir klar, wie sehr ich sie mag, und zwar schon seit dem Tag meines Einzugs.

»Du verlierst nicht den Verstand«, murmle ich.

Sie runzelt die Stirn. »Nicht?«

»Salini, hör mal.« Ich hole tief Luft. »In dreizehn Tagen werde ich dir erzählen, dass Derek mich anmacht. Er wird es so überzeugend abstreiten, dass ich mich dafür entschuldigen werde, die Situation falsch gedeutet zu haben. Dann wird er behaupten, ich würde auf *ihn* stehen und deshalb *ihn* anmachen – im Grunde wird er sogar sagen, dass er sich deshalb total unwohl fühlt, mit mir zusammenzuwohnen –, und ich werde furchtbar verwirrt sein von all den Emotionen und denken, dass er recht hat und ich mich auch dafür entschuldigen müsste.«

Stutzig sieht sie mich an. »Was?«

»Dich wird die Situation verständlicherweise sehr aufregen, und du wirst vorschlagen, dass ich mir eine andere Bleibe suche.«

»Ich …« Sal reibt sich durch das müde Gesicht. »Was meinst du mit ›in dreizehn Tagen‹?«

»Es ist noch nicht passiert«, gebe ich zu. Erst jetzt bemerke ich, dass mein Finger immer noch auf ihrer Schulter liegt, also ziehe ich ihn hastig weg. »Es ist eine … Prophezeiung, schätze ich.«

Sal mustert mich eindringlich. »Eine Prophezeiung? Dass mein Freund dich anmacht? Oder anmachen *wird?* In der Zukunft? Ich versteh gar nichts: Hat er dich angemacht oder nicht?«

»Weiß nicht«, muss ich gestehen. »Aber ich wollte dich zur Sicherheit vorwarnen.«

Langsam lehnt Sal sich auf dem Bett von mir weg, als bräuchte sie dringend Abstand. »Das ist echt schräg, Cassandra. Und nicht nett. Derek sagt schon seit deinem Einzug, dass du ein bisschen seltsam bist. Bisher hab ich dich immer in Schutz genommen, aber das hier hilft echt überhaupt nicht. Versteh ich das richtig? Du behauptest, du kannst in die Zukunft sehen?«

»Nein. Kann ich nicht. Nicht richtig. Ich hatte gehofft, ich könnte. Das Zeitreisen wäre so viel einfacher, wenn ich wüsste, was auf mich zukommt. Damit ich mich vorbereiten kann. Aber es läuft nicht so, wie ich es mir vorgestellt hab. Jedes Mal wenn ich zurückreise, verändert sich was. Also nein, ich kann nicht in die Zukunft sehen. Ich kann sie nur erraten, auf Grundlage dessen, was ich schon erlebt hab. Ich bin keine Prophetin, und das macht mich vermutlich zur schlechtesten Kassandra aller Zeiten.«

Offensichtlich spreche ich von der trojanischen Priesterin Kassandra – und nicht von mir selbst in der dritten Person –, aber Sal gibt mir nicht die Gelegenheit, das zu erklären.

Sie rückt noch weiter von mir ab. »Willst du sagen, dass du jetzt eine *Zeitreisende* bist?«

Ich habe schon einige Bücher über Zeitreisen gelesen, und in keinem davon stand, wie man das Thema geschickt in einer Unterhaltung einfließen lässt.

»Ja«, bestätige ich. »Wobei, eher eine Art … Beta-Testerin. Mit eingeschränkten Fähigkeiten.«

Sal reißt die Augen auf. Natürlich habe ich nie ernsthaft erwartet, dass sie mir glaubt: Wenn ich eins aus Kassandras Fluch gelernt habe, dann, dass das niemand jemals tut. Trotzdem musste ich es versuchen. Wenigstens einmal. Damit ich mich nicht ganz so allein fühle.

»Verdammte Scheiße«, flucht Sal, als ich die Augen schließe. »Genau darum sucht man sich seine Mitbewohner nicht übers Intern…«

»Was ist denn bloß los mit mir?« Sal starrt mich wieder mit glänzenden Augen an. »Er hat recht. Ich verliere wirklich langsam den Verstand.«

Jetzt ist offensichtlich nicht der richtige Moment, um ihre Zweifel weiter auf die Probe zu stellen, auch wenn es absolut kathartisch war, mir mein Schicksal von der Seele zu reden.

»Du verlierst nicht den Verstand«, murmle ich.

Sal blinzelt. »Nicht?«

»Nein.« Kurz überlege ich, wie ich es ausdrücken soll. »Vertrau deinem Bauch. Oder … deinen Nieren, deinen Ohrläppchen, deinen Knöcheln, oder wo auch immer du die Wahrheit spürst. Da ist dieses Gefühl, etwas … Festes. Ein Safe Space – und irgendwie weiß er Bescheid. Wenn sich das mit Derek falsch anfühlt, dann ist es das wahrscheinlich auch.«

Mit gerunzelter Stirn legt Sal sich die Hand auf den Bauch und streicht dann langsam nach oben, bis sie sich zwei Finger direkt unter die Kehle legt.

»Hier«, sagt sie dann. »Das Gefühl kommt von hier.«

»Meins sitzt zwischen den Schulterblättern und ganz oben an der Wirbelsäule.« Ich grinse leicht. »Und im Unterleib, wobei das auch unverdautes Veggie-Chili sein könnte. Mir fällt es auch total schwer, dieses Gefühl zu spüren, die Stimme wahrzunehmen. So oft konzentriere ich mich nur auf die Musik in meinem Umfeld, anstatt der einen Note in mir selbst zuzuhören.«

Schwesterlich schweigend sitzen wir ein paar Minuten nebeneinander: Sal mit ihrer Hand am Hals, und ich mit meiner im Nacken.

»Danke, Cassie«, sagt sie schließlich. »Ich fühle mich schon viel besser.«

»Ich auch«, gebe ich zurück und stehe auf. Das war genug emotionale Intimität für einen Abend. »Es ist spät, ich sollte gehen.«

Wir lächeln uns peinlich berührt an, aber irgendwie haben sich die Farben bei uns beiden verändert, als wären wir ineinander verlaufen.

»Weißt du«, setze ich auf einmal an, bleibe in der Tür stehen und gähne so ausladend, dass ich es nicht mit der Hand verdecken kann. »Manchmal stecken wir aus einem bestimmten Grund fest. Vielleicht sollen wir noch nicht weitermachen, bevor wir den Grund nicht kennen.«

»Vielleicht.« Sal gähnt ebenfalls. »Gute Nacht, Cassie.«

»Gute Nacht«, antworte ich.

Und bringe mich selbst wieder ins Bett.

# 28

Die Wahrheit hat immer Konsequenzen.

Meine Unterhaltung mit Sal verfolgt mich noch den ganzen Tag, selbst in der Agentur. Sie kitzelt mich sanft am Hinterkopf wie ein Spinnennetz. Das erinnert mich an Arachne, die talentierte griechische Weberin, die von Athene zu einem Wettstreit am Webstuhl herausgefordert wurde. Arachne webte einen Wandteppich, doch anstatt die allseits bekannten Geschichten darzustellen, zeigte sie die Götter mit ihren geradezu menschlichen Fehlern – wie sie Sterbliche hintergingen, Frauen missbrauchten und angriffen, uns für ihre eigenen Vergehen und Selbstgefälligkeiten bestraften.

Als Athene sah, was Arachne gewebt hatte – wunderschön und zutreffend zugleich –, war sie so erbost, dass sie Arachnes Arbeit zerfetzte. Diese erhängte sich danach verzweifelt, wurde jedoch von Athene in eine Spinne verwandelt und musste bis in alle Ewigkeit spinnen und am Faden hängen.

Die ganze Wahrheit ist nie einfach oder angenehm. Oft ist es viel sicherer, einen Mittelweg zu wählen, der alle glücklich macht.

Vor allem wenn es um die Geschichte geht, die wir für uns selbst weben.

Freitagabend weiß ich, dass das Ende naht.

Will und ich waren den ganzen Tag still und beschäftigt: er damit, seine Tiere zu schneiden, und ich damit, die Lorbeeren für die SharkSkin-Kampagne an Sophie zu übergeben. Sie ist überzeugt, die ganze Sache wäre meine Idee gewesen, was sowohl frustrierend als auch meine Schuld ist, weil ich in dieser Zeitlinie vergessen habe, sie selbst darauf kommen zu lassen. Darum habe ich in der Mittagspause heimlich Stichworte in ihre Unterlagen gekritzelt und dann versucht, sie zu überzeugen, dass ich sie gestohlen habe. Wie ein menschliches Notizbuch habe ich ihre Ideen von der einen Realität in die andere getragen.

Mit gerunzelter Stirn gucke ich noch mal auf die Uhr.

Ich warte vor dem Bahnhof Brixton, und Will ist jetzt – lasst mich kurz rechnen – sechzehneinhalb Minuten zu spät. Plötzlich spüre ich einen kleinen Funken Wahrheit, der in mir anfängt zu lodern: Damit werde ich nicht den Rest meines Lebens klarkommen. Sind ein chronischer Zuspätkommer und eine Person, die jegliche Form von Verspätung schrecklich stresst, wirklich so ein tolles Liebespaar?

Als ich ein Tippen auf der Schulter spüre, springe ich vor Schreck fast einen halben Meter in die Luft.

»Mist. Hi, sorry. Ich wollte dich nicht erschrecken.«

Ich wirbele herum und entspanne mich: Wills Gesicht bereitet mir so viel Freude, selbst wenn es eine Viertelstunde später auftaucht, als es eigentlich sollte.

»Tut mir so leid.« Er küsst mich sanft auf die Wange. »Ich hab kein Taxi bekommen, also musste ich die Bahn nehmen, aber der Bahnsteig war gerammelt voll. Wartest du schon lange?«

»Ja.« Ich lächle schwach. »Aber mach dir keine Gedanken.«

Will läuft den Gehweg entlang, und mit einem leichten Stechen in der Brust beobachte ich, wie sein offener Mantel sich bei jedem Schritt aufbauscht. Ich versuche, irgendeine von Wills Farben zu erhaschen und zu deuten, aber da sind keine. Manchmal frage ich mich, ob wirklich irgendwer mit Sicherheit sagen kann, wie andere Menschen sich fühlen. Man sollte meinen, dass wir als Spezies inzwischen clever genug wären, uns dafür was auszudenken, aber anscheinend nicht.

»Wie geht es dir?«, frage ich deshalb und eile ihm hinterher.

»Gut«, erwidert er etwas zu schnell. »Und dir?«

»Gut«, wiederhole ich frustriert. Seht ihr, was ich meine? Das ist doch sinnlos. »Alles okay?«

Es ist nicht alles okay, das spüre ich wie eine eiskalte Hand im Nacken. Will bewegt sich ungewöhnlich schnell. Ich muss beinahe joggen, und trotzdem erreiche ich seine Hand nicht. Dreimal habe ich es versucht, aber ich kriege sie nicht zu fassen.

»Ich habe einfach einen Bärenhunger.« Er wird langsamer. »Tut mir leid.«

Als ich endlich meine Hand in seine schiebe, drückt er sie, bloß ein bisschen zu fest und nur etwas zu hastig, wie ein Kopftätscheln.

»Ich habe auch Hunger.« Noch ein Aufflackern des drohenden Untergangs. »Wo gehen wir hin?«

»Hm?« Will sieht mich nicht an. »Ich dachte, wir probieren eins dieser coolen neuen Pop-up-Restaurants aus.«

»Was?« Abrupt bleibe ich stehen. »*Wieso?*«

»Oh.« Auch er hält an und runzelt die Stirn. »Ich dachte, ich hätte dir deswegen heute Morgen geschrieben. Mist. Tut mir echt leid, schon wieder. Diese Woche war total … verwirrend. Du bist Vegetarierin, oder? Drei Minuten von dir ist so ein neuer Laden. Ich dachte, es wäre cool, den auszuprobieren.« Er lächelt. »Ein einzigartiges kulinarisches Erlebnis.«

Mich überläuft ein kalter Schauer.

»Okay, aber …« Ich verziehe das Gesicht. »Egal.«

Das Gefühl in meinem Nacken wird stärker. Kein Curry, kein dramatisches Verschlucken und Trinken aus einer Vase. Wir sind definitiv wieder vom richtigen Weg abgekommen. Natürlich könnte man argumentieren, dass das ein gutes Zeichen ist. Dass Will einen Treffpunkt ausgesucht hat, von dem er glaubt, dass er mir gefällt und zu meinem speziellen kulinarischen Geschmack passt. Objektiv gesehen ein Zeichen romantischer Bemühungen. So interpretiere ich es zumindest. Leider *fühlt* es sich nicht richtig an, und ich habe keine Lust mehr, dieses Gefühl ständig zu verdrängen.

Gemeinsam beobachten wir, wie ein weißer Van vorbeirast.

»Tut mir leid, dass ich mich diese Woche so wenig gemeldet

habe«, sagt Will, als wir die Straße überqueren. Unsere Hände sind immer noch verwoben, aber seltsam steif, als hätten sie nichts miteinander zu tun. »Irgendwie kommen immer alle Deadlines auf einmal.«

Ich nicke. »Klar, das versteh ich.«

Brixton ist grell und laut, aber ich kann bloß daran denken, dass es im ersten Durchgang keine Deadlines gab und ich ihm jetzt schlichtweg nicht glaube.

Wir gehen um eine vertraute Ecke. »Also, woran genau arbeitest d…«

Dann erstarre ich.

»Was ist los?« Will sieht mich unsicher an und folgt meinem Blick zu dem Frachtcontainer. »Magst du keine Eier? Hab ich es vermasselt?«

*Eierlei* steht in verschnörkelten gelben Buchstaben dort, wo vorher *Barock Me Darling* angeschlagen stand. Oder – wenn man es genau nimmt – wo es stehen wird, in ungefähr drei Monaten. Statt der antiken Spitzengardinen hängen hier jetzt weiße Vorhänge aus Musselin mit gelben Punkten, und vor dem Container steht die Statue eines gewaltigen hässlichen Huhns. Die Tatsache, dass ich Eier mit der Intensität von tausend glühenden Sonnen hasse, scheint das geringste meiner Probleme zu sein.

Ich hatte recht: Etwas ist aus der Bahn geraten.

Nur weiß ich immer noch nicht, wie.

»Willkommen im *Eierlei!*« Die Lippenstiftfleckfrau lächelt uns über ihr Klemmbrett hinweg an, bloß ist ihr Lippenstift dieses Mal knallorange und ihr Kragen mit Federn bestückt. Doch es ist genau dieselbe Frau wie beim letzten Mal. Oder beim nächsten Mal. Ich verliere den Überblick. »Hoffentlich können wir euch heute Abend ein gehaltvolles Genuss-*Ei*-lebnis bereiten. Name?«

»Baker«, antwortet Will, während die Welt sich um sich selbst krümmt.

Selbst unter Schock ist es schön, das Wort »gehaltvoll« im Zusammenhang mit meiner Abendessenserfahrung zu hören.

»Arbeitest du immer hier?« Wir folgen der Hühnerfrau bis zu genau derselben langen Theke mit denselben Mahagonihockern, auf denen wir auch beim letzen Mal gesessen haben. »Wie lange bist du schon hier?«

»Wie bitte?«

»Ändert dieser Laden oft das Thema?«

»Oh.« Sie sieht mich verwirrt an und legt die Speisekarten vor uns auf den Tisch. »Kann sein. Ich glaube, der Besitzer will ein paar Ideen ausprobieren.«

Ich sehe mich aufmerksam um. Anstelle der Samttapete klebt jetzt gelbe Farbe an den Wänden. Die Entenköpfe sind Hühnerköpfen gewichen, statt der geschnitzten Goldsessel stehen da nun weiße, mit Pelz bezogene. Es ist viel leerer als in der anderen Kulisse, aber die Kombination ist wieder sehr mutig. Vielleicht sollten sie es einfach sein lassen und es mit langweiliger Pizza versuchen.

»*Barock Me Darling*«, murmele ich.

»Wie bitte?«

»*Barock Me Darling*«, wiederhole ich leise, und mir wird ein wenig übel. »Das kommt als Nächstes. Ein Pop-up-Restaurant zum Thema 18. Jahrhundert. Du weißt schon, Frikassee, Stachelbeeren, Rote Bete Pfann Kuchen, vier Wörter.«

»Das gefällt mir!« Die Kellnerin lacht. »Ich werd's dem Besitzer erzählen. Er liebt kulinarische Wortspiele und sucht gerade neue Inspirationen.«

Eiskalte Klavierfinger wandern mir die Wirbelsäule hinab. Habe ich die Zukunft gerade vorausgesagt, oder *erschaffe* ich sie jetzt sogar?

Will schenkt sich Wasser aus dem Krug ein, den ich anstarre. »Alles in Ordnung?«

»Weiß nicht«, gebe ich zu. »Ich fühle mich ein bisschen komisch.«

Die Kellnerin verlässt uns. Ich schlage die Speisekarte auf und starre mit leerem Blick auf all die Ei-Wortspiele. *Ei der Daus.* Was zur Hölle ist hier eigentlich los? *Spiegelei, Spiegelei an der Wand.* Wir sind drei Monate zu früh. *FBEi.* Das ist alles nur ein Zufall, oder? Will hat das gleiche Restaurant ausgesucht, mehr nicht. *Zum Dotterwetter.* Keine große Sache. Er hat den Flyer gesehen und sich erinnert, dass ich Vegetarierin bin. *Crème brütée.* Ich mache mir wieder zu viele Gedanken, stimmt's?

Mal ehrlich, inzwischen wäre ich nicht mal traurig, wenn mir nie wieder ein Wortspiel begegnen würde.

Wir werden nicht bloß von ihnen verfolgt, die sind eine regelrechte Plage.

»Diese Karte ist echt be-*Ei*-ndruckend«, stellt Will mit einem breiten Grinsen fest.

Ich stiere ihn an. »Was?«

»Ach, nichts.« Er sieht wieder nach unten. »Ich glaube, ich nehme die Eier mit Speck. Und du?«

Vielleicht mache ich mir zu viele Gedanken. Vielleicht wurde mir so oft gesagt, dass ich mir zu viele Gedanken mache, von so vielen Menschen, dass ich mir selbst eingeredet habe, nicht anders zu können. Aber was, wenn das gar nicht stimmt? Was, wenn ich mir genau die richtige Menge Sorgen mache? Was, wenn alle anderen sich ständig zu *wenig* Sorgen machen und deshalb eigentlich *sie* sich falsch verhalten? Denn irgendwas sagt mir, dass ich hier nicht im Unrecht bin: Meine Instinkte sind genau richtig.

»Cassie?«

»Entschuldige, was?« Hastig konzentriere ich mich wieder auf die Speisekarte und suche nach der Variante, bei der möglichst wenig aus einem Hühnerhintern gekommen ist: Spiegelei mit Pommes. Da kann ich eine solide Mauer aus Brot bauen und hoffen, dass nichts durchsifft. »*'n Appel und 'n Ei?*«

»Klingt gut.« Will nickt. »Das schmeckt bestimmt *Ei*-xquisit.«

Wieder sehe ich ihn bloß an. »Kannst du die Eierwitze bitte lassen?«

»Okay.« Er grinst verlegen. »Sorry.«

Die Kellnerin bringt uns einen kleinen Korb mit etwas, das aussieht wie Brötchen mit geschmolzenen Haribo-Eiern. Langsam denke ich, wer auch immer sich Besitzer dieses Ladens schimpft, sollte statt auf Innovation lieber mehr Wert auf anständiges Essen legen.

»Bereit für ein einzigartiges Genuss-*Ei*-lebnis?« Die Kellnerin lächelt, und ich erkenne ihr weißes Kleid: & Other Stories, Sommer 2017. »Was wollt ihr trinken? Ich empfehle den Eierpunsch.«

»Einfach normalen Rotwein, bitte«, antwortet Will. Kurz schockt mich die Wiederholung, aber dann verspüre ich Erleichterung. Auf als Getränk getarnte Eiercreme kann ich gut verzichten. »Für mich den *Eierabend* und für ...«

Die beiden fangen an, darüber zu plaudern, wie lange es das Restaurant schon gibt, wie viel Umsatz man hier so macht und so weiter und so fort, aber ich höre nicht mehr zu. Mein Magen verdreht sich wie ein nasses Handtuch. Das hier sollte nicht passieren – es ist unsinnig, unlogisch, absurd –, aber jede Faser meines Körpers sagt mir, dass ich gerade das Ende meiner Zeitschleife erreiche, bloß dreieinhalb Monate zu früh.

»Cassie«, spricht Will mich vorsichtig an.

Ich sehe auf. »Ja?«

»Ist alles okay?« Er wirkt besorgt. »Was ist los?«

Ich atme aus. Ach, nicht viel, Will. Ich habe nur gerade die Zeit um vier Monate zurückgedreht, mich beim Versuch, diese Beziehung zum Laufen zu bekommen, völlig verausgabt, und anstatt unsere Situation zu verbessern, habe ich anscheinend mit dem Bleifuß auf dem Gaspedal gestanden.

»Mir geht's gut.« Ich ringe mir ein Lächeln ab. »Danke, dass du fragst. Wie geht es dir?«

»Mir geht es *Ei*-nmali... Sorry, mir geht es prima.« Er hebt den Blick, als auch schon unser Essen kommt, das genauso abstoßend aussieht und riecht, wie das bei gekochten Keimzellen einer anderen Spezies immer der Fall ist. »Blendend sogar. Ich hab eine tolle Nachricht bekommen, aber …«

Er starrt auf seinen Teller, zu mir, auf den Teller. Plötzlich nehme ich eine Flut an Farben wahr, doch wieder mal habe ich keinen Schimmer, was sie bedeuten, und soll ich ehrlich sein? Langsam habe ich es so satt, immer zu raten.

»Also, ich hab einen Auftrag in Mexiko angeboten bekommen.« Er nimmt sein Weinglas und trinkt einen viel zu großen Schluck. »Ich soll eine Doku über Vaquitas drehen. Nächsten Samstag reise ich ab, für zwei Wochen.«

Was, verflucht noch mal, sind Vaquitas?

»Aber«, setze ich an und lege ruckartig meine Gabel hin, »das hast du nicht gemacht.«

# 29

Will ist nicht nach Mexiko geflogen.

Zu keinem Punkt in unserer ursprünglichen Zeitlinie ist Will zum Golf von Kalifornien gereist, um Vaquitas zu filmen, was auch immer das ist. Ich hätte doch bemerkt, wenn er am Anfang unserer aufkeimenden Beziehung für zwei Wochen verschwunden wäre. Aber jetzt weiß ich es sicher: Es passiert tatsächlich. Unsere Zeitschleife ist vorbei. Wir haben das Ende erreicht.

Zwar fast drei Monate zu früh, aber unsere Zeit ist abgelaufen.

»Cassie.«

Das Restaurant ist wie leer gefegt.

»Cassie.«

Alles ist still.

»Cassie, bitte leg das Handy weg. Ich versuche, mit dir zu reden.«

Blinzelnd blicke ich vom Wikipedia-Eintrag über Vaquitas auf. Offenbar gehören sie zu den Schweinswalen und sind die seltensten Meeressäuger der Welt. Außerdem ist es fast unwirklich, wie süß sie sind: als hätte ein kleines Kind einen Delfin gemalt und ihm ein winziges Smiley-Gesicht verpasst. Was selbstverständlich gerade keine Rolle spielt, aber ich hatte gehofft, zusätzliche Informationen würden in mir vielleicht Erinnerungen heraufbeschwören, was nicht der Fall ist.

»Hey.« Will nimmt eine meiner Hände und hält sie. »Cassie, es ist doch so, ich hatte eine tolle Zeit mit dir, ganz ehrlich, aber wir kennen uns noch nicht lange …«

Mir fallen nur zwei logische Erklärungen ein.

Erstens: Im ersten Durchlauf wurde Will der Job nicht angeboten, und dieses Mal hat sich irgendwo die Realität verschoben. Vielleicht hat er einen Anruf angenommen, den er ursprünglich ignoriert hat. Vielleicht hat eine meiner Entscheidungen dazu geführt, dass ein anderer Kameramann sich das Bein gebrochen hat, und Will ist jetzt der Ersatzmann. Allerdings würde *das* bedeuten, dass die Auswirkungen, die mein Reisen durch die Zeit hat, sich völlig meiner Kontrolle entziehen. Wofür bin ich noch verantwortlich? Welche meiner winzigen Entscheidungen – den Kaffee doch nicht zu verschütten oder eine Fernsehsendung von vorne anzuschauen – hat das Potenzial, das Leben eines anderen Menschen von Grund auf umzukrempeln? Das Ausmaß ist zu gewaltig, darüber kann ich nicht mal nachdenken.

Die *andere,* nur wenig beruhigendere Erklärung wäre, dass Will genau diesen Job auch im ersten Durchgang angeboten bekommen hat. Nur hat er ihn abgelehnt, um mehr Zeit mit mir zu verbringen, ohne es zu erwähnen.

Was unglaublich süß und furchtbar erschütternd zugleich wäre.

Vor allem weil er es dieses Mal offensichtlich nicht für nötig gehalten hat.

»Mir geht es nicht gut.« Abrupt springe ich von meinem Hocker auf und stoße den verdammten Wasserkrug zum dritten Mal um. »Ich glaube, ich möchte jetzt nach Hause, bitte.«

Das Wasser tropft mir vom Schoß, und ich torkele von unserem Platz weg.

Allerdings weiß ich nicht, ob ich wieder in der alten Zeitschleife gelandet bin oder eine neue, völlig andere erschaffen habe und gerade selbst für diese Wiederholung sorge. Ich weiß nur, dass alles, was ich in den letzten Wochen erreicht habe – jeder Zeitsprung, jede Bemühung, jede noch so kleine Anpassung –, völlig umsonst war. Schlimmer noch. Ich habe bloß dafür gesorgt, dass ich noch schneller verlassen werde.

»Okay.« Will nimmt sich ein paar triefend nasse Servietten. »Klar.«

Während ich nach draußen taumle, fällt mir auf, dass er mich nicht gebeten hat, zu bleiben, oder gefragt hat, ob wir nicht noch aufessen wollen. Er schien nicht sonderlich überrascht oder aufgebracht. Will kann sich verändern. Er lässt sich nicht von seinem Schicksal, seiner Bestimmung, seinem vorherbestimmten Leben lenken. Er kann das Muster durchbrechen und einen anderen Weg einschlagen.

*Ich* bin diejenige, die ständig alles wiederholt.

Schwer atmend stehe ich draußen vor dem Frachtcontainer und kralle mich an meine Daumen.

»Cassandra?« Will kommt hinter mir aus dem Restaurant. »Ich habe bezahlt. Tut mir leid, dass dich das so aufregt. Aber das ist erst unser viertes Date, deshalb dachte ich …«

Dieses Mal hat sein »erst« eine Daseinsberechtigung: Nur in *meiner* Welt waren es einunddreißig Dates.

»Können wir nach Hause gehen?« Ich schlucke, sehe die Straße auf und ab und versuche, meine Gedanken zu ordnen. Ich verstehe es nicht. So funktioniert Zeit nicht. Das kann nicht sein. Es gibt keine Wurmlöcher, die einen einfach so vor- oder zurückschleudern wie in einer überdimensionalen Version vom Leiterspiel.

»Nach Hause?«, fragt Will unsicher. »Zu … dir nach Hause?«

»Oh, tut mir leid.« Verwirrt schüttle ich den Kopf, weil ich aus Versehen in unser altes Skript gerutscht bin, das jetzt natürlich erzählerisch keinen Sinn ergibt. »Na ja, weil … Ich wohne in der Nähe. Aber wenn du nicht willst, ist das auch okay. Selbstverständlich.«

Etwas Einfühlsames huscht ihm über das Gesicht. »Natürlich will ich.«

Das entfacht in mir einen Funken Hoffnung.

Vielleicht ist es am Ende doch wieder so, dass ich »alles falsch interpretiere«. Vielleicht bin ich wieder zu vorschnell, ziehe voreilige Schlüsse, bereite mich innerlich auf den Herzschmerz vor, auf die Ablehnung. Vielleicht stelle ich mich gerade auf eine Zukunft ein, die gar nicht eintreten wird. Will hat – in dieser Zeitlinie – bisher nicht mit mir Schluss gemacht. Er hat nicht mal angedeutet, dass er das vorhat. Er hat nur einen achttausend Kilometer entfernten Auftrag angenommen, den er im ersten Durchgang abgelehnt hat.

»Bist du sicher?« Ich versuche angestrengt, seinen Gesichtsausdruck zu deuten. »Wirklich?«

»Ja.« Er nickt und küsst mich auf die Wange. »Lass uns zu dir gehen. Dann können wir in Ruhe drüber reden.«

Wir schweigen uns den ganzen Weg über an, und am liebsten würde ich an der Zeit drehen, damit wir nie zu Hause ankommen, aber ich habe zu viel Angst, dass ich es nur noch schlimmer mache, als es sowieso schon ist. Den ganzen Weg über trieft etwas Blaues aus ihm heraus. Ich weiß, die meisten denken, Blau stünde für Trauer, aber das stimmt nicht. Zumindest nicht dieses Mal.

Es fühlt sich eher an, als würde Will auf etwas warten.

Ganz automatisch ziehe ich meinen weißen Freitagsjumpsuit aus, um ihn ordentlich auf seinen Bügel zu hängen. Das war eine blöde Entscheidung: Jetzt stehe ich in Unterwäsche im Raum herum. »Tut mir leid. Ich weiß nicht, warum ich so rausgestürmt bin. Keine Ahnung, was gerade mit mir los ist.«

Es herrscht Schweigen, während Will den Blick durch mein Zimmer schweifen lässt. Verwirrt beobachte ich ihn – was macht er da? –, aber dann wird mir plötzlich schwindelig, als ich begreife, dass er noch nie hier war. Es ist das erste Mal, dass Will bei mir ist.

»Mir gefällt's hier«, sagt er schließlich und inspiziert mein Regal. »Es ist gemütlich, wie ein Kokon.«

»Danke.« Ich ziehe mir ein T-Shirt über und hocke mich misstrauisch aufs Bett.

Respektvoll und ohne etwas zu berühren zieht Will langsam weiter, mustert interessiert meine Kleidung, meine Bücher, die

Pflanzen, meine Sammelstücke. Verrückt, dass es fast dieselbe Tour ist, die auch Derek vor ein paar Tagen gemacht hat, ich mich dieses Mal aber überhaupt nicht bedrängt oder beschmutzt fühle. Ich fühle mich gesehen.

Mit einem kleinen Lächeln nimmt Will den Farbfächer vom Nachttisch.

Er zeigt darauf. »Ist er das?«

»Ja.« Verlegen nicke ich. »Zumindest einer davon. Ich habe viele.«

Schweigend setzt er sich neben mich, fächert ihn auf und starrt ein paar Sekunden lang die kleinen Rechtecke an. »Ich sehe bloß Farben«, sagt er schließlich. »Ich dachte, ich würde vielleicht begreifen, wovon du gesprochen hast, aber für mich sind das nur Farbmuster, die man im Baumarkt bekommt.«

»Ich weiß.« Alles ist ganz still geworden. »Ich bin manchmal ein bisschen seltsam.«

»Du bist nicht seltsam.« Er zeigt neugierig auf eine Farbe. »Also, das hier. Dieses … Hellgrün. Wie fühlt sich das für dich an?«

Ich lehne mich zur Farbe vor und spüre eine sehr eindeutige Welle der Freude.

Allerdings weiß ich nicht genau, was das bedeutet. Und das ist der Punkt, den ich bei Emotionen nie richtig verstanden habe. Wir haben all diese nutzlosen Begriffe dafür – traurig, glücklich, sauer, ängstlich, angewidert –, aber sie sind nicht präzise, und es scheint nicht annähernd genug zu geben. Wie auch? Emotionen sind nicht binär oder endlich: Sie verändern sich, verlaufen ineinander wie Wasserfarben. Sie überlagern sich, sind dreidimensional und verwoben. Sie kommen nicht geordnet, eine nach der anderen, oder sorgfältig beschriftet. Sie überschneiden sich, verwirbeln wie in einem Kaleidoskop, wie Prismen, schillernde Vogelfedern, die aus sich selbst heraus glänzen.

Und dann fragen Therapeuten: »Wie geht es Ihnen, Cassandra?« Und ich soll darauf die richtige Antwort parat haben, einfach so.

Als könnte man einen Regenbogen greifen und in den Händen spüren.

»Hm.« Ich schließe die Augen, um das Gefühl zu identifizieren. »Dieses spezielle Hellgrün fühlt sich so an, wie ich mich gefühlt habe, als ich ungefähr drei war und morgens aufgestanden bin, als alle anderen noch geschlafen haben. Als ich zum ersten Mal die Tür zum Garten alleine aufbekommen hab. Es war kalt und grell, aber alles war mit Frost überzogen, die Ringeltaube hat diesen besonderen Laut gemacht, und ich bin über das Gras gelaufen, habe mir die Füße nass gemacht, einen Frosch gesehen, und dann hat meine Mutter aus dem Schlafzimmerfenster nach unten gerufen: ›Guten Morgen, Schatz, wie bist du denn alleine nach draußen gekommen, du cleveres kleines Äffchen?‹, und da habe ich begriffen, dass sie gar nicht geschlafen hat. Sie war da, hat die ganze Zeit über mich gewacht. So in etwa fühlt das Grün sich an.«

Will betrachtet mein Gesicht. »Du erinnerst dich so deutlich daran, drei gewesen zu sein?«

»Drei.« Ich zucke mit den Schultern. »Vielleicht auch zwei. Im Grunde erinnere ich mich an alles, fast so als würde es genau jetzt passieren. Kann ganz schön verwirrend sein.«

Wenn man sich an alles erinnert, verliert Zeit wohl ihre Bedeutung.

Auf einmal habe ich ein Kratzen im Hals, und das Licht flackert.

Vorsichtig schiebe ich den Farbfächer wieder zusammen und lege ihn auf den Nachttisch zurück. Alle Farben sind so sorgfältig und in geraden Linien darin verstaut. Ich wünschte, das könnte ich von meinen eigenen auch behaupten. Ich versuche es so sehr.

»Verdammt«, sagt Will plötzlich und reibt sich mit der flachen Hand über die Bartstoppeln, sodass ein kratziges Geräusch entsteht. »Ich hab es versaut. Das tut mir leid. Ich glaube … ich hab dich die ganze Zeit falsch interpretiert.«

Ich blinzele ihn verdutzt an. Das ist doch normalerweise mein Job.

»Inwiefern?«

»Ich hab dich nicht so richtig … begriffen.« Wieder sieht er sich in meinem Zimmer um. »Ich glaube, ich hab dich mit mir selbst verglichen. Ich bin davon ausgegangen, dass du so denkst und handelst wie ich, weil Menschen das nun mal so machen, oder? Ganz automatisch. Ohne drüber nachzudenken. Wir betrachten alle durch unsere eigene Linse und gehen davon aus, dass unsere Art die einzig richtige ist.«

Wieder blinzele ich. »Tun wir das? Ich glaube, ich nicht.«

»Na ja, ich auf jeden Fall.« Er grinst schief. »Ich vergesse, dass nicht immer ich durch die Linse gucke. Manchmal ist es auch … ein Polarbär.«

Noch verwirrter versuche ich, aus dem, was er sagt, ein Bild zusammenzusetzen.

»Ich fürchte, ich verstehe immer noch nicht«, gebe ich dann zu. »Was hat das mit meinen Farbfächern zu tun? Entschuldige bitte. Wenn du es mir noch mal erklärst, ein bisschen langsamer, dann strenge ich mich mehr an. Oft brauche ich länger, um Dinge zu begreifen, als mir lieb ist.«

»Ich dachte, du wärst nicht an mir interessiert.« Will dreht sich mit dem Oberkörper zu mir, zieht die Beine auf das Bett. »So gar nicht. Ich habe die Dinge durch meine Linse betrachtet. In meinen Augen hatten wir ein paar wirklich nette Dates und haben dann miteinander geschlafen.«

»Ja.« So weit, so richtig. »Stimmt.«

»Aber als ich dich gefragt hab, ob du noch mal Sex willst, hast du ›Auf gar keinen Fall‹ gesagt und bist eingeschlafen.« Er verzieht leicht das Gesicht. »Das hat mich ein bisschen verletzt, mein Ego angeknackst, aber ich hab gedacht: ›Werd erwachsen, William, reiß dich zusammen und lass die arme Frau schlafen.‹

Aber als ich am nächsten Morgen aufgewacht bin, warst du weg. Kein Zettel, keine Nachricht. Nichts. Du hast mir auch nicht irgendwann später geschrieben, und mir war es zu peinlich, mich zu melden. Aber dann hab ich ein paar Tage später meinen Stolz runtergeschluckt und dir geschrieben, nur hast du desinteressiert gewirkt. Ein bisschen kalt irgendwie. Du hast dich nicht mal dran erinnert, dass wir über die Ausstellung gesprochen hatten. Und dann hast du in letzter Minute abgesagt, ohne eine Alternative vorzuschlagen, und ich dachte: ›Tja. Das war's dann.‹«

Auf einmal wird mein Mund ganz trocken. »Aber …«

Wieder stapeln sich meine Erinnerungen: Sie wirbeln durcheinander, kreuz und quer. Ich erinnere mich an jeden einzelnen Moment, der passiert ist, aber sie scheinen alle gleichermaßen real zu sein, gleichermaßen greifbar, als würden sie gleichzeitig passieren. Panisch scanne ich sie, um sie der richtigen Zeitlinie zuzuordnen. Als ich den Wutausbruch wegen meiner Tasse gegenüber Barry rückgängig gemacht habe, muss ich auch die Nachricht an Will ausgelöscht haben, in der ich erklärt habe, dass ich nach unserer gemeinsamen Nacht früh zur Arbeit musste. Ich habe sie nie erneut geschickt – habe nicht dran gedacht, weil ich so aufgewühlt war –, und ich war zu emotional und abgelenkt, um, nachdem ich meinen Besuch der Ausstellung rückgängig gemacht hatte, eine gefühlvolle Entschuldigung zu formulieren. Dadurch habe ich desinteressiert und kalt gewirkt.

Zeit ist zerbrechlich. Jeder Besenstrich kann Konsequenzen nach sich ziehen.

»Ich habe dir Kaffee dagelassen«, ist meine lahme Antwort. »Auf dem Nachttisch?«

»Ist schon okay.« Will ergreift meine Hände. »Ehrlich, das kann passieren. Man mag jemanden, und der hat nicht die gleichen Gefühle. Daran ist niemand schuld. Aber … langsam begreife ich, dass ich dich vermutlich falsch verstanden habe. Du bist … sehr schwer zu durchschauen. Dein Gesicht ist so wunderschön, aber die meiste Zeit über wirkst du völlig abwesend. Unbeteiligt. Ich mache Witze, und du starrst mich an, als wäre ich der nervigste Mensch, den du je getroffen hast. Wenn ich was erzähle, wirkst du oft gelangweilt. Ich kann sehen, dass du nachdenkst, abwägst, bewertest, und irgendwie hat sich das angefühlt, als würdest du mich verurteilen und … für nicht gut genug befinden. Ich meine, wenn du lachst, bringst du den ganzen Raum zum Strahlen. Dann fühle ich mich, als hätte ich in der Lotterie gewonnen. Aber in der Zwischenzeit … ist es, als wärst du gar nicht da.«

»Leute in Geschäften halten mich immer für eine Mitarbeiterin«, sage ich unvermittelt.

Will sieht verwirrt aus. »Was?«

»Wenn ich in Geschäften bin, egal in welchen. Immer denken alle, ich würde da arbeiten. Selbst wenn ich nichts anhabe, das auch nur ansatzweise nach Arbeitskleidung aussieht, kommen die Leute zu mir und fragen mich, ob es die Bluse auch noch in einer anderen Größe gibt, oder wo die Toiletten sind. Jedes Mal wenn ich in einen Laden gehe.«

Er runzelt die Stirn. »Ich weiß nicht, ob ich …«

»Irgendwas an meinem Gesicht wirkt abweisend und steif«, erkläre ich. »Ich sehe nicht aus wie eine normale Kundin. Oder ein normaler Mensch. Ich sehe aus, als würde ich seit fünf Jahrzehnten irgendwo arbeiten und hätte die Kündigung schon in der Tasche. Ich sehe aus, als wäre ich überall sonst lieber. Selbst wenn das nicht stimmt. Selbst wenn ich mich voll darauf konzentriere, zu der roten Hose eine Bluse im passenden Orangeton zu finden, und großen Spaß dabei habe. Das ist einfach mein Gesicht.«

»Verstehe.« Will nickt. »Ja, langsam verstehe ich das.«

Und ich beginne auch, einiges viel besser zu verstehen.

Ich war so damit beschäftigt, die Zeit zurechtzuschneiden und wieder zusammenzufügen, dass mir überhaupt nicht in den Sinn gekommen ist, dass die Teile der finalen Version sich nicht richtig vernähen lassen könnten: dass, wenn ich sie letztendlich anprobieren würde, der Saum sich auftrennen, der Kragen abfallen, die Ärmel sich lösen könnten. Ich war so fixiert darauf, die Verbindung zu Will aufzubauen, dass ich vergessen habe, darauf zu achten, dass auch der Rest der Geschichte zusammenpassen muss.

»Ich habe mich nie mit dir gelangweilt.« Meine Stimme klingt ganz ruhig und flach, dabei tobt in meinem Inneren ein Sturm. »Du faszinierst mich, Will. Ich finde dich … unglaublich. Aber ich tue mich schwer in Gegenwart von Leuten, von Menschen im Allgemeinen. Da sind all diese Geräusche und Lichter und Farben und Gefühle, die ganze Zeit, und ich bin so schlecht darin, Tonfall oder Witze oder Sarkasmus oder Flirten richtig zu deuten. Also muss ich all diese Sachen, die andere von ganz alleine tun, bewusst machen. Und das überwältigt mich. Ständig. Das siehst du in meinem Gesicht. Wie ich versuche, alles gleichzeitig zu verarbeiten.«

Es stimmt, dass ich Dreck und Hundehaare und Verspätungen und Chaos und Lärm und Menschenmengen und Nasswerden hasse – und ehrlich gesagt scheinen viele dieser Dinge mit Will einherzugehen –, aber ich *verurteile* das alles nicht. Wenn ich es mir aussuchen könnte, würde ich voller Matsch und laut lachend rumrennen, mich unter Welpen begraben lassen und alles ganz leicht und locker nehmen, doch das kann ich nicht – konnte ich noch nie –, aber verurteilt habe ich dafür immer nur mich selbst.

»Ja.« Will sieht sich wieder in meinem Zimmer um. »Jetzt macht das alles viel mehr Sinn.«

Lange herrscht Stille, und ich kann es spüren: das Ende, wie einen Knoten ganz unten an einem Seil.

»Ich dachte, das hier zwischen uns wäre vorbei«, sagt Will verzweifelt. »Sie ist … Wir haben uns sofort … Wir haben einfach so viel gemeinsam, da war sofort diese Verbindung, und ich glaube, wir wollen beide dasselbe. Ich finde dich umwerfend, Cassie, aber wenn ich ehrlich zu mir selbst bin und über meine Zukunft nachdenke, bin ich nicht sicher, ob wir …«

Mit der Fingerspitze fahre ich zärtlich über das Ziffernblatt meiner alten blauen Uhr und warte darauf, dass die Welt um mich herum zusammenbricht. Und während ich warte, denke ich darüber nach, wie die Zeit uns lernt und lehret alternd alles Ding, aber selbst wenn sie dazu keine Gelegenheit bekommt, bleiben die Lektionen doch dieselben.

»Ich liebe dich«, sage ich, weil ich jetzt weiß, dass das hier die letzte Chance dazu ist.

Dann schließe ich die Augen.

»Ich finde dich umwerfend, Cassie, aber wenn ich ehrlich zu mir selbst bin und über meine Zukunft nachdenke, bin ich nicht sicher, ob wir …«

»Du hast jemanden kennengelernt«, stelle ich ganz sachlich fest.

Will nickt. »Ja, ich habe jemanden kennengelernt.«

# 30

Cassandra.«

Ich reise nicht mehr durch die Zeit.

»Cassandra.«

Nie wieder.

»Cassandra«, sagt Barry zum dritten Mal. »Hörst du mir zu?«

Nachdem Will mich auf die Wange geküsst hat und gegangen ist – mit beiden Socken an den Füßen –, habe ich das ganze Wochenende schluchzend und zu einem Ball zusammengerollt im Bett verbracht und beschlossen, dass ich fertig bin. Es ist zu schwer. Zu schmerzhaft. Dieses Experiment ist vorbei. Zeitreisen ist nichts für mich. Danke für das nette Geschenk, aber bitte macht es jemand anderem: Ich werde nicht länger durch Raum und Zeit reisen.

Mal ehrlich, ich habe alles sowieso nur noch viel schlimmer gemacht.

»Vielleicht hört sie schlecht. Also körperlich? Sollten wir sie mal zum Arzt schicken?«

Blinzelnd komme ich wieder ins Hier und Jetzt zurück.

»Tut mir leid.« Mein Chef scheint immer noch auf eine Antwort von mir zu warten. »Ich hab das nicht ganz mitgekriegt. Feuerst du mich schon wieder?«

Wenigstens wird es ohne meine Gabe dieses Mal auch dabei bleiben.

*»Schon wieder?«* Er zieht die Augenbrauen hoch. »Cassandra, wenn ich jemanden feuere, dann ist das normalerweise endgültig. Nein, ich feuere dich nicht. Wenn du mal für dreißig aufeinanderfolgende Sekunden am Stück aufpassen könntest, wüsstest du, dass wir dich in mein Büro bestellt haben, um dir zu *gratulieren.*«

»Das sind Synonyme«, murmle ich, jetzt endgültig verwirrt.

»›Aufeinanderfolgend‹ und ›am Stück‹. Du musst nicht beides benutzen. Moment, du sagst ständig ›wir‹. Wer ist ›wir‹?«

Irritiert drehe ich mich um und entdecke Jack, versteckt in einer Ecke und die Fingerspitzen auf den Armlehnen seines Stuhls aufgestützt wie eine sonnengebräunte Spinne. War er schon die ganze Zeit da? Wie lange starrt er mich schon so an? Mein Talent, die gesamte Umgebung auszublenden, ist wirklich außergewöhnlich und sollte vermutlich wissenschaftlich untersucht werden.

»Hallo, Jack«, begrüße ich ihn höflich. »Was machen Sie hier?«

Aus Versehen betone ich das »Sie« anstatt das »hier«, und seine Augen verengen sich irritiert.

»Lassen Sie es mich ganz deutlich sagen, Cassandra.« Er steht auf und stellt sich neben Barry hinter den Schreibtisch, sodass sie aussehen wie zwei Schulleiter, die mir einen Job als Fluraufseherin anbieten wollen. »Eigentlich bin ich heute Morgen hergekommen, um mich offiziell über Sie zu beschweren. Am Wochenende musste ich nämlich feststellen, dass die SharkSkin-Kampagne überhaupt nicht aussieht wie die, auf die wir uns geeinigt haben.«

Ich nicke. Das hat er ganz richtig festgestellt. »Stimmt.«

»Zu behaupten, dass ich darüber unglücklich war, wäre eine Untertreibung.« Jack lächelt breit, doch es sieht überhaupt nicht nach einem Lächeln aus. »Aber Barry hat sich mit mir zusammengesetzt und mir erklärt, dass meine Ideen, obwohl sie genial waren, noch ein wenig Optimierung benötigt haben, um ein breiteres Publikum zu erreichen. Bloß eine *Prise* Anpassung, wenn man so will. Und nachdem er mir die Ergebnisse gezeigt hat und ich die Zahlen mit Gareth durchgegangen bin, habe ich eingesehen, dass ein paar Änderungen sinnvoll sein könnten – und es auch schon waren.«

Erst starre ich Jack an, dann Barry – der sofort angestrengt die Augen verdreht, doch ich habe keinen Schimmer, was er mir damit sagen will, deshalb runzele ich bloß die Stirn und sehe wieder zu Jack.

»Aber ich habe es Ihnen doch gesagt. Mehr als einmal. Ich habe gesagt, dass Ihre Ideen so nicht funktionieren.«

Barry hustet. »Manchmal geht es weniger darum, *was* du sagst, als darum, *wie* du es sagst. Wie auch immer, ich denke, das Wichtigste ist jetzt, dass die Kampagne ein durchschlagender Erfolg ist und die Verkaufszahlen gut und alle glücklich sind. Gute Arbeit.«

»Es gefällt mir.« Jack nickt nachdenklich. »Unsere Hautpflege ist so gut, dass man die anderen daran hindern muss, sie zu klauen. Das hätten Sie mir von Anfang an pitchen sollen, Cassandra.«

Wieder starre ich ihn an. Macht er sich über mich lustig, oder ist das sein Ernst?

»Und ich gebe zu, dass ich Sie vermutlich zu vorschnell verurteilt habe«, spricht er weiter und sieht mich schief an. »Der erste Eindruck ist wichtig, Cassie, und Sie wirken oft sehr … Welches Wort beschreibt es am besten? Aggressiv. Unhöflich. Arrogant und eingebildet? Kalt. Überheblich. Angespannt und erbittert, das auf jeden Fall. Diese Jumpsuit-Sache ist wirklich seltsam. Aber ich bin ein erwachsener Mann und kann zugeben, dass ich mich in Ihnen getäuscht habe.«

Okay, das war deutlich mehr als ein Wort, das war eine ganze Wortsalve.

»Cassandra«, merke ich schroff an.

Jack runzelt die Stirn. »Was?«

»Cassandra, nicht Cassie.« Ich sehe ihm ausdruckslos in die Augen. »Das ist Leuten vorbehalten, die mir nahestehen. Wenn Sie mich schon beleidigen wollen, dann sprechen Sie mich dabei wenigstens mit meinem richtigen Namen an.«

Müssen das alle Menschen über sich ergehen lassen? Diese endlose Flut ungefragter Beobachtungen? Ständig wird berichtet und geurteilt, als würde ich eine David-Attenborough-Doku über mich selbst ansehen.

Manchmal ertrinke ich förmlich in Adjektiven.

»Hey!« Jack hebt abwehrend die Hände und setzt ein Grinsen auf, mit dem er mich entweder beschwichtigen oder das Schulterzucken-Emoji nachahmen will. »Was soll ich sagen? Wir alle urteilen über andere. Ich wette, Sie haben sich auch Ihren Teil über mich gedacht.«

»Natürlich«, antworte ich knapp. »Aber ich habe ihn für mich behalten.«

»Wie auch immer«, schaltet Barry sich ein. Er klatscht in die Hände und steht vom Schreibtisch auf. »Gute Arbeit, Cassandra. Lassen wir Gras drüber wachsen. Das ist eine tolle Chance für einen Neustart, oder? Und, als Geste der Dankbarkeit und des guten Willens hat Jack mir gerade von einem Charity-Ball erzählt, der dir gefallen könnte.«

»Okay«, sagte ich verwirrt und strecke die Hand aus. »Danke.«

Ein paar Sekunden lang gaffen die beiden mich an, dann wechseln sie Blicke und ziehen die Augenbrauen hoch. Männer benehmen sich manchmal so unglaublich seltsam.

»Ist er größer?« Jetzt strecke ich die andere Hand auch noch aus und lege die Handflächen aneinander. »Ein Fußball? Der wird nicht in meine Handtasche passen.«

»Kein Ball von einer Charity-Organisation, Cassandra.« Barry massiert sich den Nasenrücken. »Ein Charity-Ball. Du weißt schon, Abendgarderobe, Musik, runde Tische, Tanzen, winziges Essen auf riesigen Tellern, so was.«

»Sie wollen mit mir zu einem Ball gehen?« Ich drehe mich zu Jack um, die Verwirrung wächst weiter. »Wie bei … Aschenputtel?«

»Es ist kein richtiger *Ball*«, sagt er hastig, jetzt schießt das Grauen aus ihm heraus wie ein Hagel blauer Eiszapfen. »Sondern eine *Gala,* und ich habe für das ganze SharkSkin-Team einen Tisch reserviert. Marketing, Sales, Development. Alle, die beteiligt sind. So will ich mich für die harte Arbeit bedanken, die für den Launch nötig war. Bei der ganzen Gruppe. Nicht nur bei Ihnen.«

Ich wäge dieses Angebot einen Moment lang ab. Ein lauter Saal voller Fremder, grelles Licht, kratzige Kleidung, sinnloser Small Talk, Essen, das ich nicht mag, von Tellern, die vermutlich nicht vernünftig gespült wurden, Besteck, an dem noch winzige Essensreste kleben. Immer wieder Tanzeinlagen. Ja, wenn Hades mich in die Unterwelt zerren würde, sähe sie genau so aus.

»Nein, danke«, lehne ich höflich ab. »Das klingt furchtbar.«

Wieder sehen Barry und Jack sich mit hochgezogenen Brauen an.

»Das ist keine freiwillige Veranstaltung«, sagt Barry mit einem Glucksen. Überrascht schaue ich ihn an: Ich glaube nicht, dass ich ihn schon jemals über etwas habe lachen hören, das aus meinem Mund kam. »Jack lädt dich als offizielle Vertreterin von Caplan PR zu der Gala ein, also gehst du auch hin. Bedank dich einfach und kauf dir ein schönes Kleid.«

»Es ist keine Belohnung, wenn ich nicht gehen will«, erkläre ich. »Aber danke. Schätze ich. Sie müssen auch Sophie einladen, weil die ganze Kampagne ihre Idee war. Außerdem hat sie die meiste Arbeit übernommen. Ich hab nur ihre Mails kopiert und verschickt.«

Schon besser gelaunt – Sophie wird die Folter wenigstens genießen – klopfe ich energisch gegen die Glaswand von Barrys Büro. Sie wendet sich, zusammen mit allen anderen Anwesenden, zu mir um. Ich weiß nicht genau, wie ich mit all der Aufmerksamkeit umgehen soll, also winke ich wie ein Mitglied der Königsfamilie, bis sich alle wieder ihrer Arbeit zuwenden.

Sophie winkt fröhlich zurück, das Telefon zwischen Kopf und Schulter geklemmt, und irgendetwas an dem Anblick setzt in meinem Gehirn etwas in Bewegung.

»… viele Nachrichten bekommen«, redet Jack hinter mir weiter. »Aber Sie haben noch ein paar Tage, das sollte reichen, um …«

Langsam lädt mein Hirn eine Information herunter.

*Cassandra? Die ist leider schon weg.*

Komm schon, Hirn: Was soll …

Nein.

Nein nein nein nein nein …

»Ich muss Schluss machen«, sagt Sophie, als ich auf ihren Schreibtisch zustürme, mich neben sie stelle und verzweifelt versuche, sie nicht zu unterbrechen, obwohl ich weiß, dass ich mit meinem Verhalten genau das tue. »Jetzt schlag nicht schon wieder Pizza vor, Darren.« Sie nimmt das Telefon vom Ohr. »Hallo, Ca…«

»Da war ein Anruf für mich. Letzten Mittwoch, als ich abends gerade gehen wollte. Du hast gesagt, du schreibst auf, was die Person will, aber da war keine Nachricht.«

»Oh!« Sophie verzieht das Gesicht. »Echt? Warte, lass mich überlegen.«

Ich möchte wirklich geduldig sein, aber es ist verblüffend, dass andere Menschen solche Erinnerungslücken haben. Wohin verschwinden all diese Erinnerungen? Warum legen sie sie nicht ordentlich ab? Warum sind ihre Hirne nicht so aufgeräumt und überschaubar wie eine perfekt sortierte Speisekammer? Warum können sie nicht selbst entscheiden, wann sie auf welche Erinnerung zugreifen oder wann sie bestimmte besonders sicher versiegeln müssen?

»Es ist wichtig«, dränge ich. Mein Atem geht schneller. »Bitte denk nach.«

»Klar.« Sie nickt gehorsam. »Ja. Ein Anruf. Eine Frau. Ich weiß den Namen nicht mehr, aber sie meinte, sie kennt dich. Irgendwas mit Kunst. Von der Kunstschule? Warst du auf der Kunstschule? Das wusste ich gar nicht. Wo?«

»Konzentrier dich, Sophie.«

»Ja. Okay. Sie hat gesagt, dass ihr euch treffen wolltet, also habe ich erzählt, dass du schon auf dem Weg zur Ausstellung bist.«

Das trifft mich wie ein Karateschlag direkt auf die Luftröhre.

»Und was hat sie dazu gesagt?«

»Sie wollte wissen, welche Ausstellung noch mal. Sie hätte ein Hirn wie ein Sieb und den Namen deshalb vergessen. Also habe ich ihr gesagt, dass es irgendwas mit Tierfotografie in Shoreditch war, wie du erzählt hattest, und dass ich dir gerne was von ihr ausrichte. Aber sie meinte, sie trifft dich ja eh da.« Sophie zögert. »Deshalb hab ich wohl nichts aufgeschrieben. Ich dachte, sie … du weißt schon. Redet dann da mit dir.«

»SCHEISSE!«, schreie ich zur Decke hoch und schnappe mir meine Tasche.

Sophie reißt die Augen auf. »Hab ich was falsch gemacht?«

»Wenn ich wieder da bin, unterhalten wir uns mal ernsthaft über Datenschutz«, blaffe ich sie an. »Und darüber, dass du niemandem, der beiläufig am Telefon danach fragt, meinen genauen Aufenthaltsort mitteilst. In der Zwischenzeit geh bitte in Barrys Büro und lass dich beglückwünschen und zu einem Ball einladen.«

»Was? Wo gehst du hin?«

Meine Organe verflüssigen sich, meine Wangen glühen. Ein Ausschlag zieht sich über meine Brust, breitet sich immer weiter aus. Ein dumpfer Schmerz legt sich um meinen Hals wie ein Schal, der immer enger zugezogen wird.

»Weg«, keuche ich verzweifelt, denn es geht schon wieder los.

Dieses Mal warte ich nicht auf den Aufzug. Ich nehme die Treppen.

»Miss Dankworth? Ich …«

»Nein.« Ich stürme an der Rezeptionistin vorbei, reiße die Tür auf, stehe in der Sonne, und es passiert wieder: Die Lichter flackern, zerbersten mir in den Augenwinkeln wie Sicherheitsglas. Ich muss mich dran erinnern, weiterzuatmen, und überlege, was ich als Nächstes tun soll. Unter Berücksichtigung der Tatsache, dass das gesamte Universum um mich herum zusammenbricht, brauche ich jede nur mögliche Form von Trost und Beständigkeit, die ich kriegen kann.

Die kleine blaue Türglocke vom Café bimmelt und erinnert mich an die Schulglocke am Ende einer Unterrichtsstunde, die ich das letzte Mal vor so vielen Jahren gehört, aber jetzt irgendwie immer noch im Kopf habe.

»Hallo, Cassandra!« Der alte Herr lächelt mich an. »Sie sind ein bisschen früher dran als sonst. Einen Bananenmuffin?«

»Ja, bitte. Eigentlich nehme ich sogar alle.«

Mit einem gewaltigen Karton vor der Brust stürme ich weiter: durch Soho, an der Haltestelle Tottenham Court Road vorüber, vorbei am Shaftesbury Theatre, die Bloomsbury entlang und in die Holborn. Alles wird immer lauter und heller, aber da ist auch eine seltsame Klarheit. Eine Schärfe wie beim Rand von einem Blatt Papier.

Ich weiß genau, wo ich hingehe: Wie ein Magnet werde ich angezogen.

Das war noch lange nicht das Ende.

»Gleiches Recht für Männer!« Ich gehe um eine Ecke und bekomme eine Broschüre ins Gesicht gedrückt, von einem Mann in Unterhemd. Erdnussatem, wahrscheinlich in Honig geröstet. »Lasst die Feminazis nicht die Geschichte bestimmen! Gebt den Männern eine Stimme!«

Ich gehe um den Mann herum – nein, danke – und steuere weiter auf mein Ziel zu.

Wills Studio ist ein riesiger Co-Working-Space: Nackte Backsteinmauern und schwarze Ledersessel, Glühbirnen hängen an Seilen von Stahlbalken an der Decke, die keinerlei tragende Funktion haben. Völlig anders als mein mit Gold überzogener Arbeitsplatz, aber mindestens genauso grauenhaft. Will hat erzählt, dass die Leute einfach mit ihren Laptops auftauchen und sich hinsetzen, wo sie wollen, jeden Tag auf einen anderen Platz, wie in einer Büroversion von *Herr der Fliegen* mit Tischtennis und kostenlosem Kaffee.

In mir tobt ein Wirbelsturm, als ich draußen vor dem Café im Erdgeschoss (Neonschild, Stahltische) innehalte. Was mache ich jetzt? Schreibe ich Will und warte, dass er runterkommt? Gehe ich hoch zu ihm? Belästige ich ihn in seiner Mittagspause? Ich weiß nur, dass es viele Fragen geben wird und umfassende Antworten auf jede einzelne davon nötig sind: detailliert ausgearbeitet und im Idealfall schriftlich festgehalten.

Fragen wie: Was?

Und: *Was?*

Und: *Will, was zur Hölle?*

Ich arbeite noch daran, meinen Atem wieder unter Kontrolle zu bringen, da fängt mein Haaransatz an zu kribbeln. Als würde mich eine elektrische Ladung von einer unbekannten Quelle in der Nähe treffen; eine unsichtbare Verbindung; wie dieses statische Gefühl, das man bekommt, wenn man einen billigen Nylonpullover berührt und dieses laute Knistern ertönt.

Und bevor ich den Blick hebe, weiß ich: Sie ist hier.

Mit angehaltenem Atem schaue ich auf.

Sie sitzen genau hinter einem riesigen Fenster mit Stahlrahmen, wie in einem überdimensionalen Bilderrahmen. Will hält in einer Hand eine Kaffeetasse, sie hat ihren grauen Becher mit beiden umschlungen. Sie unterhalten sich – lebhaft, mühelos –, und als beide zur selben Zeit in Gelächter ausbrechen, sehe ich etwas, das ich vorher noch nie gesehen habe: Aus beiden fließt dieselbe Farbe heraus, zur selben Zeit.

Pink: einfach, wunderschön, geschmeidig wie ein leuchtender Kieselstein.

Und endlich wird es mir klar: Dafür bin ich verantwortlich. Ich bin die Architektin meiner Zeitlinie, die Weberin meiner eigenen Geschichte, und alles, was ich getan habe, um mein Verderben zu verhindern, hat nur zielstrebig zu exakt diesem geführt – genau wie bei Ödipus. Was lustig ist, weil ich mir jetzt – auch genau wie Ödipus – die eigenen dämlichen Augäpfel herausreißen muss.

Zur Salzsäule erstarrt beobachte ich, wie die beiden endlich aufhören zu lachen.

Will trinkt seinen Kaffee aus, und ich halte den Atem an, als er aufsteht, sich über den Tisch beugt und sie liebevoll auf die Wange küsst. Sie wechseln ein paar weitere Worte, dann verlässt er sie durch eine Tür im Inneren des Cafés. Ich beobachte sie noch ein oder zwei Minuten länger: ihren langen gereckten Hals, den glücklich zur Seite gelegten Kopf, wie sie die Sonne aufsaugt wie ein Tier. Ich wusste, dass sie viele schlechte Eigenschaften hat – impulsiv, rücksichtslos, grausam –, aber ich hatte nicht damit gerechnet, dass sie mir das Herz ein zweites Mal brechen könnte.

Mit gesenktem Kopf und feuchten Augen warte ich im Schatten.

Endlich kommt Artemis auf die Straße, schiebt sich den Großteil eines Gebäckstücks in den Mund, und mich durchzuckt noch ein weiterer Gedanke: dass sie hübsch aussieht mit den aufgeplusterten Hamsterbäckchen. Sie hält einen Moment inne, betrachtet das restliche Gebäck, runzelt die Stirn und sieht abrupt auf, als könnte sie mich endlich auch spüren.

Die Welt sollte explodieren, zerbersten, auseinanderfallen, aber für mich ist es nicht mehr das erste Mal, dass ich sie wiedersehe, also fühle ich … nichts.

»Oh.« Meine Schwester lächelt. »Hallo.«

# 31

Also ... ich habe eine Schwester.

Okay gut, ich habe behauptet, dass ich keine *nahen* Angehörigen habe, und – sind wir mal ehrlich – ich habe auch mein Bestes getan, damit diese Aussage stimmt. Es ist nicht meine Schuld, dass Art die letzten zehn Jahre damit verbracht hat, meine Spur zu verfolgen wie ein Jagdhund. Sie ist der Teil meiner Geschichte, den ich herausgerissen hatte, und ich habe wirklich alles dafür getan, dass er verschwunden bleibt.

Es war also nicht wirklich eine Lüge, sondern eher eine Neuerzählung meiner Geschichte.

»Artemis.« Ich presse die Lippen aufeinander. »Was zur Hölle, verdammt?«

»Cassandra«, erwidert Artemis anscheinend ehrlich erstaunt, das Gebäck noch im Mund. »Ähm, das ist eine unglaublich unspezifische Frage, vor allem angesichts all der Zeit, die wir uns nicht gesehen haben. Kannst du das für mich ein bisschen eingrenzen?«

Zehn Jahre sind vergangen, und meine Schwester hat sich kein Stück verändert, als wäre sie tatsächlich unsterblich. Sie muss jetzt neunundzwanzig sein, die kurzen braunen Haare stehen ihr hervorragend – was ich ihr niemals sagen werde –, da sind ein paar feine Linien um ihren Mund, aber sie umgibt immer noch diese leichtfüßige, grauäugige Schönheit, weshalb alle Welt denkt, sie hätte von meinen Eltern den perfekten Namen bekommen. *Artemis Helena Dankworth.* Artemis, Göttin der Jagd. Helena, so wunderschön, dass sie den Trojanischen Krieg auslöste. Irgendwie habe ich eine ermordete hellsichtige Priesterin und eine verlassene Ehefrau mit einer Leidenschaft für Stickarbeit – die ironischerweise auch noch betrogen wurde – abbekommen, und meine Schwester zwei der wohl schönsten und mächtigsten Frauen der griechischen Mythologie.

Artemis ist übrigens auch noch die Göttin der Jungfräulichkeit, aber der Plan ist offensichtlich nicht aufgegangen.

»Stell dich nicht dumm.« Frustriert deute ich auf das Café. »Was heckst du dieses Mal aus? Ist das eine neue Strategie? Deine stinkenden Briefe und das Stalking haben nicht funktioniert, darum hast du das nächste Level erreicht, um mein Leben zu zerstören?«

»Also *hast* du die Briefe bekommen!« Art strahlt mich mit Schokolade zwischen den Zähnen an. »Ich war mir nicht sicher. Granatäpfel! Das sind, wenn du dich noch an Mum erinnerst, die Früchte …«

»… des Todes«, beende ich ihren Satz. »Ja, habe ich schon beim ersten Mal verstanden. Beantworte die Frage.«

»Würde ich ja.« Sie verzieht das Gesicht. »Ich sage dir mit größter Freude, was immer du von mir hören willst, Cass. Aber ich bin nicht sicher, was du genau meinst, nachdem wir uns so lange nicht gesehen haben. Du siehst übrigens toll aus. Ich weiß, das spielt keine Rolle, weil du offensichtlich immer noch supersauer auf mich bist, aber ich finde, ich sollte es trotzdem erwähnen. Du bist stylish geworden. Die Zeit meint es gut mit dir.«

Ich öffne den Mund, um sie anzuschreien, schließe ihn aber wieder. In den letzten Wochen habe ich Artemis oft gesehen. Es ist wohl nicht ihre Schuld, dass sie sich daran nicht erinnert.

»Vorschlag.« Art lässt sich auf den Bordstein plumpsen wie ein Roboter mit leerem Akku. »Wir haben uns bestimmt eine Menge zu erzählen, meinst du nicht? Warum setzt du dich nicht zu mir, und wir sprechen uns endlich aus?«

Ich hätte voraussehen sollen, dass das ihr nächster Schritt ist. Das ist so typisch Artemis. Früher, als wir klein waren, ist sie mir den ganzen Tag durchs Haus gefolgt und hat gebettelt, dass ich mit ihr spiele. Als ich nicht wollte, ist sie in mein Zimmer gelaufen und hat zur Strafe meine Keramikeule zerschmettert. Artemis kriegt meine Aufmerksamkeit, auf die eine oder andere Art – selbst wenn sie dafür Chaos anrichten muss. Genau das hat sie jetzt wieder getan.

Langsam ergibt die Geschichte Sinn, aber es fehlen noch immer Teile.

Meinen Berechnungen zufolge habe ich zwar unser Treffen auf der Ausstellung rückgängig gemacht, aber nicht ihr Telefonat mit Sophie, die ihr genau gesagt hat, wo ich bin. Deshalb war Artemis trotzdem da, hat sich gut mit Will verstanden – der sich von mir versetzt gefühlt hat –, und ich bin nicht aufgetaucht, um das zu verhindern. Was ein paar meiner Fragen beantwortet, aber lange nicht alle. Was ist in der ursprünglichen Zeitlinie passiert? Da war ich auch nicht auf der Ausstellung. Haben sie sich im ersten Durchgang auch getroffen? Ich war doch den ganzen Abend über im Büro, warum habe ich dann ihren Anruf verpasst?

Die griechische Version von Artemis ist bekannt für ihr aggressives Gemüt – sie verwandelte Menschen in Hirsche, nur damit sie vor ihren Augen von ihren eigenen Hunden zerfleischt wurden –, aber der entfremdeten Schwester den Freund auszuspannen erscheint mir selbst für ihre Verhältnisse gemein.

»Setz dich, Stalkerin.« Sie zupft an meinem Hosenbein. »Komm schon, Cass. Das geht doch jetzt lang genug, findest du nicht? Zehn Jahre reichen. Ich weiß nicht, wie es dir geht, aber ich habe es echt satt.«

Als ich sie anstarre, wird mir klar: Ich habe es auch satt.

Außerdem will ich Antworten auf alle meine Fragen, und, zugegeben, ich glaube nicht, dass ich jetzt noch ohne sie wieder gehen könnte. Also gebe ich mich geschlagen, stelle die Kiste mit den Bananenmuffins vorsichtig auf den Gehweg, ziehe mir die Jacke aus und positioniere sie sorgfältig daneben, sodass mein smaragdgrüner Jumpsuit nicht mit dem schmutzigen Gehweg in Berührung kommt.

Dann lasse ich mich langsam darauf nieder wie eine alte Dame auf eine Picknickdecke.

»Wieso bin *ich* die Stalkerin?«

»Sag du's mir.« Artemis grinst. »Nur eine von uns hat der anderen beim ersten Date aufgelauert, Sandilein, und ich war's nicht.«

Mit zusammengekniffenen Augen mustere ich sie, will sie schon wieder angiften – aus »Sandilein« bin ich wirklich rausgewachsen –, lasse es dann aber. Da strömt eine kräftige Farbe aus meiner Schwester (goldgelb, wie eine Butterblume), aber sie passt überhaupt nicht zu der, die ich erwartet habe. Da ist auf jeden Fall Schuld, aber es ist die falsche Nuance. Nicht die richtige Intensität. Sie verbirgt etwas, aber es ist nicht annähernd die Farbe, die es sein sollte. Bei Artemis konnte ich normalerweise immer gut einschätzen, was sie denkt und fühlt, aber nach den zehn Jahren Funkstille bin ich wohl aus der Übung.

Mit gerunzelter Stirn beuge ich mich ein wenig zu ihr, nur um sicherzugehen.

»Machst du das immer noch?« Sie lacht. »Die Farben anderer Leute erschnüffeln oder was auch immer das ist? Das ist echt alles andere als subtil.«

Ich habe gesehen, was ich sehen wollte. Als ich wieder zum Café spähe, begreife ich es: Artemis fühlt sich nicht schuldig wegen Will. Sie ist nervös, mich zu sehen – spielt die Lässige, um mich nicht zu verschrecken –, aber da ist nichts Betrügerisches. Sie mag zwar unberechenbar, rücksichtslos und unverantwortlich sein, aber sie ist nicht böse. Das weiß ich sicher. Was bedeutet, sie hat keine Ahnung von der Beziehung zwischen mir und Will, und Will weiß daher auch nicht, dass wir verwandt sind.

Sie ahnen beide absolut nichts von ihren jeweiligen Verbindungen zu mir.

Meine Wut löst sich augenblicklich in Luft auf.

Es gibt keinen logischen Grund, sauer zu sein, wenn es niemanden mehr gibt, auf den ich sauer sein kann. Das wäre Zeit- und Energieverschwendung, und das habe ich in den letzten Wochen schon ausreichend getan.

Seufzend hebe ich den Deckel meiner Kiste und bewundere meine zwölf herrlich in Reih und Glied angeordneten Bananenmuffins. Eigentlich wollte ich einen Teil davon mit nach Hause nehmen und einfrieren – einen Notfallvorrat anlegen –, aber vielleicht esse ich sie auch gleich alle hier auf. Nichts schreit mehr nach dem Trost dieser Muffins als die Erkenntnis, dass man durch Zeit und Raum gereist ist, nur um den Freund mit der kleinen Schwester zu verkuppeln.

Ich stopfe mir einen in den Mund und warte darauf, dass mein Herz bricht.

Es kann jede Sekunde so weit sein: Die wirklich großen, lebensverändernden Emotionen kommen oft erst mit großer Verspätung, als würde man sie mit der Post verschicken.

An Weihnachten.

Und falsch frankiert.

»Was?« Auf einmal merke ich, dass Artemis mich beim Essen beobachtet. »Was willst du jetzt schon wieder von mir? Du kriegst keinen ab.«

»Du liebst Bananenmuffins immer noch«, stellt sie lächelnd fest. »So ein Gewohnheitstier.«

Als Kind habe ich mich geweigert, zu sprechen. Alle dachten, ich könnte es nicht, aber ich habe einfach nicht den Sinn darin gesehen, ehe ich es nicht vernünftig konnte. Das Einzige, wonach ich regelmäßig verlangt habe, waren »Nanen-Nuffins«. Mit der Zeit habe ich es zu »Na-Nuffin« verkürzt und dann zu »Nuffin«. Natürlich nenne ich sie heute nicht mehr »Nuffins«, sondern Bananenmuffins, denn ich bin einunddreißig Jahre alt und kann mich angemessen artikulieren.

»Die Leute sagen das immer, als wäre es was Schlechtes«, zische ich und nehme noch einen großen Bissen. »Eine schlechte Eigenschaft. Bei Eichhörnchen sagt doch auch keiner: ›Hey, guck mal, es klettert auf Bäume und sammelt Nüsse, was für ein Gewohnheitstier.‹ Sie sagen nur: ›Guck mal, da ist ein Eichhörnchen. Es ist einfach ein Eichhörnchen.‹ Ich bin Cassandra. Ich mache Cassandra-Sachen. Hört doch auf, das immer zu betonen.«

»Das sollte keine Kritik sein.« Artemis rutscht ein Stückchen näher. »Ich habe das nur sehr vermisst, mehr nicht.«

Eine sanfte warme Welle überkommt mich, zartlila, und dann habe ich sie wieder im Ohr.

*Ich hasse dich.*

*Du bist ein Monster.*

*Warum kannst du nicht einmal normal sein?*

»Klar.« Ich springe auf. »Und wessen Schuld ist das?«

Es gibt keinen Grund mehr, sauer zu sein, aber auch keinen, noch länger zu bleiben. Der Mann, den ich liebe, hat entschieden, dass er lieber mit meiner nächsten Angehörigen zusammen sein will – der Person, die mich am meisten verletzt hat –, und es gibt nichts, was ich dagegen tun könnte.

Nur ... wo soll ich jetzt hingehen?

Ich könnte zurück zur Arbeit, aber ich weiß nicht, wie viel Zeit die Emotionen sich noch lassen: vielleicht Stunden, vielleicht auch Wochen. Ich kann nicht riskieren, dass sie mich mitten in einem Brainstorming-Meeting überwältigen oder in der Küche oder am Wasserspender. Nach all der Mühe werde ich meinen Job auf keinen Fall wegen eines Zusammenbruchs in der Agentur riskieren. Ich könnte nach Hause gehen, aber Sal und Derek werden ziemlich sicher da sein, und ich bin noch nicht bereit, mich damit wieder auseinanderzusetzen. Ich könnte ins Museum gehen, aber wenn ich da implodiere, habe ich noch einen Ort, zu dem ich nicht mehr kann.

Natürlich könnte ich durch die Zeit reisen – zurückspringen und alles rückgängig machen, verhindern, dass Will und Artemis sich treffen –, aber das kommt mir ziemlich kleinlich vor. Außerdem spiele ich nicht mehr unnötig an der Zeit herum.

Meine horologischen Fähigkeiten waren ein Geschenk der Götter, und ich habe inzwischen verstanden, dass solche Geschenke nicht umsonst sind. Das waren sie noch nie.

Davon, dass Will mich jetzt in drei verschiedenen Zeitlinien verlassen hat, einmal ganz abgesehen. Irgendwann sollte ich das vermutlich akzeptieren.

»Willst du etwa schon gehen?« Artemis springt ebenfalls auf. »Wir haben uns doch kaum unterhalten.«

»Ganz genau.« Ich gucke sie finster an. »Artemis, woher weißt du, wo ich arbeite? Klar kennst du meine Adresse, deshalb die Briefe und das Auflauern vor der Tür. Aber die Arbeit? Mein Name ist nicht auf der Webseite von Caplan PR, dafür hab ich gesorgt.«

»Ich war bei dir zu Hause und habe dort gefragt, wo du arbeitest«

»Wer hat es dir gesagt?«

»So ein Gutaussehender, der Ähnlichkeit mit Apollo hat, nur dass er den Arsch lieber im Gesicht trägt, als sich draufzusetzen.«

Ich muss laut lachen und nehme ihr das sofort übel. »Derek.«

»Ja, genau der.« Artemis scheint sich über mein Lachen zu freuen, was mich noch mehr ärgert. »Ehrlich, er wirkt echt wie ein Arschgesicht, Cass. Er hat mich im Prinzip ununterbrochen angegraben. Auch wenn wir seit einem Jahrzehnt nicht miteinander gesprochen habe, hoffe ich als deine Schwester sehr, dass du nichts mit ihm hast, weil er echt die Verkörperung vom Spuckerest im leeren Bierglas ist.«

»Oh.« Ich schüttle den Kopf. »Keine Sorge, hab ich nicht.«

Das letzte Puzzlestück ist endlich an seinen Platz gerückt: Im ursprünglichen Durchlauf muss Artemis vor meiner Tür gewartet haben, wie dieses Mal, bloß bin ich nicht nach Hause gekommen, und Derek scheint entweder nicht mit ihr gesprochen oder ihr zumindest nicht die Informationen gegeben zu haben, die sie suchte. Was heißt, sie hat nie erfahren, wo ich arbeite, deshalb auch nicht im Büro angerufen, nicht mit Sophie gesprochen, ist nicht zur Ausstellung gegangen und hat Will nie getroffen. So eine winzige Änderung, kaum wahrnehmbar, und ich werde wahrscheinlich nie herausfinden, was sie ausgelöst hat. Warum hat Derek sich anders verhalten? Vielleicht hatte er Streit mit Sal und wollte sie mit Artemis verletzen. Vielleicht bin ich an jenem Tag nicht so auf seinen Charme angesprungen, wie er es sich erhofft hatte. Vielleicht war er auch einfach besonders arschig drauf.

Wahnsinn, ich kann nicht glauben, dass mein Schicksal von einem Mann abhängt, der jedes Fremdwort einfach britisch ausspricht.

Ich nehme meine Muffinkiste und will mich auf den Weg machen.

»Warte.« Artemis springt mir mit ausgestreckten Armen in den Weg wie eine Viehtreiberin. »Das kann nicht alles gewesen sein. Zehn Jahre, Cass. Zehn *Jahre*. Ich muss mich vernünftig für alles entschuldigen, was ich auf der Beerdigung gesagt habe. Können wir nicht in einen Pub gehen? Da ist auch noch was anderes Wichtiges, was ich dir sagen will. Was nicht in den Briefen stand.«

»Es ist elf Uhr morgens.«

»Ja, aber wir sind in London.« Sie macht eine ausladende Geste, als wäre das eine neue Information für mich. »Hier trieft der Alkohol aus jeder Pore, vierundzwanzig Stunden am Tag. Bitte? Ich brauche auch nicht lange. Nicht einmal eine Stunde.«

»Dich zu betrinken war Teil des Problems, wenn ich mich recht erinnere.«

Was ich tue, und das ist Teil meines Problems.

»Vielleicht ist es ja dann die Lösung, wenn ich mich wieder betrinke?« Art legt den Kopf schief, kräuselt ihre winzige Nase und funkelt mich mit ihren riesigen Eulenaugen an. »Nur eine Idee. Eine These, die wir zusammen austesten können, wenn du willst.«

Ich studiere die Farben meiner Schwester genau. Sie sind völlig anders als meine eigenen, das waren sie schon immer. Sie sind schnell, fließend, strömen durch sie hindurch wie ein Eimer Farbe, der in einen Fluss gekippt wurde. Sie blühen auf und verschwinden wieder, ohne Flecken zu hinterlassen. Bei mir ist es eher, als würden alle Farben zusammen in einen Tümpel landen, und da treiben sie dann, vermischen sich zu Braun, während ich versuche, herauszufinden, woher sie gekommen sind, wer sie hineingeschüttet hat und welche verdammten Farben es ursprünglich sein sollten.

»Ich werde nicht über die Beerdigung reden«, gebe ich entschieden zurück.

»Aber …«

»Nein. Was passiert ist, ist passiert. Ich will nicht drüber diskutieren. Ist das klar?«

Ihre Farben verändern sich, ein Schleier legt sich über sie, dann werden sie wieder deutlich heller, als das Gefühl verfliegt und von etwas anderem ersetzt wird.

»Deal. Nur zwei Stunden. Mehr brauche ich nicht, damit du mich wieder lieb hast.«

»Eben war es noch *eine* Stunde«, seufze ich frustriert.

»Ein bisschen länger brauche ich wahrscheinlich schon.« Sie grinst und hüpft von einem Fuß auf den anderen. »Da ist zehn Jahre alter Hass, den ich irgendwie auslöschen muss. Und ich bin nicht mehr so süß wie als Kind. Ich brauche alle Zeit, die ich kriegen kann.«

Frustriert sehe ich auf die Uhr und denke nach.

Wir haben ja schon festgestellt, dass ich nicht wieder zur Arbeit kann, weil mir womöglich ein Zusammenbruch bevorsteht. Außerdem muss ich zugeben, dass ich neugierig bin, jetzt da sie mich mürbegemacht hat. Immerhin habe ich keine Ahnung, was bei Artemis in den letzten Jahren los war. Und irgendetwas sagt mir, dass sie – ganz wie ihre Namensvetterin – nicht aufgeben wird, weshalb es mir nur logisch erscheint, nachzugeben, um wieder Ruhe in mein Leben zu bringen. Hinzu kommt, dass sie meine Schwester ist: Wenn die großen Emotionen eintreffen, während sie dabei ist, habe ich schon jede Menge Erfahrung darin, sie an ihr auszulassen.

»Na gut.« Ein Anflug von etwas, das sich seltsamerweise nach Erleichterung anfühlt, überkommt mich. »Du hast Zeit bis ein Uhr, dann muss ich zurück zur Arbeit. Zwei Stunden, danach gehen wir wieder getrennte Wege. Du musst mir versprechen, dass du, wenn unser Zeitfenster sich schließt, mir keine Briefe mehr schickst und mich nicht mehr verfolgst. Und das British Museum gehört *mir*, klar? Ich bekomme es nach unserer schwesterlichen Scheidung. Es gehört mir, und ich will es zurück.«

Artemis blinzelt. »Hey, da war ich letztens erst.«

»Ich weiß«, sage ich erschöpft. »Frag nicht, woher.«

»Okay.« Wieder hüpft sie auf und ab und klatscht dabei in die zierlichen Hände, was erstaunlich viel Lärm macht. Ihre Freude ist wie eine nukleare Explosion. »Ich stimme diesen Bedingungen zu. Wenn du mich bis drei Uhr immer noch hasst, Sandilein, dann darfst du gehen, und das war's. Für immer. Versprochen.«

»Nenn mich nicht Sandilein und hör auf, dir mehr Stunden zu erschleichen.« Ich seufze, als sie ihren Arm durch meinen schiebt. »Denk nicht, dass ich das nicht merke.«

Dann sehe ich auf die Stelle hinab, an der wir uns berühren.

Es tut nicht weh, mich durchzuckt kein elektrischer Schlag, ich habe nicht das Bedürfnis, zurückzuzucken. Es fühlt sich an, als wäre meine Schwester einfach Teil meines eigenen Körpers, ein zusätzliches Glied, mein größtes Organ. Und selbst jetzt kann ich nicht glauben, dass sie es nicht begreift. Nach all der Zeit scheint Artemis immer noch nicht zu verstehen, dass ich mein Leben nicht in Brand stecke, um vor jemandem zu fliehen, den ich hasse.

Wo läge darin die Logik?

Es ist niemals Hass, der die Streichhölzer entzündet.

# 32

Das sind die Abenteuer der Artemis Dankworth.

Glaubt man meiner Schwester, wollte sie sich, als sie nach der Beerdigung meiner Eltern wieder nüchtern war, bei mir entschuldigen, und hat dann festgestellt, dass ich bereits ausgezogen war und meine Nummer geändert hatte. Deshalb flog sie nach zwei Wochen erfolgloser Suche nach Indien, um dort in einem Schweigekloster nach Vergebung – »eigentlich Bestrafung« – zu streben.

Letzten Endes wurde sie rausgeworfen, weil sie den Mund nicht halten konnte – was mich wenig überrascht –, reiste nach Peru und stolperte in eine Ayahuasca-Zeremonie, die aus einer Art psychedelischem Tee, Gesprächen mit unseren toten Eltern und viel Kotzen in einen Eimer bestand. Dann versuchte sie es mit einem Dunkel-Retreat und schloss sich eine ganze Woche lang in einer Hütte in vollständiger Finsternis ein – Essen bekam sie durch einen Schlitz in der Tür gereicht, allerdings nur mit verbundenen Augen (was sie anscheinend irgendwann durchdrehen ließ). Danach probierte sie es mit einem dreiwöchigen »Detox« in Thailand, bei dem sie sich zweimal täglich ein Plastikrohr in den Hintern stecken ließ, Bentonit trank und Kräuter aß, von denen ihre Kacke hellgrün wurde »wie bei Enten«.

Irgendwann – »etwa fünf Milliarden tote Hirnzellen später« – kam sie nach England zurück und machte irgendwie meine neue Adresse ausfindig.

Als sie mir schrieb und keine Antwort bekam, begann sie ein Schauspielstudium und schmiss es wieder.

Sie trat einem Comedy-Impro-Kurs bei und ließ ihn wieder sausen.

Es gab eine unnötig dramatische Romanze mit einem anderen hoffnungsvollen Schauspieler – »Er hatte eine winzige Nebenrolle in diesem echt erfolgreichen Historiendrama und hat nie aufgehört, das zu erwähnen«. Die beiden flüchteten zu einem »offensiv nackten« Tantra-Sex-Camp in Deutschland, wo sie nach drei Stunden miteinander Schluss machten.

Wieder Single, machte Artemis sich als Backpackerin auf eine Reise durch Europa – weiß aber nicht mehr genau, wo sie war, »weil alle Orte gleich aussahen, überall Kirchen und Käse« –, kam dann nach Cambridge zurück, wo sie als Kellnerin arbeitete und die Gästezimmer unseres Elternhauses »für ein paar Pennys« an andere bedürftige Künstler vermietete – wobei sie selbst weder das eine noch das andere war, wie wir beide wissen –, und ließ sich auf noch einen Künstlertypen ein.

Der verpfändete drei ihrer Ringe, weshalb sie seine Habseligkeiten im Garten verbrannte – »Ehrlich, das waren nur eine Ukulele und ein paar Ketten aus Holzperlen« – und sich wieder aus dem Staub machte. Dieses Mal zum Himalaja, wo sie sich an *noch einem* Silent Retreat versuchte und wieder scheiterte. »Und dann wollte ich ein bisschen bergsteigen, aber die sind verdammt hoch, also hab ich mich inspirieren lassen und die meiste Zeit in Cafés gesessen und Gras geraucht.«

Irgendwann kam sie wieder zurück, schickte mir erneut flehende Briefe, die allerdings ungelesen zurückkamen, mit dem Hinweis, ich sei unbekannt verzogen. Unsicher, was sie jetzt tun sollte, arbeitete sie ein Jahr lang in der Unibibliothek, ein Job, der ihr sehr zu schaffen machte, »weil ich immer geredet und die Studenten mich immer angeschhht haben«.

Es folgten sechs weitere Jobs, acht schreckliche Freunde und eine Freundin – »Mit ihr bin ich eine Weile in Australien gewesen, aber dann war sie genervt von mir, und ich bin zurückgekommen« –, bis Artemis Helena Dankworth wieder zurück in Cambridge war und endgültig blieb.

»Das war's auch schon.« Sie zieht eine Grimasse, trinkt ihr zweites Glas Wein aus und wischt sich mit dem Ärmel über den

Mund. »Ich weiß, ich bin ein Klischee. Aber was soll man auch sonst erwarten? Ich bin im Sternzeichen Schütze geboren und heiße Artemis. Ich kann das Suchen und Jagen einfach nicht lassen. Die Sterne haben es mir in die Wiege gelegt, und unsere Eltern haben beschlossen, ganz sicherzugehen.«

»Eigentlich«, setze ich an und beuge mich in einem Anflug von Aufregung vor. »Wusstest du, dass das Sternbild Schütze eigentlich Cheiron ist? Er war als einziger Zentaur in der griechischen Mythologie nicht mit den anderen Zentauren verwandt, weil er der Sohn von Kronos war. Und damit eigentlich Zeus' Halbbruder. Als er von Herakles mit einem vergifteten Pfeil getroffen wurde, gab er seine Unsterblichkeit auf und wurde dann in das Sternbild verwandelt, das wir heute als Schütze kennen. Ich bin ein großer Fan von Cheiron. Er wird immer als sehr weise und mutig dargestellt, was Herakles in meinen Augen zu einem noch größeren Idioten macht. Ich hasse ihn.«

Die Augen meiner Schwester weiten sich leicht. »Hm.«

Hitze steigt mir in die Wangen, wie immer, wenn ich etwas abgespult habe, was niemanden außer mir fasziniert. »Was heißt ›hm‹?«

»Ich wusste nicht, dass du in Mums Fußstapfen getreten bist.« Sie lächelt mich an. »Das ist süß. Du hast die Griechen geerbt.«

»Das ist bloß ein unwichtiges Hobby.« Schnell kippe ich den Wein hinunter.

»Aber was ist mit dir?« Art lehnt sich vor. »Ich habe dir alles über mich erzählt, was hast du die letzten zehn Jahre gemacht? Was ist deine Geschichte?«

Ich blinzle in mein Glas und denke angestrengt nach.

Ehrlich, ich habe jetzt zwei Gläser Wein intus und verstehe immer noch nicht, wie das Jahrzehnt für Artemis genauso lang gedauert haben kann wie für mich. Wir hatten die gleiche Anzahl an Stunden – plus/minus die paar Hundert, die ich in den letzten Wochen doppelt und dreifach gelebt habe –, und trotzdem hat sie in dieser Zeitspanne mehrere Leben hineingequetscht, während ich kaum ein einziges auf die Reihe bekommen habe.

Klar, die echte Artemis ist unsterblich, aber diese hier sollte das nicht sein.

»Du kannst nicht durch die Zeit reisen, oder?«, frage ich, nur falls es genetisch ist.

»Beim letzten Mal, als ich das ausprobiert habe, nicht.« Art seufzt. »Da war dieser Moment bei der Ayahuasca-Zeremonie, als ich dachte, ich könnte es, aber da hab ich nur kopfüber an einem Baum gehangen. Aber jetzt mal im Ernst, Cass. Wechsle nicht das Thema. Nachdem du von der Beerdigung abgehauen bist, was ist da passiert? Wo bist du hingegangen?«

Ich überlege, wie ich darauf antworte, aber das ist alles furchtbar vage.

Wenn ich ehrlich bin, erinnere ich mich nicht mehr an viel. Das ist die einzige riesige Erinnerungslücke, die ich habe: ein gigantisches schwarzes Loch voller Nichts. Irgendwie bin ich in London gelandet, wo mich die Mutter aller Nervenzusammenbrüche erwischt hat. Ein Nervenzusammenbruch, der fast sechs Monate gedauert hat. Ich meine, mich dunkel zu entsinnen, dass ich mit dem Rauchen angefangen und auch wieder aufgehört habe. Ich habe jede Menge Wagon-Wheels-Kekse gegessen. Irgendwann habe ich mich aufgerafft, mir einen Job in einer PR-Agentur geangelt und bin mit Fremden zusammengezogen. Und das hat sich ein paar Mal wiederholt, bis ich hier gelandet bin.

Wenn man es aus dem Blickwinkel der griechischen Mythologie betrachtet, bin ich wohl weniger eine Heldin oder Göttin, sondern eher ein namenloser Herold, der kurz für dreißig Sekunden auftaucht, in seine Trompete bläst und wieder verschwindet.

»Moment mal.« Ich starre meine Schwester an. Erst jetzt realisiere ich, dass Artemis das Haus unserer Eltern in Cambridge behalten hat. Ich war davon ausgegangen, sie hätte es gegen drei magische Bohnen und eine Rennmaus eingetauscht. »Was hast du mit all meinen Sachen gemacht?«

»Ich hab sie in Kartons gepackt.« Sie grinst und steht auf. »Ich denke mal, dass es Statuen dazu gibt, wie lange dein Kram aufbewahrt werden muss, wenn du einfach abhaust, um in einer anderen Stadt zu leben.«

»Statuten«, sage ich ganz automatisch.

»Was?«

»Es heißt Statuten, nicht Statuen.«

»Wirklich? Bist du sicher?« Sie winkt nach noch einem Glas Wein, obwohl man sich die Getränke hier selbst holen muss, glaube ich. »Das klingt irgendwie falsch. Es sollte auch Statuen geben. Zum Beispiel eine nackte Frau, die unter einer Glasdecke kauert, auf der ein Mann balanciert. Das wäre doch poetisch, oder?«

Ich kann nicht fassen, dass es mein Zuhause noch gibt. Den Garten, den Bach, die Eichen, das vertraute Knacken der Heizung, den Schrank, in dem ich mich immer versteckt habe, wenn die Welt zu viel wurde. Erinnerungen an Mum und Dad steigen in mir auf, wie sie Radio hören, die Treppe hochschreien, damit wir zum Essen kommen. Wie sie darüber streiten, wer wieder mal die Haustür nicht abgeschlossen hat. Sie sind weg, aber immer noch da, unverändert und beständig. Mein Zuhause ist noch dasselbe wie früher, eine Konstante, und auf einmal ist da ein überwältigendes Zerren unter meinen Rippen.

»Mein Zimmer.« Alarmiert sehe ich sie an. »Du hast doch niemand Fremdes in meinem Zimmer schlafen lassen, Artemis? Nicht in meinem Bett.«

»Nein, ich hab das ganze Ding in einen riesigen Cassandra-Schrein verwandelt.« Sie setzt sich wieder und grinst den Barkeeper süß an, der uns aus irgendeinem Grund doch Getränkenachschub gebracht hat. »Ich habe ein lebensgroßes Porträt von dir an die Wand gemalt und Kerzen aufgestellt, und jeden Tag um drei läute ich eine Glocke und rufe deinen Namen, und wer auch immer gerade im Haus ist, kommt hoch, um mit mir zu beten. Manchmal singen wir auch. Manchmal weinen wir. Es ist wunderschön.«

Ich kneife die Augen zusammen. »Das kommt mir selbst für deine Verhältnisse extrem vor.«

»Natürlich haben Leute in deinem Bett geschlafen.« Artemis lacht hell, als ich meinen neuen Wein probiere. »Es ist ein Zimmer und kein Mausoleum. Außerdem bist du nicht gestorben. Du bist abgehauen in deinem Wahn, und zwar mit der Bahn.«

Der Wein kommt mir direkt durch die Nase wieder raus. Ich huste, bis ich wieder Luft bekomme.

»Na also.« Artemis strahlt mich begeistert an. »Ich kann dich immer noch zum Lachen bringen. Wenigstens *das* hat sich nicht geändert.«

»Ich habe nicht gelacht«, lüge ich irritiert und wische mir den Wein aus dem Gesicht. »Ich habe nur kurz vergessen, dass ich kein Delfin bin und deshalb nicht gleichzeitig atmen und schlucken kann.«

Jetzt bricht Artemis in lautes Lachen aus und wirft mir einen Untersetzer an den Kopf.

Als er kreisend auf dem Tisch zur Ruhe kommt, starren wir beide in unsere Getränke.

»Hast du überhaupt mal an mich gedacht, Cass?« Ihre Farben verändern sich wieder. »Ich denke nämlich ständig an dich. Alles erinnert mich an dich. Im Baumarkt stecke ich immer noch Farbfächer ein, um sie dir mitzubringen.«

Ein stechender Schmerz. »Nein, ich habe nicht an dich gedacht.«

»Oh.« Sie senkt den Blick. Jetzt umgibt sie ein schwaches Jadegrün. »Klar. Was ich gemacht habe, war echt schlimm. Das verstehe ich.«

Das Ausmaß ihrer Trauer nimmt mir den Wind aus den Segeln.

»Das war gelogen«, gebe ich etwas sanfter zu. »Natürlich hab ich an dich gedacht, aber ich musste versuchen, dich aus dem Kopf zu kriegen. Alles andere hat zu wehgetan. Du weißt, wie ich bin, Art. Es ist genauso, wie du auf der Fotoausstell…« Nein. Das ist in dieser Zeitlinie nicht passiert. »Ich muss alles in meinem Kopf in Tupperdosen packen, meine Gefühle und Erinnerungen schön ordentlich verstauen. Ich muss kontrollieren können, wann ich auf sie zugreife. Ansonsten … ist mir alles zu viel.«

Sie nickt, und ihre Trauer ebbt etwas ab. »Du bist ein menschlicher Aktenschrank.«

»Genau«, gebe ich zu. »Nur funktioniert das Ablagesystem nicht immer.«

Selbst in diesem Augenblick spüre ich, dass meine Dosen Risse bekommen: Alles droht auszulaufen. Zu viele Emotionen und Erinnerungen. Zu viel Chaos. Als Reaktion darauf bereitet mein Hirn die Abschaltung vor. Es bekommt Angst und will den Schmerz direkt im Keim ersticken. Denn die ganze Zeit über habe ich mir eingeredet, dass ich das Opfer und meine Schwester die Übeltäterin war – schwarz und weiß, gut und böse. Aber was, wenn das gar nicht stimmt? Was, wenn sie nur ein neunzehnjähriges Mädchen war, das betrunken war und dann Mist gebaut hat? Was, wenn ich in meinem unerträglichen Schmerz und meiner Verletztheit eine falsche Entscheidung getroffen habe und nicht weiß, wie ich sie rückgängig machen kann? Was, wenn ich inzwischen so unnachgiebig, so unerbittlich, so festgefahren bin, dass ich von dem Weg, den ich einmal eingeschlagen habe, nicht mehr abweichen kann?

Was, wenn der größte Fehler eigentlich meiner war?

Und schlagartig verstehe ich, warum Athene das Bedürfnis hatte, Arachnes Wandteppich in einem Anflug von Zorn zu zerstören: Zorn ist eine der einfacheren Farben, und die Wahrheit in ihrer komplexen Gesamtheit kann überwältigend sein.

»Ooooh!« Artemis hickst. »Sollen wir Käsefritten bestellen?«

»Art…«, setze ich an, als mein Handy plötzlich klingelt. Ich starre ein paar Sekunden lang auf das Display, kann den Anruf aber nicht nicht annehmen. Wenn ungelesene Nachrichten schon schwer in meiner Tasche liegen, dann erzeugen verpasste Anrufe ein eigenes Gravitationsfeld.

»Cassandra«, sagt jemand, sobald ich nach drei Anläufen den richtigen Knopf gedrückt habe. »Leider musste ich feststellen, dass du nicht wiedergekommen bist, nachdem du unser Gespräch so abrupt unterbrochen hast. Sophie sagt, du fühlst dich nicht gut und musstest deshalb weg. Ist alles okay?«

Ich halte das Handy vom Gesicht weg und starre es an, zu verblüfft zum Sprechen. Okay, inzwischen habe ich etwa zwei Drittel einer Flasche Wein intus, aber ich bin noch nicht betrunken genug, um zu halluzinieren.

Ich nehme das Handy wieder ans Ohr. »Barry?«

»Ja, Cassandra.«

Artemis fragt stumm: *Wer ist das?*, ich antworte genauso stumm: *Mein Chef, glaub ich*, und ersticke ein Hicksen mit der Hand.

»Hi, Barry. Es gab einen … Familiennotfall.« Ich schiele zu meiner Schwester. »Aber danke, dass du fragst, ob alles okay ist. Die Leute fragen immer, wie es geht, und die vorgegebene Antwort ist ›Gut, danke, und dir?‹, und dann sagen sie: ›Gut, danke‹, oder: ›Nicht schlecht, aber das Wetter spielt verrückt‹, und man darf nicht ehrlich sein, weil das diese seltsame Gesellschaftsvorgabe und nur eine Alibifrage ist, keine echte, aber wo du schon mal gefragt hast, Barry, ich bin nicht sicher, ob wirklich alles okay ist.«

Langes Schweigen. »Cassandra, es ist Mittag. Bist du betrunken?«

»Oh.« Ich sehe mich im Pub um. Alles glüht und schwankt ein wenig. »Sehr.«

»Okay.« Ein Seufzen. »Lass uns morgen reden.«

Wieder sehe ich meine Schwester an.

»Ich bin nicht okay, Barry«, rede ich weiter, jetzt entschlossener. »Und ich glaube, ich bin schon eine ganze Weile lang nicht mehr okay. Darum will ich ein paar Tage freinehmen, um rauszufinden, was ich brauche, um wieder okay zu werden, wenn das für dich okay ist.« Ich hickse. »Ich sage sehr oft okay, aber das ist okay für mich. Ach, und darf ich anmerken, dass ich Bulldoggen liebe? Du musst dich nicht dafür schämen.«

Wieder langes Schweigen, dann sagt er: »Nimm dir all die Zeit, die du brauchst.«

»Danke«, antworte ich überrascht. »Und wenn wir gerade schon mal ehrlich sind: Das mache ich schon die ganze Zeit.«

Strahlend ziele ich auf den richtigen Knopf, um aufzulegen. Vielleicht brauchte Barry auch genau das: die ganze Wahrheit, statt immer nur kleine Tröpfchen davon.

»Hey.« Artemis mustert angeheitert ihre Handflächen. »Meinst du, Schafe wissen, wie flauschig sie sind? Sie haben doch keine Hände, um den Flausch zu spüren, oder? Meinst du, sie gucken andere Schafe an und sagen ›Wow, ich wünschte, ich wäre genauso flauschig‹?«

Einen Moment lang betrachte ich meine Schwester: die kurzen Babyhaare um ihren Ansatz, die sie schon als kleines Kind hatte. Die dunklen Sommersprossen auf ihrer kaum merklich nach oben ragenden Nasenspitze, die sie jedes Jahr in den Sommerferien hatte. Die leicht spitz zulaufenden Ohren, die sie feenhaft und elegant wirken lassen, selbst wenn sie laut und lang rülpst, was sie gerade getan hat.

Zeit ist schon seltsam: Sie vergeht so schnell und leise, dass man manchmal denkt, sie wäre überhaupt nicht vergangen.

»Es ist drei Minuten vor eins«, verkünde ich beim Blick auf meine Uhr.

»Oh.« Ihre Miene verhärtet sich. »Das ging jetzt aber schnell, oder? Irgendwie wünschte ich, ich hätte nicht so ausführlich vom Plastikrohr in meinem Hintern erzählt.«

Mir entfährt ein Schnauben. »Das wünschen wir uns beide.«

Die Farben meiner Schwester sind jetzt zu einer orangenen Panik aufgeblüht. Sie sieht sich im Pub um, auf der verzweifelten Suche nach etwas, das mich hier halten könnte. Als würde sie am liebsten ein Netz spinnen, damit ich mich darin verfange.

»Ein Quiz!« Aufgeregt reißt sie die Augen auf. »Wir können ein paar Quizfragen beantworten! Du liebst Quizspiele, Cass. Weißt du noch? Eine Möglichkeit, richtig zu antworten, wenn andere falsch antworten, und du kannst gewinnen. Nichts auf der Welt magst du lieber.«

Sie hat recht: Nichts mag ich lieber.

»Ich habe gesagt zwei Stunden. Die Zeit ist leider um.« Demonstrativ nehme ich meine Uhr ab und lege sie zwischen uns auf den Tisch. Mit den Fingerspitzen ziehe ich die kleine goldene Krone an der Seite heraus. Dann drehe ich die Zeit langsam zwei Stunden zurück und drücke die Krone wieder hinein. Es gibt eben mehr als einen Weg, in die Vergangenheit zu reisen. »So, jetzt ist es wieder elf.«

Artemis zögert, verarbeitet, was ich gesagt habe, dann hellt sich ihr Gesicht auf. Ihre Farben erfüllen mich.

»Käsefritten?«

»Ja«, sage ich. »Aber nur wenn du alle mit seltsamen Formen isst.«

# 33

Zeit ist ein Konzept mit unendlichen Möglichkeiten.

Wir können sie sparen, vergeuden, schinden, totschlagen.

Wir können sie haben und brauchen und zusehen, wie sie verfliegt.

Sie kann verstreichen und stillstehen. Sie kann auf unserer Seite sein oder gegen uns laufen. Sie kann Wunden heilen und in Fenster eingeteilt werden. Wir können sie stehlen oder aus ihr herausfallen.

Erinnerungen sind Zeitreisen, genau wie Schuldgefühle, Hoffnungen und Tagträume. Wenn wir sterben, tragen uns die Menschen, die uns lieben, weiter mit sich. Wenn wir uns also alle vor- und zurückbewegen können, in allen Zeiten gleichzeitig existieren – wenn Zeit nur ein willkürliches Konzept ist, das unserem Willen unterliegt –, was für eine Bedeutung hat dann die letzte Runde um elf überhaupt?

Wenn Zeit uns allen gehört, wie kann man eine Stunde dann sperren?

Genau solche betrunkenen Schlussfolgerungen führen dazu, dass Artemis und ich aus dem Pub geschmissen werden.

»Hast du dich mal gefragt«, lallt Art, während ich in meiner Tasche wühle, »wie das Innere von Klopapierrollen heißt? Weil, es ist ja darauf nichts mehr aufgerollt. Das Aufgerollte ist weg. Aber es hat keinen eigenen Namen, oder? Wie tragisch, es arbeitet so hart und ist so wichtig für so viele von uns.«

»Dasein sehr, sehr guter Punkt«, stimme ich zu, ziehe meine Schlüsselkarte heraus und halte sie vor das eckige Ding mit den Lichtern. »Im alten Griechenland hatten sie *pessoi,* so Keramikscherben, mit denen sie sich die Scheiße vom Hintern gekratzt haben.«

Wieder schlage ich mit der Schlüsselkarte zu. Und treffe den Türrahmen.

Wir sind beide völlig dicht, obwohl ich immer wieder auf kleine Pausen mit Essen und Softdrinks bestanden habe. Das kommt wohl dabei heraus, wenn man vierzehn Stunden lang im Pub vorgibt, es wäre Mittagszeit: ein Alkoholgemetzel.

»Wahnsinn.« Artemis rülpst begeistert. »Total nachhaltig. Und umweltfreundlich. Ganz schön ihrer Zeit voraus, die alten Griechen.«

Voll konzentriert platziere ich die Karte erneut: Endlich leuchtet eine grüne Lampe auf, und die Tür klickt.

»Juchhu!«, triumphiere ich. »Wir sind drin!«

Der Eingangsbereich, der normalerweise geschäftig summt und brummt, ist jetzt merkwürdig ruhig. Die Rezeption liegt wie ein mystisches schlafendes Biest da, aber mit flackernden Sicherheitslämpchen im Gesicht.

»Was wollen wir überhaupt hier?« Artemis folgt mir fröhlich die Treppen hinauf, immer zwei auf einmal. »Wie sind wir reingekommen? Sind wir *eingebrochen?* O Gott, sind wir *Kriminelle?* Das ist so aufregend. Ich wusste schon immer, dass ich mal ins Gefängnis komme, aber ich hatte keine Ahnung, dass der Grund dafür sein würde, dass ich in ein Bürogebäude in Soho eingebrochen bin.«

»Wir sind nicht eingebrochen. Du hast doch grad gesehen, wie ich die Schlüsselkarte benutzt hab.«

»Ach ja.« Sie stolpert über eine Stufe. »Mein Fehler. Hab's vergessen.«

»Mein Chef steht auf flexible Arbeitszeiten«, erkläre ich, als wir die Agentur betreten. »Er denkt, so entsteht eine *Work hard, play hard*-Mentalität.«

Leicht schwankend starren wir durch den leeren Raum. Ich schätze, kurz vor Mitternacht an einem Montag fällt eher in die *Play*-Kategorie. Nichts ist zu hören außer dem Tropfen vom Wasserspender, an dem wir uns alle mal ein Beispiel nehmen sollten, denn er scheint nie eine verdammte Pause zu machen.

Entschlossen gehe ich auf meinen Schreibtisch zu, halte dann aber inne. Es gab einen Grund, weshalb ich mitten in der Nacht herkommen wollte. Einen sehr wichtigen Grund. Nur bin ich zu betrunken, um mich jetzt daran zu erinnern.

»Oooh!« Art kniet vor dem goldenen Empfangstisch. »Wie hübsch.«

»Im Meetingraum ist eine Kletterwand«, lasse ich sie wissen und durchwühle meinen Schreibtisch, immer noch auf der Suche nach dem Grund für unser Kommen. »Falls du dich beschäftigen willst wie ein kleiner Babyaffe.«

»Auf jeden Fall«, sagt meine Schwester und ist schon verschwunden. »Nee, oder? Schaukeln! Bälle! Süßigkeiten! Wie toll! Ich wette, die sind voller Schweiß und Pisse.« Eine Pause, dann: »Hmmm ... würzig.«

Ich muss lächeln, dann fällt mir ein, warum ich hier bin. Hastig prüfe ich, ob die Luft rein ist – mitten in der Nacht, haha –, öffne die Schublade und ziehe meine Tasse heraus. In den letzten zehn Jahren habe ich nie länger als zwei Tage nicht aus dieser Tasse getrunken, da fange ich in meinem Urlaub bestimmt nicht damit an.

»Was machstu?«, fragt Artemis direkt hinter mir. »O. Mein. Gott. Ist das das, was ich denke?«

»Hm?« Schnell will ich die Tasse in meine Tasche stecken. »Nein.«

»Doch.« Sie beugt sich vor und schnappt sie mir aus der Hand. »Das ist meine Tasse. Die ich dir vor Ewigkeiten zum Geburtstag geschenkt hab.«

»Nein«, lüge ich vergeblich. »Ist es nicht.«

»Die hab ich dir in meinem Austauschjahr in Thailand machen lassen, Sandilein. Ich erkenne meinen eigenen verdammten Witz, wenn ich ihn sehe. Guck, da ist ein Hirsch, weil Hirsche meine Krafttiere sind, und da ist der Spruch. *Wäre SA-*

*GENHAFT, dich mal wieder zu treffen!* Du weißt schon, weil du Cassandra bist, die tragische Sterbliche, und ich Artemis, die griechische Göttin. Und ›treffen‹ ist zweideutig, weil der Pfeil den Hirsch nicht trifft und wir uns so lange nicht mehr getroffen haben. Die Tasse ist also Comedy auf mehreren Ebenen und verdammt witzig.«

»Nicht nötig, mir den Witz zu erklären.« Eilig nehme ich ihr die Tasse ab. »Ich hab ihn schon verstanden. Es ist nur eine Tasse. Mir gefällt die Form, mehr nicht. Es passt genau die richtige Menge Kaffee rein.«

Artemis setzt sich auf Ronalds Schreibtisch und grinst mich an.

»Hör auf.«

Sie grinst weiter.

*»Hör auf«,* wiederhole ich. »Sonst verpass ich dir einen Kinnhaken.«

»Du dachtest also auch, dass es *SAGENHAFT* wäre, wenn wir uns mal wieder treffen würden.« Sie lässt die Beine vor- und zurückschaukeln. »Du hast mich so sehr vermisst. Das ist ziemlich peinlich für dich, Cassandra. Ich an deiner Stelle würde mich echt schämen. Wow.«

Mit aufgeblähten Nasenflügeln verstaue ich die Tasse sicher in meiner Tasche. Ich kann die Vorstellung wirklich nicht ertragen, dass die Putzkräfte sie wieder woanders hinräumen und Barry sie kaputt macht. Und die Gewalt, die das in mir auslösen würde, könnte er bestimmt nicht ertragen.

»Was machst du noch mal?« Artemis sieht sich in der Agentur um. »Werbung?«

»PR«, gebe ich zurück. »Und das weißt du auch, weil ich es dir erzählt habe, und als du angerufen hast, hat Sophie sich mit Sicherheit gemeldet mit ›Kein-Plan-PR, wie kann ich helfen?‹.«

»Ah.« Sie nickt. »Ja, das war lustig. Gefällt es dir hier?«

»Natürlich nicht«, antworte ich und hole ein Desinfektionstuch heraus. »Ich arbeite nicht gerne mit Menschen. Meistens rede ich ja nicht mal privat gerne mit Menschen. Perfekt wäre, wenn ich Geld dafür bekommen würde, in schwach beleuchteten Räumen zu sitzen, zu lesen und mit niemandem zu sprechen. Außer vielleicht ab und zu, wenn ich herausgefahren werde, um über etwas zu referieren, das mich interessiert, und alle müssten zuhören, dürften aber nicht antworten.«

»Also genau wie Mum.« Artemis lacht.

»Ja.« Ich lächle schwach und habe auf einmal unsere Mutter vor Augen, wie sie uns am Schreibtisch gegenübersitzt, in sich selbst verschlungen wie eine Brezel, genau wie Artemis immer sitzt. Sie war so schön. So voller Freude und Scharfsinn. Es wäre eine Ehre, wie sie zu sein. »Nur dass ich im Gegensatz zu Mum keinen Doktor in klassischer Literatur habe. Weshalb bei mir wohl weiterhin erzwungene Kommunikation und Angstdurchfall an der Tagesordnung sind.«

»Wo wir gerade von Scheiße und Klassikern sprechen. Ich hab da ein kleines Problem.«

»Ja?« Meinen schon vorher blitzenden Schreibtisch habe ich jetzt lange genug geputzt: Der Urlaub kann beginnen. »Was denn?«

»Will denkt irgendwie, dass ich Diana heiße.«

Ich reiße den Blick so schnell hoch, dass mir schwindelig wird. »Was?«

»Ach ja.« Sie nimmt sich ein glibberiges Spielzeug von Ronalds Tisch und quetscht es energisch mit den Fingern zusammen. »Will ist der Kerl, mit dem du mich im Café gesehen hast. Das ist noch ganz frisch. Wir haben uns erst letzte Woche kennengelernt, auf diesem Ausstellungsding. Eigentlich war ich ja nur da, weil ich dachte, du kommst auch, aber du bist nie aufgetaucht. Da hab ich wohl was mit den Veranstaltungsorten durcheinandergebracht.«

Ich atme kontrolliert aus. Will hatte ich völlig vergessen.

Vorsichtig taste ich mich selbst nach einer Emotion ab – scanne meinen Körper, gehe jede Gliedmaße einzeln durch –, aber da gibt es nicht viel. Einen winzigen Hauch Lavendel vielleicht, aber ich bin nicht sicher, was er bedeutet oder wo er herkommt. Vielleicht ist die Emotion ja da, und ich bin bloß zu betrunken, um sie angemessen zu würdigen. Genauso wie man plötzlich feststellt, dass das Gefühl im Bauch gar keine Angst ist, sondern man einfach dringend auf die Toilette muss.

»Egal.« Artemis legt das Quetschding wieder weg. »Ich hab ihm erzählt, dass ich Diana heiße. Du weißt schon, mein römisches Äquivalent. Keine Ahnung, warum. In der Situation hab ich mir eingeredet, dass ich das gemacht hab, falls du doch noch auftauchst. Ich wollte nicht, dass du so schnell von mir Wind bekommst und dann abhaust. Aber eigentlich glaube ich, ich denke mir einfach gerne Sachen aus.«

»Du lebst nur gerne in den Geschichten, die niemals die Chance hatten, erzählt zu werden.«

»Genau!« Sie macht große Augen. »Du verstehst es! Du bist so clever.«

»Bin ich nicht«, entgegne ich entschieden.

»Also, dieser Kerl …« Ihre Gesichtszüge werden weich. »Er ist unglaublich, Cass. So süß, so entspannt. So verwegen und nachdenklich und heiß. Sein Lächeln ist … Es ist eins von diesen Lächeln, die ansteckend sind, weißt du? Man muss es einfach erwidern. Wir haben uns richtig gut verstanden. Haben stundenlang über all die Orte gequatscht, an denen wir waren, zu denen wir noch wollen. Dass wir beide so sieben Millionen Hunde auf einmal wollen, damit sie alle übereinanderklettern. Ich habe ihm sogar vom Schweigekloster erzählt, und er meinte, *er* hat das vor Jahren auch mal probiert, es aber auch nicht durchgehalten. Wir haben beschlossen, dass die dämlich sind und wir ein Retreat starten wollen, bei dem man *ununterbrochen* reden soll, weil wir finden, dass das generell besser für die psychische Gesundheit ist.«

Ich reiße die Augen auf: Das wusste ich noch nicht über Will.

Das mit dem Lächeln natürlich schon.

»Aber dann hab ich gelogen, also hab ich es wahrscheinlich schon versaut.« Artemis pustet sich den Pony aus der Stirn wie Arielle, die Meerjungfrau. »Was echt kacke ist, weil er vielleicht der netteste Typ ist, den ich jemals mochte. Dad war so lieb und ruhig. Ich hab das Gefühl, seit seinem Tod konnte ich nicht mit Männern zusammen sein, die mich an ihn erinnern. Aber dieses Mal war es anders. Bei Will fühle ich mich sicher, verstehst du? Er wirkt verlässlich. Gut. Ich mache mir nicht mal Sorgen, dass er meine Sachen verkaufen oder mich hängen lassen würde, wenn ich in einem fremden Land feststecke.«

Ich lächle sanft. »Ich glaube auch nicht, dass er irgendwas davon machen würde.«

»Und was soll ich jetzt tun?« Sie knabbert sich an den Fingernägeln. »Sagen, dass ich gelogen hab, oder meinen Namen ändern lassen? Ich bin eher für die zweite Variante. Das hab ich schon nachgeguckt, kostet so vierzig Pfund. Wäre doch gut investiertes Geld in mein neues Ich.«

Schnell suche ich noch mal in mir nach Emotionen.

Immer noch nichts von dem, was ich erwartet habe. Da ist ein schillerndes Gelb, ein sanftes Pink, immer noch dieser Lilaton – marmoriert wie ein Himmel bei Sonnenaufgang –, aber nichts davon fühlt sich nach gebrochenem Herzen an. Nichts davon fühlt sich nach Kummer oder Verlust oder intensiver Trauer an. Und viel wichtiger: Da sind auch keine Anzeichen von *Eifersucht,* obwohl ich gerade diese Emotion an vorderster Front erwartet habe. Mal ehrlich, das ergibt doch alles keinen Sinn. Benutz meine Tasse, und ich prügle dir die Seele aus dem Leib, aber reiß dir meinen Freund unter den Nagel, den ich liebe, und ich bin etwa zehn Minuten lang ein wenig angefressen?

»Sag Will einfach die Wahrheit«, rate ich ihr, lasse mich abrupt auf meinen Drehstuhl fallen und knete mir den Nacken. »Ich glaube, er wird es verstehen.«

In der griechischen Mythologie wimmelt es nur so von Monstern. Manche von ihnen wurden schon als Monster geboren: Typhon mit menschlichem Körper, aber dafür hundert Drachenköpfen. Echidna, halb Frau, halb Schlange. Ketos mit dem schleimigen Gesicht und den riesigen Tentakeln. Andere wurden zu Monstern gemacht: Medusa, die einst eine wunderschöne Frau war, bis sie von Poseidon vergewaltigt und in eine Gorgone verwandelt wurde. Skylla, die vorher eine Meeresnymphe war und dann von Circe mit einem Unterleib aus fünf Hunden ausgestattet wurde. Und einige blieben menschlich, veränderten sich aber mit der Zeit – meistens aus gutem Grund –, bis sie von allen nur noch als Monster wahrgenommen wurden, wie Medea oder Klytaimnestra.

Während ich auf meinem Drehstuhl nach den Emotionen suche, die ich fühlen sollte, aber nicht finden kann, stellt sich mir eine Frage: Bin ich ein Monster?

Und – wenn ja – wurde ich so geboren oder zu einem gemacht?

»Was ist mit dir?« Artemis tritt gegen meinen Stuhl. »Triffst du dich mit jemandem? Er ist hoffentlich nett. Genauso nett wie Will.«

Ich schüttle den Kopf. »Nein. Ich bin meistens alleine.«

Die absolute Wahrheit dieser Aussage trifft mich, denn ich bin wirklich die meiste Zeit über alleine. Ich bin so dauerhaft alleine, dass ich es bis in die Knochen spüre, bis in die Augäpfel, in die Wurzeln meiner Haare. Ich spüre die Einsamkeit wie etwas Physisches, als würde mir jemand mit ganzem Gewicht auf der Brust hocken und mir die Luft rauben. Ich spüre sie, wenn ich aufwache, und ich spüre sie, wenn ich durch die Straßen laufe. Ich spüre sie, wenn ich esse oder tanze. Ich spüre sie, wenn ich mit Menschen unterwegs bin, und auch, wenn nicht. Ich spüre die Einsamkeit in mir, ununterbrochen.

Kein Wunder, dass ich so viel Zeit und Anstrengung darin investiert habe, dass Will bei mir bleibt, nur damit ich atmen kann. Gleichzeitig mag ich es nicht wirklich, Menschen um mich zu haben. Wozu zur Hölle macht mich das?

»Artemis?« Ich stoße Luft aus. »Ich kann durch die Zeit reisen.«

»Cool!« Sie zieht ein rotes Weingummi aus der Tasche, das sie offensichtlich irgendwo hat mitgehen lassen. »Freut mich für dich.«

»Nein.« Ich räuspere mich. »Ich meine es ernst. Ich kann durch die Zeit reisen. Ich habe keinen Schimmer, wie das möglich ist, aber irgendwie … kann ich es. Auf einmal war es einfach da, vor ein paar Wochen, also ist das jetzt meine Gabe, schätze ich. Und es macht mich zur Zeitreisenden. Zu keiner besonders guten, zugegeben, aber trotzdem zu einer Zeitreisenden.«

Artemis starrt mich ein paar Sekunden lang an, und ich schließe die Augen. Nicht um durch die Zeit zu reisen, nur damit ich sie nicht ansehen muss.

»Okay«, sagt sie nach einer Weile. »Erklär es mir genauer.«

Jetzt reiße ich die Augen wieder auf. »Was?«

»Mehr Details bitte. Du kannst nicht einfach damit ankommen, dass du durch die Zeit reisen kannst, und mir dann nicht auch die spannenden Teile erzählen. Ich will alles wissen.«

Ich starre meine Schwester an. »Du glaubst mir?«

»Klar glaube ich dir. Du bist der ehrlichste Mensch, den ich kenne. Außerdem hab ich keine Ahnung, wie Zeit überhaupt funktioniert, also werde ich nicht mit dir über die Formalitäten streiten. Allerdings muss ich sagen«, dieses Mal befördert sie ein grünes Weingummi aus der Tasche, »dass ich in Südamerika und Asien echt einige Gehirnzellen eingebüßt habe, weshalb ich wohl nicht als Physikerin durchgehe und dir deine Glaubwürdigkeit nicht endgültig bestätigen kann.«

Mein Hirn rotiert.

Ich habe es geschafft.

Ich habe den Kassandra-Fluch gebrochen. Meine Schwester hat ihn gebrochen, einfach indem sie mir glaubt.

»Okay.« Die Erleichterung ist so groß, dass mir ein bisschen mulmig wird. »Ich kann nicht besonders weit zurückreisen. Nur bis zu einem bestimmten Zeitpunkt vor ein paar Wochen. Ich hab versucht, weiter zurückzureisen. Du weißt schon, um das mit Mum und Dad zu verhindern …« Ich zögere, Art nickt, damit ich weiterspreche. »Aber das konnte ich nicht, ich war nicht stark genug, also hab ich es überwiegend genutzt, um … nicht von meinen Ex-Freund den Laufpass zu kriegen.«

Artemis starrt mich ungläubig an. »Ist das dein Ernst?«

»Es hat nicht geklappt«, erkläre ich schnell, verlegen. »Scheint, als wäre ich selbst mit aller Zeit der Welt noch ziemlich laufpasswürdig.«

Sie starrt immer noch, inzwischen kaut sie dabei nicht mal mehr.

»Ich hab nicht nur das gemacht«, füge ich hinzu, jetzt etwas verzweifelt. »Da waren auch andere Sachen. Zum Beispiel hab ich verhindert, dass ich gefeuert werde. In meiner WG werde ich nicht mehr so sehr gehasst, weshalb ich wohl nicht schon wieder umziehen muss. Ich war unter der Woche im Museum, das war ziemlich cool. Aber … hauptsächlich habe ich winzige Sprünge genutzt, um Sachen rückgängig zu machen, die mir nicht gefallen haben, oder um andere zu wiederholen, die ich mochte. Du weißt schon, wie mit einer kosmischen Fernbedienung.«

Sie spuckt ihr Weingummi in den Mülleimer.

»Cassandra Penelope Dankworth«, ruft sie mit anklagender Stimme. »Willst du mir sagen, dir wurde diese epische, außergewöhnliche, *magische* Gabe verliehen, die Regeln von Raum und Zeit zu beugen und in die Zukunft zu sehen, und dir fällt nichts Besseres ein, als dir einen Kerl zurückzuholen und unangenehme Situationen zu meiden?«

Ich sehe zu Boden. »Ja.«

»Verflucht noch mal, du hättest im Lotto gewinnen können.« Sie springt vom Tisch und baut sich vor mir auf. »Du hättest auf all die richtigen Pferde setzen können, jedes Mal. Du hättest deine eigene Fernsehsendung auf die Beine stellen können, in der du immer richtig voraussagst, was passiert. Die hätte *Der Cassandra-Code* oder so heißen können. Du hättest reich und berühmt werden können, innerhalb von, was, dreißig Tagen.«

»Aber das wäre doch Betrug«, stelle ich mit glühenden Wangen klar.

»*Das* wäre Betrug?« Sie macht wieder große Augen. »Du hättest so viele Leben retten können, Cass. Diese Geschichte wäre so dramatisch und filmreif gewesen. Stell es dir mal vor. Du, wie du dich vor Busse wirfst und Leute aus Flüssen ziehst. Bitte sag mir, dass du wenigstens *ein* Leben gerettet hast.«

»Aber …« Ich verziehe das Gesicht. »Wie denn?«

»Keine Ahnung, du hättest im Internet oder der Zeitung nach tragischen Unfällen in den letzten Tagen suchen und durch die Gegend laufen und sie verhindern können.« Sie reißt die Hände in die Luft. »Und das sind nur die Zeitreise-*Basics*. Dann gibt es da noch all die anderen Möglichkeiten. Dass man Kriege verhindert und die Welt rettet und so. Willst du mir echt erzählen, dass du *nichts* davon gemacht hast?«

»Nein.« Ich kratze mich am Kopf. »Es kam mir irgendwie kompliziert vor.«

»Das ist brillant.« Jetzt quietscht Artemis vor Lachen. »Cass, du bist die schlechteste Zeitreisende aller Zeiten.«

»Und die schlechteste Prophetin.« Ich nicke kleinlaut. »Ich weiß. Immerhin hab ich verhindert, dass jemand wichtige Computerdateien verliert, also …«

Okay, langsam schäme ich mich wirklich. Art hat völlig recht: Ich hätte all das in einem viel größeren, epischeren Maßstab angehen können. Es ist mir nur leider nicht in den Sinn gekommen. Zu meiner Verteidigung kann ich nur sagen: Wenn man einer Frau, die seit drei Jahrzehnten jeden Morgen Bananenporridge isst, die Fähigkeit verleiht, durch die Zeit zu reisen, dann darf man nicht erwarten, dass sie dadurch plötzlich zu einem anderen Menschen wird.

»Warte mal.« Art hört abrupt auf zu lachen. »Hast du mich auch schon gezeitreist?«

»Ja«, gebe ich verlegen zu. »Nicht heute. Ich hab es gerade erst aufgegeben. Aber, ja. Wir sind uns in den letzten Wochen schon ein paar Mal über den Weg gelaufen, was ich wieder ausgelöscht habe. Wir haben uns gestritten. Ich bin vor dir abgehauen. Einmal habe ich es auch direkt vor deinen Augen gemacht. Tut mir leid.«

»Verdammt.« Sie schüttelt den Kopf. »Das ist so abgefahren. Wie sind all diese Alternative-Universen-Versionen von mir so?«

»Genau wie du. In der kurzen Zeit ändert sich nicht viel.«

»Enttäuschend.«

»Schon, oder?«

Ein paar Minuten sitzen wir da in ernüchternder Stille, und ich denke an den Tag, als ihr Brief gekommen ist, und an die Zeit, zu der unser Postbote die Post einwirft. Kurz nach Mittag, zufällig um 13 Uhr und 2 Minuten. Und ich denke darüber nach, dass es manchmal weniger darum geht, wo eine Geschichte *beginnt* – oder noch weniger um den Sand, in den sie gezeichnet wird –, sondern vielmehr um die Person, die sie erzählt.

»Tut mir leid, dass es mit dem Kerl nicht geklappt hat«, sagt Artemis irgendwann.

»Schon gut.« Ich stehe auf. »Ich glaube eh nicht, dass das die Beziehung war, die das Universum mich reparieren lassen will.«

# 34

Den Rest meines Urlaubs verbringe ich mit meiner Schwester. Es sind nur drei Tage, groß verreisen können wir in der kurzen Zeit nicht. Deshalb schlage ich vor, mal wieder ins British Museum zu gehen, doch Artemis behauptet felsenfest, dass es kein Urlaub ist, wenn wir in London bleiben und die gleichen Sachen machen wie sonst. Deshalb setzen wir uns in den Zug und fahren nach Cornwall, essen Pommes, trinken Apfelwein und diskutieren darüber, ob wir im Meer baden wollen. Ich möchte meine Hose nicht nass machen, Art läuft in voller Montur direkt hinein.

Genau das ist vermutlich der grundlegende Unterschied zwischen uns.

Gemeinsam machen wir lange Spaziergänge am Strand, beobachten, wie das türkisblaue und grüne Meer sich alabasterweiß bricht, wie weiße Häuser sich aneinanderklammern wie Legosteine, Vögel herunterstürzen und Essen stehlen, wie kleine in rote Handtücher gewickelte Kinder kreischen wie winzige Feuerameisen, und streiten uns über die Unterschiede zwischen einem »Spaziergang«, einem »Marsch« und einer »Wanderung« und darüber, was wir glauben, was wir hier gerade tun. Ich sage: »wandern« – angesichts des erforderlichen Fitnesslevels –, und Art meint: »spazieren« – angesichts der Tatsache, dass wir uns immer wieder hinsetzen und aufs Meer hinausblicken. Also streiten wir uns weiter, und ich stampfe für eine Weile davon, um mir die Wellen alleine anzusehen.

Irgendwann setzt sie sich neben mich, und wir streiten darüber, wie weit Frankreich wohl entfernt ist, und zwar so lange, bis ich google und gewinne.

Wir geraten aneinander, als es darum geht, wo wir essen, und zwar jedes Mal, wenn wir Hunger bekommen.

Ich werde wütend, weil unser Last-minute-Apartment schon dreißig Sekunden nach unserer Ankunft in Chaos versinkt, und baue mit Küchenutensilien (Bechern, Töpfen und Tellern) eine Grenze mitten durch das Zimmer.

Artemis verschiebt diese Grenze immer weiter. Sie schiebt so lange daran herum, bis ich eingekesselt bin.

Ich schreie, dass sie nicht so kindisch sein soll.

Sie schreit, dass ich nicht so kindisch sein soll, weil sie so kindisch ist, weil ich so kindisch bin, und wir einigen uns darauf, das Geschirr vom Boden wegzuräumen und niemals jemandem zu erzählen, wie wir uns im Alter von neunundzwanzig und einunddreißig Jahren noch aufführen. Artemis lässt ihre nassen Klamotten in einer Tasche, bis es anfängt, nach pubertierendem Teenager zu müffeln, also hänge ich sie in den Flur, und sie behauptet, ich wäre »total lächerlich«. Als ich die Tasche, während Artemis schläft, an das Kopfende ihres Bettes hänge, ändert sie ihre Meinung.

An einem Morgen wache ich auf, ihr kicherndes Gesicht nur drei Zentimeter von meinem entfernt und ihr Finger in meinem Nasenloch, also scheuere ich ihr eine.

Sie wacht auf, nachdem ich den leeren Koffer auf ihrem Körper ausbalanciert habe, also scheuert sie mir eine.

Irgendwann wird uns in unseren nebeneinanderstehenden Doppelbetten langweilig, darum spielen wir eine Runde »Was lasse ich flitschen?«, ein altes Spiel, das wir als frühpubertäre Kinder erfunden haben – fasziniert von unseren heranwachsenden Körpern –, bei dem es darum geht, entweder den Gummibund der Unterhose oder den brandneuen BH flitschen zu lassen, und die andere muss erraten, was von beidem es war. Ich gewinne, weil Erwachsenen-BHs völlig anders klingen als Teenagerinnen-BHs; ein komplett anderes Geräusch, also nicht mal eine echte Herausforderung.

Es ist, als wäre zwischen uns keinerlei Zeit vergangen.

Als hätten wir einen Weg gefunden, durch die Zeit zu reisen, ohne uns in ihr zu bewegen, bloß weil wir Schwestern sind. Zehn Jahre verpuffen einfach, und dann lösen sich weitere in Luft auf: zwölf Jahre, fünfzehn, zwanzig, neunundzwanzig Jahre, und ich erinnere mich ganz deutlich, wie Artemis aus dem Krankenhaus nach Hause gebracht wurde, wie ich vor ihrem Bettchen stand und Besitzansprüche auf sie erhoben habe. *Meine* Schwester. *Mein* Baby. *Meine* beste Freundin.

»*Meine*«, genau wie eine Spruchtasse, aus der niemand sonst trinken darf.

Alle paar Stunden bekommt Artemis eine Nachricht oder einen Anruf von Will, und sie funkelt wie ein Opal. Zuerst geht sie außer Sicht- oder Hörweite – aus Rücksicht auf meinen »noch frischen Single-Status« –, aber dann verliebt sie sich einfach direkt vor meinen Augen.

Drei ganze Tage lang beobachte ich, wie die Ohren meiner Schwester pink anlaufen, wie ihre Schritte immer leichter und federnder werden, wie sie mit dem ganzen Körper lächelt und sich zu jedem dämlichen Hund hinunterbeugt, der an uns vorbeiläuft. Zu jedem einzelnen. Manchmal geht sie extra über die Straße, um einen zu knuddeln. Sie lässt sich vollhaaren, das Gesicht mit Speichel überziehen und sich eine feuchte Nase ins Ohr drücken, und bei alldem lacht sie und hält schon nach dem nächsten Viech Ausschau.

»Kannst du das bitte lassen?«, flehe ich irgendwann. »Ständig muss ich mich auch ansabbern lassen.«

»Ich will einen«, verkündet sie und sucht die Straße nach einem weiteren ab. »Ich will jede Menge. Und Schweine. Hühner. Ziegen. Babys. Also, keine Ziegenbabys, wobei die bestimmt echt süß sind. Sondern Kinder. Ich will ein Haus voller Kinder. Sie sollen Wände und Bäume hochklettern, rauf auf die Küchenschränke, genau wie ich früher, weißt du noch? Ich will Gelächter und Geschrei, Schlafsäcke und Zelte im Garten, und ein Haus, das *immer* voll ist. Klingt das nicht nach purem Glück?«

»Nein«, entgegne ich entschieden. »Es klingt laut und dreckig. Es *war* laut und dreckig, und wir waren nur zu viert.«

»Ganz genau.« Artemis lächelt.

An unserem letzten Abend, bevor wir wieder nach London fahren, erwische ich sie dabei, wie sie mich beim frühen Abendessen mit einem merkwürdigen Ausdruck mustert. Es ist wirklich seltsam: Ich kann sie lesen, ohne mich anstrengen zu müssen. Und auf einmal wird mir klar, dass sie die einzige Person ist, mit der das je so funktioniert hat. Es kommt mir vor wie eine magische berauschende Gabe, und wenn andere Menschen sich ständig so fühlen, kapiere ich nicht, wie sie das je als selbstverständlich hinnehmen können.

»Ich bin nicht durch die Zeit gereist«, sage ich, als ich endlich meinen Bissen hinuntergeschluckt habe.

Sie runzelt die Stirn. »Sicher?«

»Hab ich doch gesagt. Ich mach das nicht mehr. Es ist anstrengend. Und verwirrend. Ich bin furchtbar schlecht darin. Immer vermassle ich alles und vergesse, was ich rückgängig gemacht habe und was nicht. Außerdem sollten wir immer dran denken, wie es der trojanischen Kassandra ergangen ist, als sie allen gesagt hat, was als Nächstes passiert.«

»Nach dem, was du erzählt hast, hat sie sich keine Freunde gemacht.«

»Ganz genau.« Zufrieden nicke ich, weil sie mir zugehört hat. »Niemand mochte sie. Sie war total unbeliebt. So unbeliebt, dass Agamemnon sie entführt und seine Frau Klytaimnestra sie umgebracht hat. Die ganze griechische Mythologie über musste Kassandra vor Toren stehen, ihre Warnungen rufen und sich sagen lassen, dass sie sich verpissen soll, weil sie für verrückt gehalten wurde. Und dann ist der Trojanische Krieg trotzdem ausgebrochen. Die Geschichte ist nicht nett zu Propheten oder Besserwissern oder Menschen, die wirklich gerne recht haben. Selbst wenn sie, wie ich, nicht weit in die Zukunft sehen können, aber zumindest eine Ahnung haben, was die nächsten drei Monate passiert.«

Artemis nickt. »Was passiert gerade? Nur so aus Interesse.«

Ich schaue auf die Uhr. »Gerade findet ein Brainstorming-Meeting über autonomes Kompostieren statt, das längst hätte vorbei sein sollen. Alle ärgern sich darüber, dass es länger dauert, die Pizzen kommen nicht gut an, und morgen wird es eine Menge Beschwerden bei der Personalabteilung geben. Alles richtig spannend.«

Art tut, als würde sie überlegen. »Und auf nationaler Ebene?«

»Du kriegst von mir nicht die Lottozahlen.«

»Die brauche ich gar nicht.« Ihre grauen Augen werden noch größer. »Ich habe die richtigen Zahlen hier, dreh die Zeit nur ein bisschen zurück, und wir holen uns das Ticket.«

»Nein.«

»Dann nur fünf Zahlen? Und die Zusatzzahl?«

»Nein, Artemis. Das wäre Betrug.«

»Menno.« Sie seufzt und schneidet ihr Steak. »Ob es wohl überhaupt dieselben Zahlen wären? Also, wenn es doch eine andere Zeitlinie ist, bedeutet das auch, dass die Zahlen andere sind? Vielleicht kommt es irgendwie zu einer Sekunde Verzögerung, das würde alles ändern, oder? Eine interessante hypothetische Frage. Philosophen beschäftigen sich schon seit Tausenden von Jahren damit. Eine Idee, wie wir es rausfinden könnten?«

»Nein, Artemis. Ich springe nicht durch die Zeit, damit du im Lotto gewinnst.«

»*Na schön.*« Sie schiebt sich das Stück Kadaver in den Mund. »Wenn das so ist, musst *du* aber das Essen bezahlen, du magischer Geizhals.«

Arts Handy klingelt, die Luft leuchtet plötzlich hellpink.

»Das ist Will.« Sie mustert mich eindringlich. »Kann ich rangehen? Ich muss nicht, wenn es dich traurig macht, Sandilein. Trennungen sind scheiße, ich will es dir nicht unter die Nase reiben.«

»Meiner Nase geht's gut«, antworte ich mit einem schwachen Lächeln. »Geh ruhig ran.«

Seit Tagen warte ich geduldig auf den Herzschmerz, doch bisher hat er sich nicht blicken lassen. Ich könnte mich irren, aber wenn man all den Büchern glaubt, die ich gelesen habe, all den Filmen, die ich gesehen, den Songs, die ich gehört habe, dann fühlt echter Herzschmerz sich viel schlimmer an als dieses blaue Flattern, das eher an eine Magenverstimmung erinnert. Wenn ich meine Farben richtig deute, bin ich ein bisschen traurig und fühle mich etwas einsam. Aber im Großen und Ganzen geht es mir gut. Vielleicht bedeutet das, dass ich kaputt bin, oder ein Monster. Vielleicht ist mit meiner Verkabelung etwas Grundlegendes schiefgelaufen.

Aber hey: Dieses Mal ist es ein echter Vorteil, seltsam zu sein.

»Hallo, du!« Artemis nimmt den Anruf entgegen. »Schon fertig gepackt und abfahrbereit?«

Ich esse weiter meine Nudeln und lausche Wills warmer Stimme, die mir von Artemis' Wange entgegenhüpft. Er hat so eine tolle Stimme. Aufmerksam. Interessiert. Ich bin froh, dass er nett und herzlich zu meiner Schwester ist. Und mir ist klar, dass das sarkastisch oder verbittert klingen könnte, so ist es aber ehrlich nicht gemeint.

»Übrigens hab ich Vaquitas gegoogelt.« Art zwinkert mir vielsagend zu. »Die sind ja *super*süß. Wie Delfine mit kleinen Smiley-Gesichtern. Kannst du mir bitte einen mitbringen? Ich verspreche auch, dass ich mich gut drum kümmere.«

Sie hat Vaquitas nicht gegoogelt. Das habe ich für sie gemacht.

Will sagt etwas.

»Ja!« Art hüpft aufgeregt in ihrem Stuhl auf und ab. »Das wäre toll! Ich esse gerade mit meiner Schwester. Ich habe Steak, Pommes und Spinat, den ich aber aussortiere, und Cass hat die …« Sie sieht zu mir auf. »Was hast du noch mal genommen, Cassandra? Pilz-Tagliatelle?«

Ich erstarre, die Gabel mit einem aufgespießten Pilz direkt vor der Nase.

»Hm?« Artemis verzieht das Gesicht. »Cassandra. Ich hab dir von ihr erzählt! Doch! Meine große Schwester. Wir hatten jahrelang keinen Kontakt, aber ich glaube, es dauert nicht mehr lange, bis sie mir vergibt.« Wieder zwinkert sie mir zu, dann runzelt sie die Stirn. »Ihr Nachname? Dankworth natürlich, genau wie meiner.« Eine kurze Pause. »Was soll das heißen, ich hab dir nie meinen Nachnamen verraten? Klar habe ich das. Oder vielleicht hat es sich einfach nicht ergeben. Wir haben uns doch gerade erst kennengelernt. Warum bist du jetzt so komisch?«

Unfähig, mich zu bewegen, beobachte ich, wie Arts Miene sich verändert.

Ihre Farben sind jetzt dunkler, verworren, erschrocken, verwirrt: ein verknoteter Ball aus grauen und grünen Fäden.

Na gut, auch ohne meine begnadeten hellseherischen Fähigkeiten hätte ich mir denken können, dass Will Art irgendwann nach ihrem unglaublich seltenen Nachnamen fragen würde. Oder nach dem Namen ihrer Schwester. Oder dass er irgendwie diese sehr offensichtlichen Puzzleteile zusammensetzen und daraus einen korrekten Schluss ziehen würde. Ich bin bloß nicht sehr gut im Multitasking, und das Diskutieren mit meiner Schwester hat mir so viel Spaß gemacht, dass ich es schlichtweg vergessen habe.

»Ich ruf dich zurück«, sagt Artemis schroff und legt das Handy beiseite.

Sie sieht mich entgeistert an.

Ich schließe die Augen.

»Wag es nicht«, keucht sie. »Wag es ja nicht, Cassandra Dankworth. Ich schwöre, wenn du jetzt durch die Zeit reist, werde ich …«

»Das ist Will.« Art mustert mich eindringlich. »Kann ich rangehen? Ich muss nicht, wenn es dich traurig macht, Sandilein.

Trennungen sind scheiße, ich will es dir nicht unter die Nase reiben.«

Verzweifelt klammere ich mich an meine einzige Möglichkeit.

»Es ist noch so frisch«, sage ich und lege die Gabel mit dem Pilz ab. Versuche, verzweifelt zu wirken, was Knabbern auf der Unterlippe und Starren an die Decke impliziert. »So viel Schmerz. Es … tut so weh.« Zögerlich lege ich mir die Hand auf die Brust. »Hier.« Dann an den Kopf. »Und hier.« Wo sollte man Herzschmerz noch spüren? »Und ein bisschen auch in der Nasenspitze.«

»O mein Gott.« Sie drückt Wills Anruf weg und stopft das Handy in die Handtasche. »Natürlich. Mist, ich bin so unsensibel. Prahle hier vor deiner Nase mit meinem Glück wie so ein Trampel. Der Abend gehört ganz uns. Keine Nachrichten oder Anrufe mehr. Ich hatte keine Ahnung, dass es so wehtut. Du hast überhaupt nicht über ihn gesprochen. Aber klar, das machst du eben so, wenn dir jemand wirklich wichtig ist.«

Erleichtert nicke ich, aber jetzt brauche ich einen neuen Plan.

Das war nur eine Überbrückungsmaßnahme. Wie kann ich dieses Problem auf lange Sicht lösen? Jetzt, da ich Gelegenheit hatte, mich daran zu gewöhnen, möchte ich Artemis und Will noch etwas mehr Zeit miteinander geben, bevor ich diese potenziell beziehungszerstörenden Informationen enthülle. Nur ein paar Wochen, mehr nicht. Bisher hatten sie doch erst einen Kaffee. Es ist alles noch so neu. Zerbrechlich. Wenn sie eine richtige Bindung aufgebaut haben, ist es vielleicht nicht mehr so verdammt seltsam, dass ihr neuer Freund mein Ex und seine Ex ihre einzige Schwester ist.

Wem mache ich eigentlich was vor? Es wird immer total seltsam sein.

Wir sind nicht wie Ariadne und Phaidra, die sich den heroischen Theseus teilen. Es gibt – abgesehen von mir – auf dieser

Welt wohl sehr wenige Menschen, die sich von dieser komplizierten neuen Dynamik nicht abschrecken lassen würden.

»Vielleicht«, setze ich an, auf der Suche nach einer Notlösung, »solltest du erst mal noch damit warten, ihm deinen echten Namen zu verraten, Art. Bleib bei Diana, bis ihr euch das nächste Mal seht. Ihr habt euch gerade erst kennengelernt. Ich bin sicher, dass er es gut aufnehmen wird, er wirkt nämlich sehr nett, aber es ist bestimmt leichter, wenn er von seinem Trip zurückkommt.«

»Ja.« Artemis denkt darüber nach. »Zugeben, dass man darüber gelogen hat, wer man ist, sollte man wohl eher von Angesicht zu Angesicht, oder? Fake-Namen lassen einen verrückt wirken.« Sie hustet. »Könnte ich mir vorstellen. Nicht dass ich da schon Erfahrung mit hätte oder so.«

»Du hast das schon mal gemacht, oder?«

»Nur ein paar Mal«, gibt sie zu und lacht, ohne das geringste Anzeichen von Scham. »Aber zu meiner Verteidigung: Damals hab ich im Theater gearbeitet, und da hatten *alle* Künstlernamen, darum zählt das nicht richtig.«

Mein Hirn ist verzweifelt auf der Suche nach dem nächsten logischen Schritt.

Will fährt bald wegen der Arbeit nach Mexiko, in zwei Wochen kommt er zurück. Ich schätze, in der Zwischenzeit wird Artemis von mir als »Sandilein« sprechen, obwohl ich sie schon mehrfach gebeten habe, das zu lassen. Das verschafft mir Zeit. Bis dahin sollte ich mir genau überlegt haben, wie ich es ihnen schonend beibringen kann. Vielleicht lade ich sie auf einen Drink ein – auf eine Menge Drinks –, setze mich mit ihnen zusammen und erkläre, dass sie *nicht* miteinander verwandt sind, auch wenn es sich für einen Augenblick so anfühlen wird.

»Verrat ihm nicht deinen Nachnamen«, sage ich noch schnell, nur zur Sicherheit. »Sonst googelt er dich noch und findet heraus, dass du ihn belogen hast.«

»Das hab ich gar nicht bedacht.« Artemis verdreht die Augen. »Zum Glück hab ich dich. Du denkst echt immer an alles.«

Ich schlucke etwas herunter, das sich wie eine Flutwelle an Schuld anfühlt. Für jemanden, dem Lügen solche körperlichen Schmerzen bereitet, scheine ich doch recht gut darin zu sein. Und ich mache das hier ja auch nicht für mich, richtig? Dieses Mal manipuliere ich sie nicht meinetwegen. Ich manipuliere sie um ihretwillen.

Leider fühle ich mich dadurch auch nicht besser.

»Willst du drüber reden?« Artemis lehnt sich über den Tisch und legt mir einen Finger auf die Hand. Das hat sie schon so gemacht, als wir noch klein waren, weil sie weiß, dass ich nicht gerne berührt werde. Es ist unsere Version einer Umarmung. »Über die Trennung? Wir können uns aufs Wesentliche konzentrieren. Eine Liste machen, um ihn in der Luft zu zerreißen. All seine schlechten Eigenschaften aufzählen, uns auf sie stürzen und sie aufbauschen, bis wir zu dem Schluss kommen, dass du ganz offiziell Glück hast, ihn los zu sein, und was viel Besseres verdienst. Ich fang an. Aus dem riesigen Nichts, das du mir über ihn erzählt hast, schließe ich, dass er ein echter *Wichser* ist.«

Als ich lache, verspüre ich ein Aufflackern von etwas, das womöglich echte Trauer ist.

Dann überkommt mich Aufregung, weil ich traurig bin – *Trauer! Ein Tröpfchen Herzschmerz! Ich bin doch ein Mensch!* –, aber diese Aufregung darüber, dass ich angemessene menschliche Emotionen empfinde, löscht sie auch direkt wieder aus, und ich bin wieder bei null.

»Er ist kein Wichser.« Ich zucke die Schultern. »Es hat nur nicht funktioniert.«

»Aber vielleicht könnte es das«, stellt Artemis klar. »Du kannst durch die Zeit reisen, schon vergessen? Ich weiß, ich hab dich damit aufgezogen, aber bist du sicher, dass du es nicht noch mal probieren willst?«

Ich denke über all das nach, was ich dafür aufgeben müsste.

Und auf einmal wird mir klar, dass mein Leben sich nicht mehr länger flach und austauschbar anfühlt. Ich kann es nicht einfach wegwerfen oder neu starten. Ich will es nicht austauschen, bloß weil es nicht perfekt ist, oder weil da ein paar Webfehler in meinem Wandteppich sind. Noch ist es nicht so weit – da liegt noch ein langer Weg vor mir –, aber ich will, dass mein Leben irgendwann mal wie aus Keramik ist: damit ich es spülen und behalten kann, selbst wenn es springt. Ein Leben, das ich jeden Tag nutze, eins, in dem ich lächle, weil es mich glücklich macht wie das Gesicht eines süßen Igels.

»Ich will es nicht noch mal probieren.« Die Aussage überrascht mich selbst. »Ich glaube, ich liebe ihn, auf meine Art, aber ich bin nicht sicher, ob ich ihn so liebe, wie ich jemanden lieben will. Nicht auf die Art, auf die ich im Leben nicht verzichten will.«

Während Ariadnes Schwester Theseus geheiratet hat, ist sie selbst letztendlich beim Gott Dionysos gelandet, wobei ich vermute, dass sie auch alleine glücklich geworden wäre. Manchmal laufen die Dinge einfach so, wie sie laufen sollen.

Art nickt. »Du bist so weise. So erwachsen.«

»Ja, oder?« Ich lache. »Pudding?«

»Sollen wir uns einen teilen?«

Sofort bricht ein neuer Streit aus.

Als wir nach London zurückkommen, freue ich mich darauf, wieder alleine zu sein. Meine Organe schmerzen nicht mehr, meine Knochen sind nicht mehr hohl vor Einsamkeit. Ich sehne mich nach Stille und dem herrlichen Gefühl der Zufriedenheit, mit mir selbst allein zu sein. Artemis ist eine tolle Gesellschaft, aber sie hat keinen Pauseknopf, und auch keinen Lautstärkeregler, oder eine Stand-by-Funktion, und ihre Batterien scheinen einfach immer vollgeladen zu sein. Meine dagegen sind völlig leer gesaugt.

»Ich sollte wahrscheinlich wieder nach Cambridge«, sagt Art widerwillig, als wir in Paddington aus dem Zug steigen. »Mein Chef ist bestimmt ein bisschen sauer, weil ich einfach abgehauen bin.«

Ich starre sie an. »Du hast einen Job?«

»Ich *hatte*.« Sie grinst. »Ich bin Kellnerin. Oder war. Aber wird schon alles gut sein. Und wenn nicht, kann ich ja woanders kellnern. Du weißt schon, Prioritäten.«

Ein paar Sekunden lang stehen wir schweigend da.

»Es gibt immer noch so viel, das ich sagen will«, setzt Artemis an. »Wichtige Sachen, Cass. Aber es war so schön, dich wiederzusehen. Da wollte ich unseren Urlaub nicht ruinieren, indem ich es anspreche.«

Ich denke an alles, was sie gesagt hat. Vor all den Jahren auf der Beerdigung.

An alles, was wir seitdem nicht gesagt haben.

Und plötzlich frage ich mich, warum wir so viel Wert auf Worte legen, wenn sie doch so wenig bedeuten können.

»Schon gut.« Ich küsse sie auf die Stirn. »Ich liebe dich auch.«

# 35

Als ich meine Wohnung erreiche, bin ich ein menschliches Feuerwerk.

Ich bin so ausgelaugt, dass sämtliche Zellen in mir nach und nach explodieren: Sie zischen und schreien in einem schmerzhaften Chaos aus Krach, Farben und Licht. Mein Körper knistert, und bei jedem Einatmen löst das Geräusch eine neue Explosion aus. Wenn ich die Augen offen habe, tobt und taumelt die Welt wie ein Boot im Sturm, doch wenn ich sie schließe, ist es, als würde jemand in der Dunkelheit für mich ganz persönlich ein Feuerwerk veranstalten. Aus jahrzehntelanger Erfahrung weiß ich, dass ich absolut nichts dagegen tun kann. All der Lärm und die Lichter kommen aus mir selbst.

Zitternd ziehe ich die Vorhänge in meinem Zimmer zu, stecke mir Ohrstöpsel in die Ohren, klettere unter die Decke und warte geduldig darauf, dass der Sturm vorbeizieht. Irgendwann wird es ruhiger, weshalb ich sehr irritiert bin, als ein schwaches Piepen ertönt, zusammen mit einem stechenden Schmerz und erneutem Aufflackern von elektrischem Grün.

Wie eine mies gelaunte Schildkröte erhebe ich mich und greife nach meinem Handy.

Hey! Was hast du an?
;-) :-*

Verwirrt schaue ich auf die unbekannte Nummer.

In den letzten Jahren habe ich eine Menge Männer kurz gedatet und ihre Nummern hinterher wieder gelöscht, damit mein Telefonbuch schön ordentlich bleibt. Egal von wem sie kommt, so oder so ist es eine unangemessene Frage.

Mit gerunzelter Stirn schreibe ich:

Einen Pyjama. Warum?

Es piept.

LOL! Das kannst du doch besser!
;-)

Das ist auf jeden Fall ein Sexding, und ich bin nicht in Stimmung.

Mit finsterem Blick antworte ich:

Einen hellblauen Pyjama mit fliegenden Pferden drauf. Wer ist da?

Ein Piepen.

Sophie!
Der klingt toll! Aber den kannst du nicht zur Party anziehen, oder? Muss doch Abendgarderobe sein?
<3 :-***

Ich blinzele mein Display an. Sophie von der Arbeit? Wo hat sie meine Nummer her? Und seit wann schreiben wir uns? Ich muss wirklich mal ernsthaft mit ihr über Datenschutz sprechen. Aber viel wichtiger: Party? Warum sollte ich jemals zustimmen, auf eine …

Verdammt. Ich hatte gehofft, das wäre in einer anderen Zeitlinie gewesen.

Die Gala ist heute Abend?

Die drei Punkte hüpfen eine Ewigkeit lang über den Bildschirm.

Ja!
Hab vergessen, dass du Urlaub hattest! War er gut? Wo warst du? Bist du braun geworden? Hast du die Mail mit allen Details bekommen? Wenn nicht, es ist um 7 in Holborn! Ich hab den Link angehängt! Was ziehst du an? Ich bin SO aufgeregt. Ich hab dieses bodenlange Kleid in Koralle, das hat Blüten ans Oberteil genäht und ist RICHTIG fancy. Lol. Ziehst du High Heels an? Glaubst du, da wird getanzt? Ich liebe Tanzen! Tanzt du gerne? Das ist meine erste Arbeitsgala! Aaaaaaaah! Bist du aufgeregt?

Das sind schrecklich viele Fragen, um sie in einem Schwung zu beantworten.

Echt, ich wünschte, Leute würden ihre Kommunikation auf das Wesentliche reduzieren und sich das Unwesentliche verkneifen, bis man sich gegenübersteht, oder – in einer perfekten Welt – einfach für immer.

Jetzt schon genervt antworte ich:

Ja. Cornwall. Nein. Noch nicht geguckt. Danke. Weiß nicht. Weiß nicht. Vielleicht. Nein. Nicht wirklich.
Bis später.
Cassie.

Dann sehe ich auf die Uhr und quäle mich stöhnend aus dem Bett.

Ich weiß, ich habe versprochen, nicht mehr an der Zeit herumzuspielen – ein Versprechen, das ich im Grunde sowieso schon einmal gebrochen habe –, aber einen Augenblick lang ziehe ich ernsthaft in Erwägung, den ganzen letzten Monat auszuradieren, nur um dieses soziale Event zu umgehen.

Mit wachsendem Ärger stelle ich mich vor meine Kleiderstange und starre sie an.

Niemand auf der Arbeit weiß von all meinen Vintage-Kleidern oder davon, dass ich leidenschaftlich Farben und Texturen und Schnitte und Stoffe sammle. Meine Sammlung macht mich so glücklich. Hier hängen ein gerafftes Kleid in einem zarten Gelb, eine weiche, pinkfarbene Hose aus Ballonseide und eine rote Cordjacke mit goldenem Innenfutter aus Seide, das ich so sehr liebe, dass es mir im Unterleib schmerzt. Ich habe Samt und Kaschmir, Damast und Leinen und Musselin. Hier hängt Kleidung in Pflaume und Indigo und Beige und Türkis und Seladongrün und Apricot und Lavendel. Meine herrliche Sammlung wunderschöner, strahlender Stücke. Immer wenn ich etwas sehe, das mich glücklich macht, kommt es mit nach Hause, und dann trage ich weiterhin montags bis freitags meine fünf ausgewählten Jumpsuits, damit all das Glück nicht auf der Arbeit besudelt wird.

Seufzend streife ich mit den Fingerspitzen über die Bügel, aber ich bin immer noch so müde, dass sich alles kratzig und untragbar anfühlt. Außerdem will ich nicht, dass schlechte Erinnerungen an die Arbeitsgala ein Outfit durchtränken, das ich eigentlich liebe, und es für immer ruinieren.

Frustriert werfe ich mir den Kükenbademantel über und stapfe in die Küche. Sal hockt in der Frühstücksecke, umgeben von bestimmt sieben in Einzelteile zerlegten Pullovern. Etwas von unserem Gespräch scheint hängen geblieben zu sein: Offenbar hat sie den Plan mit dem Youtube-Kanal durch etwas ersetzt, was vermutlich als Stricken durchgeht, oder wie auch immer man es nennt, wenn man immer genau das Gegenteil macht und die Teile wieder auseinandernimmt.

»Hallo, Cassie!« Sal sieht auf und wirkt ehrlich erfreut, mich zu sehen. »Du bist wieder da! War es schön? Du siehst gut aus, strahlst ja beinahe. Ich wollte mich noch für letztens bei dir bedanken. Ich versuche jetzt, auf meinen Bauch oder Hals oder was auch immer zu hören, und hab beschlossen, meine eigene Strickware zu verkaufen! Ich hab schon Etiketten machen lassen und alles.«

Sie deutet auf kleine Stoffschildchen, auf denen der Schriftzug *Sal näht* zu lesen ist. Jetzt ist wahrscheinlich ein ungünstiger Zeitpunkt, um ihr zu sagen, dass sie strickt und nicht näht. Sie wirkt glücklich und inspiriert, und das ist das Wichtigste.

»Sal?« Ich schleiche unbeholfen um den Tisch, schaffe es nicht, ihr in die Augen zu gucken. »Meinst du, ich kann mein Kleid wiederhaben?«

Sie runzelt die Stirn. »Was?«

»Das große blaue Tüllkleid, das ich dir vor ein paar Wochen gegeben habe? Ich brauche es nicht richtig zurück, aber ich muss heute Abend auf einen Ball, und ich will etwas tragen, das ich sowieso schon hasse, damit ich danach nicht irgendwas Neues hasse.«

Mit zusammengekniffenen Augen mustert sie mich. Vielleicht habe ich eine der unausgesprochenen gesellschaftlichen Regeln bezüglich Geschenken gebrochen: Hüte dich vor den Gaben der Trojaner und verlange niemals etwas zurück, um es in der Öffentlichkeit vollzuschwitzen.

»Oh.« Wieder runzelt sie die Stirn. »Nein. Eher nicht.«

Hitze steigt mir in die Wangen. »Bitte.«

»Nein.« Sal runzelt die Stirn, während sie mich anblickt. »Du kannst zu einem Ball kein Kleid anziehen, das du schon vorher hasst, Cassie. Das verdirbt dir den ganzen Spaß. Soll ich dir nicht was leihen? So kannst du es mir hinterher wiedergeben, wenn sich alles in dir dagegen sträubt, und ich sorge dafür, dass du es nie wieder sehen oder anfassen musst. Superweich muss es sein, stimmt's? Warte kurz.«

Sie springt auf, hechtet die Treppen hoch und verschwindet in ihrem Zimmer.

Sofort schnürt sich mir die Kehle zu.

Irgendwie hat Sal genau verstanden, was ich brauche, ohne mir das Gefühl zu geben, seltsam zu sein, und jetzt fange ich gleich an zu weinen. Verzweifelt überlege ich, wie ich ihr meine Dankbarkeit zeigen kann, und gucke wieder zu den Etiketten.

Vielleicht kann ich die für sie einnähen. Ich selbst habe aus all meinen Kleidern natürlich die Schilder herausgeschnitten, aber anderen Menschen scheint wichtig zu sein, was auf den Etiketten steht.

Die Küchentür geht wieder auf, und ich strahle. »Sal …«

»Ach, *hallo.*« Derek stolziert mit einem Grinsen herein. »Wo bist du gewesen, du versaute kleine Rumtreiberin?«

Ich erstarre und gucke auf den Tisch. »Im Urlaub.«

»Mit einem neuen Kerl? Müssen ja ein paar schöne Tage gewesen sein.« Er öffnet den Schrank und beobachtet mich, während er einen Teller aussucht. »Ich wusste nicht, dass das in dir steckt, Cassandra. Aber wenn ich mir deine Frisur so angucke, hat es wohl mehr als einmal dringesteckt.«

Wenn Will ein Mann mit unzähligen verschiedenen Schicksalen ist, dann ist Derek das genaue Gegenteil: Er hat nur das eine Schicksal, und er wird es verdammt noch mal erfüllen, selbst wenn es ihn umbringt.

Entsetzt versuche ich, Luft zu holen, stelle aber fest, dass ich nicht kann.

»Hey.« Er macht den Kühlschrank auf und lehnt sich dagegen. »Ich mach doch nur Spaß, Dankworth. Alles nur ein Scherz. Kein Grund, so verschreckt zu gucken. Ich bin ja kein *Raubtier* oder so. Ich albere nur rum.«

Mit wachsender Panik nehme ich ein Etikett vom Tisch und betrachte es eingehend.

»Mache ich dich nervös, Cassie?« Derek nimmt eine Schüssel mit gebratenem Reis heraus und schlendert zum Esstisch. »Das ist nicht meine Absicht. Ich will nur, dass du dich wohlfühlst. Immerhin ist mein *casa* auch dein *casa*. Oder, besser gesagt, dein *Casa*-ndra. Haha.«

Mit einer Gabel fischt er eine grüne Erbse aus der Schüssel und befördert sie sich in den Mund.

Immer noch steif wie eine Salzsäule starre ich zur Küchentür und warte, dass Sal zurückkommt. Gleich ist es so weit. Das

Ende der Zeitlinie naht wieder, wie das Ende der Klopapierrolle, und es kommt viel, viel früher, als es sollte. Und wieder hat alles, was ich getan habe, um mein Schicksal zu umgehen, nur dafür gesorgt, dass es sich noch schneller erfüllt. »Derek gräbt mich ständig an«, werde ich sagen. Und Sal wird erwidern: »Was zur Hölle. Derek?« Und Derek wird große Augen machen: »Ich kann nicht glauben, dass du das sagst, Cassandra. Das trifft mich aber sehr. Ich wollte nur, dass du dich in deinem neuen Zuhause wohlfühlst.« Und ehe ich weiß, wie mir geschieht, werde ich mich überschwänglich entschuldigen, und sie werden einander anbrüllen und Laptops für mich stehen lassen, auf denen die Immobilienseiten schon geöffnet sind.

Ich atme flach, starre zur Tür und weiß nicht genau, ob ich will, dass Sal zurückkommt.

»Also, wer ist der Glückspilz?« Derek grinst und macht einen Schritt auf mich zu. »Du bist nämlich ein guter Fang, wenn ich das sagen darf, Cassandra Dankworth.«

Er beugt sich über mich, um nach dem Salz zu greifen, und legt mir, nur für ein paar Sekunden, die Hand sanft auf die Hüfte.

Ein stechender Schmerz durchzuckt mich, und das reicht aus: Jeder noch so kleine Funke Zweifel und Zögern verpufft. Ich kann nicht glauben, dass er mir in der ersten Zeitlinie weisgemacht hat, ich würde mir das einbilden. Ich kann nicht glauben, dass ich mich *entschuldigt* habe. Jetzt sehe ich seine ekelhafte Art so deutlich wie diese verdammten Bleachingstreifen, die er jede Woche im Bad auf dem Fußboden herumfliegen lässt.

»Derek.« Ein helles Violett leuchtet auf, als ich mich aufrichte. *»Nimm deine Scheißhände von mir, du dämliches Sackgesicht.«*

Er blinzelt. »Hm?«

»Fass mich *nie wieder* an.« Ich komme einen Schritt auf ihn zu, sodass unsere Nasenspitzen sich beinahe berühren. Wie einen Blitzschlag schleudere ich meine Wut durch die Küche. »Du wirst nie wieder mein Zimmer betreten. Du wirst nie wieder unangemessene Kommentare machen. Du wirst mir nicht einreden, ich würde mir all das hier nur einbilden, nie wieder. Das nächste Mal, wenn du das tust, werde ich dir die verdammten Finger ausreißen und sie dir, einen nach dem anderen, in den Hals stecken. Und dann reise ich in die Vergangenheit und mache es noch mal. Und noch mal. Und noch mal. Verstehst du das, Derek? Ich kann *buchstäblich* die Zeit zurückdrehen, um dich zu foltern, und das werde ich mit Vergnügen tun, also betrachte das hier als meine *einzige* Warnung.«

Er öffnet den Mund. »Ich wollte nur freun…«

»Nein«, zische ich endlich überzeugt. »Wolltest du nicht.«

»Was ist hier los?«, fragt Sal mit hoher Stimme hinter mir. »Was soll das ganze Geschrei, Leute? Das ist doch eigentlich meine Aufgabe, und die nehme ich sehr ernst. Wenn das so weitergeht, bin ich bald überflüssig.«

Mit glühenden Wangen drehe ich mich zu meiner Mitbewohnerin um. Sie hat den Arm voll wunderschöner Ballkleider, die sich über den Boden ergießen, und ich bin so gerührt und rechne doch gleichzeitig damit, dass jetzt alles vorbei ist. Vom Zeitreisen habe ich die Nase voll. Genau wie von den Prophezeiungen. Ich habe die Nase voll davon, durch die Zeit zu stolpern wie über ein Brett »Schiffe versenken«, und mir all die Stellen zu merken, die ich schon erkundet habe.

»Derek gräbt mich ständig an«, sage ich entschieden.

Sal reißt die Augen auf. »Was zur Hölle. Derek?«

»O mein Gott, ich kann nicht *glauben*, dass du das sagst, Cassandra.« Auch er macht große Augen, und ehrlich gesagt ist das so überzeugend, dass er mich fast wieder über den Tisch zieht. »Das trifft mich aber sehr. Ich wollte nur, dass du dich in deinem neuen Zuhause wohl fühlst. Du bist irgendwie immer alleine und hast uns leidgetan. Oder, Sal?«

Sal dreht sich zu mir um und legt sich eine Hand an den Hals.

»Oder, Sal?«, fragt Derek noch mal, als sie nicht reagiert. »Komm schon, wir haben da doch drüber gesprochen. Irgendwas stimmt mit ihr ganz offensichtlich nicht. Sie ist ganz klar im Spektrum oder so, und ich kannte mal einen in der Schule, der hatte das auch, also weiß ich, wovon ich spreche. Es ist nicht ihre Schuld, sie versteht einfach nicht, was los ist, das ist alles. Sie ist irgendwie nicht in der Lage dazu.«

Kurz schließe ich die Augen. Gesagt zu bekommen, dass mit dir etwas nicht stimmt, verliert nie seinen Reiz.

»Rot oder grün?«, fragt Sal leise.

Ich mache die Augen wieder auf. Redet sie mit Derek oder mit mir? »Was?«

»Rot oder grün?« Sal hält zwei Seidenkleider hoch. Beide sind hell und bodenlang, weich und so geschmeidig wie die Schale eines frischen Apfels. »Grün passt wahnsinnig gut zu deinem Teint, aber das rote Kleid ist ein richtiger Hingucker. Willst du sie mal anprobieren, damit wir sehen, wie sie dir stehen?«

Verwirrt blinzele ich zu den Kleidern, dann zu Sal, dann zu Derek. Dann zu Sal. Dann noch mal zu Derek, zur Sicherheit. Habe ich aus Versehen die Zeit ausradiert? Muss ich wohl, denn nichts an dieser Unterhaltung passt zusammen.

»Ich …« Wie lenke ich das Gespräch wieder in diese Richtung? »Derek hat mich angemacht.«

Vielleicht muss es noch mal ausgesprochen werden, zum besseren Verständnis.

»Ja«, erwidert Sal halblaut. Plötzlich bemerke ich die Farben, die ganz nah an ihrer Haut brodeln und sprudeln wie Bläschen auf öligem Wasser. »Und es tut mir unendlich leid, Cassie. Du solltest dich mit so einem Scheiß in deinem eigenen Zuhause nicht rumschlagen müssen. Ich gehe gleich in mein Zimmer und schmeiße alle Sachen von Derek aus dem Fenster, aber ich dachte, vorher sollten wir uns für ein Outfit entscheiden. Danach wird es nämlich ziemlich laut und chaotisch, und vielleicht brechen hier und da auch kleine Feuer aus, und ich will nicht, dass du zu spät zu deinem Ball kommst. Also, rot oder grün?«

Meine Augen sind auf einmal feucht. »Du glaubst mir?«

Sie lächelt. »Natürlich.«

»Moment.« Derek stellt sich zwischen uns und streckt die Hände aus wie ein Stierkämpfer. »Du glaubst *ihr?* Der Verrückten, die erst vor zwei Monaten eingezogen ist, und nicht dem Mann, mit dem du seit *fünf Jahren* zusammenwohnst?«

»Absolut.« Sie nickt, ihre dunklen Augen funkeln. »Ohne zu zögern. Sieh zu, dass du deinen Kram aus der Wohnung meines Vaters kriegst, Derek. Du hast dreißig Sekunden, um alles zu retten, was du behalten willst, bevor es zerstört, das Klo runtergespült oder dir in deinen perfekt gebräunten Arsch geschoben wird. Neunundzwanzig.«

»Aber …«

»Achtundzwanzig, siebenundzwanzig …«

»Das ist doch lächerlich.«

»Sechsundzwanzig, fünfundzwanzig, vierundzwanzig …«

»Ich hab sie ja *kaum berührt.*«

»Dreiundzwanzig, zweiundzwanzig, einund…«

»Ich musste mich nur *abstützen,* um an das Salz zu kommen.«

»Wenn ich mit dir fertig bin«, sagt Sal ruhig, ihre Bläschen glühen violett, grün und pink, »wird das Salz an einem Ort sein, den du nie mehr erreichen kannst, Schätzchen. Einundzwanzig …«

Derek schreit »FUUUCCCKKK« und rennt in Sals Zimmer.

Die dreht sich zu mir um und grinst. Zögerlich grinse ich zurück. Unsere Farben strecken sich durch die Küche und verwirbeln miteinander.

»Hey!« Sie hält eine Hand hoch, und ich schlage brav ein.

»Sieht aus, als hätte ich rausgefunden, warum ich feststecke, was?«

Ich begreife noch nicht ganz, was sich zwischen uns verändert hat. Was genau hat die Geschichte umgeschrieben? Das Kleid, das ich ihr geschenkt habe? Das Chili, das sie mir gebracht hat? Mein Finger auf ihrer Schulter, als sie geweint hat? Dass ich sie von einer Youtube-Karriere abgehalten habe? Oder dass wir ehrlich zueinander waren? Oder hat uns jede einzelne dieser kleinen Verbindungen – jedes Wort, jede Geste, jede Nettigkeit – in eine völlig neue Richtung geschubst?

»Grün.« Auf einmal habe ich einen Kloß im Hals.

»Gute Wahl.« Sal hält mir das grüne Kleid entgegen, ich starre es einen Augenblick lang an und ändere sofort meine Meinung.

»Rot.« Ich will es ihr abnehmen. »Nein, grün. Warte. Rot. Grün? Hast du ein blaues?«

»Nimm einfach alle.« Sal lacht und drückt mir den rutschigen Haufen in die Arme. »Guck, welches sich beim Tragen richtig anfühlt. Du weißt schon, zwischen den Schulterblättern, oder wo auch immer.«

Wir lächeln uns an, und ich begreife, dass ich eine neue Freundin habe.

Der Raum färbt sich gelb.

»Viel Spaß heute Abend.« Sal fängt an, sich zu dehnen, als wollte sie einen Marathon laufen. Sie dreht den Hals und hebt die Arme über den Kopf. »Wenn du willst, können wir morgen die Fächer in den Küchenschränken neu verteilen und dann was trinken gehen, um auf unsere Freiheit anzustoßen.«

Ich nicke höflich. »Das würde mir gefallen.«

»Mir auch.« Sie lässt ihre Knöchel knacken. »Jetzt entschuldige mich bitte. Ich werde jetzt ›überreagieren‹, so viel ich will.«

# 36

Die griechischen Götter lieben dramatische Offenbarungen. Sie tarnen sich gern als Bauern oder alte Frauen oder kleine Jungen, bevor sie ihre menschlichen Hüllen spontan abstreifen, um all denen ins Gesicht zu furzen, die es gewagt haben, sie zu unterschätzen. Dionysos tut es (bevor er die, die ihm unrecht getan haben, in Delfine verwandelt), Zeus und Hermes tun es – in diesem Fall als positive Überraschung – gemeinsam als Bros vor Philemon und Baukis, Athene tut es vor Arachne, nur Momente vor ihrem grausamen Triumph. Dieses Überraschungsmoment ist ein echter Klassiker und so unheimlich mitreißend, dass es seither in Märchen und Disneyfilmen und unzähligen knallbunten Romcoms der 90er auftaucht.

*Ihr dachtet, ihr wisst, zu was ich fähig bin? Denkt noch mal nach, Bitches!*

Ich gebe zu, es gibt einen Moment – während ich in Sals langem, rotem Seidenkleid und orangefarbenen High Heels, die ich jetzt schon bereue, an der Holborn-Haltestelle auf Sophie warte –, in dem ich mir kurz vorstelle, wie ich in den Ballsaal schreite und alle, mit denen ich arbeite, auf die Knie fallen, um ehrfürchtig und reuevoll vor mir zu kauern, überwältigt vom Fehlen meiner üblichen Jumpsuits und von der Erkenntnis, dass ich nicht die bin, für die sie mich gehalten haben. Ich bin mehr, als sie sich jemals hätten vorstellen können.

Ich bin Cassandra Dankworth: Göttin der Zeitreisen.

Na gut, technisch gesehen war Chronos der Gott der Zeit – deshalb heißt es ja auch »Chronologie« –, aber das Konzept der horologischen Reisen gab es im antiken Griechenland nicht, daher könnte man argumentieren, dass es da eine winzig kleine Nische gibt, die gefüllt werden will.

So oder so bin ich bereit für meinen Auftritt.

Dann taucht Jack hinter mir auf. »Hi, Cassandra, müssen Sie zur Toilette? Warum hibbeln Sie so rum?« Damit ist mein großer Auftritt wohl schon ruiniert.

»Ein bisschen«, gebe ich zu und schaue die Straße entlang. »Da ist Sophie.«

Meine Kollegin rauscht in einem pfirsichfarbenen Ballkleid direkt auf uns zu – so selbstzufrieden wie eine Katze –, und mich überkommt eine Welle der Zuneigung für sie. Ich bin damit nicht alleine. Wir alle sind nur ein großartiges Outfit davon entfernt, uns in Aphrodite aus der *Ilias* zu verwandeln, in Versen zu sprechen und alle mit unserer Herrlichkeit zu blenden.

»Ist das nicht das Aufregendste, was ihr jemals erlebt habt?!« Sophie strahlt uns an. »Sehen nicht alle umwerfend aus? Ich wünschte, wir könnten uns immer so aufbrezeln. Guckt mal, was das Kleid macht, wenn ich mich drehe!«

Sophie rotiert wie ein Dönerspieß, und Jack sieht mit hochgezogener Augenbraue in meine Richtung.

»Gehört sie zu uns?«, fragt er harsch. »Oder hat das arme Mädchen sich auf dem Weg zum Abschlussball der örtlichen Kunstschule verlaufen?«

»Das ist Sophie.« Ich fixiere seine Pupillen und versuche, die Kränkung telepathisch auf ihn zurückzuschleudern. »Sie ist Ihre neue Junior-PR-Managerin, ein Werbegenie und *ganz und gar* verantwortlich für die SharkSkin-Kampagne. Im Grunde genommen ist sie die Person, die wir hier heute Abend feiern.«

»Ich habe fast gar nichts gemacht.« Sie grinst verlegen. »Es war Cassies Idee. Und das ist tatsächlich mein Abschlussballkleid, Mr Burbank! Woher wissen Sie das? Ich hatte es an, als ich letztes Jahr meinen Abschluss in Mathe und Physik mit Auszeichnung gemacht habe. Wobei mir dieser Abschluss bei Ihrer Kampagne bisher nicht viel gebracht hat. Vielleicht komme ich mehr zum Rechnen, wenn ich Chefin meiner eigenen Firma bin, so wie Sie?«

Jacks Gesicht zuckt schockiert, und ich muss laut lachen. Sieht so aus, als wäre Sophie heute Abend doch die größere Überraschung.

»Nun ja.« Jetzt betrachtet er sie mit ganz neuen Augen. »Schön, Sie im Team zu haben. Lassen Sie uns gehen.«

Jack läuft mit angespannten Schultern auf das historische Lincoln's Inn zu, Sophie hakt sich bei mir unter und strahlt mich an.

»Ich liebe es, wenn man mich unterschätzt«, flüstert sie. »Das ist meine Superkraft. Sie rechnen nie mit mir.«

»Stimmt«, bestätige ich und verspüre einen Anflug von Stolz.

Arm in Arm laufen Sophie und ich auf die Gala zu, während Farben in Wellen durch mich hindurchplätschern. Selbst von der anderen Straßenseite aus kann ich es hören: die Musik, das Plappern, das Gelächter. Menschen in Abendgarderobe schweben aus allen Richtungen auf das elegante Backsteingebäude zu, als würde das mittelalterliche Bauwerk sie magisch anziehen. Dank meiner Recherche auf dem Weg hierher bin ich auf einen »großen Festsaal« gefasst, auf das »eindrucksvolle Fresko«, eine »Minnesängergalerie« und eine Decke aus »wunderschön verarbeiteter Eiche«. Uns erwarten »natürliches Tageslicht« (auch wenn es dunkel ist) und »moderne und traditionelle Räume«. Aber vor allem mache ich mich gefasst auf bis zu 450 Gäste und Sitzplätze für bis zu 250.

Tut mir leid, aber das sind viel zu viele Menschen auf einem Haufen. Wir kampieren doch nicht die nächsten zehn Jahre vor den Mauern von Troja.

Mit rasendem Puls wühle ich in meiner Tasche, bis ich die neongelben Ohrstöpsel finde. Nope. Ich wühle weiter und fische die pinken heraus. Die beißen sich mit meinem Kleid, also wühle ich weiter, bis ich die goldenen finde, die ich für besonders ausgefallenen Lärm dabeihabe.

Erleichtert stecke ich sie mir in die Ohren, und schon beruhigt sich meine Atmung.

Ich kann immer noch hören, aber alles ist gedämpft, weit weg, als hätte man die Lautstärke heruntergedreht.

Als ich durch die großen Türen gehe und in den Eingangsbereich komme, bin ich tatsächlich beeindruckt: Der Raum ist schwach beleuchtet, wunderschön erhellt von Kerzen, und das Fresko ist in der Tat überwältigend. Darunter stehen lange, schmale Tische - voller glitzernder Leute, hauptsächlich in Schwarz -, und mir kommt der schreckliche Gedanke, dass sie diese Tische zu irgendeinem Zeitpunkt leeren und beiseiteräumen werden, um Platz zum Tanzen zu schaffen.

»Der Wahnsinn!« Sophie packt meine Hand, zieht mich durch den Saal und winkt dabei so hektisch, dass ich fürchte, sie verrenkt sich das Handgelenk. »Wir haben den besten Tisch! Mitten im Geschehen! Hey, Leute!«

Ich lasse mich in meiner gedämpften Blase hinter ihr herziehen wie ein Beiboot, das an ein Schiff gebunden ist.

Fremde stehen auf und begrüßen Sophie mit Wangenküssen.

»John«, strahlt sie und erwidert die Küsse. »Du heißer Typ, was macht der verstauchte Knöchel? Schon besser? Das freut mich! Gareth, deine Haare sehen toll aus! Welches Mousse benutzt du? Jada, du bist ein Schatz, hast du mir den Platz neben dir frei gehalten? Genau da wollte ich sitzen! Gabby, diese Farbe steht dir unglaublich gut! Und Elaine! Wir hatten noch nicht miteinander zu tun, aber ich habe schon so viel von Ihnen gehört! Wie geht es Ihrem Sohn? Hat er sich inzwischen an der Uni eingelebt? Erinnern Sie mich dran, dass ich Ihnen die Liste mit den besten Party-Locations in der Gegend gebe, das hilft ihm bestimmt beim Eingewöhnen.«

Verblüfft beobachte ich, wie Sophie ihre Runde um den Tisch dreht. Da sind nicht die kleinsten Funken Sarkasmus oder Falschheit zu erkennen. Wer sind all diese Leute? Vermutlich arbeiten sie bei SharkSkin, was lächerlich ist. Ich hatte *alle Zeit der Welt,* und trotzdem hat Sophie, während ich kurz im Urlaub war, eine bessere Beziehung zum Team aufgebaut, als ich es in einer buchstäblichen Ewigkeit konnte.

Als Prometheus Sophie und mich erschaffen hat, hat er definitiv unterschiedliche Tonklumpen benutzt.

»Oh!« Sie nimmt Platz und gestikuliert fröhlich zum leeren Stuhl neben sich, bis ich mich setze. »Cassie, das sind die anderen! Ich hab sie kennengelernt, als du weg warst, und sie sind toll. Alle anderen, das ist unsere großartige PR-Managerin und eine gute Freundin von mir, Cassandra Dankworth!«

»Hallo«, murmle ich und starre auf die Tischplatte, bis alle sich wieder den Unterhaltungen zugewandt haben, in die sie vor unserer Ankunft vertieft waren. Bei Sophies letzten Worten hat mich ein angenehmes Orange durchzuckt – leuchtend und warm –, also sitze ich hier und warte, bis das Glühen verfliegt.

Ich schätze, Sophie kann ich auch auf meine Freundinnenliste setzen.

Meine Schulter kribbelt sanft, weshalb ich mich umdrehe und den Mann anstarre, der zu meiner Rechten sitzt. Er trägt einen Smoking, wie jeder andere hier auch, was ihn beinahe mit der seltsamen Pinguinmasse verschmelzen lässt. Einen Augenblick lang kann ich nicht sagen, wer er ist. Mir fehlt der Kontext. Er kommt mir vertraut und fremd zugleich vor, als würde man den eigenen Zahnarzt beim Klopapierkaufen im Supermarkt treffen. Unsicher betrachte ich seine Brust – irgendetwas fehlt. Dann fällt mir ein, was: ein marineblauer Kaschmirpullover.

»Ronald!«, rufe ich aufgeregt. »Du bist's!«

Er runzelt die Stirn. »Hi …«

»Was machst du denn hier?« Es ist beinahe lächerlich, wie sehr ich mich freue, ihn zu sehen. Nach dem Chaos der letzten Monate fühlt er sich angenehm vertraut an. Obwohl wir zwei kaum je ein Wort gewechselt haben. Seltsam, alles andere ist zu einem Schluss gekommen, und Ronald fühlt sich an wie das fehlende Stück in meinem Zeitpuzzle. »Na klar, du hast gerade bei uns angefangen. Ich sitze im Büro neben dir.«

Ronald fixiert mich mit dem gewohnten Ausdruck im Gesicht – ich habe immer noch keinen Schimmer, was er bedeuten soll –, und die bloße Vertrautheit dieses Blicks löst Freude in mir aus. Er ist immer noch derselbe und so unglaublich beruhigend. Eine Sache fällt mir allerdings auf: Diese Zeitlinie steht ihm. Ich kann mich nicht erinnern, dass er jemals zuvor *so* attraktiv gewesen ist. Er hat da dieses kleine Grübchen auf der Wange und so.

»O mein Gott!« Sophie lehnt sich an mir vorbei zu ihm. »Cassie, das ist Cameron. Cameron, das ist Cassie. Du wirst sie lieben. Warte, bis du ihre Wochentagsjumpsuits siehst! Die sind der Hammer! Ron hat diese Woche bei Caplan PR angefangen, und ich hab Barry *angefleht,* ihn auch bei SharkSkin einzuteilen. Es hat geklappt, deshalb ist er hier auf dem Ball, um alle richtig kennenzulernen!«

»Kein *Ball*«, seufzt Jack frustriert, der über den Tisch hinweg zugehört hat. »Eine *Charity-Gala.*«

Jetzt, da die Vorstellungsrunde vorbei ist, dreht Sophie sich wieder zu Elaine, um mit ihr zu lachen.

»Hey.« Definitiv-nicht-Ronald grinst.

Ich starre ihn ausdruckslos an, während ich die neuen Informationen verarbeite. Entweder hat etwas, das ich in den letzten Wochen getan habe, Ronalds gesamte Identität von Geburt an verändert – was mir unwahrscheinlich erscheint –, oder ich habe in dem Versuch, höflich zu sein, den armen Kerl von Anfang an mit falschem Namen angesprochen.

Wenigstens weiß ich jetzt endlich, was dieser verdammte Gesichtsausdruck bedeutet.

»Cameron.« Ich schlage mir die Hand vor den Mund. »Mist. Das tut mir so leid. Ich hab angenommen … Und dann hab ich dich monatelang ›Ronald‹ genannt.« Schnell beiße ich mir auf die Zunge. »Damit meine ich natürlich Tage. Weil du gerade erst bei uns angefangen hast und wir uns vorher nie begegnet sind, das wäre chronologisch unmöglich. Zeit ist manchmal seltsam. Tut mir leid.«

»Nenn mich einfach Ron.« Er lacht und lehnt sich ein Stück zu mir. Er riecht wirklich gut: nach Vanille und Donuts und einem Hauch Blau. Waren seine Wimpern immer schon so lang? »Wenn ich ehrlich bin, fühle ich mich auch viel mehr wie ein Ronald als wie ein Cameron. Und Zeit ist wirklich seltsam. Ich bin zum Beispiel kein großer Fan von solchen Veranstaltungen, und meine Uhr sagt mir, dass ich erst vor fünfzehn Minuten gekommen bin, obwohl ich sicher bin, dass es vor Jahren war.«

»Vor Jahrzehnten«, lache ich, weil ich genau weiß, was er meint.

»Als ich angekommen bin«, flüstert er, »waren die verflixten Tudors noch an der Macht.«

Wir beide kichern wie Mitverschwörer, die soziale Interaktionen hassen, und war sein Lächeln immer schon so breit? Waren seine Augen schon immer so warm und freundlich? Seine Wangenknochen so hoch und seine Schultern so verdammt …

*Scheiße.*

Hastig senke ich den Blick auf die Tischdecke, weil ich Ron auf einmal nicht mehr ansehen kann.

»Wow, mir gefallen deine Ohrringe.« Ich spüre seine braunen Augen auf der Seite meines Gesichts. »Sind das überhaupt Ohrringe? Ich hab noch nie welche gesehen, die *ins* Ohr gesteckt werden. Das ist ja cool. Du siehst aus wie eine elegante Astronautin.«

Angenehme Hitze steigt mir in die Wangen, und ich riskiere doch wieder einen Blick in seine Richtung. Da ist immer noch ein seltsamer Ausdruck auf seinem Gesicht – immer noch unlesbar wie ein Buch in einer Sprache, die ich nicht verstehe –, doch jetzt strömt ein wunderschöner Pfirsichton aus ihm heraus, so warm wie eine Nektarine in der Sonne. Aber wenn sein Gesichtsausdruck nichts damit zu tun hatte, dass ich ihn mit falschem Namen angesprochen habe, was könnte er dann bedeuten? Vielleicht …

Oh.

»Das sind Ohrstöpsel«, gebe ich zu, während der Raum zwischen uns in einem hellen Magenta knistert. »Mir ist oft alles ein bisschen zu laut.«

»Mir auch.« Er nickt und reicht mir das Brot. »Aus dem Grund gehe ich nie irgendwo ohne meine Noise-Cancelling-Kopfhörer hin.«

»Ich auch nicht«, rufe ich aufgeregt, und endlich treffen sich unsere Blicke wieder.

Eine fast hörbare Explosion erschüttert mich.

In meinem Inneren hüpft etwas wie ein kleiner gelber Fisch auf und ab, ein Neonorange flackert auf, dann erhebt Jack sich, klimpert aggressiv mit der Gabel gegen sein Glas und ruiniert damit alles.

»Wo wir gerade bei unnötigem Lärm sind …« Ron gluckst leise.

»Bevor der offizielle Teil beginnt«, verkündet Jack und lässt den Blick widerwillig über den Tisch schweifen, als wäre er versehentlich im Dienstbotenflügel gelandet, »möchte mich gerne beim gesamten SharkSkin-Team bedanken …«

Ganz von allein strahle ich alle an, in keiner bestimmten Reihenfolge. Der Raum schillert. Dank der gedämpften Lautstärke kann ich sehen und fühlen, wie die zarten Farben aus den anderen herausströmen, und das ist so unbeschreiblich schön.

»Cassandra.«

Himbeerrosa und Mintgrün und Kornblumenblau und Purpurrot und Jadegrün.

»Cassandra.«

Rubinrot und Blassgelb und Flamingorosa und Azurblau; Creme und Bronze und Türkis und Lavendel und Koralle; Orangerot, Anthrazit und Senfgelb. Und als das Leuchten nachlässt und herumwirbelt, überkommt mich ein freudiger Schauer, so überwältigend – so dreidimensional –, dass ich auf und ab hüpfen und mich winden und strecken möchte, während er mich durchfährt: damit ich die überschüssige Freude durch die Fußsohlen ableiten kann.

Ich habe es geschafft.

Ich habe das Zeitreisen genutzt, um zu einem glücklicheren Ort zu kommen, und ich bin so unendlich dankbar dafür – dem Universum so dankbar für dieses außergewöhnliche Geschenk –, aber jetzt brauche ich es nicht mehr. Auch wenn ich diese Fähigkeit besitze, werde ich sie nie wieder nutzen, wie eins dieser Geräte, mit denen man aus Zucchini Spaghetti machen kann.

»Cassandra Dankworth«, sagt Jack jetzt lauter, und Ron stupst mich von der Seite mit der Schulter an. Kurz drehe ich mich um und sehe ihn an, überrascht, dass ich nicht instinktiv weggezuckt bin. Dann wende ich mich wieder zu Jack um, der mich über sein Champagnerglas hinweg anstarrt. »Okay, da ist sie wieder. Ich würde gerne auf Cassandra anstoßen. Es mag stimmen, dass ich am Anfang bei Ihnen so meine Bedenken hatte.«

Mit einem Seufzen warte ich auf die bevorstehende Adjektivsalve.

»Aber …« Er hebt das Glas in die Höhe. »… ich bin hocherfreut, dass Sie mir das Gegenteil bewiesen haben. Sie arbeiten nicht, wie die meisten es tun, oder wie Sie vermutlich sollten, aber für das SharkSkin-Team sind Sie ein Gewinn. Deshalb möchte ich mich bedanken, in unser aller Namen, und zu diesem fantastischen Launch gratulieren. Auf Cassandra!«

»Re-de!« Sophie klatscht neben mir laut in die Hände. »Re-de!«

Alle heben ihre Gläser in meine Richtung, also nehme ich zögerlich mein eigenes und stehe auf. Die Kerzen flackern, und die Farben verlaufen, und ich spüre den sicheren Kokon meines Atems, der mich umschließt wie eine pulsierende Hülle. Ein starkes Gefühl setzt sich auf meine Schulterblätter, und auf einmal fühle ich mich verwandelt. Ich lasse meine Verkleidung fallen, und wie Athene strecke ich mein imaginäres Schwert in die Höhe.

Mit einem Lächeln hebe ich das Glas. »Ich kündige.«

Alle am Tisch starren mich mit offenen Mündern an, aber ich war noch nie so ruhig, so sicher und so voller Kraft. Ich bin stark und ungebrochen, als hätten all meine Farben endlich ihren Platz gefunden.

»Ich hasse diesen Job«, erläutere ich hilfsbereit. »Also kündige ich.«

Meine Rede ist offensichtlich vorbei – mehr habe ich nicht zu sagen –, deshalb setze ich mich, doch alle anderen starren mich weiterhin wortlos an, also stehe ich doch wieder auf.

»Ich sollte nicht hier sein«, erkläre ich und lasse dabei eine Serviette auf dem Tisch nicht aus den Augen. »Im letzten Monat bin ich etwa neunzehn Mal gefeuert worden, und ich denke, das sollte ich endlich akzeptieren. Wir sind völlig inkompatibel. Ich arbeite nicht gerne mit Menschen, und ich kann die Shark-Skin-Produkte nicht leiden, ich brauche auch meine Zeitreisegabe nicht, um diesen Fehler rückgängig zu machen. Deshalb möchte ich bitte gerne kündigen. Und Sophie …« Ich schenke ihr ein schüchternes Lächeln. »Danke, dass du so nett zu mir bist. Ich weiß, diese Version von dir erinnert sich an das meiste nicht, aber der Einfluss, den du auf all meine Zeitlinien hattest, war … gewaltig.«

Fertig. Wieder setze ich mich und mustere kurz Jacks Miene.

Er sieht … schockiert aus. Entgeistert. Irritiert?

Ah. Fuchsteufelswild.

»Kann ich noch essen, bevor ich gehe?« Ich sehe mich am

immer noch völlig verblüfften Tisch um. »Nein, ihr habt recht. Den dramatischen Abgang sollte ich jetzt hinlegen, oder?«

Mit einem Anflug von etwas, das sich überraschend nach Trauer anfühlt, stehe ich auf, nehme meine Ohrstöpsel heraus und halte sie Ron hin. Ich hatte mich wirklich darauf gefreut, ihn richtig kennenzulernen. »Es war schön, dich zu treffen, Ron. Möchtest du die haben? Du müsstest sie natürlich erst sauber machen.«

»Danke.« Er nimmt sie mir mit einem Grinsen ab. Mein Magen schlägt einen Salto. »Viel Glück, Cassie. Ich hoffe sehr, dass wir uns bei Gelegenheit mal wiedersehen.«

Ich lächle ihn an. Bei Gelegenheit. Wer weiß? Es gibt so viele davon.

»Das hoffe ich auch.«

Erfüllt von meinem Ruhm und voller Stolz räuspere ich mich und schiebe meinen Stuhl geräuschvoll nach hinten, gerade als der Moderator vorne im Saal auf ein Mikrofon klopft. Ich habe es wirklich getan. Ich habe etwas verändert, einen anderen Weg eingeschlagen. Mal abgesehen vom Zeitreisen habe ich schon sehr lange in einer Zeitschleife festgehangen, die sich immer und immer wiederholt hat.

»Ich habe noch nicht mal den ersten Witz gemacht«, ruft der Moderator laut. »Und schon will jemand gehen!«

Alle im Saal drehen sich geschmeidig zu mir um.

Doch ich kann an nichts anderes denken als an die Geschichte mit dem größten Überraschungsmoment überhaupt: die der armen sterblichen Semele. Zeus traf sie in seiner menschlichen Form, und die beiden verliebten sich unsterblich ineinander. Als seine Frau Hera davon Wind bekam, dass er wieder einmal schamlos fremdging, stattete sie Semele in Form einer alten Frau einen Besuch ab und überzeugte sie davon, dass sie eine Närrin sei, zu denken, sie hätte sich tatsächlich in den König der Götter verliebt. Der einzige Weg, um es mit Sicherheit herauszufinden, sei, Zeus zu bitten, ihr seine wahre Form zu zeigen.

Also bat Semele Zeus, ihr zu zeigen, wer er wirklich war. Widerstrebend ließ er sich darauf ein. Innerhalb von Sekunden führte diese Offenbarung dazu, dass Semele explodierte. Sie platzte wie ein Blutbläschen und ging in Flammen auf.

Als ich hier mitten im Saal stehe und 498 Augen auf mir spüre, wird mir klar, dass ich mich manchmal genauso fühle.

Als müsste ich verstecken, wer ich bin, die ganze Zeit.

Als müsste ich vorgeben, eine andere zu sein, damit die Menschen mich lieben.

Als würden die anderen mich ständig bitten, mich zu zeigen, mich zu öffnen, und wenn ich es dann tue – wenn ich den Leuten mein wahres Ich zeige –, ist es nicht das, was sie erwartet haben, und sie explodieren vor meinen Augen.

Ohne ein Wort nehme ich meine Tasche, grinse Sophie, Ron und Gareth an und mache mich mit hoch erhobenem Kopf auf den Weg zum Ausgang, während die Blicke sich mir in den Rücken bohren. Ich bin keine Prophetin oder Prinzessin, keine Gorgone oder Priesterin. Ich bin nicht Aphrodite oder Athene, nicht Arachne oder Medusa. Ich habe mich nicht aus einer Muschel erhoben oder aus dem Inneren eines Kopfes. Ich muss meine Geschichte nicht wieder und wieder weben, und sie muss auch nicht – und sollte niemals – von anderen erzählt werden.

Mein Schicksal wird nicht von der Zeit bestimmt oder von Sand oder Sternen oder Wandteppichen oder Spinnennetzen, und das wurde es auch noch nie.

Ich bin Cassandra: Die Zukunft lag schon immer in mir selbst.

Als ich das Gebäude ruhig verlasse, wird die Welt um mich herum still.

Ein Grollen, das abebbt.

Und als ich sehe, dass meine Schwester ungeduldig auf den Treppen vor der Gala auf mich wartet, weiß ich plötzlich, warum ich nicht zu dem Moment vor zehn Jahren zurückreisen konnte. Zu dem Moment, in dem mein Leben explodiert ist und mich mit sich gerissen hat.

Ich konnte nicht dorthin reisen, weil ich es nicht muss.

Ein Teil von mir hing so oder so die ganze Zeit über dort fest.

# 37

## ZEHN JAHRE ZUVOR

Danke für eine weitere rührende Rede, Cassandra.«

Der Pfarrer wartet geduldig, bis ich wieder an meinem Platz ganz vorne in der Kirche bin und die Hände ordentlich im Schoß falte. Mein schwarzes Kleid ist feucht und eng. Die Orgel intoniert lautstark »All Things Bright and Beautiful«, was ein bisschen ironisch ist, wenn man bedenkt, dass nichts je wieder hell und schön sein wird.

»Bin ich jetzt dran?« Art kommt schwankend auf die Füße. »Ich will auch was sagen.«

»Artemis«, sagt der Pfarrer geduldig. »Du bist nach dem zweiten Lied dran, sieh auf den Zeitplan.«

»Scheiß auf den Zeitplan«, lallt sie und rückt ihren Hut zurecht.

Alle beobachten, wie meine neunzehnjährige Schwester mit der Rotweinflasche in der Hand nach vorne torkelt. Sie ist in schwarze Spitze gehüllt und trägt einen Hut mit Schleier. Jeder denkt, sie trauere mit Stil, aber ich weiß, dass sie uns verhöhnen will. Dass sie sich in ihrer Trauer kleidet wie ein Kind, das den Kleiderschrank der Mutter durchwühlt hat.

»Wow.« Art steht hinter dem Altar und zieht einen Flachmann aus dem Spitzenärmel. Sie nimmt einen Schluck und stellt ihn auf dem Gesangsbuch ab. Dann spült sie mit einem Schwall Wein nach. »Das ist eine ordentliche Party, oder? So viele Leute.« Sie wirbelt herum, um den armen Orgeljungen anzufunkeln. »Kannst du mal bitte ruhig sein, zum Teufel? Wer hat überhaupt dieses Lied ausgesucht? Das ist doch keine Schulversammlung. Was kommt als Nächstes – ›Alle meine Entchen‹? Heilige Scheiße.«

Die ganze Gemeinde keucht unisono auf, wie Synchronschwimmer*innen.

»O bitte«, seufzt Art. »Das sind doch nur Wörter. Und wir sind nicht mal religiös. Wir machen das nur in einer Kirche, weil sie günstig liegt. Wo war ich?« Sie schwankt etwas. »Ach ja.« Art hickst und streckt die Hände aus. Ich sehe sie auf einmal als Sechsjährige vor mir, wie sie mich auf eine Zwei-Personen-Performance für ein Stück über Einhörner vorbereitet. »Ladys und Gentlemen, willkommen zum Tod meiner Eltern. Eine Show, auf die wir nicht vorbereitet waren, oder, Cass? Diesmal gab es keine Proben. Da genießt du gerade die Auszeit vor dem Studium, liegst am Strand in Costa Rica, und im nächsten Moment sagt man dir, du musst nach Hause kommen, weil deine Eltern gerade gleichzeitig in einem Feuerball explodiert sind. Sehr effizient.«

Arts Mund ist leuchtend rot verfärbt, und ihre Farben sind die traurigsten, die ich je gesehen habe: Grau, Silber, Schwarz, alles spitz und scharf.

Mir fließt noch das letzte bisschen Wärme aus dem Körper.

»Bisher haben wir viel drüber gesprochen, wie *entzückend* meine Eltern waren.« Wieder hickst sie und hält sich mit beiden Händen am Altar fest. »Und das waren sie. Sie waren entzückend. Susan Dankworth, Genie, Querkopf und weltbekannte Professorin für klassische Literatur an der Cambridge University. Viele von euch sind ihretwegen hier. Das ist nett. Und Gordon Dankworth, der netteste Mann auf diesem Planeten, Gärtner und großer Fan von, wie heißen die noch mal? Begonien. Ein paar von euch sind seinetwegen hier. Auch nett.«

Meine Augen fallen zu. Die Dunkelheit kommt.

»Ich meine«, redet Artemis weiter und lallt hörbar. »Ich hab das Gefühl, wir haben noch nich genug drüber gesprochen, was für schreckliche Fahrer sie waren, ganz offensichtlich, aber alles zu seiner Zeit, oder?«

Arts Blick wird durchdringend, und als ich hochsehe, um ihn zu erwidern, durchzuckt mich ein Schmerz wie ein Pfeil.

Noch eine Welle Schlaf bricht über mich herein.

»Aber obwohl das hier eine Show über ihren Tod ist ...« Artemis stützt sich mit den Ellbogen auf den Altar und legt sich das Kinn in die Hände, als wäre sie ein Kleinkind, das für ein Foto posiert. »... hat noch niemand über die *Ursache* gesprochen. Ich meine, da fehlt doch der Schlüsselmoment in der Geschichte, oder nich? Ihr könnt nich einfach die Protagonisten beerdigen, bevor wir überhaupt den Höhepunkt dieses Dramas erlebt haben.«

Sie lacht hysterisch und trinkt noch einen großen Schluck Wein.

Mein Kopf kippt, das Kinn fällt mir auf die Brust. Alles wirkt gedämpft und weit weg, als würde es langsam weggezerrt.

»Wach auf, Cassandra«, zischt meine Schwester. »Keine Sorge, jetzt geht's um dich.«

Verzweifelt will ich das Kinn anheben, aber ich drifte in die Dunkelheit ab, als wäre der Schlaf ein riesiges Loch, mit nichts an den Wänden, um mich daran festzuhalten.

»Meine Schwester, Ladys und Gentlemen.« Artemis gestikuliert aus ein paar Metern Entfernung in meine Richtung. »Cassandra Penelope Dankworth. Lasst mich euch was über Cass erzählen. Ich kann nicht behaupten, dass sie gut mit Menschen kann. Nein, bei Cassandra geht es immer nur um Cassandra. Ihr wollt mit ihr im Garten spielen? Nee, zu viel Dreck. Ihr wollt auf eine Geburtstagsparty? Geht nicht, weil Cass den Lärm und das Chaos nicht erträgt. Ihr hättet gerne einen Hund? Oder eine Katze oder vielleicht eine Scheiß-Rennmaus? Nein, tut mir leid, Cass mag keine Tierhaare und will nicht abgeleckt oder angesprungen werden. Ihr wollt ein neues Restaurant mit der Familie ausprobieren? Pech, Cass kann immer nur in dieselben verdammten Restaurants und dieselben verdammten Sachen essen, also gehen wir dahin. Schon wieder. Und Schule? Lasst uns über *Schule* sprechen.«

Kurz schließe ich die Augen, die Kirche kippt zur Seite.

»Ihr versucht, Freunde zu finden, aber alle meinen immer nur: ›Oh, versteckt deine große Schwester sich schon wieder im Gebüsch? Und wippt und krallt sich an den Beinen fest? Was ist mit der eigentlich falsch?‹ Also antwortet ihr ›Nichts ist falsch mit ihr‹ und boxt jemandem in den Bauch, und schon seid ihr die mit den ›Verhaltensauffälligkeiten‹.«

Ich will mich aufsetzen, aber die Zeit rinnt mir durch die Finger wie Sand in einem Stundenglas.

»Aber irgendwas *ist* falsch mit ihr«, lallt Artemis verbittert, und auf einmal klingt sie abgehackt, blockiert, wie ein Becken voller Schutt. »Cassandra ist kaputt, und das hat mir das ganze verfluchte Leben ruiniert. Ihre Regeln, ihre Verbote, ihre Pläne, ihre Unnachgiebigkeit. *Alles* muss sich um sie drehen, und jetzt ist *sie* auch noch schuld daran, dass unsere Eltern tot sind.«

Irgendwie habe ich es auf die Füße geschafft und stehe da wie versteinert.

»Das bist du, Cassandra.« Sie hat angefangen, sehr laut zu weinen. »Du bist schuld, dass sie weg sind. Sie waren *fünf Minuten zu spät* für deine Abschlussfeier, aber du konntest das nicht ertragen und musstest anrufen. Immer wieder. Immer und immer wieder. Du meintest, du hast *fünfzehn Mal* angerufen, und irgendwann hat dein besessenes, unaufhörliches, völlig bescheuertes Klingeln sie so abgelenkt, dass sie das verfluchte Auto geschrottet haben.«

Ihr Schluchzen erfüllt die Kirche, prallt von den Buntglasfenstern ab.

»Ich hasse dich. Wenn ich könnte, würde ich mir eine andere Schwester aussuchen. Ich will doch nur ein normales Leben, wie alle anderen, und wegen *dir* kann ich das nicht haben.«

Mit einem großen Schritt tritt sie hinter dem Altar hervor und torkelt in den Gang.

»Und dir ist das egal.« Sie hickst und versucht, sich gerade aufzurichten. »Das hier ist die Beerdigung unserer Eltern, und du hast nich mal geweint. Guck dich doch an, du stehst da mit trockenen Augen und schläfst fast ein, als würdest du dich langweilen. Als wäre dir alles egal. Als wärst du gar nicht richtig hier. Du bist ein Monster.« Hicksen. »Warum kannst du nicht einmal *normal* sein?« Hicksen. »Sei doch mal *menschlich,* nur für *eine Minute.*« Hicksen. »Die Flasche ist leer«, beendet sie ihre Rede und hält sie mit dem Hals nach unten. »Pfarrer, machen Sie diese Wasser-zu-Wein-Sache, *pronto.* Oder ist das Jesus? Oder Moses? Ach, wen zur Hölle interessiert's? Ich bin hier, um zu *feiern.*«

Langsam recke ich das Kinn und drehe mich um.

Alles ist still und alles ist ruhig. Und weil alles, was ich jemals kannte und geliebt habe, um mich herum eingestürzt ist, stehe ich da in den Trümmern mit ruhiger Miene und trockenen Augen und Schutt in den Haaren.

»Danke, dass Sie gekommen sind«, sage ich leise zu der stummen Gemeinde. »Drüben im Haus gibt es Gurkensandwiches. Und mehr Wein, allerdings sollten Sie dann schneller sein als Artemis.«

Mit gestrafften Schultern stolziere ich wie eine Braut den Gang hinunter.

Ich öffne die Kirchentür.

Ich halte die Hand hoch, damit das Licht mich nicht blendet, und spüre, wie das Gerüst in meinem Inneren ins Wanken gerät und einstürzt wie ein Kartenhaus.

Dann schließe ich sanft die Tür hinter mir.

# 38

## JETZT

Ich konnte nicht nach Hause«, sagt Artemis.

»Ja.« Ich setze mich neben sie auf die Stufe. »Das sehe ich.«

»Ich stand schon vor der Haustür und konnte nichts anderes sehen als dich, überall. Das Haus ist erfüllt von dir. Deshalb musste ich zurückkommen.« Meine kleine Schwester sieht mich mit Augen an, so feucht wie der Gehweg nach einem Schauer. »In deiner WG hab ich erfahren, wo du bist. Von der Frau, nicht von dem Arschgesicht. Sie wirkt echt nett.«

»Sal«, erwidere ich. »Ist sie auch.«

»Und ich weiß, dass du nicht drüber reden willst, aber ich finde, wir müssen.«

Ich nicke. »Stimmt.«

Lange herrscht Schweigen, und wir lauschen nur dem Lachen, das durch die dicke Tür hinter uns heraussickert. Anscheinend hatten die Tudors keinen guten Lärmschutz, das sollte nachgerüstet werden.

»Ich wollte das nicht«, sagt Artemis irgendwann. »Nichts davon. Ich war verrückt vor Trauer. Es hat so wehgetan, und ich musste dich verletzen, damit du dasselbe empfindest. Und ich war sehr, sehr betrunken. So betrunken, dass ich, glaube ich, den Organisten vollgekotzt hab.«

»Ja.« Wieder nicke ich. »Klingt wahrscheinlich.«

»Ich glaube, ich hab an dem Tag meinen Verstand verloren. Du konntest deine Gefühle immer gut kontrollieren, sie irgendwie eindämmen, aber meine werden so … viel. Zu viel, um in mich hineinzupassen. Und das soll keine Entschuldigung sein – dafür gibt es keine Entschuldigung –, aber ich wusste nicht, wohin damit. Du warst alles, was mir auf der

Welt noch geblieben war. Deshalb hab ich sie an dir ausgelassen.«

Noch mal nicke ich, starre mir auf die Hände.

»Und ich hab mich die letzten zehn Jahre dafür gehasst.« Artemis beginnt zu weinen. »Es tut mir so leid, Cass. So, so leid. Es war überhaupt nicht deine Schuld, das weißt du, oder? Das hab ich hinterher rausgefunden. Ich meine, selbst wenn es wegen deiner Anrufe passiert wäre, wäre es trotzdem nicht deine Schuld. Aber es war auch wirklich nicht deine Schuld. Mums Handy war auf lautlos, die Tasche wurde auf dem Rücksitz gefunden, wo sie beim Fahren immer gelegen hat. Es war nur ein Unfall. Ein furchtbarer, tragischer Unfall, und du hattest nichts damit zu tun.«

»Ich weiß. Ich hab es überprüft.«

Das war das Erste, was ich getan habe, als ich nach London kam. Noch vor dem Zusammenbruch, der sechs Monate meiner Erinnerungen ausgelöscht hat. Vielleicht ist es gar nicht so verwunderlich, dass ich nicht sehr gut darin bin, mich anderen zu öffnen, nachdem mein angsterfülltes Geständnis dazu genutzt wurde, mich vor jedem, den ich kenne, zu zerstören.

»Wie soll ich das je wiedergutmachen?« Artemis reibt sich mit dem Pulloverärmel über das Gesicht. »Ich dachte, Zeit würde helfen, aber da habe ich mich wohl geirrt. Ich habe Briefe geschickt, und Geschenke. Ich habe versucht, anzurufen, aber du hast immer wieder die Nummer gewechselt. Jedes Mal wenn ich dich gefunden habe, bist du wieder verschwunden. Du hast mich immer weiter gemieden, also bin ich weggelaufen. Ich glaube, ich habe uns beide zerstört.«

»Hast du nicht«, flüstere ich. »Ich wusste immer, dass …«

Mein Gesicht zieht sich zusammen, deshalb warte ich, bis ich wieder sprechen kann.

»In der frühen griechischen Mythologie verliebte Zeus sich in Metis, die Göttin der Vernunft. Als sie mit seinem Kind schwanger war, forderte Zeus sie zu einem Verwandlungsduell heraus. Als Metis gerade die Form einer Fliege angenommen hatte, verwandelte sich Zeus in eine Eidechse und verschluckte sie.«

Artemis runzelt die Stirn. »Ich bin nicht sicher, was …«

»Irgendwann bekam Zeus schlimme Kopfschmerzen und bat in seiner Qual Hephaistos, ihm den Kopf aufzuschlagen, was er auch tat. Heraus sprang eine ausgewachsene Athene, Göttin der Weisheit. Doch Metis blieb in seinem Kopf und flüsterte ihm Worte zu. So beeinflusste sie von da an jede seiner Taten und jeden seiner Gedanken. Metis wurde zu einem Teil von ihm.«

Ich mustere die Stufe, auf der ich sitze. Wann wurde sie wohl das letzte Mal geschrubbt?

»Ich habe meine eigene Metis. Schon seit ich ganz klein war, werden mir ständig Worte zugeflüstert. Adjektive. Beobachtungen über mich. Zuerst waren es Diskussionen über meinen Kopf hinweg, als könnte ich sie nicht hören, aber je älter ich wurde, desto öfter richteten sie sich direkt an mich. Bis ich sie absorbiert und in eine Art griechischen Chor verwandelt habe. Eine anhaltende Stimme in meinem Kopf. Und ich habe angefangen, mich so zu sehen, wie die anderen es mir eingeredet haben. Aber zu Hause, da war die Stimme weg. Weil da die einzigen drei Menschen auf dieser Welt waren, die mich nicht bloß als Liste mit Adjektiven betrachtet haben. Sie haben mich als den Menschen gesehen, der ich bin.«

Artemis öffnet den Mund. »Aber ich …«

»Ich bin noch nicht fertig«, falle ich ihr ins Wort. »Du wolltest reden, Artemis, also reden wir jetzt. Unterbrich mich ja nicht.«

»Du hast recht.« Sie grinst schief. »Red bitte weiter.«

»Sie haben mich als den Menschen gesehen, der ich bin, und mich geliebt, weil ich ich war, und nicht, weil ich etwas nicht sein konnte. Wenn die Welt also feindselig und unfreundlich und laut und grell war, wenn das Flüstern der Stimme so laut wurde, dass ich nicht atmen konnte, war das nicht so schlimm, weil ich bei euch immer sicher war.«

Art läuft rot an, und ich verdrehe die Augen.

»Weinst du jetzt wieder? Ich finde nämlich, dass das nicht der richtige Moment dafür ist und du dich zusammenreißen solltest.«

Sie wischt sich über die Wangen. »Ich weine nicht.«

»Du tust es doch schon.«

»Ich bin eben nah am Wasser gebaut. Los, weiter.«

»An dem Tag habe ich alles verloren.« Und da ist sie: nicht nur ein Tropfen Wahrheit, sondern eine ganze Flutwelle davon. »Du warst nicht mehr sicher, Artemis. Metis war überall. Du hast mich verurteilt, darum hatte ich keinen Rückzugsort mehr.«

»Sag das nicht.« Jetzt weint sie richtig, ohne jede Zurückhaltung. »Ich weiß, dass du immer meinst, was du sagst, aber nicht alle Menschen sind so. Manchmal sagen sie einfach Dinge. Weil sie sich langweilen. Oder wütend sind. Oder verletzt. Oder betrunken und auf der Suche nach Aufmerksamkeit. Ich hab das nicht so *gemeint,* aber du hast es wörtlich genommen. Manchmal war ich ein paar Minuten lang sauer auf dich. Du weißt schon, wie normale jüngere Geschwister das eben sind, wenn sie keinen Hund bekommen. Aber den Rest der Zeit warst du meine süße, clevere, wunderschöne große Schwester, die ich mehr geliebt habe als alles andere auf der Welt.«

»Ja. Langsam begreife ich das.«

Denn die ganze Wahrheit ist überwältigend, und trotzdem muss man manchmal mutig genug sein, sich ihr zu stellen. Artemis hat sich die letzten zehn Jahre ununterbrochen entschuldigt, und ich war diejenige, die nicht vergeben konnte, die weggelaufen ist, die sie ausgeschlossen hat, ohne ihr die Chance auf Wiedergutmachung zu geben. Ich war diejenige, die ihren Schmerz und ihre Erinnerungen sorgsam verstaut und weggesperrt hat, sodass sie unerreichbar waren, nicht verarbeitet wurden, nicht atmen oder altern konnten. Ich habe die Vergangenheit in einer Zeitkapsel eingeschlossen, sie versiegelt und tief in meinem Inneren vergraben, wo niemand sie erreichen kann.

Artemis entschuldigt sich immer wieder, obwohl es *niemals* allein ihre Schuld war.

»Mir tut es auch leid«, flüstere ich. »Und, nur fürs Protokoll, ich hab nie gesagt, dass du keinen Hund haben darfst oder keine Geburtstagsparty. Oder dass wir kein neues Restaurant ausprobieren können. Ich wäre einfach nach oben zu meinen Farbfächern und Kopfhörern gegangen, oder ich hätte mir eine Portion Pommes bestellt und alle verbrannten aussortiert.«

»Ja.« Artemis seufzt. »Jetzt, wo ich älter bin, wird mir das auch klar. Ich glaube, das waren Mums Regeln, nicht deine.«

Eine Stille breitet sich aus, oder zumindest so viel Stille, wie es eben geben kann, wenn um einen herum Leute die Treppen hinabsteigen und sich direkt vor unserer Nase Zigaretten anzünden. Man sollte meinen, sie würden bemerken, dass wir hier einen besonderen Moment erleben, aber anscheinend nicht.

»Du bist sicher bei mir, Cassandra«, sagt Art schließlich.

Sofort schnappt meine Kehle zu wie eine Venusfliegenfalle, die nach der römischen Göttin der Liebe benannt ist, die nach Aphrodite benannt ist, also sollte es eigentlich »Aphroditenfliegenfalle« heißen, und die Römer haben den Namen nur gestohlen, wie üblich.

Artemis streckt einen Finger aus, und ich berühre ihn mit der Fingerspitze.

»Warum bist du diesmal so hartnäckig gewesen?«, frage ich auf einmal, weil mich das schon seit Ewigkeiten beschäftigt. »Du hast jahrelang versucht, mich zu kontaktieren, aber dieses Mal hast du dich echt ins Zeug gelegt. Bist mir gefolgt, hast vor meiner Haustür gesessen. Hast dich zur richtigen Stalkerin entwickelt. Das hast du vorher nie gemacht, oder?«

Vielleicht habe ich es nur nicht bemerkt. Sind wir mal ehrlich: Es wäre nicht das erste Mal, dass mir etwas sehr Offensichtliches entgangen ist.

»Nur ein bisschen«, gibt Artemis zu. »Aber nicht so extrem, das stimmt. Ich …«

Sie stockt, beißt sich auf die Unterlippe und greift in ihre Tasche.

»Ich hab drüber nachgedacht, endlich das Haus zu verkaufen, deshalb war ich auf dem Dachboden und habe ein paar alte Kisten durchgesehen. Da war ich in all den Jahren nicht. Du kannst dir nicht vorstellen, wie organisiert es da oben ist. Alles ist beschriftet und fein säuberlich gestapelt. Total irre.«

Ich muss lächeln und daran denken, wie Dad sich immer grummelnd über Mums analfixierte Besessenheit bei Ordnungslösungen aufgeregt hat: Selbst die Klopapierrollen hatten ein Fach für sich allein.

»Egal.« Sie zieht einen Plastikhefter aus ihrer Tasche, den sie offenbar schon eine ganze Weile mit sich herumgetragen und doch niemals hervorzuholen gewagt hat, und schlägt ihn auf. »Das hier hab ich gefunden.«

Sie reicht ihn mir, und ich starre ihn ausdruckslos an, blättere durch die Seiten, um herauszufinden, was das alles zu bedeuten hat.

»Ich versteh's nicht«, gebe ich irgendwann zu.

»Das ist ein ärztliches Gutachten«, erklärt Artemis und verweist mich auf das Deckblatt. »Bei Mum wurde ein halbes Jahr vor dem Unfall Autismus diagnostiziert. Ich vermute, sie hat sich drauf vorbereitet, es uns zu sagen. Deshalb auch überall das Gekritzel am Rand. Und sie hat die Grammatik vom Arzt korrigiert, aber das ist wohl nichts Unerwartetes.«

Wieder starre ich auf die Blätter, dann zu Artemis. »Oh.«

»Ja.« Sie lächelt, zuckt die Schultern. »Ich meine, wir hätten wohl alleine drauf kommen können, bei der Besessenheit von griechischer Mythologie und all den Regeln und Vorschriften und dem Drang nach ruhigen, dunklen Räumen, bei immer denselben Restaurants und Mahlzeiten und ihrer Empfindlichkeit bei Berührungen und den Bewegungen, die sie ständig wiederholt hat, und den extremen Zusammenbrüchen. Aber wir dachten alle, sie ist eben eine stinknormale durchgeknallte Wissenschaftlerin.«

Ich blinzele. »Wow. Das …«

»Ich weiß.« Artemis beobachtet mich. »Geht's dir gut?«

»Na ja.« Jetzt steigen auch mir Tränen in die Augen, und ich bemerke, dass ich mir wieder die Beine kratze. Ich muss wirklich anfangen, meine Nägel kurz zu tragen. »Ja. Das ist ganz schön viel. Ich wünschte, sie hätte es uns erzählt, dann hätten wir sie besser unterstützen können. Arme Mum.«

Artemis beobachtet mich immer noch.

»Was?«

Sie starrt mich weiter an.

»Was ist?«

Sie starrt und starrt.

»Hab ich was im Gesicht?« Ich reibe mir mit der flachen Hand darüber. »Warum glotzt du mich so an?«

»Guck«, sagt sie sanft und deutet auf die Akte.

Auf der Rückseite steht, in der Handschrift meiner Mutter:

*Und Cassandra.*

Kein Fragezeichen. Keine Zweifel. Keine Diskussion.

»Und Cassandra was?«, frage ich ganz automatisch, dann zucke ich zurück. »Ich bin nicht autistisch. Erzähl doch keinen Quatsch. Das würde ich wissen. Man lebt nicht einunddreißig Jahre, ohne so was zu bemerken. Irgendwer hätte es mir doch gesagt.«

»So, wie das hier aussieht«, sagt Artemis ganze leise, »haben sie genau das gemacht.«

Mein Hirn fühlt sich an, als würde es sich winzig klein zusammenfalten, wie dieses Spiel aus der Schule, bei dem man verschiedene Seiten aufklappen und unterschiedliche Dinge darunter lesen kann. Wobei ich nicht sicher bin, wie das geht, weil nie jemand mit mir spielen wollte.

Werde ich deshalb ständig gefragt, ob ich »im Spektrum« bin? Ich dachte immer, ich bin vielleicht einfach außergewöhnlich farbenfroh.

»Ich bin im Spektrum«, sage ich ruckartig. »Derek und Jack hatten recht.«

»Hatten sie nicht«, knurrt Artemis. »Das ist ein Euphemismus. Sie wollen bloß nicht ›autistisch‹ sagen, weil sie meinen, das ist gemein. Es ist aber nicht gemein.«

»Ist es nicht?«, frage ich abgelenkt, während mein Hirn sich erneut faltet.

»Ne. Die Leute denken, Autismus wäre so was wie eine *Fehlfunktion,* das stimmt aber nicht. Du bist nicht kaputt oder ›verrückt‹, oder was auch immer sie auf ihren kleinen Zetteln dazu sagen. Es bedeutet nur, dass du ›nicht genauso wie ich‹ bist. Was …«, Art deutet auf den Hefter, »… wie du sehen wirst, eins der Dinge ist, die Mum an den Rand geschrieben hat. Direkt neben ›Fahrt zur Hölle‹, pink unterstrichen. Autismus ist nur eine andere Verkabelung. Du wurdest mit einer anderen neurologischen Software geschaffen, von Grund auf. Jeder Teil von dir. Und das ist …«

»Bunt und laut?«, schlage ich vor, und Artemis lacht.

»Ich wollte ›brillant‹ sagen. Aber ja, das wahrscheinlich auch. Wobei es wohl keine Überraschung ist, wie du behandelt wirst. Diese Welt hat Andersartigkeit noch nie mit offenen Armen empfangen.«

Ich sollte überraschter sein. Ich sollte erschüttert sein. Aber habe ich nicht genau das schon immer gefühlt? Dass ich anders bin? Dass ich eine Art Alien bin, das jeden Tag aufs Neue versucht, als Mensch durchzugehen? Dass ich ständig die Welt um mich herum übersetzen muss, und dann im Gegenzug mich für die Welt, als würden wir zwei komplett unterschiedliche Sprachen sprechen?

Wow. Kein Wunder, dass ich immer so aus dem letzten Loch pfeife.

»Was ich damit sagen will«, fährt Artemis fort, und ich spüre ihren Blick sanft über mein Gesicht streifen wie Fingerspitzen. »Dir wurde beigebracht, dich zu hassen, Cass. Von Anfang an wurde dir gesagt, dass du kaputt bist, immer und immer wieder, und du wurdest gezwungen, jemand anders zu sein. Dann habe ich dir das auch noch angetan. Ich bin deine Schwester, und ich habe dich als ›Monster‹ bezeichnet. Da kann ich dir schlecht vorwerfen, dass du mich ausgeschlossen hast. Ich an deiner Stelle wäre aufgestanden und hätte den Altar mit dem Kopf eingeschlagen.«

»Gut, dass ich das nicht gemacht habe«, stelle ich trocken fest. »So ein Verhalten sehen die in der Kirche gar nicht gerne.«

»Das ist wohl wahr.« Artemis lacht. »Ich will nicht, dass du ›normal‹ bist, Cass. Wollte ich nie. Im Ernst, wenn die Welt auf deine Verkabelung ausgelegt wäre, wäre sie ein viel besserer Ort. Auf jeden Fall gäbe es viel weniger Deckenbeleuchtung.«

Ich starre zu Boden, während die Welt und alles in ihr kippt und sich dann wieder aufrichtet.

»Ich bin wie Mum«, wispere ich.

»Ja.« Sie stupst mich mit der Nasenspitze an der Schulter an wie ein Welpe. »Aber du bist auch du selbst. Dafür solltest du dich nie schämen. Du warst schon immer zweifellos, unbestreitbar, unverkennbar du.«

Ich sitze ganz still und warte darauf, dass die großen Emotionen angerollt kommen.

Sie tun es nicht.

Nichts kommt, aber ich weiß, dass sie irgendwann in der Zukunft kommen werden, alle zur gleichen Zeit – sie werden sich im Türrahmen stapeln wie nach einem Poststreik –, und es wird überwältigend sein und wunderschön und schmerzhaft und herrlich, und ich werde nicht dazu in der Lage sein, sie auseinanderzuhalten oder zu benennen, ich werde einfach auf die Farben deuten und raten. Aber zum ersten Mal überhaupt habe ich das Gefühl, dass das vielleicht in Ordnung so ist.

»Verkauf das Haus nicht«, bricht es da aus mir heraus.

»Ich dachte mir schon, dass du das sagst«, antwortet Art.

»Ich ziehe wieder nach Hause«, sage ich jetzt mit mehr Überzeugung. »Nach Cambridge. Und ich gehe wieder zur Uni, genau wie Mum, und studiere griechische Mythologie.«

»Ja, auch das habe ich mir schon gedacht.«

Wahrscheinlich hat sich deshalb meine Liebe zu griechischer Mythologie nie nur wie ein einfaches Hobby angefühlt oder wie ein simpler Zeitvertreib. Mit ihr mache ich mir einen Reim auf die Welt und alles darin. Sie erdet mich, gibt mir Halt, ist eine Konstante, zu der ich immer zurückkehren kann. Sie ist das Zuhause in mir: ein sicherer Ort, der sich nie verändert, niemals verblasst, niemals langweilig wird und mich nie wegschickt oder mir sagt, dass ich nicht gut genug bin.

Und, was am wichtigsten ist, die Mythologie macht mich unglaublich *glücklich*. Diesen Weg hätte ich eingeschlagen, wenn ich mich nur ein wenig besser gekannt hätte.

Nein – wenn ich mir einfach erlaubt hätte, ich zu sein.

Langsam und ruhig stehe ich auf, streiche Sals rotes Kleid glatt und frage mich kurz, ob ich wohl anders sein werde, jetzt da ich weiß, wer ich bin und aus welchem Stoff ich gemacht bin.

Vermutlich nicht.

Ich habe mich in einunddreißig Jahren keinen Deut verändert, da werde ich jetzt nicht damit anfangen.

»Hatten wir diese Unterhaltung schon?« Artemis steht ebenfalls auf und begutachtet anerkennend mein Outfit. »Bist du aus der Zukunft zurückgereist, oder ist das auch für dich alles brandneu?«

»O mein Gott.« Ich denke kurz darüber nach. »Ich hab vergessen, dass ich zeitreisen kann.«

»Klar.« Art lacht laut auf, küsst ihren Finger und drückt ihn mir auf die Nasenspitze. »Ich vergesse auch ständig, dass ich durch Raum und Zeit reisen kann, wenn ich die Augen schließe.«

Ich starre sie an und mustere ihre Miene. »Sarkasmus?«

»Sarkasmus«, bestätigt sie.

Dann betrachte ich die unendlichen Farben, die aus mir herausströmen, die unendlichen Farben, die aus Artemis herausströmen – die Farben, die aus den Fremden auf dem Gehweg fließen und über unseren Köpfen herumwirbeln –, und meine Schwester hat recht: Es fühlt sich nicht an, als befände ich mich im Spektrum, sondern eher, als hätte ich das Spektrum fein säuberlich in mir verstaut.

Von jetzt auf gleich überkommt mich ein unglaublich starkes Gefühl, überwältigend intensiv.

Jetzt geht es los. Aufgepasst. Wappne dich, Cassandra.

Aber dann wird mir klar, was es ist.

»Ich habe Hunger, hast du was zu essen dabei?«

# 39

Wo hört eine Geschichte auf?

Sie ist eine Lüge, die letzte Seite eines Buches, denn sie gibt sich bloß als Ende aus. Sie tut, als wäre sie tatsächlich der Moment, in dem etwas endet, dabei bekommt man bloß eine willkürliche Zeile aus einem Meer an Wörtern. *Diese Geschichte endet hier.* Wählt eine zufällige Situation aus. Beachtet nicht, was danach kommt. Tut so, als würde die Welt aufhören, zu existieren, wenn ihr das Buch zuklappt. Als wäre das letzte Kapitel nicht bloß ein weiterer beliebiger Punkt auf einer festgelegten Zeitlinie.

Aber so funktioniert das Leben nicht, also belügen Bücher uns wohl.

Vielleicht lieben wir sie deshalb so sehr.

Genau solche bescheuerten Aussagen werden vermutlich eines Tages dazu führen, dass ich beim Buchclub der Cambridge Undergraduates vor die Tür gesetzt werde.

Trotzdem muss ich wohl irgendwann aufhören zu schreiben. Deshalb höre ich hier auf.

Ich entscheide, dass meine Geschichte an diesem Punkt endet: ganz willkürlich in einem ruhigen Pub in Soho, den ich sorgfältig wegen der schwachen Beleuchtung, der Duftkerzen und der nicht klebrigen Tische ausgewählt habe. Ich entscheide mich für ein Ende, bei dem ich von mehr Menschen umgeben bin als jemals zuvor in meinem Leben.

Mir gegenüber sitzt Sal. Ohne jegliche Präzision, aber dafür mit beeindruckendem Elan stellt sie Wodkashots in einer Reihe auf, obwohl alle ihr immer wieder gesagt haben, dass sie keine wollen, weil Dienstag und erst fünf Uhr nachmittags ist. Neben ihr reißt Sophie eine Tüte Chips auf, deren Inhalt prompt in alle Richtungen davonfliegt, was Barry seufzen und aufstehen lässt, um an der Bar neue zu holen. Niemand weiß so richtig, warum er auch hier ist, aber anscheinend wollte er sich noch »richtig verabschieden«, als würde ich im Sterben liegen. Was ich nicht tue.

Zum Glück hat Jack nicht dasselbe Bedürfnis verspürt, aber Gareth hat sich den Feierlichkeiten angeschlossen, genau wie Ron. Letzterer sieht immer wieder in meine Richtung, und jedes Mal wenn unsere Pupillen sich treffen, fühlt es sich an, als würden Paintball-Bälle explodieren: Gelb- und Pink- und Orangetöne spritzen hinten über mein Hirn. Er trägt wieder seinen marineblauen Kaschmirpullover, worüber ich mich sehr freue. Offenbar hat er neun identische davon. In meinem ganzen Leben habe ich noch nie etwas so Sensibles und Cleveres und Heißes gehört.

Artemis ist an meiner Seite, und zwar seit der Gala ohne Unterbrechung.

Sie war an meiner Seite, als ich gewissenhaft die Bewerbung für die Cambridge University ausgefüllt und als ich *Wie überlebt man ein Studium als erwachsene autistische Studentin* gegoogelt habe. Sie war an meiner Seite, als ich mein Zimmer in Brixton ausgeräumt, als ich all meine Sachen in ihrem Kofferraum nach Cambridge gebracht habe – sie kann tatsächlich fahren, irgendwie –, und sie hat nichts gesagt, als ich wieder und wieder denselben Song abspielen wollte, um mich zu beruhigen. Sie war an meiner Seite, als ich zum ersten Mal nach zehn Jahren unser Elternhaus betreten habe und in Tränen ausgebrochen bin, und dann, als ich wieder weinen musste, weil jemand das Bad blau gestrichen hat.

Artemis war an meiner Seite, während ich mich eingewöhnt und neue Muster gefunden und alte wiederentdeckt habe, wie Freunde.

Und zum ersten Mal seit Jahren höre ich die Einsamkeit nicht wie eine Möwe in meinem Kopf kreischen. Sie krächzt und flucht nicht wegen jeder Kleinigkeit, verschlingt nicht all mein Glück, sobald ich es in Händen halte.

Ehrlich gesagt muss Art jetzt nicht mehr jede Sekunde an meiner Seite sein.

Ich brauche Raum für mich, und sie sitzt *sehr nah* neben mir.

»Ist alles bereit?« Sie lehnt sich zu mir und stupst mit der Nase meinen Arm an. »Hast du alles gepackt?«

Als ich meine Zeitschleife endlich durchbrochen hatte, ist mir klar geworden, wo ich hinwill: nach Athen. Nur für ein langes Wochenende – das ist erst mal genug Veränderung. Aber ich habe einen detaillierten Plan gemacht und den Trip in einstündige Intervalle aufgeteilt, und dann habe ich meinen letzten Tag in der Agentur genutzt, um diesen Plan zu laminieren. Barry hat nichts dazu gesagt, also sind wir wohl endlich auf einem Nenner.

»Ja«, antworte ich. »Und du?«

»Ha«, erwidert Art laut. »Ob ich gepackt habe? Natürlich nicht, verdammt. Wenn ich umziehe, dann mit einem Lastminute-Chaos-Fluchfest und mit Plastiksäcken, die unter der Last all meiner Juwelen und Traumfänger reißen.«

Sie wird übergangsweise ihre Basis in London aufschlagen und meine alte Abstellkammer in Sals Wohnung beziehen, bis sie herausgefunden hat, was sie als Nächstes tun will, wozu es, wie ich sie kenne, nie kommen wird. Ich muss mich sehr zurückhalten, das Planen nicht für sie zu übernehmen. Manche Menschen sind so seltsam und haben lieber einfach keinen Plan.

»Wie auch immer.« Ich sehe auf die Uhr. »Ich sollte wahrscheinlich a…«

»Re-de!« Sophie springt auf. »Re-de!«

»Nein«, erwidere ich mit müder Stimme. »Bitte hör auf, das ständig zu sagen.«

»Okay, dann halte ich eine.« Artemis erhebt sich und reckt ihr Bierglas in die Luft. Es ist ganz dreckig. Ich hätte doch eine andere Lokalität aussuchen sollen. »Wie wir alle wissen, ist meine Schwester Cass außergewöhnlich. Natürlich weiß nur ich, wie außergewöhnlich sie tatsächlich ist, und ich möchte, dass alle wissen: Wenn ich nicht sehr bald im Lotto gewinne, dann ist das ihre Schuld.«

Sie zwinkert mir zu, und ich funkele sie böse an.

»Da ich weiß, wie sehr sie Reden und unnötige Aufmerksamkeit hasst, fasse ich mich kurz.« Sie lacht hell und klar. »Auf meine große Schwester. Danke, dass du immer so typisch Cassandra bist.«

»Aufs Typisch-Cassandra-Sein«, rufen die anderen, während ich auf den Tisch starre. Gerade rechtzeitig hebe ich den Kopf, um Rons Blick zu bemerken, vor Glück rot anzulaufen und wieder hinabzusehen. Erinnert mich dran, nie wieder irgendwo zu kündigen. Wenn so was jedes Mal passiert, bleibe ich lieber, wo ich bin.

»*Re-de!*«, ruft Sophie schon wieder, und, ernsthaft, ich gebe auf: Da kann ich genauso gut mit einer meiner Pflanzen diskutieren.

»Na ja«, sage ich und stehe auf. »Ich hab gar nicht viel zu …«

»O mein Gott!« Artemis hüpft mit glühenden Wangen auf und ab. »O mein Gott, o mein Gott, was machst *du* denn hier?«

»Du hast mich eingeladen«, antworte ich irritiert. »Das ist doch meine Ausstandsfeier.«

Dann beobachte ich verblüfft, wie meine Schwester über meinen Schoß klettert und auf die Pubtür zustürmt. Und während sie über den Boden hüpft, schaltet mein Gehirn in den Leerlauf. Zu meiner Verteidigung, ich habe es nicht *vergessen*. Nicht ganz. In den letzten zehn Tagen habe ich mich intensiv über meine eigene Neurologie informiert – und da kommen noch ein paar faszinierende Jahre auf mich zu. Außerdem war da ja noch die Reise nach Athen, die ich planen musste. Und anscheinend bin ich sehr, sehr gut darin, bei Sachen, die mich interessieren, in den Hyperfokusmodus zu schalten, und nicht sonderlich gut darin, Dinge abseits davon mitzubekommen.

Genau deshalb dauert es auch einen Moment, bis es klick macht, als ich Wills Gesicht aufleuchten sehe.

Da ist Will.

Will ist hier, mit uns beiden, und ich bin ziemlich sicher, dass es da etwas gab, was ich noch …

»Scheiße«, sage ich laut und lasse mich unter den Tisch fallen.

»Was machst du denn hier?« Irgendwie ist Artemis durch die Luft geflogen und an der Vorderseite meines Ex-Freundes kleben geblieben wie eins dieser klebrigen Figürchen, die man gegen Fenster wirft. »Du solltest doch erst in drei Tagen wiederkommen!« Sie küsst ihn auf die Nase. »Warum hast du nichts gesagt?« Sie küsst ihn auf das Ohr. »Ich kann nicht glauben, dass du nichts gesagt hast!« Sie küsst ihn auf die Augenbraue. »Ich meine, klar, wir haben uns erst zweimal getroffen, und ich bin ein bisschen anhänglich, aber das ist so verdammt *unverschämt!*«

Will lacht. »Ich dachte, du magst Überraschungen.«

»Ich *liebe* Überraschungen.« Art nimmt seinen Kopf zwischen die Hände, als wollte sie ihn essen, und die beiden wirken so glücklich, sich zu sehen. Neonblaue Freude sprudelt aus ihnen heraus wie aus einem von Sals unorganisierten Wodkashots. »Woher weißt du das? Oh, ich hab's erzählt. Okay, das ergibt Sinn. Wie war es? Erzähl mir *alles*.«

»Mach ich.« Er kann den Blick gar nicht von ihrem wunderschönen Gesicht losreißen, wie Paris, als er Helena zum ersten Mal trifft. »Es hat sich rausgestellt, dass es auf der Welt nur noch sieben Vaquitas gibt, und wir brauchen einen neuen Plan, um die armen kleinen Scheißerchen zu finden.«

»Das ist *viel* zu traurig«, verkündet Artemis. »Behaupte einfach, du wurdest von Piraten entführt oder so. Irgendwas Feierliches.«

Lachend lehnen die beiden sich für ihren ersten Kuss vor. Es ist fast unwirklich, dass ich ihre Verbindung klar und deutlich bis zu mir unter den kleinen Holztisch spüren kann, unter dem ich – vermutlich zur großen Irritation meiner restlichen Gäste – gerade hocke.

»Komm mit.« Art packt Will an der Hand. »Du *musst* meine Schwester kennenlernen. Du wirst sie lieben. Wenn du sie nicht liebst, kann ich dich nicht lieben. So einfach ist das. Also liebe sie besser, mehr sage ich dazu nicht. Kein Druck, nur hängt alles davon ab.«

»Ich bin sicher, ich liebe sie«, erwidert Will lachend. »Kann ich mir erst was zu trinken besorgen?«

»Nein.« Sie schiebt ihn auf uns zu. »Du kannst dir nachher was zu trinken besorgen. Dann feiern wir deine Rückkehr und ihre bevorstehende Abreise. Ihr wechselt euch quasi ab. William Baker, das ist – Cass? Cassandra, was machst du unterm Tisch? Sie hasst es, neue Leute kennenzulernen. Ich hätte das vielleicht in kleineren Schritten machen sollen, wie bei einem neuen kleinen Kätzchen. Kann sie mal jemand unter dem Tisch vorholen?«

Ich kneife die Augen zusammen und hole tief Luft.

Dann klettere ich unbeholfen wieder hoch und stehe mitten im Pub, alle Anwesenden meiner kleinen Feier beobachten mich neugierig. Ich bin ja selbst schuld. Statt stundenlang Karten von Athen zu studieren und mich mit Fakten über die Akropolis und den Poseidontempel vollzustopfen, hätte ich mich besser mit der kleinen, aber viel wichtigeren Tatsache befassen sollen, dass meine eigene Schwester gerade etwas mit meinem verfluchten Ex anfängt.

»Ich konnte mein Handy nicht finden.« Ich halte es in der Hand. »Oh, da ist es ja.«

»Cassandra?«, fragt Will.

»Hallo, Will«, antworte ich knapp. »Schön, dich zu sehen. Wie war Mexiko?«

Er öffnet den Mund, schließt ihn wieder, öffnet ihn erneut. Er sieht von mir zu Artemis, dann wieder zu mir. »Was zum Teufel soll das hier?«

»Moment mal.« Die Rädchen in Artemis' Kopf rattern. »Ihr kennt euch? Woher kennt ihr euch? Von der Arbeit? Cass?«

Dazu gibt es furchtbar viel Wahrheit zu erzählen, aber ich weiß nicht genau, wie viel sie hören wollen.

»Ich bin nicht *absolut* sicher, was hier passiert«, trällert Sophie in Sals Richtung, »aber es sieht so aus, als hätten sie den Freund gewechselt. Das ist *so* aufregend. Wie in diesen Realityshows, nur dass hier alle viel älter sind.«

Will erbarmt sich und erläutert es näher.

»Was hier passiert, ist, dass ich Cassie gedatet habe.« Er runzelt die Stirn. »Nur kurz. Wir waren dreimal miteinander aus, kurz bevor ich dich getroffen habe, Diana. Deshalb bin ich auch irgendwie verwirrt. Ihr seid Schwestern? Soll das irgendein … Scherz sein? Eine Falle? Werde ich gefilmt?« Er sieht sich im Pub um. »Entgeht mir was, das diese Situation weniger seltsam machen würde?«

»Artemis«, wirft sie mit bleicher Miene ein.

»Was?«

»Ich heiße Artemis, nicht Diana. Ich habe gelogen.«

*»Jetzt?«* Frustriert seufze ich, als Wills Farben sich verändern. »Aus allen möglichen Gelegenheiten hast du dir ausgerechnet *jetzt* ausgesucht, ihm das zu sagen?«

»Ist mir so rausgerutscht«, meint sie verzweifelt, aber dann verzieht sie das Gesicht. »Warte. Das ist dein Ex? Will ist der Kerl, wegen dem du durch die Zeit gereist bist? Cassandra?«

»Ich …« Ich schlucke. »Möglicherweise.«

»Möglicherweise?«

»Ja.«

»O mein Gott.« Artemis sackt in sich zusammen. »Cassandra, wie ist das passiert? Weiß ich das schon? Hab ich es schon rausgefunden?« Sie mustert mich eindringlich. »Das ist ein Ja. Wie oft habe ich es schon rausgefunden?«

»Das ist das zweite Mal«, nuschele ich.

»Das kannst du mir doch nicht antun«, brüllt sie, und wirft mir eine Handvoll Chips an den Kopf. »Ich bin echt sauer auf dich, Cassandra Dankworth! *Stinksauer.*«

Ich weiche den Chips aus, und wir beide drehen uns zu Will um.

Der arme Kerl sieht aus, als müsste er sich gleich übergeben, und ich kann es ihm nicht verübeln. Man muss schon ein bestimmter Typ Mann sein, um einfach akzeptieren zu können, zwei Schwestern zu daten – während eine davon heimlich durch die Zeit reisen kann –, und ich glaube nicht, dass eine von uns an so einem Typen interessiert wäre. Allerdings ist der Zeitpunkt, ihm das schonend beizubringen, offensichtlich bereits verstrichen.

»Ich …«, setzt Will an, schüttelt dann aber den Kopf und macht einen Schritt nach hinten. »Das ist zu viel. Ich weiß nicht, wie … Ich kann nicht … Tut mir leid, aber nein.«

Er schaut so wirr drein wie ein gerade gefangener Pegasus, wirft sich den Rucksack über die Schulter und verschwindet schneller aus dem Pub, als er gekommen ist, was – lasst mich kurz überlegen –, jap, genau die Reaktion ist, die ich erwartet habe.

Artemis lässt sich auf ihren Stuhl fallen. »Verdammt.«

Niemand rührt sich.

»Wow«, stellt Sal anerkennend fest und sieht mich mit einem Ausdruck an, den ich von ihr noch nicht kenne. »Was für eine dramatische Familie ihr seid. Ich liebe es. Ich buche ein Abo. Passieren solche Sachen öfter?«

»Geben wir den armen Mädchen einen kleinen Moment«, sagt Barry entschieden. »Getränke auf mich. Für alle. An der Bar. Jetzt.«

»VERDAMMT«, schreit Artemis noch lauter, während unsere Partygäste sich vom Tisch verdrücken. »Das ist so typisch. Da triffst du einmal einen tollen Kerl, und er hängt mit deiner nächsten Blutsverwandten in einer On-off-Beziehung zwischen Raum und Zeit. Irgendwas ist doch immer, oder? Wie ist das überhaupt passiert? Cassandra, du hast echt eine Menge zu erklären.«

Verzweifelt scrolle ich durch mein Handy.

»Cass.«

Ich öffne Google und lese die Ergebnisse.

»Cass.«

Ich präge mir die Inhalte ein, so schnell ich kann.

*»Cassandra, leg dein Scheißhandy weg und rede mit mir.«* Artemis reißt es mir aus der Hand und starrt es an. »Was soll das?«

Ich schiebe mich von ihr weg. »Nichts.«

»Du hast gerade nach den Unfällen im Umkreis aus dem letzten Monat gesucht. Hältst du mich für blöd? Das machst du nicht.«

»Doch.«

»Nein, machst du nicht.«

»Mach ich doch.«

Ich nehme ihr das Handy wieder ab. Ich kann das. Ich weiß es. Und wenn ich schon mal da bin, kann ich mich auch ein bisschen als Superheldin betätigen, meine Zeit sinnvoll nutzen. Da, noch ein Ausdruck über Zeit, der auf die Liste gehört. Man kann Zeit haben und sie nutzen, man muss nur entscheiden, wofür.

»Nein.« Artemis schlägt mir das Handy aus der Hand und packt mich. Es fliegt zu Boden und zerbricht – nicht schlimm, ich mache es gleich eh wieder rückgängig. »Ich lasse dich das nicht machen. Dann verlierst du alles. Ist dir das klar, Cassandra? Alles, was du getan, was du erreicht hast, wird verschwinden. All diese Leute, denen du wichtig bist. Wusch. Weg. Du bist wieder alleine. Weil das alles dann nie passiert ist.«

»Weiß ich.« Ich verdrehe die Augen. »Mir ist das generelle Konzept der Zeit geläufig.«

»Dann mach es aber wenigstens für dich.« Artemis hat wieder angefangen zu weinen, und ich schwöre bei allen Göttern und ihren Mundschenken, sie muss ihre Gefühle echt ein bisschen besser in den Griff kriegen. Sie ist viel zu nah am Wasser gebaut. Man errichtet ja auch kein Haus zehn Zentimeter neben dem Meer. »Geh zurück und schnapp dir Will. Ich werde es ja nicht wissen.«

»Das ist sinnlos.« Als ich es laut ausspreche, wird mir bewusst, wie wahr das ist. »Das würde nicht funktionieren. Will und ich sind absolut inkompatibel. Ich muss nicht in die Zukunft sehen können, um zu wissen, dass wir uns letztendlich nur unglücklich machen würden. Selbst wenn ich es noch mal versuchen würde, würde es wieder schiefgehen. Und noch mal. Und noch mal. Wir sind zu unterschiedlich.«

»Aber …«

»Ich liebe Will«, erkläre ich ruhig. »Aber wir wollen nicht dasselbe vom Leben. Ich will keine Kinder und keinen Lärm und keine Reisen und kein Chaos und keine Hunde und keine *Zelte*. Du schon. Also nimm es dir, Artemis. Lass mich die coole Tante mit den unglaublichen Kleidern und dem ruhigen Haus voller Bücher und Dinge sein, die niemand jemals anfassen darf. Lass mich das Leben führen, das ich führen soll. Lass mich euch beide lieben, so gut ich kann. Bitte.«

Artemis hickst, ihr süßes kleines Gesicht ist ganz nass.

Und da kommen sie: all die Emotionen.

Jede Farbe taucht auf – alle auf einmal –, und ich spüre sie in ihrer Unendlichkeit, in ihrem vollen Umfang, in ihrem überwältigenden Spektrum.

Ich schließe die Augen.

»Warte! Bitte!«, sagt Artemis hastig und zupft an meinem Ärmel, bis ich sie wieder öffne. »Du hast das nicht richtig durchdacht. Wir werden nicht mehr miteinander reden, weißt du noch? Alles, was wir erlebt haben, wird auch ausgelöscht.«

»Wird es nicht.« Ich lächle sanft und fummle an der Uhr, die meine Eltern mir gegeben haben. Meine Eltern, die immer noch hier sind, genau wie früher, verankert in einer Vergangenheit, die ich immer bei mir trage. »Ich werde mich an alles erinnern.«

Es wird alles so akkurat und ordentlich ablaufen.

Ich werde nicht in das Café gehen. Ich werde nicht meinen Bananenmuffin bestellen, nicht mit dem gut aussehenden Mann sprechen, der mir gegenübersitzt. Stattdessen werde ich ins British Museum gehen, ich werde meine Schwester vor dem nackten Zentauren stehen sehen und ihr sagen, dass ich sie liebe. Dass ich sie immer geliebt habe, dass ich keine Angst mehr habe, nicht lieben oder keine Verbindung spüren zu können, weil sie der lebende Beweis ist, dass ich es doch kann, dass ich es will.

Ich werde ihr sagen, dass all meine Liebe in meinem Inneren verstaut ist.

Vermutlich wird sie sehr überrascht sein.

Dann werde ich beiläufig vorschlagen, dass wir uns die Tierfoto-Ausstellung in Shoreditch angucken, und von da an werde ich das Schicksal übernehmen lassen. Und wenn das Schicksal nicht will – weil es, wie üblich, ein kleiner Scheißer sein muss –, dann werde ich ihm so lange in den Hintern treten, bis es endlich Einsicht zeigt.

Ob ihre Liebe hält, liegt dann an ihnen.

Mehr kann ich nicht tun, ich bin ja nicht Eros.

Was den Rest meiner Geschichte angeht … Man kann nicht wissen, was noch kommt. Ich vermute, sie wird sich ändern. Ich vermute, das muss ich in Kauf nehmen. Vielleicht tauchen neue Figuren darin auf. Neue Emotionen. Neue gesellschaftliche Verpflichtungen, vor denen ich mich drücken muss. Vielleicht wird meine Geschichte besser, vielleicht auch schlechter. Vielleicht größer, oder auch kleiner. Vielleicht werde ich eine Heldin sein, vielleicht auch ein Monster. Ich vermute, letztendlich werde ich mich irgendwo im Mittelfeld bewegen, so wie die meisten von uns Nicht-Göttinnen.

Die Zeit wird es zeigen, und dieses Mal werde ich so aufmerksam sein, wie ich kann.

»Cassandra«, sagt Artemis. »Mach die Augen auf.«

Ich mache sie auf.

»Sechs.« Sie lehnt sich zu mir und küsst mich auf die Wange, und ich spüre, wie die Liebe aus ihr heraus- und in mich hineinfließt, butterblumengelb. »Neunundzwanzig. Achtzehn. Dreiundvierzig. Neun.«

»Ich gewinne nicht für dich im Lotto.« Lachend streiche ich ihr über die Wange. »Sei nicht so gierig. Ich seh dich beim nächsten Mal, okay?«

»Tschüss.« Artemis nickt und holt tief Luft.

»Tschüss.« Ich lächle.

Und dann schließe ich die Augen und reise zurück zum Anfang.

# DANKSAGUNG

Schreiben wird oft als einsames Unterfangen wahrgenommen, dabei stehen in Wahrheit hinter allen Büchern brillante Teams, und ich hatte mit meinem unglaubliches Glück.

Ein riesiges Dankeschön geht an meine außergewöhnliche Agentin Kate Shaw von der Shaw Agency, die mir seit mindestens vierzehn Jahren zur Seite steht. Sie setzt sich für mich ein, bestärkt mich, unterstützt mich und lässt sich, ohne zu zögern oder zu zweifeln, auf jede noch so durchgeknallte Idee ein, die ich ihr vor die Füße werfe. Dein Vertrauen in mein Hirn übertrifft mein eigenes bei Weitem, und nichts von alldem wäre ohne dich möglich.

An meine UK-Lektorin, Katie Loughnane: Deine Liebe für Cassie und das, was ich schreibe, hat mich von Anfang an umgehauen, und es ist eine Ehre, mit jemandem arbeiten zu dürfen, der so enthusiastisch, so clever und so fokussiert auf die Details ist, die ein Buch erst zum Singen bringen (aber lass uns nie wieder über Jumpsuits sprechen). An meine US-Lektorin, April Osborn: Deine Ideen und deine Unterstützung waren unbezahlbar und haben dieses Buch so viel besser und kraftvoller gemacht. Ich danke euch beiden so sehr, und entschuldigt das viele Fluchen.

Es ist selten und ein absoluter Glücksgriff, wenn man als Autorin bei einem Verlag landet, der genauso begeistert von den eigenen Büchern ist wie man selbst, und mit Century habe ich echt das große Los gezogen. Es ist wirklich überwältigend, wie viel harte Arbeit, wie viel Kreativität und Leidenschaft das gesamte Team in dieses Buch investiert hat. Eine Geschichte über eine autistische Protagonistin zu veröffentlichen ist eine Sache, aber alles dafür zu tun, dass der autistischen Autorin zugehört wird, dass sie zusätzliche Unterstützung bekommt, wenn nötig, ist noch mal etwas völlig anderes. Und sie haben beides absolut gerockt. Laurie Ip Fung Chun, Caroline Johnson, Rachel Kennedy, Hope Butler, Claire Simmonds, Olivia Allen, Lindsey Tan, Evie Kettlewell, Mat Watterson, Richard Rowlands, Erica Conway, Maddy Bennett, Meredith Benson und Helen Wynn-Smith – ihr seid meine Held*innen, und das Ausmaß meiner Dankbarkeit ist fast schon ein bisschen peinlich. Danke.

An meine wundervolle Filmagentin von Valerie Hoskins Associates, Rebecca Watson, und an meine Lizenzagentinnen Nicki Kennedy, Jenny Robson, Katherine West und Alix Shaw von ILA sowie meine US-Co-Agentin, Allison Hellegers vom Stimola Literary Studio: danke, wie immer, für eure stetige Unterstützung, euren Einsatz und dafür, dass ihr euch darum gekümmert habt, dass dieses Buch überall auf der Welt in genau den richtigen Händen gelandet ist.

Ich würde gerne glauben, dass all meine Liebsten es bis zu dieser Stelle in der Danksagung schaffen, aber sind wir mal ehrlich: Das ist mein zwölftes veröffentlichtes Buch, und ich bin sicher, inzwischen hält nur noch meine Mum so lange durch. Mum, all diese Bücher gibt es nur wegen dir. Danke, dass du mir jeden Abend vorgelesen hast, dass du all meine ersten Schreibversuche aufgehoben und Geschichten zu einem festen Bestandteil meines Lebens gemacht hast. Und danke, dass du meine Entwürfe mit Adleraugen liest. Du bist immer die Erste, die meine Geschichten zu sehen bekommt. Dad, mein inoffizieller Kreativberater: Mit deiner Großzügigkeit, deiner Energie und deinem Sinn für Humor bist du für mich immer noch ein großes Vorbild – und ich werde mir diese Eigenschaften weiterhin bei jeder sich bietenden Gelegenheit zunutze machen. An meine kleine Schwester Tara: Du bist meine mutige bessere Hälfte, und eines Tages werde ich wohl aufhören müssen, darüber zu schreiben, wie sehr ich dich liebe. An meine Nichte Autumn: Du bist der schlauste, lustigste und schrägste Fratz auf der ganzen Welt, und wenn ich mal sterbe, bekommst du all mein Geld. Erzähl das aber nicht deiner Mum. An den Rest meiner Familie: Grandma, Lesley, Judith, Caro, Vero, Louise, Adrien, Charlie, Suzie, Victoire, Vincent, Simon, Ellen, Freya, Robin, Lorraine, Romaine, Dixie, Chelsea. Danke für eure Unterstützung und Liebe, wie immer. Wenn ihr euch weiter fortpflanzt, brauchen wir für Weihnachten bald einen größeren Esstisch.

Ein großes Danke geht an all meine Freund*innen, besonders an Maya, Alice, Laura, Ashley, Sara, Nina, Jess, Lucy, Helen, Jeff, Steven B und Ben. Ihr seid echt klasse, auch wenn ihr zu weit weg wohnt. Und ein riesengroßes Danke an Steven L, weil er sich als so begeisterter (unbezahlter und nicht verwandter) Erstleser entpuppt hat. Du hast den Job! Ab jetzt musst du für immer all meine Bücher testlesen, ohne jegliche Form von Vergütung. Das hättest du dir vorher besser überlegen sollen. Außerdem geht noch ein riesiges Danke an Stephen Fry. Nicht weil er (bisher!) so ein guter Freund ist, sondern weil er in mir die Leidenschaft für griechische Mythologie entfacht und mir damit sehr, sehr, *sehr* viele glückliche Stunden Beschäftigung beschert hat. Wenn auch nur eine Zeile aus diesem Buch bei euch Interesse geweckt hat, schlage ich vor, ihr seht euch mal seine Arbeiten an – die sind erste Sahne, und jegliche Interpretationsfehler gehen auf meine Kappe.

Kurz bevor ich dieses Buch fertig geschrieben habe, habe ich meinen geliebten Großvater verloren. Er war mein Lieblingsmensch (und wird es für immer sein). Nicht nur, weil er jedes Wort gelesen hat, das ich geschrieben habe. Er hat jede Einhorngeschichte analysiert, jeden Blogpost ausgedruckt, jeden Zeitungsartikel aufgehoben und eine eiskalte Antwort auf eine meiner gemeinsten Zuschriften verfasst. Außerdem war er der freundlichste, einfühlsamste, neugierigste und liebevollste Mensch, den ich je getroffen habe, und ich vermisse ihn jeden Tag. Danke, Grandpa. Ich hoffe, dir gefällt diese Geschichte, wo auch immer du bist.

Und jetzt noch ein Danke an euch: meine Leser*innen. Wenn ihr es bis hierher durch diese lange Aufzählung meiner Danksagungen geschafft habt, habt ihr vermutlich auch das ganze Buch gelesen (oder ihr steht einfach sehr auf Danksagungen). Das ist für mich niemals selbstverständlich und immer ein Segen, deshalb: danke.

Zum Schluss möchte ich noch erwähnen, dass dieses Buch nicht versucht, Autismus zu repräsentieren, genauso wenig soll Cassie eine Verallgemeinerung aller autistischen Menschen sein. Wir alle sind individuelle Stimmen in einem Chor aus Millionen von wundervollen neurodivergenten Menschen. Wir alle machen unsere eigenen Erfahrungen, sehen die Welt durch unsere eigenen Augen und leben auf unsere eigene Art und Weise. Ich kann für niemand anderen sprechen als für mich selbst, und das möchte ich auch gar nicht. Darum bitte ich euch eindringlich – ob euch dieses Buch gefallen hat oder nicht, ob ihr euch in meiner Geschichte wiederfinden konntet oder nicht –, euch auch andere autistische Stimmen anzuhören.

Wir sind wunderschön, wir sind einzigartig, und es gibt viele von uns.